JO WATSON
Herz auf Anfang

JO WATSON

Herz auf Anfang

Roman

Ins Deutsche übertragen von
Barbara Först

LYX

LYX in der Bastei Lübbe AG
Dieser Titel ist auch als E-Book erschienen.

MIX
Papier aus verantwortungsvollen Quellen
FSC® C083411

Die Originalausgabe erschien 2017 unter dem Titel
»Almost a Bride« bei Grand Central, New York, New York, USA.

Dieses Werk wurde vermittelt durch
die Literarische Agentur Thomas Schlück GmbH, 30827 Garbsen.

Textredaktion: Kathleen Weise
Umschlaggestaltung: © www.buerosued.de
Satz: Greiner & Reichel, Köln
Gesetzt aus der New Caledonia
Druck und Verarbeitung: CPI books GmbH, Leck – Germany
Printed in Germany
ISBN 978-3-7363-0423-9

1 3 5 7 6 4 2

Sie finden uns im Internet unter www.lyx-verlag.de
Bitte beachten Sie auch: www.luebbe.de und www.lesejury.de

*Für meine unzähligen Wattpad-Fans,
die mir beim Schreiben geholfen haben, für alle Frauen
da draußen, die jemals auf süße Rache aus waren, und
für Depeche Mode. (Wenn ich hundert Millionen
Bücher verkauft habe und reich und
berühmt geworden bin, werdet ihr hoffentlich auf
meiner Geburtstagsparty spielen.)*

Prolog

Tag X – vor einem Jahr

Schon als ich auf die Haustür zuging, wusste ich, dass etwas faul war.

Nennt es Intuition. Nennt es sechsten Sinn, wenn ihr unbedingt wollt. Ich wusste es einfach.

Ich für meinen Teil gebe ja den Schuhen die Schuld. Diese Schuhe waren zweifellos die Ursache aller Probleme. Sie waren schuld daran, dass ich früher nach Hause gekommen war, und ihnen hatte ich es letztlich zu verdanken, dass ich gefeuert wurde.

Dafür, dass ich verschlafen hatte, konnte ich sie allerdings kaum verantwortlich machen, sondern nur meinen Wecker, der unverschämterweise beschlossen hatte, seiner Pflicht *nicht* nachzukommen.

Als ich endlich aus dem Nebel der Schläfrigkeit auftauchte und begriff, dass mein Wecker nicht geklingelt hatte, war es längst zu spät. Ich würde nicht mehr pünktlich zur Arbeit kommen. Und wenn ich »Arbeit« sage, meine ich meinen brandneuen Job – den Job meiner Träume – als Mode-Assistentin bei der Zeitschrift *Glamorous Girl*, dem unverzichtbaren Stilratgeber für das »absolut scharfe und traumhaft stylische südafrikanische Partygirl™«.

Ich hatte vor Kurzem einen radikalen Karrierewechsel vollzogen und eine gute Stelle als Designerin in der Werbung aufgegeben, um diesen heiß begehrten Job bei einem Modemagazin zu ergattern. Ich stand noch ganz am Anfang und musste mich nach Kräften einschmeicheln, indem ich mich tadellos benahm und vor Höflichkeit und Zuvorkommenheit sprühte. Sei es der Caffè Latte, der bitt eschön genau auf 36,5 Grad temperiert, ohne Zucker, mit Sojamilchschaum und einem Hauch Bio-Kakaopulver, direkt eingeflogen aus den Ausläufern der Anden, serviert werden sollte; seien es die nach Jasmin und Lavendel duftenden Kerzen, die genau zehn Minuten, bevor meine Chefin zur Arbeit erschien, in ihrem Büro zu brennen hatten – *genau dies waren meine Aufgaben*.

Kleine pflichtbewusste Miss Annie.

Denn seien wir doch mal ehrlich: »Assistentin« ist bloß eine aufgehübschte Bezeichnung für »Sklavin«. Doch ich war ehrgeizig und zielstrebig, und verfiel daher jetzt, da ich erkannte, dass ich die Duftkerzen nicht mehr rechtzeitig anstecken und den Latte nicht mehr besorgen konnte, in totale Panik. Und zwar derart, dass ich das Haus ohne die *Probleme verursachenden, Leben zerstörenden, Welt vernichtenden* Schuhe verließ.

Ein Wort zu diesen Schuhen. Das waren beileibe keine Allerweltsschuhe, *oh nein*, sondern frisch-vom-Pariser-Catwalk-und-noch-nicht-zum-Verkauf-an-gewöhnliche-Sterbliche-freigegebene Christian Louboutins. Außerdem sollten sie die Hauptattraktion für das heutige Fotoshooting sein.

Die Panik, die mich die Schuhe vergessen ließ, führte auch dazu, dass ich mir die Haare wegen Zeitmangels nur äußerst lässig aufsteckte und ein knittriges T-Shirt und eine Jeans überstreifte, die ich vom Boden aufklaubte.

Letzteres ist eine schlimmere Sünde, als ihr vielleicht glaubt. Denn da, wo ich arbeite, ist es geradezu ein Sakrileg, etwas anderes als die neueste Mode zu tragen. Die Leute bespritzen dich sozusagen mit Weihwasser und fangen an, lateinische Klagegebete auszustoßen vor Angst, du könntest vom Dämon der Schlechtangezogenheit besessen sein. Tatsächlich wäre eine wahre Besessenheit mit nach hinten gedrehtem Kopf und der Fähigkeit, in Zungen zu reden, dem Dämon der *Handtasche aus der letzten Saison* oder *uralten Crocs* allemal vorzuziehen.

Als ich dann endlich auf der Arbeit erschien, underdressed, außer Atem, ohne die Schuhe und mit einer Stunde Verspätung, steckte ich ernsthaft in Schwierigkeiten.

Meine Chefin rastete aus, weil ihr der Blumenduft im Büro fehlte, während ihr persönlicher Assistent Cedric unter den Qualen eines dramatischen Koffeinentzugs litt, weil er seinen Latte nicht gekriegt hatte.

Und das war erst der Anfang!

Zwei Stunden später bestellte die panische Fashion Direktrice die Louboutins für das Shooting. Diese Schuhe waren ein Problem in Reinkultur. Zunächst einmal war es eine beinahe traumatische Erfahrung gewesen, sie überhaupt zu bekommen. Sie waren spät in der vergangenen Nacht eingeflogen worden, und man hatte mich mit ihrer Abholung beauftragt. In Erwartung der Ankunft der edlen Dinger hatten alle den Atem angehalten. Als ich daher gestehen musste, dass ich sie nicht dabeihatte … Tja, den Aufstand kann man sich vorstellen.

Als endlich die Mittagspause nahte, sprang ich in meinen Wagen und raste nach Hause. Das Shooting sollte in genau einer Stunde stattfinden, ich hatte also mehr als genug Zeit.

In halsbrecherischem Tempo bog ich in meine Einfahrt, sprintete zur Haustür, rammte den Schlüssel ins Schloss, drehte ihn …

Aber.

Etwas ließ mich innehalten.

Etwas sagte mir, dass ich *nicht* hineingehen sollte.

Etwas *stimmte* nicht.

Ich sah mich nervös um. Alles wirkte vollkommen normal. Peter auf der anderen Straßenseite ließ seinen Fernseher mit voller Lautstärke laufen, der kleine fiese Chihuahua aus Nummer 45 rannte am Gartenzaun entlang und bellte ein unsichtbares Wesen an, und Mildred, meine Nachbarin, wässerte ihre Hortensien.

Weshalb also zögerte ich?

Ich holte tief Luft und drückte vorsichtig die Tür auf.

Alles sah ganz normal aus.

Alles sah so aus, wie ich es verlassen hatte.

Und dennoch fühlte es sich vollkommen *falsch* an.

Ich schlich durch den Korridor auf die Küche zu. Die Schuhe, das wusste ich, lagen gleich neben der Kaffeekanne. Doch jetzt, im Haus, überfiel mich ein Gefühl, als ob etwas Unheimliches vorginge … *Jemand war im Haus*. Ein Schauer rann mein Rückgrat hinunter, als sich meine schlimmsten Ahnungen bestätigten.

Kriiiiieeekkk hörte ich einen Laut aus meinem Schlafzimmer, das sich direkt über mir befand.

Mist, *Mist*, *Mist*, da war ein Einbrecher im Haus!

Ich warf mich förmlich auf die Besteckschublade und zog das größte Messer heraus, das ich finden konnte, während ich gleichzeitig die Nummer der Polizei wählte und es trotzdem schaffte, die Schuhe festzuhalten, als ginge es um das liebe Leben.

»Hallo, Polizei? Hilfe, ich habe einen Einbrecher im Haus. 47 Mendelssohn Road, Oaklands. Kommen Sie schnell!«

Aber was jetzt? So etwas hatte ich noch nie erlebt. Wie verhält man sich in einer solchen Situation? Sollte ich mich verstecken, das Haus verlassen, den Eindringling angreifen, laut schreien? Oder vielleicht alles zusammen?

Ich dachte ungefähr eine Sekunde lang darüber nach, dann

beschloss ich, so schnell wie möglich zu fliehen. Doch sobald ich einen Fuß über die Schwelle gesetzt hatte, hörte ich ein anderes Geräusch. Ein ganz anderes. Es war … Es klang wie …

Mir gefror das Blut in den Adern.

Aber das konnte doch nicht sein! Trevv war in der Arbeit. Trevv hatte einen *sehr* wichtigen Tag vor Gericht, das zumindest hatte er gesagt. Heute war die letzte Anhörung seines Klienten. Eigentlich genau jetzt. Ich hatte ihn vor einer Stunde aus dem Büro angerufen, und da hatte er gesagt, er sei im Gericht.

Er ist im Gericht, verdammt!

Langsam stieg ich die Treppe hoch.

Noch mehr Geräusche.

Zwei Stimmen?

Aber das war doch gar nicht möglich, oder?

Je höher ich kam, desto lauter wurde es. Ich weiß nicht genau, ab wann ich die Laute als das erkannte, was sie waren, oder wusste, was ich sehen würde, sobald die Tür aufging. Aber ich wusste es.

Deinen Freund beim Sex mit einer anderen Frau zu erwischen, ist das eine. Eine ganz andere Kiste ist es, wenn du die beiden in dem Augenblick erwischst, in dem die Frau kommt. Sie hatte ihr Gesicht der Tür zugedreht, hüpfte aber so energisch auf und nieder, dass ihre Züge ein verschwommener Fleck waren. Plötzlich wurde ihr ganzer Körper steif, sie warf den Kopf zurück, riss den Mund auf und stieß ein schrilles Geheul aus. Und als ob das noch nicht reichte, beschloss sie, noch ein paar Worte draufzupacken.

»Ja, Trevvy, ja. Oh mein Gott, oh mein Gott, oh Trevvy. Fester! Ah, ah, ah.« (Keuch, keuch, keuch.) »Ich komme!« (Lang gezogener, extra schriller Schrei.)

Also ... an dem Bild stimmte so einiges nicht, abgesehen vom Offensichtlichen. *Erstens*: Wer zum Teufel lässt im Bett ein derartiges Gekreische los? Kein Mensch! *So* toll ist Sex nun auch wieder nicht, dass man mit quiekenden Delfinlauten die Schallmauer durchbrechen muss. *Zweitens*, was zum Teufel hatte die Frau an? Sie steckte in einem mit Nieten besetzten Lederteil, das wie ein ehemaliges Bühnenoutfit der Village People aussah. Und erschwerend kam hinzu, dass Trevv die Augen mit genau der Krawatte verbunden waren, die ich ihm vor zwei Jahren zu Weihnachten geschenkt hatte, und ... OH MEIN GOTT ... waren das etwa, etwa ... *Nippelklemmen*?

Mir wurde speiübel.

Und *drittens*: Wer war diese mysteriöse Person ohne eine Unze Cellulitis, ohne den leisesten Fettansatz und mit Titten, die allen bekannten Gesetzen der Schwerkraft und Bewegung zu spotten schienen? Welche Frau konnte denn so verdammt vollkommen sein?

Und dann rückten ihre Gesichtszüge in mein Blickfeld, und die Antwort dämmerte mir.

Tess.

Tess Blackman.

Seine *Kollegin*. Die Frau, die ich schon einige Male zum Abendessen eingeladen hatte. Die Frau, die ich jedes Mal anrief, wenn ich Trevv nicht erreichen konnte, weil ich mir denken konnte, dass sie gemeinsam über einem Fall hockten, müde und erschöpft bis spät in die Nacht hinein arbeiteten, wenn sie eigentlich zu Hause bei ihren besseren Hälften sein sollten. Schließlich hatte sie einen Verlobten.

Trevv und Tess, stets so müde und eingespannt.

Gott, was war ich naiv gewesen.

Aber die Show war noch nicht zu Ende. Tess' Augen waren noch geschlossen, als Trevv anfing, ganz entzückende Grunz-

Stöhn-Quiek-Laute von sich zu geben. *Solche Laute hat er bei mir nie gemacht*. Er hob seine verschwitzten Hände und packte Tess voller Leidenschaft an den Hüften.

Schneller.

Härter.

Ein lautes, lang gezogenes Stöhnen.

Ich war zu Eis erstarrt. Du weißt wirklich nicht mehr, ob du Männlein oder Weiblein bist, wenn du siehst, wie dein Partner, mit dem du seit zwei Jahren zusammen bist, seinen Penis dorthin steckt, wo du es dir nicht einmal vorstellen willst … und du dir das alles auch noch am helllichten Tag anschauen musst.

Nachdem das postkoitale Gekeuche endlich abgeklungen war, öffnete Tess die Augen und sah mich in der Tür stehen. Der Ausdruck auf ihrem Gesicht war unbeschreiblich. Erschrecken, Entsetzen, Angst – alles gleichzeitig. Und dann tat sie erneut den Mund auf und kreischte los.

Trevv drehte den Kopf zur Tür und riss sich die Augenbinde ab. Unsere Blicke verschränkten sich ineinander. Dann tat er etwas wirklich Wunderliches. Unerwartetes. Er packte Tess' Hand und zog sie auf die andere Seite des Bettes.

»Anne, bitte … Das willst du doch nicht tun!« Abwehrend warf er die Hände in die Luft. Er wirkte völlig verängstigt. Tess hatte sich auf hysterisches Blöken verlegt.

Was ging denn hier ab? War nicht *ich* die Betrogene? Sollte *ich* nicht vor Wut schäumen? Ich machte einen Schritt auf die beiden zu, doch das war ein Fehler.

»Anne, bitte. Bitte.« Es klang geradezu flehentlich. »Denk nach, bevor du so etwas tust. Ich weiß, dass es schlimm für dich sein muss, aber das ist doch auch keine Lösung. Bitte, tu das nicht.«

Danach überstürzten sich die Ereignisse. Plötzlich wimmelte es im Zimmer von bewaffneten Polizisten. Ich wollte ihnen gerade mitteilen, dass sie wieder nach Hause gehen könnten, als Trevv mir zuvorkam.

»Sie hat ein Messer. Sie will uns töten!«, rief er, wobei er auf mich zeigte.

Welches Messer denn? Ich schaute auf meine Hände, und erst da sah ich das große Messer, das ich aus der Küchenschublade gezogen hatte, und es zeigte genau auf die beiden.

Ich drehte mich rasch um, wollte erklären. »Ich hatte nicht vor, sie …«

»Ma'am«, fiel mir einer der Beamten ins Wort und kam behutsam auf mich zu, als wäre ich ein wilder Pitbull, der eine Woche lang nichts zu fressen bekommen hatte. »Legen Sie die Waffe hin.«

»Ich versichere Ihnen, es ist nicht so, wie es aussieht. Ich wollte nur …«

PENG! Das Gesicht auf den Boden gedrückt, Handschellen angelegt.

Drei wahrhaft schmerzhafte Dinge ereigneten sich zu gleicher Zeit: Erstens, das Messer glitt mir aus der Hand und fügte mir einen Schnitt quer über den Handteller zu. Zweitens, ein paar meiner eben erst erworbenen, hinreißend langen Nägel brachen ab. Und drittens brach der mit edlen Steinen besetzte, fünfzehn Zentimeter hohe Absatz eines kostbaren Louboutin-Pumps ab, rollte tödlich verletzt über den Boden und verschwand unter dem Bett.

Während ich hinausgeschleift wurde, schaute ich noch einmal zurück und sah, dass Trevv Tess in die Arme geschlossen hatte. Sanft küsste er ihre Stirn.

»Wird alles wieder gut, Baby, wird schon alles wieder gut.«

1

Ein ruinierter Louboutin ist kein schöner Anblick.

Eine nackte Frau auf deinem Freund ist kein schöner Anblick.

Und wenn dein Freund zusätzlich Nippelklemmen trägt, ist das definitiv kein schöner Anblick.

Aber wollt ihr wissen, was noch schlimmer ist?

Wie wär's mit einer Gefängniszelle?

Ich zitterte unter den Nachwirkungen des Schocks. Mein Herz hämmerte vom Adrenalinschub. Mir war speiübel, ich stand neben mir und war völlig durcheinander. Mein Hirn fühlte sich an wie ein kleiner Hamster, der wie rasend in seinem Laufrad rennt.

Was war da gerade passiert? Hatte er das wirklich getan? Mit ihr? Und auch noch *so*? Das konnte doch nur Einbildung sein! Es musste sich um ein Missverständnis handeln, denn laut der letzten Infos war Trevv nicht *nur* mein Boyfriend, sondern würde bald *zudem* mein Verlobter sein. Zwar hatte er mir den Antrag noch nicht gemacht, aber ich wusste, dass dieser unmittelbar bevorstand. Es hatte doch eindeutige Anzeichen gegeben …

Erstens hatte er für den heutigen Abend einen Tisch in meinem Lieblingsrestaurant reservieren lassen (ein glasklares Zeichen). *Zweitens* hatte ich im Mülleimer die Rechnung für ein sehr kostbares Schmuckstück gefunden (rotes Blinklicht). Und *drittens*: Er wusste es zwar nicht, aber ich hatte heute Morgen zufällig den riesigen Rosenstrauß auf dem Rücksitz seines Wagens gesehen. (Wie viel mehr Zeichen brauchte es denn noch, in Gottes Namen?)

Trevv wollte mir einen Heiratsantrag machen. Heute Abend! Und ich wollte ihn annehmen, denn auch wenn wir in letzter Zeit eine kleine Krise durchgemacht hatten, liebte ich ihn, und eine Verlobung war genau das, was wir brauchten, um unsere Liebe wieder aufleben zu lassen. Ich war *mehr* als bereit, ihn zum Mann zu nehmen.

Meine Freundinnen hatten meine Ahnungen ebenfalls bestätigt. Und außerdem meine Epiliererin (die in den unteren Regionen Wunder wirkt), meine Friseurin, die Frau, die mir die Brauen zupfte, und meine Kosmetikerin, die mir gestern die Nägel gemacht hatte, damit ich heute Abend das perfekte Foto meines Rings auf Instagram stellen konnte. Alle waren sich einig gewesen: Trevv würde mich definitiv bitten, ihn zu heiraten. Warum also, *warum oh warum oh verdammt noch mal warum*, hatte er Sex mit einer anderen?

Ich schlug mit der Hand auf die Bank und zuckte vor Schmerz zusammen. Der Verband schützte mich kaum vor dem intensiven Stechen, das mir die Schnittwunde verursachte.

Aber nicht nur meine Hand tat weh; auch mein Kopf schmerzte, weil er von zwei nicht gerade leichtgewichtigen Polizisten auf den Boden gedonnert worden war. Und zu allem Überfluss fand ich mich eingezwängt zwischen einer offenbar Drogensüchtigen auf herbem Entzug, einer alten Frau mit Lederhaut, die etwas über »die Invasion« brabbelte (was auch immer sie damit meinte), und einer Prostituierten (entweder das oder Halloween fand dieses Jahr früher statt).

Ich wollte nichts weiter als allein sein, aber es gab keine Rückzugsmöglichkeit. Die Toilette war aufgeklappt und stank nach Urin und saurem Erbrochenen. Ein angeschlagenes Betonwaschbecken, ein tropfender Wasserhahn und ein provisorischer Toilettenpapierhalter vervollständigten die minimalistische Einrichtung.

»Wofür ham se dich denn gekascht?«, meldete sich plötzlich eine kratzige Stimme.

Ich drehte mich um und sah mich einer nur spärlich bedeckten Titte gegenüber.

»Äh …«

»Ich bin übrigens Angel.« Die Frau streckte mir die Hand hin, und da ich sie nicht brüskieren wollte – ich war mit den Feinheiten der Etikette unter Verbrechern nicht so vertraut – schüttelte ich sie.

»Ich weiß es eigentlich nicht genau.«

Sie machte ihrem Hohn Luft. »Weiß genau, was du meinst, Kleine. Manchmal glaub ich, dass sie uns bloß aus Spaß schikanieren. Ist diesen Monat schon das dritte Mal, dass ich hier einsitze.«

»Ich auch«, meldete sich die ältere Frau zu Wort. »Dabei will ich die Menschen doch nur vor der bevorstehenden Invasion warnen!«

Angel sah mich an und verdrehte die Augen. »Ja, klar, Margie, wissen wir. Die fliegenden Untertassen und die kleinen grünen Männchen …«

»Sie sind nicht grün, sondern grau!«, schnitt Margie ihr zornig das Wort ab.

»Pink, lila, blau, was auch immer.« Der Sarkasmus in Angels Stimme war unüberhörbar.

Da sprang Margie auf – recht flink für eine Frau, die aussah, als ob sie die hundert bereits überschritten hätte. »Genau das meine ich! Noch machst du dich über mich lustig, aber warte nur, bis sie kommen, mit ihren Sonden und ihren Geräten, mit denen sie unsere Gedanken kontrollieren. Wart's nur ab, bis sie unsere DNS anpassen und uns in Drohnen verwandeln und …«

Margie bekam keine Chance, ihren Satz zu beenden, denn sie wurde – PENG! – von Angel kräftig geschubst. Doch die Aliendame schubste sogleich zurück, und schon bald kam ich mir vor wie die Zuschauerin einer Live-Folge von *Jerry Springer* – und für meinen Geschmack viel zu nah am Geschehen. Margie kreischte, die ägyptischen Pyramiden seien Leuchttürme für die Raumschiffe der Außerirdischen und Tom Cruise Initiator einer weltweiten Verschwörung, und Angel reagierte darauf, indem sie höhnisch ihre Titten entblößte. Selbst die Drogensüchtige klinkte sich ein und gab einen merkwürdigen Kehllaut von sich, der wohl ein Lachen darstellen und die beiden anstacheln sollte.

Noch nie hatte ich so etwas erlebt. Ich versuchte, mich in die hinterste Ecke zu drücken. Ich stand ja solche Ängste aus. Ich *weiß*, wie es in Gefängnissen zugeht, denn ich verpasse nie eine Folge von *Orange Is the New Black*.

Ich war hier fehl am Platz.

Hier gehörte ich wirklich, *wirklich* nicht hin.

»Miss Anderson.« Ein Wachmann kam an die Zellentür und rasselte mit den Schlüsseln. »Sie sind frei, Sie können gehen.«

»Oh, Gott sei Dank.« Die Erleichterung war ungeheuer, und ich stürzte förmlich aus der Zelle, ohne noch einen Blick auf meine Zellengenossinnen zu wagen, die sich inzwischen auf dem Boden einen Ringkampf lieferten. Ich lief in den Warteraum des Polizeireviers, und da stand *er*. Mein Magen zog sich zusammen.

In seinem gut gebügelten schwarzen Anzug war Trevv jeder Zoll ein Anwalt, der ungeduldig mit seinem teuren Montblanc-Kugelschreiber klickte. Er hob den Blick und sah mich.

»Ich bin gekommen, um dich rauszuholen, wie es so schön heißt.« Mit einem zähnefletschenden Grinsen wandte er sich an die Wachhabende hinter dem Tresen. »Normalerweise bin ich der Mann, der die Leute in den Knast bringt, und nicht der, der sie herausholt.« Er kicherte selbstgefällig in sich hinein. »Ich bin nämlich Anwalt. Falls Sie mal einen brauchen sollten …« Damit zog er seine Visitenkarte aus der Jackentasche und schob sie über den Tresen, wobei er der Frau schelmisch zuzwinkerte. Niemals ließ sich Trevv eine Gelegenheit entgehen, für sich Werbung zu machen. Nicht einmal jetzt.

»Anne«, sonderte er weiterhin silberzüngigen Charme ab, während er auf mich zutrat und meine Hände nahm. »Tess und ich sind übereingekommen, die Klage fallen zu lassen. Wir sind der Meinung, dass es für uns alle ein sehr sensibler Moment war, und dass du vielleicht ein wenig den Kopf verloren hast. Außerdem ist ja nichts passiert.«

Nichts passiert? »Wie bitte?«

Ich war sprachlos. Und ausgesprochen gekränkt. Diese Reaktion hätte ich nun gar nicht erwartet. Wo zum Teufel blieb die Entschuldigung, die mir zustand? Wo zum Teufel blieben Zerknirschtheit, Schuldbewusstsein und flehentliches Sinken auf die Knie?

»Tess und ich?«, fragte ich mit beginnender Verzweiflung. »Seit wann gibt es *Tess und ich*?« Meine Stimme zitterte leicht und meine Knie ebenso. Urplötzlich wurde mir übel.

»Hör mal, Anne, lass uns doch ehrlich sein.« Er legte den Kopf schief. »Mit uns läuft es schon seit einer ganzen Weile nicht mehr. Lass uns doch erwachsen genug sein, um das zuzugeben. *Mhm?*« Kopf auf die andere Seite.

Ich hasste den herablassenden Ton in seiner Stimme. »Aber … aber …«, stotterte ich und schüttelte voller Unglauben den Kopf. Das war ja alles falsch! Offenbar hatte man Trevv den falschen Text gegeben. Er stand auch auf der falschen Seite, und das hier war auf jeden Fall die falsche Szene! »Aber was ist mit dem Dinner heute Abend bei *Piccolo Primi*?«, fragte ich.

»Darüber wollte ich ja gerade mit dir reden. Ich wollte dir sagen, dass Tess und …«

Ich fiel ihm ins Wort. »Genau. Du wolltest mir sagen, dass das alles ein ganz schrecklicher, furchtbarer Irrtum ist. Der aber überhaupt nichts bedeutet hat, und nun willst du mir den Antrag machen. Du willst mich bitten, dich zu heiraten, und ich werde Ja sagen, weil wir seit zwei Jahren zusammen sind, und weil wir uns lieben, und weil wir zusammen so glücklich sein werden.« Die Worte flogen wie unkontrollierbare Geschosse aus meinem Mund. »Sieh mal, ich weiß ja, dass wir gerade eine schwere Zeit durchmachen, aber das geht allen Paaren so, das ist ganz normal, und wenn wir uns verloben, kann sich alles wieder einrenken.«

Trevv sah mich an, offenkundig verwirrt. Dann nickte er langsam, als versuchte er, meine Worte zu verarbeiten, hob die Hand und rieb sich nachdenklich das Kinn. »Warum hast du geglaubt, ich wollte dir einen Antrag machen?«

»Trevv, ich hab die Rechnung für den Ring gefunden. Ich habe die roten Rosen in deinem Wagen gesehen!«

»Die waren nicht für dich bestimmt, Anne.«

»Was?« Ich war so entsetzt, dass ich nicht mehr denken konnte. Diese Neuigkeit schockte mich fast so sehr wie der Anblick der beiden im Bett. »Aber … aber … ich hab mir doch extra die Nägel machen lassen. Wir werden heiraten. Du heiratest *mich* …«

Sobald ich das hervorgestoßen hatte, ging mir auf, wie erbärmlich ich mich benahm. Und wie unlogisch. Warum sollte ich denn überhaupt einen Mann heiraten wollen, der mich eben erst betrogen hatte? Doch trotz dieser schweren Bedenken beschloss ich, weiterzumachen. Ich beschloss, jedes Körnchen Selbstachtung zu ignorieren, das ich möglicherweise noch besaß.

»… weil sie dir überhaupt nichts bedeutet. Wir lieben uns, und ich werde deine Frau.«

Trevv rückte einen Schritt näher, und zum ersten Mal, seit er aufs Revier gekommen war, nahm ich einen Schimmer von Ehrlichkeit in seiner Stimme wahr. »Ich finde, wir sollten dieses Gespräch lieber draußen fortsetzen.«

Ich keuchte vor Entsetzen. »Sie bedeutet dir etwas?« Ich schaute Trevv an, und seine Miene verriet alles. »Oh Gott, sie ist kein Seitensprung. Liebst du sie? Liebst du mich überhaupt noch? Wie konntest du mir das antun? Wie lange geht das schon?«

»Pst!«, versuchte Trevv mich zu beschwichtigen, weil ich immer lauter und schriller geworden war. »Wir reden draußen weiter. Das hier wird allmählich peinlich.« Er versuchte, den Arm um mich zu legen, aber seine vorgetäuschte Aufrichtigkeit stachelte meinen Zorn nur noch mehr an. Ein Wutschwall erfasste mich mit solcher Wucht, dass ich glaubte, lang hinschlagen zu müssen.

»Peinlich? *Peinlich?*«, kreischte ich wie eine geistesgestörte Todesfee. »Dass ich dich und deine Kollegin beim Sex erwische, nennst du *peinlich*?« Mit den Händen malte ich dramatische Anführungszeichen in die Luft. Einige Beamte wandten die Köpfe und starrten uns an.

»Pst«, zischte er und sah sich verlegen um. »Anne, das ist wirklich unangemessen.«

»Unangemessen?«, höhnte ich lautstark. »Weißt du, was ich unangemessen nenne? Wenn ich dich mit Nippelklemmen erwische.« Jetzt hatte ich auf jeden Fall die Aufmerksamkeit des gesamten Polizeireviers. Einige Beamte legten sogar ihre Arbeit hin und drehten sich zu uns um.

»Ach, und es freut mich ja dermaßen, dass du die Krawatte, die ich dir geschenkt habe, einer neuen Verwendung zugeführt hast. Komisch, der Mann, der sie mir verkaufte, hat gar nicht erwähnt, dass man sie als Augenbinde bei SM-Spielchen verwenden kann!«

Jetzt wirkte Trevv sehr ungehalten. »Raus, Anne!«, befahl er barsch.

Wie kann er es wagen, mir in seiner Lage Befehle zu erteilen?

»Nein! Ich will hierbleiben.« Ich stampfte mit dem Fuß auf wie ein bockiges Kleinkind. »Ich will hier und jetzt darüber reden. Schämst du dich eigentlich gar nicht? Du schämst dich überhaupt nicht, dass du mit einer anderen Frau in unserem Bett geschlafen hast? Nein, an deiner Stelle würde ich mich auch nicht schämen!«

Ein kollektives Luftschnappen ging durch den Raum.

Eine Polizistin schnalzte mit unverhohlener Missbilligung mit der Zunge. »Scheißkerl«, sagte sie und sandte ein paar tödliche Blicke in Trevvs Richtung, wofür ich ihr unendlich dankbar war.

Eine andere Stimme schallte aus dem Zellentrakt. »Ich hätte ihn ja abgeschnitten!«, brüllte Angel aus vollem Halse.

»Anne.« Trevv klang geradezu widerlich diplomatisch. »Ich meine, es wäre am besten, wenn du morgen vorbeischaust und alle deine Sachen abholst.«

»Du willst, dass ich …«

»Dass du ausziehst. Ja.« Er legte den Kopf schief.

»Aber … es ist doch mein Zuhause.«

»Nein, es ist *mein* Haus. Du hast bloß dort gewohnt.«

»Bloß dort gewohnt? Wow, war das alles, was ich da gemacht habe?« Seine Worte kränkten mich tief; sie unterstellten, dass ich nichts weiter als ein Gast in seinem Haus gewesen war. In einem Haus immerhin, in dem wir anderthalb Jahre zusammengelebt hatten.

Und zack – ruckte sein Kopf wieder nach oben! »Vielleicht

könnte deine Schwester dich aufnehmen? Oder eine von deinen Millionen Freundinnen oder Cousinen?« In seiner Stimme lag eine so große Verachtung, dass ich vor Wut schäumte. Trevv hatte meine Freundinnen nie ausstehen können.

Mich aufnehmen? Als wäre ich eine schuppige, flohverseuchte Promenadenmischung, die aus einer dreckigen Kloake gerettet werden musste?

Der Scheißkerl hatte noch etwas hinzuzufügen. »Natürlich erwarten Tess und ich nicht, dass du alle deine Sachen auf einmal mitnimmst, aber vielleicht das Nötigste. Kleider und Toilettenartikel.«

»Oh, wie überaus großzügig von dir und *Tess*.« Ich ließ ihren Namen wie Gift oder eine abscheuliche ansteckende Krankheit klingen. »Ihr seid ja so verdammt rücksichtsvoll, du und *Tess*.«

»Auf Wiedersehen, Anne.«

Und der Mistkerl besaß die Frechheit, mich noch auf die Stirn zu küssen, bevor er sich umdrehte und ging. Ich stand da und sah zu, wie er sich dem Ausgang näherte, und als er eben im Begriff war, die Tür zu öffnen und sich aus meinem Leben zu entfernen, wurde ich von einer irrationalen Panik befallen. Ich wollte nicht, dass Trevv ging. Trotz allem, was er mir angetan hatte, wollte ich nicht, dass er mich verließ.

»Trevv. Warte.« Meine Stimme bebte vor Panik, während sich ein Kloß in meiner Kehle formte.

Er drehte sich um, inzwischen reichlich gereizt, obwohl er immer noch versuchte, die Maske des »professionellen Anwalts« zu wahren. »Was?«

Ich öffnete den Mund, um etwas zu sagen, aber für das, was ich fühlte, gab es keine Worte mehr. Meine Empfindungen waren ein widerliches Paradox aus Wut und Verzweiflung – und über alldem lag der Nebel der Verwirrung, der sich immer noch nicht gehoben hatte.

»Nichts, Trevv. Nichts … und alles.«

Er schüttelte leicht den Kopf, bevor er die Tür aufstieß und hinausging. Ich sah ihm nach, wie er zu seinem Auto schlenderte, betont lässig, als wollte er nur eben einen kleinen Strandspaziergang machen. Tess saß wartend auf dem Beifahrersitz. *Meinem* Beifahrersitz. Und dann fuhr er davon, fuhr aus meinem Leben.

Als ich ungefähr sechs war, bin ich mal wie rasend um die obere Stange eines Klettergerüsts gewirbelt und habe den Halt verloren. Ich fiel so tief und schlug so hart auf, dass es mir beim Aufprall den Atem verschlug. Ich muss wohl mehrere Sekunden verzweifelt nach Luft geschnappt haben, bevor es mir gelang, den Sauerstoff einzusaugen, den meine Lungen brauchten. Es war einer der furchterregendsten Momente meines Lebens. Ich dachte, ich müsse sterben.

Genauso fühlte ich mich jetzt, als ich die beiden davonfahren sah.

Danach ging es stetig weiter bergab. Die Schrecken jenes Tages, des dreizehnten Januars, um genau zu sein (und es war nicht mal ein Freitag, falls ihr an solche Dinge glaubt), waren noch nicht vorüber. Nicht einmal annähernd. Denn inzwischen hatte ich natürlich das Fotoshooting verpasst, gar nicht zu reden davon, dass ich das Paradestück besagten Shootings ruiniert hatte.

Meine Chefin Sonja ist die personifizierte Fashion. Was angesagt ist und was nicht, hängt von einer Silbe aus ihrem schnippischen Mündchen ab. Ein strenger und unglaublich glänzender schwarzer Bob rahmte ihre spitzen Züge und stechenden blauen Augen ein. Sie war groß und spindeldürr und konnte daher all die hinreißenden Outfits tragen, die in *Glamorous Girl* vorgestellt wurden. Es hieß, dass sie seit 1998 keine feste Nahrung mehr zu sich genommen habe und sich ausschließlich von einer Diät aus Möhrensaft und Kohl ernähre. Ihre Haut leuchtete, ihre Lippen erstrahlten stets im Glanz des neuesten Lipglosstons, und sie verfügte über einen so mühelosen Style, dass sie selbst einer Plastiktüte ein Aussehen von Haute Couture hätte verleihen können.

Doch sie war auch berüchtigt für ihre rasiermesserscharfe Zunge, ihren tödlichen Ehrgeiz und ihr Durchsetzungsvermögen, das dem eines jeden männlichen CEOs in nichts nachstand.

Und jetzt hatte sie mich in ihr Büro zitiert.

»Wie ich höre, sind Sie heute wegen versuchten Mordes verhaftet worden«, sagte sie betont gleichgültig, während sie mit ausdruckslosem Blick durch mich hindurchsah.

»Nein, das war ein Missverständnis, die haben das falsch …« Woher wusste sie überhaupt von meiner Verhaftung?

»Oh nein, verstehen Sie mich nicht falsch, Schätzchen. Sie haben Ihren Freund beim Seitensprung erwischt. Vielleicht hatten Sie ja vor, ihn ein bisschen zu verstümmeln … Respekt!« Sie lächelte, als sie von ihrem Acrylglasstuhl aufstand und zum Fenster hinüberglitt, das einen Ausblick auf die Skyline von Johannesburg gewährte. »Was ich Ihnen hingegen nicht nachfühlen kann, ist, dass Sie mein Fotoshooting geschmissen haben, gar nicht zu reden von den Schuhen, die Christian extra dafür geschickt hat. Wissen Sie überhaupt, was diese Dinger kosten? Und das Shooting selbst? Ist nicht gerade billig, Kamele zu mieten.«

»Kamele?«

»Und die äthiopischen Flüchtlinge«, warf die Fashion Direktrice, eine jüngere Kopie von Sonja, schüchtern ein. »Wir wollten so einen Dritte-Welt-Armuts-Chic herstellen. Können Sie sich vorstellen, was für eine Aussage wir mit hungernden dehydrierten Kindern, die Louboutins tragen, gemacht hätten?«

Jetzt hatte sie sich in Rage geredet. »Aber Sie mussten es ja vermasseln.«

Sonja nickte. »Und deswegen sind Sie gefeuert.«

Obwohl ich gewusst hatte, dass ich wegen meines Versäumnisses vermutlich – NEIN, *bestimmt* – meinen Job verlieren würde, war es trotzdem erschreckend, zu hören, dass die Kündigung ausgesprochen wurde. Die Lage war ebenso irreparabel wie die Schuhe. Zweifellos lag irgendwo in diesem Schlamassel eine bedeutsame Metapher verborgen, nur war ich leider nicht in der Stimmung, sie zu finden. Es gab nichts mehr, was ich tun oder sagen konnte, um mich zu retten, also drehte ich mich um und schritt aus dem Büro, wobei ich mich bemühte, nicht in Tränen auszubrechen.

»Ach, und Annie«, hörte ich meine fiese Chefin sagen, »falls Sie irgendwann wieder einen Job in der Modebranche ergattern sollten, was höchst zweifelhaft ist«, sie beäugte mich, als hätte sie einen Hauch stinkender Fischeier in die Nase bekommen, »tragen Sie lieber keine Boyfriend-Jeans. Die sind seit der vorletzten Saison aus der Mode.«

Nachdem sie ihre höhnische Schlusspointe gesetzt hatte, verließ ich das Büro. Und das war's. Das Ende meines Traumjobs beim glamourösesten Modemagazin Südafrikas. Und das hässliche Ende meines Traums, eines Tages zur Fashion Direktrice aufzusteigen.

Ich verließ das Gebäude durch das pompöse goldgerahmte Portal und blieb mit hängenden Schultern auf dem Bürgersteig stehen. Was jetzt? Ich machte ein paar armselige Schritte, dann spürte ich, dass meine Beine mich nicht mehr tragen wollten. Ich lehnte mich an den nächsten verfügbaren Gegenstand, der zufälligerweise eine Mülltonne war, und ließ den Kopf hängen. Was jetzt, verdammt noch mal? Ich suhlte mich im Glanz meines Elends, und es war mir ziemlich egal, wer mich sah …

Nein, das stimmte nicht so ganz. Denn nachdem mir eine mitfühlende Seele fünf Dollar in die Hand gedrückt und mir empfohlen hatte, eine warme Mahlzeit zu kaufen, wusste ich, dass ich etwas unternehmen musste. Also tat ich das Einzige, was meinem umnebelten Hirn noch einfallen wollte, und lenkte meine Schritte zum Arbeitsplatz meiner Freundin Jane.

Sie arbeitete in Teilzeit in der Zahnarztpraxis ihres Vaters, während sie gleichzeitig einen Abschluss in Zahnmedizin anstrebte. Ihr Vater wollte, dass sie das Handwerk erlernte, weil er ihr schon bald seine Praxis überschreiben wollte. Ich war mir nicht sicher, ob Jane darüber begeistert war, im Moment jedoch nur froh, dass ich nur ein paar Blocks bis zur Praxis hatte.

Das Erste, was an einer Zahnarztpraxis auffällt, ist der Geruch, dieser sonderbare medizinische Geruch, der nur in diesen Räumen anzutreffen ist. Und dann das Geräusch des Bohrers. Dieses fiese Surren, während einem bedauernswerten Opfer der Zahn angebohrt wird, begleitet von dem verharmlosenden Geräusch des Saugers. Normalerweise bekomme ich eine Gänsehaut, wenn ich beides höre, heute jedoch wirkte es eher tröstlich auf mich. Vielleicht lag es daran, weil ich mir vorstellte, Trevv mit einem Zahnarztbohrer zu malträtieren?

Ich setzte mich und wartete, bis Jane mit dem Patienten fertig war, bei dessen Folter sie gerade ihrem Vater assistierte. Wohlgemerkt, in meiner Lage hätte ich nur zu gern mit dem Menschen im Stuhl getauscht. Der scharfe Schmerz einer Zahnentfernung ohne Betäubung wäre mir sehr viel lieber gewesen, als *das hier* zu erdulden. Ich zitterte vor Adrenalinausschüttung und hatte das Gefühl, mein unregelmäßig pochendes Herz würde mir aus der Brust gerissen, während ich gleichzeitig Tiefschläge in den Magen einsteckte. Endlich, nach ungefähr einer Stunde, tauchten Jane und ihr Dad aus dem Behandlungszimmer auf.

»Hallo, Annie«, begrüßte mich Dr. Smith mit einem Lächeln. Ich kannte Jane seit über zehn Jahren und war ebenso lange bei ihrem Dad in Behandlung. »Fädelst du auch immer fleißig, wie ich es dir geraten habe?«

Ich zwang mich zu einem Nicken und dem freundlichsten Lächeln, das ich unter diesen Umständen zustande bringen konnte. »Nach jeder Mahlzeit.«

»Ausgezeichnet. Wenn ihr mich jetzt entschuldigen wollt …«

Erleichtert sah ich zu, wie er sich entfernte. Nicht, dass ich ihn nicht gemocht hätte, aber es fiel mir schwer, die Fassade aufrechtzuerhalten.

»Annie?« Jane kam auf mich zu. »Du siehst aus, als ob … Was ist los?«

»Trevv…«, konnte ich lediglich hervorbringen, sonst wäre ich zusammengebrochen und hätte den Raum mit einem Tränenstrom überschwemmt.

Jane ließ sich auf den Stuhl neben mir sinken. »Was ist passiert?«

»Stell dir das Schlimmste vor, bei dem du deinen Freund erwischen kannst. Und dann multipliziere es mit zehn und gib noch Nippelklemmen und eine Augenbinde dazu.«

»Oh?« Jane sah mich ein oder zwei Sekunden lang verständnislos an. »*Oh!* Verstehe.« Jetzt war der Groschen gefallen. »Du bist also reingekommen und hast ihn …«

»Beim Sex erwischt, ja.«

»Mit?«

»Abartigem Sadomaso-Zeugs.«

»Und?«

»Tess.«

»Diesem Mädchen von seiner Arbeit?«, rief Jane erschrocken. »Die mit dem Verlobten? Wir haben doch erst vor einem Monat mit denen zu Abend gegessen!«

Ich nickte. »Genau die. Offenbar ist er in sie verliebt.«

»Aber ich dachte, er würde dich bitten, seine Fr…«

»Offensichtlich nicht!«, fiel ich ihr ins Wort. Ich wollte dieses Wort nicht laut ausgesprochen hören.

»Wie lange geht das schon?«

»Das weiß ich nicht!«, heulte ich derart laut, dass ich selbst die Bohrgeräusche aus dem Nebenzimmer übertönte. »*Übrigens* will er, dass ich heute noch aus *seinem* Haus ausziehe. *Übrigens* hat er mich verhaften lassen. Ich komme gerade frisch aus dem Gefängnis.«

»Was?«

»Und ich hab den Scheißschuh kaputt gemacht!«, stöhnte ich.

»Tess' Schuh?«

»Nein, das wäre ja noch amüsant gewesen. Es scheint eher so, als hätte ich den wichtigsten Schuh der Welt ruiniert. Den wichtigsten, außerordentlichsten, glänzendsten, teuersten verdammten Schuh, der jemals gefertigt worden ist, und seinetwegen bin ich jetzt gefeuert worden.«

»Okay.« Jane schaltete auf Organisationsmodus. »Was soll ich für dich tun?«

»Hilfst du mir beim Auszug?«

»Na klar.« Sie sagte alle weiteren Nachmittagstermine ab, und eine Stunde später stand ich ohne Freund, Heim, Job, ohne *alles* in meinem zukünftigen Exzuhause, um mein Leben einzupacken – oder vielmehr das, was mein Leben in den letzten anderthalb Jahren ausgemacht hatte. Ich hatte ein prächtiges Downtown-Loft aufgegeben, um bei Trevv einzuziehen, weil er es unbedingt gewollt hatte. Einst hatte er mich geliebt – oder vielleicht doch nicht? Es war alles so unwirklich, und ich wusste nicht, was genau ich eigentlich fühlen sollte: Wut, Trauer, Niedergeschlagenheit?

Vielleicht war ich einfach nur betäubt. Ich wusste lediglich, dass ich es überstehen musste, und sei es auf Autopilot.

Doch als ich ins Schlafzimmer kam und die zerdrückten Laken, die Kissen auf dem Boden und die Krawatte quer auf dem Bett liegen sah, wich die Betäubung schlagartig von mir. Ich sah mich im Zimmer um, und alles, was ich sah, war *sie*. Ich blickte zu Boden, wo mir etwas ins Auge stach. Ich bückte mich und hob zwei abgebrochene Spitzen meiner frisch manikürten Nägel auf. Das Blut stieg mir in die Wangen, und meine Haut brannte vor Scham. Ich hatte eine solch große Sache daraus gemacht. Ich hatte der ganzen Welt verkündet, dass wir uns verloben würden. Ich hatte schmerzhaftes Augenbrauenzupfen über mich ergehen lassen.

Wie konnte ich nur so dumm gewesen sein?

Jane marschierte auf mich zu, nahm mir die Nägel ab und warf sie in den Mülleimer. »Je schneller wir das hinter uns bringen, desto besser«, sagte sie und scheuchte mich ins Bad.

Ich war froh, dass es Jane war, die mir half. Sie war die Vernünftigste unserer Clique, und ich brauchte jetzt jemanden wie sie, sonst wäre ich als elendes Häufchen zu Boden gesunken.

»Sieh mal.« Ich zeigte mit dem Finger durchs Bad in Richtung Waschbecken. »Ssiieehh mal«, zischte ich mit einer Stimme, die ich kaum als die meine wiedererkannte. »Sie ist pink.«

Trevvs und meine Zahnbürsten standen in einem Becher in der Nähe des Beckens. Meine lindgrün, meine Lieblingsfarbe, und Trevvs blau. Aber dort, eingeklemmt zwischen der grünen und der blauen, stand jetzt eine rosa Zahnbürste. Ich beugte mich über den Becher, um der Bürste in ihr borstiges Gesicht zu schauen, das mich mit seinen diagonalen Borsten für schwer erreichbare Stellen zu verhöhnen schien. Beide Bürsten lehnten sich an die blaue, und diese Ironie kam mir gleichzeitig lächerlich und anstößig vor.

Jane und ich starrten eine Weile auf den Zahnputzbecher. Dann schaute sie mich mit weit aufgerissenen Augen an, als könnte sie meine Gedanken erraten.

»Nein, Annie. Tu das nicht. Sei besser, sei großzügiger. Steh darüber.«

Ich nahm die rosa Zahnbürste aus dem Becher.

»Nein, Annie. Du musst darüberstehen.«

Ich schüttelte den Kopf.

Nein. Ich stand nicht darüber.

Nein. Ich war nicht großzügig.

Und *nein*, ich würde nicht auch noch die andere Wange hinhalten.

»Oh Gott, ich kann es nicht mit ansehen.« Jane wandte sich rasch ab.

Ich nahm die Bürste fest in die Hand und fuhr mit ihr über die Innenseite der Toilettenschüssel, dann tunkte ich sie zur Sicherheit noch in das Wasser, bevor ich sie wieder in den Becher stellte.

Dass Tess einen verheerenden Escherichia-coli-Erreger erwischen könnte, bewirkte augenblicklich eine Verbesserung meines Zustandes. Es schien die einzige Rache zu sein, die ich im Moment kriegen konnte. Aber dieses süße Gefühl hielt nur etwa eine Minute lang an.

Sechs Kartons, zwei prall gefüllte Koffer und drei Stunden später waren Jane und ich zum Abmarsch bereit. Ich stand in der Einfahrt und schaute auf das Heim, das ich mit meinem Freund geteilt hatte. Obwohl es offiziell Trevvs Haus war, konnte ich doch überall Spuren meiner Anwesenheit entdecken. Ich hatte liebevoll das mittlerweile in voller Blüte stehende Rosenbeet unter dem Küchenfenster angelegt. Ich hatte die Haustür rot angestrichen, und dieser kleine Sprung im Wohnzimmerfenster stammte auch von mir, als ich voller Vorfreude eine Flasche Champagner geöffnet hatte, um meinen neuen Job zu feiern.

Und jetzt … sollte ich einfach so verschwinden?

Ich schloss die Tür hinter einem Kapitel meines Lebens.

Und was zum Teufel kam jetzt?

2

Ich war nun offiziell auf die dunkle Seite übergewechselt. Ich war am Boden zerstört und ernstlich gefährdet, Horrorgeschichten und Angstgedichte zu verfassen, mich selbst zu verletzen, schwarze Kerzen abzubrennen und mir nicht mehr die Haare zu waschen. Was keiner Frau gut steht.

Ich war so deprimiert, dass ich sogar anfing, den Depeche-Mode-Sampler zu hören, den Damien mir einmal aufgedrängt hatte. Eben jetzt lauschte ich, wie sich der Sänger über Schmerz und Leid ausließ, und konnte jedem einzelnen Wort etwas abgewinnen.

Meine jähe Arbeitslosigkeit tat ein Übriges dazu, indem ich nämlich viel zu viel Zeit zum Nachdenken hatte. In der ersten Woche starrte ich ständig auf mein Handy und wartete darauf, dass Trevv anrief und gestand, er habe einen schrecklichen, einen *ganz* schrecklichen Fehler gemacht.

Dass es ihm furchtbar leidtäte. Dass er ein Scheißkerl sei. Dass er es verdiene, bestraft zu werden – von meiner Hand. Dass er sich geirrt habe und nur mich, mich allein liebe, und nicht sie. Gott, wie erbärmlich!

Immer wieder pendelte ich zwischen zwei Vorstellungen hin und her: In der einen kam Trevv zu mir zurück und flehte mich an, dass wir wieder zusammenkamen; in der anderen bettelte er um sein Leben, bevor ich ihn mit einem Mähdrescher überfuhr. Nur noch ein kleiner Schritt trennte mich von einer Frontallobotomie, einer Zwangsjacke und einer drastischen Elektroschocktherapie.

Eine Trennung an sich ist schon schlimm genug, aber wenn du deinen Freund beim SM-Sex mit einer anderen erwischst, wird der Verheerung eine völlig neue Qualität hinzugefügt. Rückblickend betrachtet hatte es einige Anzeichen gegeben, dass Trevvs Neigungen ein wenig zu *Quetsch mir die Nippel, bis sie bluten* tendierten.

Eines Abends, während er Hähnchen mit Pilzen kochte, hatte er urplötzlich den Pfannenwender geschwungen und ihn mit voller Wucht auf meinen Hintern sausen lassen. Natürlich war ich erschrocken und außerdem ziemlich betroffen, weil er einen Fettfleck auf meinen MaxMaras hinterlassen hatte. Ein andermal hatte er eine Anspielung auf heißes Wachs gemacht. Nachdem ich mich vergewissert hatte, dass er damit keine Epilierung meinte, hatte ich es für einen Witz gehalten.

Da hatte ich mich offenbar geirrt.

Mein Zustand wurde noch unerträglicher, als meine Friseurin anrief und fragte, wann sie denn nun den Termin für die Brautfrisur einschreiben sollte. Kurz darauf folgte eine Nachricht meiner Kosmetikerin, die ein Foto des tollen Rings sehen wollte. Ich wusste nicht, was sich schlimmer anfühlte: der Schmerz meines brechenden Herzens oder die glühende Scham, weil ich den Leuten erklären musste, warum die Hochzeit nicht stattfinden würde.

Selbst im Schlaf konnte ich meinen Gefühlen nicht entkommen. In nahezu jedem Traum erschien Tess, eine makellose Schönheit. Und je öfter ich sie sah, desto stärker wurde mir meine Unvollkommenheit bewusst. Jedes Mal, wenn ich an einem Spiegel vorbeikam, musste ich denken: Kein Wunder, dass er sie gewollt hat und nicht mich. Sie war hinreißend. Und zweifellos konnte sie ihm im Bett etwas geben, zu dem ich nicht fähig war.

Vielleicht war ich einfach nur schlecht im Bett? Zweifellos hatte Trevv sich mit mir gelangweilt.

War das der Grund, warum er sich woanders umgesehen hatte? War ich nicht schön genug? Meine Titten nicht groß genug? Mein Arsch nicht knackig genug? Mein Körper nicht biegsam genug? Mit jedem weiteren Einfall schwand ein Teil meiner Persönlichkeit dahin. Die ehrgeizige, zuversichtliche junge Frau, die ich einmal gewesen war, hatte sich in einen völlig anderen Menschen verwandelt – ein von Unsicherheit gequälter, von Zorn getriebener Mensch, der an der Ungerechtigkeit der Welt zugrundeging.

Als Trevv nach zehn Tagen immer noch nicht angerufen hatte, rastete ich aus.

Es war acht Uhr abends. Ich schritt im Wohnzimmer auf und ab, von dem unersättlichen, beinahe schmerzhaften Bedürfnis erfüllt, ihn zu sehen. Und da Jane noch auf der Arbeit war, war leider auch niemand da, der mich daran hätte hindern können.

Ich musste Trevv sehen. Und wichtiger noch, ich musste nachschauen, wie sein Leben aussah. Hoffentlich brach es ebenso auseinander wie das meine. Ich hoffte, dass er jämmerlich im Sessel hockte und sich vorhielt, was für ein Scheißkerl er gewesen war. Dass er sich in seiner Schuld wälzte, an ihr erstickte, dass er begriff, welch schrecklichen Fehler er gemacht hatte …

Dorthin zu fahren fühlte sich ganz selbstverständlich an, und alles sah genauso aus, wie ich es verlassen hatte. Nichts hatte sich seit meinem Fortgehen verändert, und das eben brachte mich zur Weißglut. Wenn dein eigenes Leben zerfällt, dann erwartest du, dass es dem Rest der Menschheit genauso ergeht, und wenn es nicht so ist, empfindest du es beinahe als anstößig. Während dein Leben knirschend zum Stillstand gekommen ist, scheinen alle anderen ganz normal weiterzumachen.

Ich stellte den Wagen ein paar Häuser weiter ab, schaltete die Scheinwerfer aus und krabbelte hinaus. Ich trug Cargohosen und einen schwarzen Hoodie und war mir bewusst, dass ich vermutlich wie ein Sittenstrolch aussah. Aber ich war so trunken von Wahnsinn und Aufregung, dass es mir schnuppe war. Ich schlich zum Haus und spähte zum Fenster hinein. Alle Lichter brannten, und durch die Gardinen konnte ich eine Silhouette in der Küche ausmachen. Trevv?

Ich ging so nahe wie möglich heran, wobei ich mich behutsam durch die dornigen Rosenstöcke schlängelte. Für den Bruchteil einer Sekunde ging mir ein Gedanke durch den Kopf …

Annie. Was zur Hölle machst du da?

Doch der Gedanke verging ebenso schnell, wie er gekommen war, und ich spähte durch das Küchenfenster wie ein Voyeur.

Ich hörte Stimmen, verstand aber nicht, was sie sagten. Ich sah Bewegungen hinter der Gardine, konnte aber nichts deutlich erkennen. Das Fenster stand einen Spalt offen … Sollte ich hineingreifen und die Gardine beiseiteziehen, einen kurzen Blick riskieren?

Nein, Annie, nein!, schien eine Stimme mir zuzurufen.

Doch, Annie, tu's!, wurde sie durch eine lautere Stimme übertönt. Also tat ich's. Ganz vorsichtig steckte ich eine Hand durchs Fenster, nahm den Gardinensaum zwischen die Fingerspitzen und zog die Gardine zur Seite.

Ein Candlelight-Dinner für zwei … Eine Vase mit roten Rosen, an denen eine herzförmige Karte hing … Mir drehte sich der Magen um, Galle stieg mir in der Speiseröhre empor.

Händchenhalten, tiefe Blicke, Lächeln und Liebesgeflüster … Ich wollte nur noch flennen.

Dennoch konnte ich den Blick nicht abwenden. Es war, als schaute ich in einen Spiegel, doch die Person, die mich ansah, war nicht ich. Sie hätte aber ich sein sollen! Das war *meine*

Küche. *Ich* hatte die Weingläser ausgesucht, das Salzfass, selbst den Tisch, an dem sie saßen, hatte ich angeschafft. Wie konnte es geschehen, dass eine andere Frau mir mein ganzes Leben gestohlen hatte?

In morbider Faszination blieb ich wie angewurzelt vor dem Fenster stehen und beobachtete diese beiden Schauspieler, die ein Leben spielten, das einst meines gewesen war. Doch als Trevv sich vorbeugte und Tess küsste, wie er mich noch nie geküsst hatte, ließ ich die Gardine los und sackte an der Hauswand zusammen. Ich versuchte, die Tränen zurückzuhalten, aber es waren einfach zu viele. Ich hockte zusammengekauert auf dem Boden und hörte, wie mir unwillkürlich ein leises Stöhnen entfuhr.

Meine Schultern fingen an zu beben, während ich auf der kalten, nassen Erde saß und mir stumm die Augen aus dem Kopf heulte. Es war die Art Weinen, die die Herrschaft über deinen Körper zu übernehmen scheint und dich vollkommen lähmt. Ich muss wohl eine Ewigkeit in diesem Beet gesessen haben, während die Rosendornen mir die Haut zerkratzten. Ich biss mir auf die Lippe und grub die Finger in die Erde, damit ich nicht losbrüllte oder wie eine Wilde um mich schlug.

Irgendwann gelang es mir, wieder in meinen Wagen zu steigen. Mit Erde und Blut bedeckt und der ganze Körper ein einziger Schmerz. Meine Knochen taten weh, meine Haut brannte, ich wollte mich nur noch zu einer Kugel zusammenrollen und sterben. Wie viel erbärmlicher und peinlicher kann man sich noch benehmen? Auf der Erde sitzen und heulen vor dem Haus deines Exfreundes und seiner neuen Freundin? Ich hasste mich selbst unendlich dafür.

Ich fuhr davon und schwor mir, zu keiner Menschenseele etwas darüber verlauten zu lassen. Nicht einmal meine besten Freundinnen durften es erfahren. Ich würde diesen erbärmlichen Auftritt einfach für mich behalten und als weiteren Anlass nutzen, um mich verrückt zu machen.

Und wenn ich mich nicht selber verrückt machte, dann übernahmen das meine Freundinnen für mich, allen voran meine Cousine Lilly. Vor ein paar Jahren war sie selbst im Beisein von fünfhundert Hochzeitsgästen vor dem Altar sitzen gelassen worden. Damals war sie am Boden zerstört gewesen, doch dann hatte sich alles zum Guten gewendet, denn sie hatte Damien kennengelernt. Jetzt aber sonderte sie tiefsinnige, philosophische Ratschläge mit einer Großzügigkeit ab, als würde sie einen Kuchen mit Zuckerstreuseln dekorieren. Stopfte mir einen endlosen Strom von Klischees in den Hals, bis ich förmlich daran erstickte.

»*Alles geschieht aus einem guten Grund ...*«

»*... hat so kommen müssen ...*«

»*... vielleicht am Ende ein verdammter Segen ...*«

Ich war aber nicht bereit, das Gute an der Sache zu sehen. Die einzige Freundin außer Jane, die mich nicht mit Plattitüden traktierte, war Stormy-Rain. Sobald ich ihr erzählt hatte, was geschehen war, hatte sie mich nicht etwa getröstet, sondern schlicht gesagt: »Ich wusste, dass es irgendwann passieren würde. Es stand in den Karten.«

Stormy-Rain hatte sich recht lautstark geäußert, als ich mit Trevv zusammengekommen war. Sie hatte mit Begriffen wie *arrogant* und *kapitalistischer Blutsauger* um sich geworfen (sie ist nicht gerade für ihre subtile Wortwahl bekannt). Doch ich war verblendet gewesen, wie man es in der Zeit der ersten Verliebtheit eben ist. Durch einen Nebel aus Dopamin und sexinduzierten Endorphinen konnte ich überhaupt nicht nachvollziehen, was sie Trevv eigentlich vorwarf.

Es war Liebe auf den ersten Blick gewesen, obwohl Trevv allem zu widersprechen schien, was ich bis dahin an Männern gut gefunden hatte. Vor ihm hatte ich eine ganze Reihe kompletter Versager gehabt. Tatsächlich schien es, als ob ich in meinen Anfängen mit Männern keine Mühen gescheut hätte, um mir ausgerechnet die von Grund auf Falschen auszusuchen. Damals fuhr ich voll auf die underdressten Typen ab. Auf diese coolen, schwer fassbaren Männer, die ja *sooo* verschroben sind, dass sie einfach kreative Genies sein müssen, denen Großes beschieden ist. Ihr kennt ja diese Typen: stille, intensive Männer, die aussehen, als bräuchten sie dringend eine Vitamininfusion, eine Rasur und etwas mehr Sonne.

Da ich in der Kreativbranche arbeitete, hatte ich reiche Auswahl. Persönlich bevorzugte ich die gequälten, um Anerkennung ringenden Künstler in Strickpullovern, gammeligen Jeans mit Farbklecksen, ausgetretenen Turnschuhen und Frisuren, die nach einer Bürste schrien. Doch nachdem ich mich ein paar Jahre lang ausschließlich mit solchen Typen verabredet hatte, war ihr Glanz allmählich verblasst. Ich stand nicht mehr auf Männer, die sensibler und empfindsamer als ich zu sein schienen, und deren Oberschenkel halb so dick waren wie meine. Ich wurde von einer merkwürdigen Sehnsucht nach einem *richtigen* Mann – was immer das auch heißen mochte – ergriffen.

Eines schönen Abends saß ich mit meinen Freundinnen in einer todschicken Bar, die wir uns überhaupt nicht leisten konnten – und sah *ihn*. Wir nuckelten seit einer Stunde an unseren Drinks herum, damit sie länger vorhielten. Ich verdiente zwar als Designerin in der Werbung recht gut (ein Job, den ich übrigens hasste), aber noch lange nicht gut genug, um zwanzig Dollar für einen Drink auszugeben. Doch dann stiefelte Trevv an uns vorbei. Ich roch ihn schon, bevor ich ihn überhaupt sah. Ich werde das nie vergessen: Er roch nach Sandelholz und Tropenregen – eine sonderbar berauschende Mischung, von der mir schwindelig wurde. Er musste gesehen haben, dass ich ihn anschaute (möglicherweise angaffte), denn schon wenige Minuten später kam er an unseren Tisch.

»Kann ich die Damen zu einem Drink einladen?« Er war ganz der Gentleman, etwas, woran ich nun gar nicht gewöhnt war. Auch waren mir Männer fremd, die ihre glänzende Kreditkarte zückten, um eine Runde Cocktails auszugeben – normalerweise fischten meine Dates verzweifelt in den Taschen ihrer Jeans nach Münzen und fluchten, weil sie die Löcher in besagten Taschen vergessen hatten.

»Aber ja. Keine von uns kann sich hier auch nur ein Glas Wasser leisten«, erwiderte ich. Das brachte ihn zum Lachen. Und damit will ich sagen, dass er *wirklich* vor Vergnügen wieherte, als wäre ich eine begnadete Stand-up-Komödiantin. Deshalb beschloss ich, mehrere Drinks und eine dreistündige Unterhaltung später, dass er genau der Mann war, nach dem ich gesucht hatte. Ich hatte mich so sehr nach einer Veränderung gesehnt, und plötzlich fiel mir so mir nichts, dir nichts dieser tolle Mann in den Schoß! Und er stand auch auf mich; vielleicht, weil ich für ihn eine recht exotische Kreatur war, eine Abkehr von den Frauen in Nadelstreifenanzügen aus seiner Firma, die er üblicherweise datete. Wobei er ja am Ende doch wieder zu ihnen zurückgekehrt ist.

Mir gefiel an Trevv auch, dass er ein wenig großspurig und überaus selbstsicher war. Voller Zuversicht und sogar leicht arrogant. Das war sehr verlockend. All die Eigenschaften, die Stormy mir als mögliche Defizite aufgezeigt hatte, waren eigentlich die Eigenschaften, die ich am anziehendsten fand. Und er sah so schrecklich gut aus, wie ein Schauspieler oder ein Model. Ein Mann, den alle gut aussehend finden, sogar eure neunzigjährigen Großmütter. Vielleicht hätte ich wissen sollen, dass er *zu* gut aussah, besonders für jemanden wie mich.

Nach *Nippel-Gate*, wie meine Freundinnen und ich es zu nennen pflegten, nahm die liebe Jane mich auf, ohne Miete zu verlangen, denn schon bald musste ich feststellen, dass mein Sparkonto rapide dahinschmolz. Die ersten ein, zwei Monate ging es recht gut, denn wir verfielen in eine angenehme, vorhersagbare Routine: Ich suhlte mich den ganzen Tag lang in Selbstmitleid auf dem Sofa, während Jane zur Arbeit ging, und abends schauten wir Dokumentarfilme.

Ich hatte mich immer schon gewundert, warum Jane mit so vielen Fakten und Zahlen aufwarten konnte, aber jetzt kannte ich den Grund. Nach unzähligen Dokus wusste ich, dass sich die Zellen im Körper alle sieben Jahre erneuern, dass Münzautomaten viermal so viele Menschen töten wie Haie, und dass Bienendrohnen beim Orgasmus die Hoden explodieren, was ihren Tod zur Folge hat. Das nötigte mir dann doch ein Grinsen ab, denn ich stellte mir vor, wie Trevvs Eier, wenn Menschen auch so ein Malheur widerfahren könnte, just in diesem Augenblick gegen die Schlafzimmerwände klatschten.

In den ersten beiden Monaten kam mir Janes Wohnung wie ein Refugium des Friedens vor, ein Zufluchtsort vor dem Wahnsinn der Welt. Bis mir auffiel, wie oft ihre Mutter unangekündigt zu Besuch kam. Eines Morgens wachte ich auf, weil sie ein paar Handwerker anwies, die Teppichböden herauszureißen und durch Holzdielen zu ersetzen. Sie hatte Jane vorher nichts davon gesagt, genauso wenig wie sie ihre Tochter davon in Kenntnis gesetzt hatte, als sie sämtliche Kohlehydrate aus der Speisekammer entfernte oder einige der Wohnzimmerstühle neu beziehen ließ.

Janes Mutter ist schon ein wenig *speziell*. Wir hatten immer geglaubt, Jane übertreibe, wenn sie von ihren Übergriffen berichtete, doch nun konnte ich ihre Erzählungen besten Gewissens bestätigen. Wenn überhaupt, dann spielte Jane sie sogar noch herunter. Mrs Smith, wie ich sie immer noch nenne, besitzt überhaupt kein Gefühl für Grenzen oder Privatsphäre. Außerdem ist sie besessen von der Vorstellung, einen Freund für Jane aufzutun, und sobald sie spitzgekriegt hatte, dass ich auch Single war, verdoppelte sie ihre Anstrengungen. Sie bat sogar um Fotos, um ein Dating-Profil von mir anlegen zu können. Ohne Jane etwas davon zu sagen, hatte sie auch eines für sie angelegt. Jane hat das nur durch Zufall herausgefunden, weil ein Mann sie auf der Straße erkannte.

»Versuch, mir eine möglichst gute Auswahl zu geben«, hatte sie eines Tages gesagt, als sie wieder einmal unangekündigt in mein Zimmer spazierte. »Männer mögen Frauen mit wandlungsfähiger Persönlichkeit. Und tu auf jeden Fall ein Bikini-Bild dazu, das sind immer noch die allerbesten. Aber kein Bikini, der sagt, dass du leicht zu haben bist. Dein Bikini muss sagen: Ich bin modern, ich hab Klasse und Selbstvertrauen, schlafe aber nie beim ersten Date mit einem Mann, obwohl ich erwarte, dass er mich zum Dinner einlädt und mir die Wagentür aufhält.«

Ich hatte nicht mal gewusst, dass Bikinis sprechen können.

Da sie auch unter der ständigen Anwesenheit ihrer Mutter litt, war Jane überhaupt nicht gekränkt, als ich ihr sagte, ich müsse eine eigene Wohnung finden, von einem Job gar nicht erst zu reden. Ich hing nun schon seit einer Ewigkeit tatenlos herum und musste unbedingt damit aufhören. Ich stellte mir vor, dass es doch eine gute Sache wäre, eine eigene Wohnung zu haben, es war ein Schritt in die richtige Richtung. Danach konnte alles nur noch besser werden.

Doch das tat es nicht. Es wurde schlimmer.

Die folgenden Monate ging es stetig bergab. So steil und kurvig bergab, dass du leicht den Tritt verlieren oder dir den Knöchel verstauchen kannst, besonders wenn du hohe Absätze trägst.

Zum Glück trug ich keine hohen – oder überhaupt Absätze. Sonja hatte schon richtig gelegen: Einen Job bei einer Modezeitschrift konnte ich nicht mehr auftun. Offenkundig wollte niemand eine Frau einstellen, die immens teure Fotoshootings verdarb, und die zudem noch einen Mordversuch begangen hatte. Ja, dieser Vorfall war wirklich unverhältnismäßig aufgebauscht worden. Ein Fest für die Klatschmäuler, die meine Geschichte gedehnt, ausgeschmückt, übertrieben und voll ausgeschlachtet hatten.

Dass niemals Anklage gegen mich erhoben worden war, interessierte natürlich niemanden. Warum sich von Fakten eine tolle Story verderben lassen?

Mehrere Versionen kursierten: Einer zufolge hatte ich einen psychotischen Schub erlitten, mysteriöse »Stimmen« hatten mir befohlen, das Messer in die Hand zu nehmen. Und eine andere ließ verlauten, ich hätte ein Verbrechen à la Lorena Bobbitt begehen wollen.

Für diejenigen unter euch, die sich nicht mehr erinnern: Lorena – nicht grundlos, wohlgemerkt – hat ihrem Ehemann den Schniedel abgeschnitten, ist mit ihm losgefahren und hat ihn aus dem Autofenster auf eine Wiese geworfen. Manche nannten sie wahnsinnig, während andere sie als Heldin feierten. Der Penis wurde wieder angenäht, und ihr Ex erfreute sich einer kurzen Karriere als Pornostar. Echt wahr!

Doch irgendwann, das wusste ich, würden die Klatschmäuler meiner Geschichte schon müde werden. Die Fashionbranche ist extrem unbeständig, da braucht nur ein berühmtes Model aufzutauchen und zuzugeben, dass es unter Bulimie leidet, Drogen nimmt, oder es kreuzt gar bei einem Shooting mit Cellulite auf, schon sind die alten Gerüchte vergessen.

Ich verspürte aber ohnehin nicht das Bedürfnis, in die oberstressige Welt der Stylisten zurückzukehren. In meinem derzeitigen Zustand wäre das äußerst ungesund gewesen. Zudem hatte ich damals lauthals verkündet, dass ich diese Branche hinter mir lassen und zu besseren Ufern aufbrechen würde, und jetzt wäre es mir viel zu peinlich gewesen, mein Versagen einzugestehen. Denn auch überall sonst hatte ich ja versagt. Abgesehen davon ist es überhaupt nicht mein Ding, Leute in eine schicke, aber zugleich bodenständig wirkende Business-Kluft zu stecken, damit sie dann im Fernsehen Versicherungspolicen verkaufen können.

Ich entschied mich also für einen sehr viel entspannteren Job (einen anderen hätte ich ohnehin nicht bekommen). Ich stellte mich bei *Patel und Sohn* vor, einem Familienbetrieb, der von Hosenkürzen und Knopfannähen bis hin zur Gestaltung farbenprächtiger Saris für Hochzeiten und ähnliche Anlässe alles machte. Es war ein kleiner, enger Laden in der sehr unglamourösen Oriental Plaza, die im schäbigeren Teil von Johannesburg liegt. Das Geschäft der Patels befand sich zwischen einem Laden, der ausschließlich Gebrauchsgegenstände aus Plastik verkaufte, und einer Gewürzhandlung. Die Düfte, die aus diesem Etablissement drangen, waren mitunter so stechend, dass ich noch vor Arbeitsbeginn Kopfschmerzen bekam. Es war auch ein lautes Viertel, sehr bunt und voller Leben, und an manchen Tagen hatte ich das Gefühl, ein Bollywood-Filmset zu betreten. Ich ertappte mich beim Warten darauf, dass jemand ohne Grund zu singen begann oder einen besonders dramatischen Tanz hinlegte.

Manchmal allerdings überstand ich die endlose Saumnäherei nur deswegen, weil ich in meiner Vorstellung Trevvs Eier an die Wand nähte. Dann aber wieder fragte ich mich, während ich dem Surren der Nähmaschine lauschte und das ewige Hoch- und Niederzucken der Nadel beobachtete, ob es ihm nicht vielleicht sogar gefallen würde?

Ein Schmerz. Ein Stich mit einer scharfen Nadel. Ein Klaps mit einem Paddel. Worauf stand er sonst noch? Immerhin gab es unendlich viele bizarre Fetische. Gott allein mochte wissen, was er mit Tess hinter verschlossenen Türen noch alles anstellte. Die Vorstellung bereitete mir heftige Übelkeit, besonders als meine Fantasie Bilder eines Trevvs mit Nippelklemmen heraufbeschwor, der mit Handschellen an den Bettpfosten gefesselt war, während Tess ihn mit einem elektrischen Viehtreiber oder einem ähnlich grässlichen Gerät pikste.

Das Beste an meinem neuen Job waren die Patels. Sie wurden für mich zu einer Art Ersatzfamilie, ganz besonders Granny Padma. Sie brachte mir oft Currygerichte, die vom Mittagstisch übrig geblieben waren, oder ganze Ladungen Samosas (und ich brachte es nicht übers Herz, ihr zu sagen, dass ich von indischem Essen Sodbrennen bekam).

Die Bezahlung war allerdings nicht so toll. Sie reichte kaum zum Leben. Ich hatte es geschafft, ein winziges Gartenhäuschen in dem von Studenten und Hippies geprägten Vorort Melville anzumieten. Es ist schon erstaunlich, wie schnell sich deine Prioritäten ändern, wenn du pleite bist. Denn urplötzlich war es unwichtig geworden, in einer schicken Gegend zu wohnen und angesagte Markenklamotten zu tragen angesichts der Notwendigkeit, dass ich ja auch essen musste. Je ärmer ich wurde, desto mehr ließ ich meine bisherigen Einstellungen los.

Meine Vermieter waren typische *Melvillians*, wie wir hier sagen. Gunter betrieb eine kleine Heimwerkstatt und destillierte Biotreibstoff aus Pflanzenölen, die er in Restaurants einsammelte, was eine ziemlich schmutzige Angelegenheit war. Helena wiederum betrieb eine Homepage, auf der sie ökologisch unbedenkliche Mundhygieneprodukte wie Bambuszahnbürsten und recycelbare Zahnseide verkaufte.

Es war eine völlig andere Welt. Zum Beispiel wurde ich gezwungen, alles, aber auch alles zu recyceln. Einmal entdeckten sie in meiner Mülltonne eine Coladose und benahmen sich, als hätte ich das schlimmste aller Verbrechen begangen. Ich wurde angewiesen, die Dose *sofort* zu recyceln und bekam ein Buch mit dem Titel *Tränen des Blutes: Mutter Natur stirbt einen langsamen und qualvollen Tod* in die Hand gedrückt.

Mein Sozialleben existierte nicht mehr. Am Anfang gehorchte ich meinen Freundinnen, die darauf bestanden hatten, dass ich aus dem Häuschen ausziehen und beruflich wieder auf die Beine kommen müsse. Ich ging einige Male mit ihnen aus, und einmal hatte ich sogar ein Blind Date. Dazu lässt sich nur sagen, dass es nicht gut lief. Es endete unter kreischendem Geheul, peinlicher öffentlicher Zurschaustellung heftiger Gefühle und verschmierter Wimperntusche. Trotzdem war er höflich geblieben …

»Ich ruf dich an.«

Was er natürlich nicht getan hatte. Endlich kam ich zu dem Schluss, dass ich zu mies drauf war, um gesellschaftstauglich zu sein, und traf meine Freundinnen immer seltener – Männer natürlich gar nicht –, zog mich stattdessen auf mein Sofa zurück und begnügte mich damit, Trevv und Tess auf Facebook zu stalken.

Ich hatte im Grunde eine Cyber-Beziehung mit den beiden, sie wussten es nur nicht. Ich verfolgte sogar ihre romantische Reise nach Paris – wenn das nicht masochistisch war!

Was stimmte bloß nicht mit mir? So ähnlich muss man sich fühlen, wenn man süchtig ist. Wenn man seinen Stoff total hasst, ihn aber gleichzeitig braucht und begehrt, denn er ist alles, was man hat. Und vielleicht glaubt man auch, dass man es nicht besser verdient hat.

Eines Abends jedoch, als ich wieder mal allen meinen

Freundinnen abgesagt hatte, fielen sie in mein Haus ein und zwangen mich, meine Cyber-Beziehung zu Trevv und Tess zu beenden.

Wir setzten uns hin, ich warf einen letzten masochistischen Blick auf das Bild, wo das glückliche Paar vor einem lodernden Kaminfeuer kuschelte – und drückte auf »Blockieren«. Es war wie ein endgültiger kleiner Tod, der letzte Nagel zu meinem Sarg. Jane hielt meine Hand und weinte. Val entkorkte eine Flasche Wein, sie brauchte ihn wohl nötiger als ich. Lily hatte für die Snacks gesorgt, und Stormy platzierte einen Kristall vor meiner Haustür, der die negativen Energien einfangen sollte, bevor sie zu mir dringen konnten.

Und so begannen meine Monate endlosen Fernsehkonsums, mit Ratgeberbüchern als einziger Gesellschaft. Doch nachdem ich wochenlang über Tagebuchtherapie, Dankbarkeit und die Notwendigkeit, ein persönliches Leitbild aufzustellen (was auch immer das bedeuten mochte), gelesen hatte, verspürte ich langsam das Bedürfnis, etwas anderes zu tun. Was genau das sein sollte, wusste ich nicht, was für meine derzeitige Verfassung nur zu bezeichnend war. Ich war von einer Frau, die wusste, was sie wollte und so kühne Entscheidungen wie einen Karrierewechsel traf, zu einer Frau geworden, die alles und jedes infrage stellte. Ich hasste diese neue, unsichere Annie.

Die Idee war mir rein zufällig gekommen: Ich hatte aus dem Wagen steigen wollen, als sich der Riemen meiner Handtasche im Sicherheitsgurt verfing. Ich hörte etwas reißen, und dann klapperte es gewaltig, als ungefähr eine Million Sachen zu Boden fielen.

»Mist.«

Mein Lippenstift war unters Auto gerollt, und ich war gezwungen, mich auf die schmutzige Straße zu legen und meinen Arm unvorstellbar weit auszustrecken und zu biegen, um ihn zu retten. Andere Gegenstände waren unter dem Wagen hindurch auf die Straße gerollt, wo sie prompt von den Rädern eines vorbeifahrenden Autos zermalmt wurden.

Dieses Erlebnis hatte mich sehr, sehr wütend gemacht, von dem Schmutz, mit dem ich bedeckt war, gar nicht zu reden. Ich kehrte heim, und da Geld ein Riesenproblem war, beschloss ich, den Riemen selber wieder anzunähen. Aber nachdem ich zehn Minuten lang Kartons und Kisten voller Trödel durchwühlt hatte, ging mir auf, dass meine Nähmaschine bei Trevv geblieben sein musste.

Es hat wohl so kommen müssen. Der entscheidende Moment, in dem ich Trevv gegenübertreten musste, war gekommen. Ich brauchte ungefähr zehn Minuten, um eine SMS an ihn zu formulieren. Ich las meine Nachricht wieder und wieder durch, bis die Worte überhaupt keinen Sinn mehr ergaben. Sie waren lediglich ein Gewirr bedeutungsloser Buchstaben.

Beinahe hielt ich mich für unfähig, ihm überhaupt eine Nachricht schicken zu können. Ich hinterfragte jedes Wort und analysierte seinen Klang: zu verzweifelt, zu wütend, zu kriecherisch? Bevor ich die Nachricht verschickte, beschloss ich, Stormy-Rain um Rat zu fragen; immerhin ist sie Schauspielerin, sie weiß, Texte zu lesen. Vielleicht konnte sie mir sagen, ob ich meine SMS mit einer Bedeutung aufgeladen hatte, die ich auf jeden Fall hatte vermeiden wollen.

Sie bestätigte jedoch, dass die Nachricht neutral genug war, gab mir aber eine Warnung mit: »Lass den Feind nicht die Schwäche in deinen Augen sehen. Hunde können Angst riechen.«

Und damit hatte sie recht. Ich musste kühl und ruhig und vollkommen gefasst bleiben. Ich durfte ihm nicht die Genugtuung geben, mein inneres Chaos zu durchschauen. Nach weiteren zehn Minuten (ich hatte jetzt so lange auf die Worte gestarrt, dass sie mir vor den Augen verschwammen) schickte ich die SMS endlich los:

> Hi. Hier ist Anne. Ich hab meine Nähmaschine im Gästezimmer vergessen. Kann ich rüberkommen und sie holen?

Er hatte mir sofort zurückgesimst. Das überraschte mich nicht sonderlich. Trevv war so fest mit seinem Smartphone verbunden, dass es an seiner Hand festgewachsen zu sein schien. Zumindest war es mir in den letzten Monaten so vorgekommen, als wir noch zusammen …

Plötzlich fiel es mir wie Schuppen von den Augen: Wie hatte ich nur so blind sein können? Erst in der Rückschau vermochte ich die verräterischen Anzeichen zu erkennen. Ich stellte mir die unzähligen heißen Gespräche im Flüsterton vor, die er geführt hatte, während ich unten oder im Badezimmer war.

Der Schmerz, weil ich schon so lange betrogen worden war, und die Scham und Wut, weil ich nichts, aber auch nicht das Geringste geahnt hatte, waren überwältigend. Aber jetzt musste ich da durch.

Als ich schließlich bei Trevv ankam, mutete es geradezu surreal an, nach so langer Zeit wieder ins Haus zu kommen. Jede Spur von mir war verschwunden, als hätte er einen riesigen Radiergummi genommen und mich ausradiert. Tess hingegen war überall präsent.

Das teure, anwaltsmäßige Jackett, das an der Garderobe hing, die Vase mit frischen Lilien in der Diele, und nicht zuletzt ein Paar High Heels, die ordentlich nebeneinander standen. Ich trat ein.

»Falls es dir nichts ausmacht …« Trevv schaute auf meine Füße. »Wir pflegen die Schuhe auszuziehen, wenn wir hereinkommen.«

»Oh. Okay.« Ich war ein wenig aus der Fassung geraten, zog aber gehorsam meine Pumps aus und stellte sie widerwillig neben Tess' Schuhe.

»Ist besser für das Feng Shui«, hörte ich Trevv murmeln.

Verdammtes Feng Shui. Seit wann stand er denn auf so was? Trevv war viel zu sehr auf Geld und Status versessen, als dass es ihn kümmerte, ob positive Vibes durch sein Haus waberten.

»Ist Tess … Ich meine …?«, stotterte ich, obwohl ich mir doch geschworen hatte, keinerlei Anzeichen von Schwäche zu zeigen.

»Nein, sie ist bei Pil-oga.« Trevv grinste breit. Ich hätte schwören können, dass seine Zähne weißer waren als früher. »Eine Kreuzung zwischen Yoga und Pilates. Sehr gut für das seelische Gleichgewicht, weißt du.«

»Mhm«, brummte ich, während ich hinter Trevv durch das Haus bis zum Gästezimmer dackelte, das offenbar nach meinem Auszug in ein Heim-Gym verwandelt worden war. Ich verspürte leichte Gewissensbisse beim Anblick des Laufbands und zog den Bauch ein. Monatelang hatte ich kein Fitnessstudio von innen gesehen. Meine Nähmaschine stand säuberlich verpackt in einer Ecke, und ich konnte sie gleich mitnehmen. Eben wollte ich sie hochheben, als Trevv seine Hand ausstreckte.

»Gestattest du?«, sagte er und klang dabei so fürsorglich, als würde eine Last von ihm genommen, wenn er meine gar nicht so schwere Nähmaschine zum Wagen trüge. Scheißkerl! Ich wartete darauf, dass er es tat, aber mir zu helfen, war offenbar nicht seine Absicht gewesen.

»Also …« Er schaute mich forschend an. »Wie geht es dir, Anne?«

Die Frage brachte mich total aus dem Konzept. In meinem Magen bildete sich ein Knoten. Ich wollte auf keinen Fall mit ihm reden. Aber … *Zeig keine Schwäche*.

»Super! Gut.« Ich nickte eifrig. Zu eifrig.

»Freut mich, das zu hören.« Es klang aufrichtig, aber ich kannte Trevv. Diese Art Befragung hatte überhaupt nichts mit ehrlichem Interesse an meinem Wohlergehen zu tun, sondern nur mit seiner krankhaften Neugier. Wahrscheinlich würde er Tess später erzählen, was für eine trübe Tasse ich war. Wie furchtbar ich aussah, obwohl ich in Vorbereitung auf dieses Treffen Stunden auf meine Haare und mein Make-up verwendet hatte. (*»Lass den Feind niemals Schwäche in deinen Augen sehen.«*)

»Also, wo wohnst du?«, hakte er nach, und mir drehte sich neuerlich der Magen um.

»Ich hab eine Weile bei Jane gewohnt, aber jetzt habe ich ein nettes Gartenhäuschen gefunden.«

»Wunderbar. Wie idyllisch.« Ich hörte den leisen Spott in seiner Stimme und wollte ihm ins Gesicht schlagen oder Schlimmeres. Er kam mir einfach zu nahe. Ging mir unter die Haut.

»Ja, es ist wirklich idyllisch.« Ich versuchte, euphorisch und gleichzeitig distanziert zu klingen – falls das überhaupt geht.

»Und, triffst du dich mit jemandem?« Sobald er die Frage gestellt hatte, verschwand die coole Distanz, die ich so verzweifelt aufrechterhalten wollte.

Ich hob den Blick zu ihm, und für eine Sekunde lang verschränkten sich unsere Blicke. Ich wusste ganz genau, was er hören wollte.

Nein, ich habe überhaupt keine Dates, und mein Leben ist ganz schrecklich ohne dich. Ich bin einsam und verunsichert, und mein Leben hat keinen Sinn mehr. (Leider stimmte das nur zu sehr.)

Wieder nickte ich. *Annie, was soll das werden?* »Ja. Zufälligerweise schon.«

Kurz blickte Trevv reichlich erstaunt drein, doch er hatte sich rasch wieder im Griff. »Das ist ja toll, Anne.«

»Ja, er ist toll. Wirklich toll.«

»Kenne ich ihn vielleicht?« Jetzt war er wirklich neugierig geworden. Er hoffte wahrscheinlich, dass es sich um einen total erfolglosen Verlierer handelte, den er um Längen schlug. Trevv war überhaupt sehr konkurrenzorientiert.

»Nein«, erwiderte ich rasch, und dann begann ich, mir ohne nachzudenken mein eigenes Grab zu schaufeln. »Er kommt von auswärts.«

»Ach ja? Von wo denn?«

»Er kommt aus, aus … äh …« Und dann passierte es. Ich suchte wie wild nach irgendeiner anderen Stadt: Jede Stadt in Südafrika hätte es getan, wirklich jede. Aber mir fielen keine ein. Ich sah mich im Zimmer um und suchte verzweifelt nach einem Ort, irgendeinem Ort, und bevor ich meinen Verstand einschalten konnte, las ich LAUFBAND UND FITNESS-AUSRÜSTUNG FÜRS OUTBACK, und das Wort sprudelte aus meinem Mund: »Australien.«

»Australien?«

Fuck! »Aus Sydney, um genau zu sein«, setzte ich zuversichtlich hinzu.

»Wie exotisch.« Schon wieder machte er sich über mich lustig. »Wie heißt er?«

»Wie er heißt?«, wiederholte ich.

»Ja. Wie ist sein Name?«

»Na klar, sein Name.« Leere. Totale, absolute, begriffsstutzige Leere.

Ich schaffte es nicht, unter all den Millionen von Männernamen da draußen den meines angeblichen Freundes zu finden. Wieder schaute ich mich suchend im Zimmer um. Mein Blick fiel auf eine Einkaufstüte in der Ecke. SISSY BOY.

»Boyyy-den. Er heißt Boyden.«

Trevv nickte argwöhnisch, was ich gut verstehen konnte. War Boyden überhaupt ein Männername?

»Boyden aus Sydney in Australien?«, vergewisserte er sich.

»Genau, und wo wir gerade dabei sind«, ich hob den Arm, sah auf meine Uhr (ich bin so eine grottenschlechte Schauspielerin), »schau mal, wie viel Uhr es ist. Ich komme noch zu spät für mein Date mit Boyden, und du weißt ja, was man über Australier sagt …« Ich stutzte. *Was sagt man über Australier? Warum hatte ich das herausgeblökt? Was war bloß mit mir los?* Die Panik musste mir vom Gesicht abzulesen sein, als ich verzweifelt nach einem guten Spruch suchte. »Immer pünktlich!«, verkündete ich triumphierend. »Ein Australier kommt niemals zu spät. Total pünktliche Leute.«

Jetzt wollte ich nur noch in Tränen ausbrechen. Das Grab, das ich mir schaufelte, wurde mit jeder Sekunde tiefer, und ich hätte mich gleich jetzt und hier darin begraben lassen können. Ohne ein weiteres Wort (ich wäre sonst erstickt) nahm ich Trevv die Nähmaschine ab und rannte zur Haustür.

»Anne!«, rief er mir nach.

Ich blieb wie angewurzelt stehen. »Ja?«

»Du musst dir keine Freunde oder Dates ausdenken. Ich würde es vollkommen verstehen, wenn du …«

»Boyden ist echt!« Ich fuhr so ungestüm herum, dass ich beinahe die Nähmaschine fallen ließ. »Es gibt ihn wirklich!«

»Sorry, wollte dich nicht kränken.« Er grinste selbstgefällig, und plötzlich wollte ich ihm meine angebliche Beziehung so richtig unter die Nase reiben.

»Und weißt du was?«, fauchte ich boshaft.

»Was?« Immer noch leicht belustigt.

Ich würde ihn gehörig zurechtstutzen. »Er ist unglaublich! Er ist nett und lieb zu Tieren und kleinen Kindern und sehr,

sehr erfolgreich, und außerdem ist er im Bett besser als du!« Ich kreischte die letzten Worte und bedauerte es sofort.

Ich kam so richtig als verrücktes, betrogenes Weib rüber. Vielleicht war ich ja wirklich verrückt! Fort, nur fort! Ich rannte aus dem Haus, stieg in meinen Wagen und raste los. Sobald ich außer Sichtweite war, hielt ich am Straßenrand.

»Boyden aus Sydney aus dem Scheißaustralien!« Ich vergrub das Gesicht in den Händen. Wie peinlich! Ich wollte mich unter einem Stein verkriechen. Kein Zweifel, dass er und Tess sich später bei ihrem organisch-biologischen Feng-Shui-Dinner vor Lachen darüber ausschütten würden.

»Die arme, traurige, bedauernswerte Annie! Muss sich Freunde aus Down Under ausdenken.«

Meine Füße fühlten sich seltsam an, und ich schaute nach unten. Ich war barfuß. Ich hatte meine Schuhe bei Trevv vergessen. Ich seufzte und fuhr weiter. Mochten sie dort bleiben! Ich wollte sie nie wieder sehen und konnte es mir auf keinen Fall leisten, Trevv noch einmal zufällig zu treffen, wenn kein Boyden von Down Under an meinem Arm hing.

Als ich an diesem Abend heimkehrte, tat ich mir ganz besonders leid und fing an, meine Tasche zu reparieren. Es war irgendwie befriedigend, sie wieder in Ordnung zu bringen. Ich konnte zwar mein Leben nicht ausbessern, wohl aber diese Tasche, und ich konnte sie noch schöner machen. Und das tat ich auch. Als ich sie aus einem nüchternen, funktionalen Accessoire in etwas Flippiges, Ausgefallenes verwandelt hatte, traf mich die Erkenntnis.

Das war es! Das war etwas, das ich an meinen stillen Abenden tun konnte. Etwas, das meine Hände beschäftigte, damit ich nicht an all das denken musste, woran ich nicht denken wollte.

Nichts Hochmodisches! Nichts, was die elegante Elite am Arm tragen würde, keine Taschen, die die Catwalks dieser

Welt zieren würden, sondern Taschen, die mir gefielen. Große, bunte Stoffbeutel, Einkaufs- und Strandtaschen. Je bunter und blendender, desto heilsamer für mich.

Ich stellte mir Sonjas Gesicht vor, wenn sie eines meiner Werke zu sehen bekäme. »Kitschig und garstig«, würde sie sagen. Also bot ich ihr mit jedem bunten Bändel, mit jedem glänzenden Stoffstreifen und jedem bunten Knopf die Stirn – ihr und allem, wofür sie stand. Je überkandidelter die Tasche, desto mehr hatte ich das Gefühl, einen Pfahl durch das Herz der Modebranche zu treiben, jener Welt, die ich einst so geliebt hatte, dass ich Teil von ihr sein wollte.

»Nimm das, Sonja!« (Ich klickte mit dem BeDazzler.)

»Stirb, Tussi, stirb!« (Ich klebte eine kitschige Paillette an und knallte obendrein noch eine verflucht bunte Feder auf den Stoff.)

Ich schätze, es war nur gerecht, dass ich Trost in meinen Taschen fand. Immerhin waren sie ursprünglich der Grund dafür gewesen, warum ich in die Modewelt gewollt hatte. Denn im Alter von ungefähr zehn Jahren hatte ich eine Offenbarung erlebt: Ich ging an einem Geschäft vorbei und sah eine Louis V., die sich selbstbewusst im Schaufenster spreizte.

Groß, üppig und *ach so* kultiviert. Luxuriös. Ich wollte diese Tasche haben.

Aber deine Eltern davon zu überzeugen, dass der Weihnachtsmann dir zu Weihnachten eine echte Louis Vuitton bringen soll, ist kein leichtes Unterfangen, wenn du erst zehn bist. Als ich stattdessen die Malibu-Barbie bekam, schwor ich mir, dass ich eines Tages eine Louis Vuitton besitzen würde.

Und so kam es auch. Aber jetzt stand das gute Stück auf eBay zum Verkauf. Ich war mit der Miete zwei Monate im Rückstand, und in einer Handtasche kann man nun mal nicht wohnen, sosehr ich es mir auch gewünscht hätte!

Und so blieb ich in einer Art masochistischer Vorhölle gefangen, die sich ewig dahinzuschleppen schien. Es war schrecklich. Das war der Grund, warum ich bei Lillys Vorschlag, einen Nur-wir-Mädels-Urlaub in tropischen Gefilden zu machen, vor Aufregung in Tränen ausbrach!

»Warum fliegen wir nicht alle nach Mauritius? Wir liegen faul in der Sonne, schlürfen Cocktails und schlafen uns mal so richtig aus«, hatte sie eines Abends gesagt.

»Klingt ein bisschen teuer«, hatte ich schwach einzuwenden gewagt.

»Keine Sorge, ich zahle.« Sie zwinkerte mir zu. »Und wenn ich *Ich* sage, meine ich Damien.«

Damien, ihr Freund, ist der ungewöhnlichste Nutznießer eines Treuhandfonds, der mir je begegnet ist. Er fährt einen total bescheidenen Wagen, trägt Turnschuhe, die schon in den 90ern in die Tonne gehört hätten, besitzt Klamotten mit ehrlich erworbenen Löchern und hält an einem Community College Vorlesungen über Physik. Wenn es aber darum ging, Freunden oder Angehörigen Geld zu spenden, erwachte Damiens Fonds segensreich zum Leben.

»Und wenn dir das auch nur eine Sekunde lang Magenschmerzen bereitet, verschwendest du deine Zeit. Glaub mir, Damien hilft dir nur zu gern. Du weißt doch, wie er gestrickt ist.«

»Okay«, sagte ich – und stieß einen lauten Freudenschrei aus.

»Lass uns die anderen anrufen und hören, ob sie Zeit haben.« Lilly hüpfte förmlich vor Freude. »Wir werden einen Heidenspaß haben. Wir saufen Kokosnusscocktails bis zum Umfallen und tanzen zu schnulzigen ABBA-Songs in der Dorfdisco, und vielleicht finden wir sogar einen Urlaubsflirt für dich.«

Ich verzog das Gesicht. »Einen Urlaubsflirt?«

»Ja, du musst doch jemanden zum Üben finden. Einen ganz harmlosen Mann. Der dir hilft, über diese Krise hinwegzukommen.«

»Jemanden zum Üben. Äh, das ist wohl so ungefähr das Letzte, was ich brauche.«

3

Die Anrufe kamen um 5:23 und um 6:27.

Sie rissen mich aus tiefstem Schlaf und seligen Träumen von dem Urlaub, den ich in wenigen Stunden mit meinen Freundinnen antreten sollte. Als mein Handy klingelte, wären mir bald die Trommelfelle geplatzt. Vor ein paar Monaten hatte ich mir einen sehr zornigen Linkin-Park-Song als Klingelton geladen, der mir damals total gefallen hatte. Jetzt aber, in aller Herrgottsfrühe, verursachte er fürchterliche Kopfschmerzen.

»*BURRNN IT DOWNNN, AAAHHHHH!!!*«

Rasch krabbelte ich zu meinem Smartphone, um das grässliche Gekreisch abzustellen. »Hallo!«

»Hey ...« Es war Lilly, und sie hörte sich entsetzlich an. »Mir ist sterbenselend.«

»Was ist denn?«

»Ich glaube, ich hab eine Lebensmittelvergiftung.«

»Wie denn das?« Ich setzte mich im Bett auf.

»Ähm, du weißt doch, dass Stormy uns gestern Abend eingeladen hat?«

»Ja.« Klar wusste ich das. Ich hatte die Einladung höflich abgelehnt.

»Sie hat für uns gekocht.«

»Nein! Ihr habt das doch hoffentlich nicht gegessen!«, keuchte ich erschrocken.

»Ich schon. Ich glaube, es muss dieses seltsame vegane, gelbbraune Biozeug gewesen sein, das irgendwie nach Gelatine aussah.«

Darüber konnte ich nur den Kopf schütteln. Jeder wusste doch, dass man Gerichte, die Stormy zubereitet, auf keinen Fall essen darf. »Experimentell vegan« nennt sie ihre Küche.

»Ich liege in der Notaufnahme, und der Arzt meint, dass es mir in ein paar Tagen wieder besser gehen wird, aber ich kann auf keinen Fall heute mit dir verreisen«, heulte sie ins Telefon.

»Was? Du kommst nicht mit?«

»Doch, das schon, ich muss die Reise nur um ein paar Tage verschieben. *So* steige ich jedenfalls nicht in den Flieger!«

»Ich glaub's einfach nicht.« Ich konnte meine Enttäuschung nicht verhehlen, wenngleich ich mir schrecklich egoistisch vorkam. »Sorry. Ich wollte nicht so viel Aufheben um mich machen. Erhol dich gut. Jane und ich werden schon ein paar Tage alleine klarkommen.«

»Ich wünsche euch ganz viel Spaß! Vielleicht findest du ja schon mal einen Tauchlehrer zum Üben.«

»Wohl kaum.«

»Oh Gott, ich glaube, ich muss mich übergeben!« Sie legte rasch auf.

Während meine Gedanken noch bei Jane weilten, rief auch sie an und berichtete das Gleiche: krank, sozusagen auf dem Sterbebett, stets in Eimernähe … Plötzlich sah ich mich im Urlaub, einsam und allein, während all die liebessüchtigen Flitterwöchner und glücklichen Touristen in der Sonne Spaß hatten. Ich würde auffallen wie ein bunter, einsamer, erbärmlicher Hund. Ich war schon gehemmt genug, auch ohne dass die Leute auf mich zeigten und mich anstarrten wie das letzte Nashorn im Zoo. Außerdem – wer sollte mir denn jetzt den Rücken eincremen?

In diesem Augenblick wünschte ich, meine beiden anderen Freundinnen wären nicht so verdammt kompliziert. Stormy-Rain und Val hatten Lillys Einladung nämlich rundweg abgelehnt, zwar aus unterschiedlichen, aber nichtsdestotrotz lächerlichen Gründen.

Stormy-Rain glaubte, dass Menschen nicht zum Fliegen geboren waren, und dass Flugzeuge etwas Widernatürliches seien, und Val wollte nicht verreisen, weil Mark (der Nachbar, in den sie seit Jahren heimlich verliebt war) sie zu einer Hochzeit im Kreise seiner Familie eingeladen hatte. Sie war davon überzeugt – wieder einmal –, dass er nun endlich erkennen würde, dass auch er sie liebte, und dass ihre Vorhölle einer quälenden, nicht erwiderten Liebe somit ihr Ende fand. Den Atem anhalten würde ich deswegen gewiss nicht: Vals traumatische Geschichte schleppte sich seit Jahren dahin wie die Handlung einer schlechten Seifenoper, die sich ewig im Kreis dreht.

Ich hatte mich so auf die Reise gefreut. Die Vorstellung jedoch, allein auf Mauritius weilen zu müssen, wenn auch nur für ein paar Tage, jagte mir große Angst ein. Einen Moment lang erwog ich, meinen Flug ebenfalls zu verschieben, dann aber schaute ich aus dem Fenster, und meinem Auge präsentierte sich der Anblick, vor dem mir am meisten graute.

Vielleicht hätte ich schon früher erwähnen sollen, dass Gunter, mein Vermieter und Nachbar, äußerst »freizügig« ist. Vielleicht ist das so ein typisch deutsches Ding, vielleicht ist er in den Siebzigern ja Nudist gewesen?

Aber was auch immer der Grund sein mag – *meiner bescheidenen Meinung nach* sollte kein 65-Jähriger seinen Pool reinigen, wenn er nicht mehr trägt als eine winzige rote Speedo und sich dabei ständig *vorbeugt*. Gunter war reichlich behaart, und ich rede jetzt nicht nur von der Brust. Ich will es mal so ausdrücken: Es sah stets so aus, als schmuggelte er einen Pudel in seiner Badehose.

»Hallo, Annie.« Er winkte mir zu und entblößte dabei den Nikolausbart, der unter seinen Achselhöhlen wucherte.

»Hi, Gunter.« Ich lächelte höflich und winkte zurück und beschloss in dem Augenblick, dass ich auf jeden Fall an diesem Morgen nach Mauritius fliegen würde. Schließlich war Sommer, der Pool würde daher regelmäßig gereinigt werden müssen, und das erforderte nun einmal ständiges Nachvornbeugen.

Ich schnappte mir mein Flugticket und flüchtete in dem Moment, als Gunter sich vorbeugte, um die Blätter aus dem Filter zu entfernen.

***

Der Flug nach Mauritius dauerte nur drei Stunden, und ich vertrieb mir die Zeit mit einer Reihe schöner Vorstellungen. Vorstellungen, die mir halfen, das Bild dieser roten Speedo aus dem Kopf zu verdrängen.

Das türkisfarbene Meer. Ich hörte es beinahe schon.

Die warme Sonne. Ich konnte sie fast *spüren*.

Weiße Sandstrände.

Üppige Palmen, die sich in sanften Tropenwinden wiegten.

Cocktails, Margaritas, Mojitos, Cosmopolitans und Sex on the Beaches (und das meine ich im strikt alkoholischen Sinn). Für mich würde es keinen Sex am Strand, und woanders übrigens auch nicht, geben. Ich hatte mich mit meinem selbst auferlegten Eid auf das Zölibat abgefunden. Es war offenkundig, dass ich erst mal sehr viel mehr Übung im Bett benötigte, bevor ich in das nächste hüpfte. Ständig wurde ich von Vorstellungen sexueller Unzulänglichkeit geplagt, die ich vorher nicht gekannt hatte. Ich hatte mich als ein Mädchen gesehen, das sich im Schlafzimmer auskennt. Als ich meine Bedenken meinen Freundinnen gegenüber erwähnte, war Stormy mit einem sehr ausgefallenen Vorschlag gekommen, der allerdings typisch für sie war.

»Wenn du Sextipps suchst, solltest du dir einen Pornofilm anschauen«, schlug sie begeistert vor.

»Einen Porno?« Zum letzten Mal hatte ich so einen Film mit meiner Mitbewohnerin an der Uni geguckt. Wir hatten uns krankgelacht.

»Überleg doch mal. Diese Leute werden dafür bezahlt, dass sie Sex haben. Sie kriegen *Geld* dafür!«, betonte sie, während sie an einem Glas mit einer schlammigen, grünlichen Brühe nuckelte. »Also sind sie Profis. Wenn irgendwer *weiß*, wie das geht, dann sie.«

Zunächst hatte ich ihren Vorschlag abgelehnt. Aber ein paar Wochen später hatte ich eine Sendung über Untreue gesehen – eine dieser Realityshows, wo die Frau einen Privatdetektiv anheuert, um ihren elenden Fremdgeher von Ehemann zu beschatten – und es mir anders überlegt. Als der Fremdgeher mit den Vorwürfen konfrontiert wurde, hatte er keinerlei Reue gezeigt, sondern stattdessen das lustlose Verhalten seiner Frau im Schlafzimmer als einen der Hauptgründe für sein »Streunen« angegeben.

Vielleicht hatte Stormy am Ende doch recht. Verdammt noch eins – was hatte ich schon zu verlieren? Also googelte ich den nächstgelegenen Sexshop. Zuerst hatte ich es ja mit Internetpornos versuchen wollen, aber Stormy hatte darauf bestanden, dass es eine lebensechte Erfahrung und keine virtuelle sein müsste. Ich war noch nie zuvor in einem Sexshop gewesen, die Vorstellung war also ziemlich beängstigend. Und grausamerweise schienen sich die meisten Etablissements dieser Art ausgerechnet an belebten Hauptstraßen zu befinden, sodass man sozusagen vor den Augen der Öffentlichkeit dorthin ging. Und das konnte ich mir überhaupt nicht leisten. Die halbe Modewelt glaubte ja bereits, dass ich eine schwanzabschneidende Irre war.

Ich erwog, mich zu verkleiden. Nachdem ich aber mit Trenchcoat, Hut und übergroßer Brille herumexperimentiert hatte, wurde mir klar, dass ich wie eine gestörte Stripperin aussah und Gefahr lief, verhaftet zu werden … wieder einmal.

Die Nachricht meiner sexuellen Forschungsreise verbreitete sich wie ein Lauffeuer, und eines schönen Samstagmorgens saßen Stormy, Jane, Val, Lilly und ich in meinem Wagen, den ich am Bordstein geparkt hatte. Der Sexshop befand sich auf der anderen Straßenseite.

»Ich fass es nicht, dass wir das wirklich tun«, merkte Jane an. Wenn aber eine von uns ein wenig Nachhilfe in diesen Dingen brauchte, dann Jane. Sie hatte seit Jahren keinen Sex mehr gehabt, nicht mehr seit der schlimmen Erfahrung mit dem Verheirateten, der ihr diese Tatsache wohlweislich verschwiegen hatte.

»Das ist ja so aufregend!«, rief Lilly ein ums andere Mal. Einst die Prüdeste von uns allen, frönte sie nun wildem und ausgiebigem Sex mit Damien. »Vielleicht hole ich mir auch ein Video, das gucke ich dann später mit Damien.«

Nicht zu vergessen Stormy, die ja überhaupt die Initiatorin des ganzen Projekts war. Sie war verkleidet erschienen. Sie trug eine Perücke, Kleider, die irgendwie viktorianisch anmuteten, und sprach mit einem schrecklichen Akzent, einer Mischung aus Australisch und Transsilvanisch vermutlich. Sie war die am wenigsten Prüde von uns allen und betrachtete diesen kleinen Ausflug als Gelegenheit, etwas für ihre Schauspielkunst zu tun. Val war auch dabei und sah verheult aus. Wie es hieß, hatte ihr Nachbar angefangen, sich mit einer Frau zu treffen.

Wir starrten auf die andere Straßenseite. PORNO-EXTRAVAGANZ. Der Laden fügte sich in keinster Weise in die Umgebung ein oder war auch nur ansatzweise diskret. Im Gegenteil. Er fuchtelte sozusagen wild mit den Armen, und damit nur ja keine Missverständnisse entstanden, prangte über dem

Eingang obendrein ein riesiges, blinkendes rotes X, das zweifellos noch von intelligenten Lebensformen einer fremden Galaxie erspäht werden konnte.

Im Innern wurde ebenfalls kein Wert auf Unaufdringlichkeit gelegt. Die Rotlichtbeleuchtung war so schummerig, dass es einige Sekunden dauerte, bis ich etwas erkennen konnte. Nach einem kurzen Rundumblick fühlte ich mich, als wäre ich in das Kaninchenloch gefallen und in Alices Wunderland für Erwachsene wieder herausgekommen. Die Hälfte der Ladenfläche war Spielzeugen und Accessoires gewidmet, die andere Hälfte stand voller DVDs. Im hiesigen Bereich waren wir umgeben von … mhm, welche Umschreibung könnte man da verwenden … *Geräten, die Frauen Freude machen?*

»Söht nur de dollen Dildos«, gab Stormy so laut wie möglich von sich. Es war allerdings nicht nötig, dass sie uns darauf hinwies, wir starrten die Dinger ja bereits an.

Manche sahen ziemlich normal aus, während andere obskure Gebilde von der Art waren, wie man sie vielleicht im Andenkenladen von SeaWorld zu kaufen kriegt. Ein riesiges, leuchtendes gelbliches Ding erregte meine besondere Aufmerksamkeit. Ich deutete darauf, damit alle hinschauen sollten, und da …

»Gute Wahl«, sagte plötzlich eine Stimme, und wir erschraken synchron.

Jane, die für ihren Körperschwerpunkt viel zu groß ist, stolperte rückwärts, und schon machte es *Rumms!*

Das Unglück schlug zu.

Das Regal wackelte.

Kippte.

Schwankte.

Und dann fiel es krachend um und mit ihm alles, was sich darin befand.

Plötzlich war der Boden um uns herum ein Ozean aus Sexspielzeugen. Ein lila Vibrator sprang an und vibrierte und zitterte so heftig, dass er wie eine große Schlange langsam über den Boden dahinkroch.

Wir bückten uns und versuchten, die wackeligen, zitternden, batteriebetriebenen Wesen aufzuheben. Ich schaute kurz auf und stellte fest, dass die Stimme, die uns so erschreckt hatte, einem blassen, dämlich aussehenden Kerl mit Star-Wars-T-Shirt und Armeestiefeln gehörte.

»Macht euch mal keinen Kopf«, sagte er, bückte sich ebenfalls und hob einen Gegenstand auf, der wie ein Kind der Liebe zwischen einer Christbaumkugel und einem automatischen Poolreiniger aussah.

»Es tut mir leid, Sie haben uns bloß erschreckt«, brabbelte Jane.

»Keine Sorge, das passiert hier ständig.«

»Wos? Doss die Leit das Regal umstoßn?«, fragte Stormy, während sie versuchte, den Ausschalter eines exotisch aussehenden Geräts zu finden, das überdies lautstarken Reggae spielte.

»Nein. Dass ich die Leute erschrecke.« Er sagte dies mit todernster Miene und einem leeren Blick, der irgendwie wüstenartig wirkte. Er war schon ein bisschen unheimlich, dieser Mann. Ich konnte gut verstehen, dass er die Leute erschreckte.

Ein paar Minuten später hatten wir es endlich geschafft, sämtliche batteriebetriebenen Spielzeuge auszuschalten und wieder ins Regal zu befördern.

»Also, meine Damen, wie kann ich euch behilflich sein?«, fragte der Typ.

»Wir suchen nach einem Film«, sagte Lilly selbstbewusst.

»Da seid ihr am richtigen Ort. Also, worauf steht ihr Mädels denn so?«

»Ähm …« Ratlos schauten wir einander an.

»Frau mit Frau, Mann mit Mann und Frau, SM, BDSM, CFNM, BBW, M und M, Hardcore, Softcore, Irgendwo-dazwischen-Core, bisexuell, transsexuell, trisexuell oder Latex?«

»Ganz normal, würde ich sagen«, sagte ich.

»Aha.« Er nickte, als hätte ich eine besonders tiefgründige und bedeutende Frage beantwortet. »Blümchensex also. Da hab ich genau das Richtige für euch.«

Wir folgten ihm um eine Ecke, wo Outfits an einer langen Stange hingen. Aus dem Augenwinkel erkannte ich eines davon wieder. Etwas Ledernes. Mit Nieten besetzt. Und mit Ketten behängt. Ich schauderte und fragte mich, ob Trevv und Tess hier eingekauft hatten.

»Hier findet ihr das softere Zeug. Könnte was empfehlen, wenn ihr mögt?«

»Nein, nein, danke. Wir kommen schon zurecht.« Ich lächelte ihn an, und er nahm dies als Stichwort, um sich wieder zu trollen, und trabte hinter die Ladentheke zurück.

Wir sahen uns um: *Herr der Tangas*, *Miss Daisy treibt es*, *Popo-Klatsch-Peter*, *Lasst meinen Willy frei*, *Amerikanischer Arsch* und *Ocean's 11 Zoll*. In stummer Vereinbarung wählten wir *11 Zoll* aus und krochen Zoll um Zoll auf die Theke zu. Ich schob die DVD über den Tresen.

»Das macht zehn Dollar.« Und dann zwinkerte der Typ uns doch tatsächlich zu! Zumindest hielt ich es für ein Zwinkern; wegen seiner dicken, staubigen Brille war es allerdings nicht deutlich zu erkennen. »Ihr Ladys werdet es lieben.«

Wir lächelten höflich, bezahlten, schoben unseren Neuerwerb in eine Handtasche und huschten davon.

Sobald wir bei mir daheim und in Sicherheit waren und es uns auf der Couch gemütlich gemacht hatten, drückte ich bei *Ocean's 11 Zoll* auf »Play«.

Ich will es mal so sagen: Über die Feinheiten des Sex erfuhren wir nicht viel, sondern …

»Mädels.« Ich hatte das Gefühl, als würden mir gleich die Augen aus dem Kopf quellen.

»Ich weiß! Ich weiß!« Val beugte sich vor und musterte gespannt den Bildschirm.

Lilly, Stormy und Jane krochen über den Boden näher heran, um besser zu sehen.

»Das ist …«, flüsterte ich starr vor Schreck.

»Ich weiß. Ich weiß!«, sagte Stormy.

»Das …«, setzte ich erneut an, aber mir fehlten die Worte.

»So was geht gar nicht«, meinte Jane. »Drück mal die Pausentaste. Dann holen wir ein Maßband.«

»Nein. Ist ganz bestimmt einer«, sagte Lilly mit Nachdruck.

Wir schwiegen. Wir starrten auf die Nahaufnahme, die den ganzen Bildschirm ausfüllte.

»Der reicht ja bis halb zu seinem Knie!«, kreischte Val.

»Ist so groß wie ein Elefantenstoßzahn!« Stormy tippte auf den Bildschirm.

»Ich weiß. Ich weiß!«, riefen wir alle.

»Das muss eine Prothese sein«, sagte Jane schließlich.

Wir besannen uns einen Moment.

»Das könnte tatsächlich eine sein«, sagte ich. »Bei Fotoshootings hab ich schon ganz erstaunliche Prothesen gesehen. Ihr würdet staunen, was die heutzutage so alles hinkriegen.«

»Genau!«, rief Lilly. »Haben sie Nicole Kidman nicht mal eine Nasenprothese verpasst?«

»Stimmt genau«, beeilte ich mich zu versichern.

»Ähm, Mädels …« Stormy hatte wieder auf »Play« gedrückt. »Wenn es eine Prothese ist, könnte er dann *das* damit machen?«

4

Mauritius ist wunderschön. Erlesen geradezu. Das Innere der Insel besteht, so weit man sehen kann, aus Feldern mit leuchtend grünem Zuckerrohr. An manchen Stellen erstreckt es sich meilenweit, und das Einzige, was den flachen, gleichmäßig grünen Horizont unterbricht, sind die hohen, gezackten Berge, die steil aus der Ebene emporragen.

Große offene Flächen sind durchsetzt mit kleinen Städtchen, die eine vielseitige Mischung aus Altem und Neuem bilden. Straßenmärkte, auf denen es Ananas und Kokosnüsse zu kaufen gibt, befinden sich direkt neben einem McDonald's. So kommt eine interessante Melange von alter Architektur und modernen Gebäuden zustande.

Und dann gibt es das Meer. Es leuchtet türkis und ist einladender als ein Schlussverkauf in eurem Lieblingsgeschäft. Die Strände wirkten weiß wie Schnee und weich wie Baumwolle, und ich konnte es nicht erwarten, mich an einem davon auszustrecken. An manchen Stellen war das Wasser so klar, dass es geradezu durchscheinend war, und vorbeiziehende kleine Segelboote sahen aus, als schwebten sie, nur von der Luft getragen. Ich öffnete das Autofenster, und der feuchte, salzige Geruch der See wehte in den Wagen.

Die Insel war magisch. Vollkommen. Und zum ersten Mal seit einer Ewigkeit war ich mit mir im Reinen. Nichts würde mir diesen Urlaub verderben.

Gegen Mittag kam ich endlich in meinem Resort mit dem Namen *Le Trou aux Biches* an. Ich halte mich gar nicht erst mit dem Versuch auf, diesen Namen auszusprechen; mein Französisch ist ziemlich eingerostet, und beim ersten Mal hörte es sich wie *Le Tru ex Bitschis* an. Ich bin mir ziemlich sicher, dass dies nicht die korrekte Aussprache war, denn der Zollbeamte starrte mich wütend an, nachdem ich ihm meinen Zielort mitgeteilt hatte.

Aber die Frage der Aussprache spielt überhaupt keine Rolle mehr, wenn man sich erst mal in diesem tropischen Wunder befindet. Die Hotellobby ist riesig, drei Stockwerke hoch und lässt einen Weite und Freiheit empfinden. Der Boden besteht komplett aus weißem Sand, in den sogar Palmen gepflanzt sind.

Von der Lobby aus musste ich über einen schmalen Wassergraben gehen, und sobald ich die Brücke überquert hatte, fand ich mich in einem dichten Tropengarten wieder.

Mehrere Wege führten durch die Pflanzenwelt, bezeichnet mit Schildern, auf denen POOL, SALON, SPA, SHOP und TENNISPLÄTZE zu lesen stand. (*Tennis, ha!*) Ich folgte dem Hotelpagen durch die schöne Tropenanlage, vorbei an hellrosa Blüten, üppigen grünen Blättern und riesigen Palmen voller Kokosnüsse.

Endlich gelangte ich zu meinem Zimmer, einem kleinen Einzelbungalow in der *Jasmine Lane*. Er war einer von ungefähr zehn Bungalows, und die Nachbarhäuschen, so nahm ich an, waren für Lilly und Jane reserviert. Das Beste an ihnen war die Lage, zum Stand waren es keine zehn Meter. Ich blieb einen Moment stehen, während der Page sich mit dem Kartenschlüssel abmühte, und nahm die Umgebung in mich auf.

Das Meer war ruhig, so unbewegt wie in einer Badewanne und vermutlich von genau der gleichen Farbe und Temperatur. Das Wasser sah seicht aus, und ich dachte mir, dass man bestimmt zu Fuß zu dem fernen Riff gehen könnte, wo das Meer in einem satten Saphirblau schimmerte. Auf dem

Strand standen einladende Liegestühle unter Sonnenschirmen aus getrockneten Palmwedeln. Manche Urlauber sonnten sich wie Eidechsen, während andere müßig im Wasser auf und ab schaukelten. Es war ein Bild der Vollkommenheit: einer Urlaubspostkarte gleich, auf der die Freuden des Müßiggangs in tropischen Gefilden abgebildet sind.

Draußen schienen an die neunzig Grad zu herrschen. Ich nahm mir eine Cola aus dem Barschrank und legte mich in die Hängematte meiner Veranda. Nachdem ich mich bequem hineingeschmiegt hatte, überraschte mich ein Gefühl von Schwerelosigkeit, als ob ich in der Luft schwebte und auf dem Wind dahinglitte.

Augenblickliche Entspannung. Unmittelbare Glückseligkeit.

Ich lag in der Hängematte und süffelte fröhlich meine Cola – obwohl ich als Nächstes vielleicht zu Gin Tonic übergehen sollte –, während ich auf die ruhige See hinausschaute. Mit jedem Schluck des kalten Getränks, jedem sanften Schaukeln, jeder leichten Brise im Gesicht wurde ich ruhiger und heiterer. Es war, als würde ich einen alten Freund wiedertreffen, den ich jahrelang nicht gesehen hatte.

Und dann kam mir ein Gedanke.

Warum zum Teufel saß ich eigentlich noch hier und schaute auf den Strand, statt am Strand zu *sein*?

Ich sprang aus der Hängematte und zog in Windeseile meinen Badeanzug an.

Sonnenbrille. *Check*.

Sonnenschutz. *Check*.

Handtuch. *Check*.

Hut und Lektüre. *Check*.

Optimistische Urlaubseinstellung. *Doppelt gecheckt*.

Ich stopfte alles in meine Strandtasche, eine meiner

Eigenkreationen, und sprintete los. Ich war schon auf halbem Wege zu den Liegestühlen …

… als ich wie erstarrt stehen blieb, mitten im schneeweißen Sand. Etwas stimmte hier ganz und gar nicht.

Mein Hirn brauchte ein paar Sekunden, um zu begreifen, dass ich meine Flipflops vergessen hatte, was mir unmittelbar dadurch auffiel, dass der heiße Sand mir die Füße verbrannte. Kreischend flüchtete ich mich auf den nächsten Liegestuhl und rieb mir die brennenden Fußsohlen.

Als das Brennen zu einem leichten Glühen verebbt war, streckte ich mich aus und konzentrierte mich auf meine wichtigste Aufgabe: zu entspannen. Doch zuerst das notwendige Einreiben meines gesamten blassen Körpers mit Lichtschutzfaktor 50+ (mindestens). Meine Suche nach dem perfekten Sonnenschutz, der wasserfest ist und nicht nach einer Kreuzung aus Banane und Kokosnuss riecht, dauert immer noch an. Wobei ich allerdings glaube, ihn schon gefunden zu haben. Meine Creme war sehr wasserfest – so wasserfest, dass sie wahrscheinlich die atomare Zerstörung unseres Planeten überstanden hätte. Sobald sich die aufgeblähten Pilzwolken und der Fallout gesetzt hätten, würde die Erde nur noch mit Kakerlaken bevölkert sein, die sich mit meiner Creme eingerieben hatten.

Und ich brauche Sonnenschutz, denn ich werde nicht braun, sondern verbrenne. Da ich mit rotblondem Haar und Sommersprossen gesegnet bin, bekomme ich, abgesehen von einem krebsigen Rot, nie so richtig Farbe. Wenn ich genug Geld hätte, würde ich sogar Bräune aus der Spraydose in Betracht ziehen, damit ich nicht, wenn ich mein Kleid ausziehe und meinen Körper der Sonne aussetze, aussehe, als würde ich im Dunkeln leuchten.

»Bonjour, Madame«, erklang der Singsang einer leisen Stimme hinter mir.

Ich drehte mich um.

»Möchten Sie einen Drink?«, fragte ein Kellner mit diesem starken französischen Akzent, der alles immer viel reizender klingen lässt.

War das nicht ein Leben? Am Strand rumlümmeln, während dir die Kellner sagenhafte Drinks servieren. Ich überflog die Karte, bis ich mein Gift gefunden hatte.

»Den hier«, sagte ich und zeigte auf das Foto einer Kokosschale, aus der Papierschirmchen und Ananaswürfel quollen.

»Sehr wohl, Madame.« Der Kellner drehte sich um und verschwand.

Wieder schaute ich mich um. Ein paar Leute sahen so aus, als lägen sie schon seit Tagen in der Sonne. Sie waren so dunkel gebräunt, dass sie fast glänzten. Ein paar Kinder spielten im seichten Wasser und versuchten, Sandburgen zu bauen, aber der Sand war zu nachgiebig und schwer zu bändigen, sodass alle ihre Versuche zum Scheitern verurteilt waren. Ein paar energiegeladene Urlauber fuhren Kanu, während andere Frisbee spielten. In einiger Entfernung konnte ich sogar die Silhouette eines Menschen erkennen, der auf einer Sandbank angelte. Ich persönlich habe ja nie den Sinn von körperlichen Anstrengungen im Urlaub begriffen.

Schon bald kehrte mein Kellner zurück und reichte mir den tropischsten Drink meines Lebens. Allein den Mund an den Rand des Gefäßes zu bringen, war eine Herausforderung: Man musste erst einmal unzählige Papierschirmchen und Schnörkeltrinkhalme bezwingen und ein Meer schwimmender Obststückchen durchbrechen.

Doch als ich den ersten Schluck nahm …

Kühl.

Stark.

Köstlich.

Ich stellte die Schale auf das Tischchen, das am Liegestuhl befestigt war, und schlug mein Buch auf, doch in diesem Augenblick wurde meine Aufmerksamkeit von etwas anderem gefesselt. Von *jemandem*.

Zu meiner Linken, ungefähr drei Liegestühle weiter, saß ein Mann. Er stach aus dieser Strandszenerie heraus wie ein bunter Hund, und ich mochte kaum glauben, dass er mir nicht schon früher aufgefallen war. Zunächst einmal war er der Einzige am Strand, der *keine* Badehose trug, sondern Hemd und Shorts. Er wirkte auch keineswegs entspannt.

Er saß kerzengerade auf seinem Liegestuhl und balancierte einen Laptop auf den Knien. Auf seinem Tischchen lagen iPad und Handy. Reichlich viel Technologie, besonders für den Strand.

Merkwürdiger als das Sammelsurium technischer Geräte war jedoch die Tatsache, dass seine Finger knapp über den Tasten schwebten.

Und dort verharrten. Keinesfalls tippten.

Ich muss den Mann wohl ungefähr fünf Minuten lang beobachtet haben. In der ganzen Zeit tat er nichts weiter, als auf den Bildschirm zu starren. Er saß so still, dass ich mich schon fragte, ob er vielleicht eingeschlafen sei, oder ob ihn vielleicht ein Schicksalsschlag ereilt habe: Er war in dieser Haltung gestorben, und die Totenstarre hatte bereits eingesetzt. Ich musterte ihn fasziniert.

Gammeliger Typ.

Zerzaustes dunkelblondes Haar, leicht grau meliert. Er war nicht alt, sondern offenbar einer jener Männer, die schon früh den Salz-und-Pfeffer-Look à la Clooney bekommen. Wenn ich sein Alter hätte schätzen sollen, hätte ich auf Mitte dreißig getippt. Eine große dunkle Sonnenbrille, überhaupt nicht von der coolen Sorte oder von einer Marke, die mir bekannt gewesen wäre. Außerdem hatte er mehr als nur einen Bartansatz – diese haarige Geschichte war definitiv ein, zwei Wochen älter als ein Dreitagebart. Ein Hipster möglicherweise? Vielleicht liebäugelte er mit obskuren Ukulele-Bands, überlegte, ob Vinyl nicht doch zu sehr Mainstream und es daher an der Zeit war, zu Kassetten zurückzukehren, oder welchen Filter er über sein nächstes Instagram-Foto legen sollte?

Aber was immer er auch war, mein Fall war er nicht. Ganz und gar nicht. Vor einigen Jahren noch wäre das anders gewesen, aber seit dem adretten Trevv hatten sich meine Vorlieben definitiv verändert … Ich seufzte leise. Wahrscheinlich würde ich nie wieder mit einem so gut aussehenden Mann ausgehen. Ganz schön seicht, ich weiß. Aber es war einfach so ein gutes Gefühl gewesen, solch einen Mann an meinem Arm zu haben.

Mein Blick glitt von dem bärtigen, ungepflegten Gesicht zu seinem Hemd. Es war ein kurzärmeliges, durchgeknöpftes Hemd in Altweiß. Als ich jedoch genauer hinschaute, wurde mir klar, dass es früher einmal richtig weiß gewesen sein musste. Das arme Ding war vermutlich in der Buntwäsche gelandet und hatte einen unschönen beige-grün-cremefarbenen Galleton angenommen. Die obersten Knöpfe standen offen und ließen ganz deutlich eine Menge Brusthaare sehen. Wieder nicht mein Fall.

Seine Shorts waren eine Geschichte für sich. Sie waren von sonderbarer Länge, nichts Halbes und nichts Ganzes. Irgendwie knielang, aber auch wieder nicht. Schwerer schwarzer Stoff – wer in aller Welt trägt denn so was am Strand? Er wirkte groß. Nicht übergroß, aber auf jeden Fall größer als der Durchschnitt. Groß, breit und gut gebaut. Aber auch wieder kein Workout-Freak. Eigentlich sah er aus wie ein Mann, der nie einen Fuß in ein Gym setzte – nicht sein Ding.

Ein Kreativer, stellte ich mir vor. In der Werbung vielleicht?

Werbeleute haben oft diese intensiven Vibes – glaubt mir, ich weiß, wovon ich rede. Sie sehen immer so aus, als ob sie sich gleich auf dich stürzen und dir etwas »Neues und Verbessertes« mit einer »Geld-zurück-Garantie« verkaufen wollen … *Aber halt, da war noch etwas …*

Gerade als ich überzeugt war, dass er wirklich tot war und sich bereits im Zustand der Totenstarre befand, und ich vielleicht einmal hinübergehen sollte, öffnete er den Mund und murmelte etwas.

Er redete mit sich selbst!

Aber worüber denn nur? Das Murmeln steigerte sich schon bald zu einer ausgewachsenen Unterhaltung, die er mit sich selber führte. Mitunter beteiligten sich sogar seine Hände und ergingen sich in wilden Gesten. Fasziniert schaute ich ihm zu. Manchmal kam es mir so vor, als unterhielten sich hier zwei völlig unterschiedliche Persönlichkeiten.

Es war eigentlich richtig komisch. Ich starrte den Mann an und erfand alle möglichen Szenarien, um sein Benehmen zu erklären – in den meisten endete er allerdings als Verrückter, so wie die Typen, die am Highway stehen und vorbeifahrenden Autos predigen. Ich fragte mich gerade, ob auch er an die »Invasion« glaubte, als ich durch eine plötzliche Bewegung und ein sehr lautes Geräusch unsanft in die Wirklichkeit zurückgeholt wurde. Er hatte sehr plötzlich – und sehr heftig – seinen Laptop zugeklappt und begegnete nun direkt meinem neugierigen Blick. Es war, als habe er gespürt, dass er beobachtet wurde.

Beschämt wandte ich den Blick ab und steckte meine Nase ins Buch. Ich hoffte nur, dass ich ihn durch mein Starren nicht verärgert hatte.

5

Mit einem Mal war es still um mich – das schrille, aufgeregte Kreischen der Kinder und das Wellenplätschern waren verstummt. Ich musste wohl eingenickt sein, denn plötzlich …

»Hallo.« Jemand rüttelte mich unsanft am Arm. »Sie sollten vielleicht besser aus der Sonne gehen. Sie schlafen schon ganz schön lange.«

Ich erschrak beim Klang dieser Stimme, die sehr real und nah ertönte – der Stimme eines Amerikaners. Ich rieb mir die Augen und schaute auf … und sah in zwei blaue Augen, die Bradley Cooper hätten gehören können.

Muss wohl noch schlafen. Das kann doch nur ein Traum sein.

»Dachte, ich wecke Sie besser mal auf, Sie haben nämlich einen schlimmen Sonnenbrand«, äußerte Blauauge Cooper mit einer heiseren Stimme, die ziemlich sexy klang.

Wie eigentümlich! Wenn Träume verborgene Bedeutungen enthalten, was wollte mir dieser Traum dann sagen? Oder wenn Dr. Freud recht hat, und jede Person in unseren Träumen im Grunde Anteile unseres Ichs repräsentiert: Was hatte dann, bitte schön, eine männliche Version von mir als Bradley Cooper an einem Strand zu suchen? Bizarr.

Die blauen Augen musterten mich mit einem merkwürdigen Ausdruck. »Ähm, geht es Ihnen gut? Ich vermute mal, dass Sie zu viel Sonne oder etwas anderes getankt haben?«

Plötzlich war mir äußerst seltsam zumute. Die Szene kam mir immer weniger wie ein Traum vor. Ich kniff die Augen zusammen, um die Helligkeit auszublenden, die mein Gegenüber wie einen schwarzen Scherenschnitt hervorhob. Und als sein Gesicht schließlich zu erkennen war, sah ich den Bart, das zerzauste dunkelblonde Haar mit den grauen Strähnen …

Es war der Laptop-Typ.

»Ich meine, Sie sollten lieber aus der Sonne gehen«, wiederholte er seine Warnung.

Die Verwirrung musste mir vom Gesicht abzulesen sein, denn er beugte sich vor und schaute mich mit der Art Mitleid an, die man für jemanden aufbringen mag, der den Fauxpas begeht, Paisley und Nadelstreifen miteinander zu kombinieren.

Er sprach erneut. Sehr langsam diesmal. »Die … Sonne … HEISS … zu … lang … in … ihr.«

Warum redete er wie Yoda?

Ich schaute mich um. Die Sonne war weitergewandert. Mein ganzer Körper brannte wie Feuer, stellte ich mit einem Mal fest. »Wie lange liege ich denn schon hier?«

»Lange genug«, erwiderte er.

Ich versuchte, mich zu bewegen, zuckte aber sogleich vor Schmerz zusammen. Ich warf einen Blick auf meine diversen Körperglieder und sah, dass sie die Farbe eines gekochten Hummers angenommen hatten. »Oh Mist.«

»Genau. Wie schon gesagt: zu viel Sonne.«

»Ich habe gar nicht gemerkt, dass ich eingeschlafen bin.«

Er hob einen Finger und wies anklagend auf meinen leeren Kokosnusscocktail. »Die Dinger sind tödlich. Ich hatte gestern einen und bin völlig betäubt umhergewankt. Die sind hier ein bisschen zu großzügig mit dem Rum, wenn Sie mich fragen.«

Ich nickte und merkte sogleich, dass ich einen total schweren Kopf hatte. Der Laptop-Typ blieb vor mir stehen und warf den notwendigen Schatten, während ich meine Sachen zusammensuchte und in die Strandtasche packte. Doch als ich die

Beine aus dem Liegestuhl schwang und meine Füße auf den Sand stellen wollte …

»Verdammt, ist das heiß!« Sofort zog ich die Füße zurück. Wie ein Zurückzucken vor einer glühenden Pfanne, die über Nacht auf dem heißen Ofen stehen geblieben war.

»Haben Sie keine Sandalen?«

Ich schüttelte den Kopf. »Die hab ich vergessen.«

»Nun ja«, sagte er vollkommen ernst, »ich könnte Sie ja über meine Schulter werfen?«

»Was?« Ich schaute zu ihm hoch und suchte in seinem Gesicht nach verräterischen Anzeichen, dass er es scherzhaft gemeint hatte, doch es war ihm anscheinend ernst. Ich wartete einen Moment oder zwei auf den Ausruf: »Sollte ein Witz sein!«, aber er kam nicht. »Das meinen Sie doch nicht im Ernst?«

»Was bleibt Ihnen denn anderes übrig?«

»Auf keinen Fall! Ich lasse mich doch nicht über Ihre Schulter werfen. Das ist einfach … zu blöd.«

»Na gut«, erwiderte er vollkommen ungerührt, zuckte mit den Schultern und entfernte sich. »Viel Glück!«, hörte ich ihn noch sagen.

War das sarkastisch gemeint? Dem Klang seiner Stimme war es schwerlich zu entnehmen. Denn »Viel Glück!« wünscht man normalerweise dem, der zu einer Prüfung antritt oder seinen Führerschein macht. Nicht jemandem, der sich im nächsten Moment die Fußsohlen zu Asche verbrennen wird. Also wohl doch eher Sarkasmus.

Oh, gleich wird meine Hand in den Mixer geraten … »Viel Glück!«

Oh, gleich werde ich von einer steilen Klippe fallen … »Viel Glück!«

Oh, gleich werde ich mir die Zehen im glühend heißen Sand verschmoren … »Viel Glück!«

Inzwischen war es mir egal, dass er Bradley Coopers Augen und Ian Somerhalders Gesicht besaß – er war nichts weiter als ein großer sarkastischer Scheißkerl mit Bart und komischen Shorts. Eine Welle der Wut gab mir den nötigen Adrenalinkick, um meiner zittrigen Benommenheit Herr zu werden. Bis zu meinem Zimmer waren es nur wenige Meter, der Sand jedoch fühlte sich an, als wäre er auf der Oberfläche von Merkur gegrillt worden. Ich musste meinen ganzen Mut zusammennehmen, um darüberzuflitzen, und hoffen, dass ich mein Ziel ohne Brandblasen oder Geschwüre erreichte.

Also flitzte ich.

Ihr kennt das ja … Wenn man sich im Gym auf dem Laufband oder Stepper abmüht und dabei die Zeitkontrolluhr im Auge behält. Du hast Stein und Bein geschworen, dass du zwanzig Minuten durchhalten wirst, aber wenn die letzte Minute anbricht, die letzten dreißig Sekunden, kommt es dir *unmöglich* vor, noch einen weiteren Schritt zu tun. Denn es fühlt sich an, als würden auf jedem Bein fünfzig Kilo Beton lasten. Und genauso empfand ich es. Die letzten paar Schritte zu meinem Zimmer waren schier unerträglich.

Endlich erreichte ich jedoch meinen Bungalow, stieß die Tür auf und stürzte zur Badewanne. Keinen Augenblick zu früh rann kühles Wasser über meine gemarterten Füße, und sogleich trat Besserung ein.

Doch dann bescherte mir der Blick in den Spiegel eine böse Überraschung: Eine garstige Erscheinung starrte mich an.

Rot ist überhaupt nicht meine Farbe. Ich vermeide es um jeden Preis und in jeglicher Form, ob Lippenstift, Kleider oder Accessoires. Manchmal halte ich mich sogar von Leuten fern, die in Rot gekleidet sind, oder stelle mich nicht an eine rote Ampel. Rot verträgt sich einfach nicht mit meinem rötlichen Haar und meinen Sommersprossen. Als ich daher in den Spiegel sah und erkennen musste, dass ich von Kopf bis Fuß krebsrot war, *ja*, da war ich unglücklich.

Am schlimmsten waren die breiten weißen Streifen zu beiden Seiten meines Gesichts und die großen weißen Kreise um meine Augen, wo die Sonnenbrille gesessen hatte.

Total der Freak. Hallo, setzt mich doch in eine dieser Jahrmarktsbuden neben die bärtige Frau und den feuerschluckenden Drachenmann, dort würde ich prima hinpassen! Ich schnalzte unwillig ob meiner Blödheit und merkte in diesem Moment, dass sogar meine Lippen verbrannt waren. Da ging sie hin, die Möglichkeit, mit einem Tauchlehrer rumzumachen oder überhaupt mit einem dieser Freizeitausbilder – und überdies mit jedem Exemplar der männlichen Spezies. Nicht dass ich mit einem Urlaubsflirt gerechnet hätte!

Zum Glück hatte ich feuchtigkeitsspendende After-Sun-Creme mitgebracht. Ich konnte einfach nicht glauben, dass ich so dumm gewesen war, mir einen Sonnenbrand zuzuziehen. Großzügig verteilte ich die lindernde Creme, aber meine Haut war so heiß und trocken, dass sie das Zeug wie ein durstiges Kamel aufsog. Ungefähr zehn Lagen Creme später milderte sich das Brennen, und meine Gedanken wandten sich wieder dem Mann mit dem Laptop zu.

Eigentlich war es bloß *ein* Gedanke: Warum sind Männer bloß solche A-Löcher? Ich hatte ein absolutes Misstrauen gegen das andere Geschlecht entwickelt. Ich verdächtigte nun die meisten – *wenn nicht gar alle* – Männer der Untreue, und wiederum die meisten – oder *alle* –, widerliche, fiese Schweine zu sein. Ich war überempfindlich, vorsichtig und argwöhnisch geworden. Und das zu Recht.

Er hält dir die Tür auf, und das tut er nur, um einen Blick auf deinen Hintern zu riskieren.

Dasselbe gilt für den Mann, der dich an der Kasse vorlässt.

Wenn er sagt, dass er sich verspäten wird, bechert er in Wahrheit mit seinen Kumpels und baggert munter Frauen an.

Wenn er Milch kaufen geht, nutzt er die Zeit, um seine Sekretärin zu bumsen.

Wenn er angeblich mit seinen Freunden Golf spielt, erschlägt er fleißig Robbenbabys.

Ich hatte mich schon oft gefragt, was es mit Trevvs Überstunden auf sich hatte, mit den zahlreichen Konferenzen in anderen Städten, mit auswärtigen Benefizveranstaltungen und ähnlichen Geselligkeiten, zu denen ich ihn nie begleitet hatte, denn Trevv hatte jedes Mal gesagt: »Zu schade, dass du nicht mitkommst, aber du würdest dich zu Tode langweilen, Schatz. Ist überhaupt nicht dein Ding.«

Im letzten halben Jahr unserer Beziehung hatten wir ziemlich aneinander vorbeigelebt. Die Zeichen waren alle da gewesen, sie waren mir förmlich in die Augen gesprungen, aber ich hatte sie nicht gesehen oder vielleicht nicht sehen wollen.

Ein Abend war mir ganz besonders im Gedächtnis geblieben. Es war wieder eine dieser Veranstaltungen gewesen, die »so gar nicht mein Ding waren«. Rückblickend betrachtet hatte Trevv das beinahe ständig gesagt, und erst jetzt begriff ich, dass es nichts mit ritterlicher Rücksichtnahme auf meine Gefühle zu tun hatte, sondern nur damit, dass er Zeit mit Tess verbringen und unbequemen Nachfragen entgehen wollte. Ich war ihm fürchterlich lästig gewesen, so viel war klar.

An jenem Abend war ich trotzdem mitgegangen, aber es sollte eine der quälendsten Erfahrungen meines Lebens werden. Vom Augenblick unserer Ankunft an hatte ich das deutliche Gefühl, dass alle im Raum mich anstarrten und miteinander tuschelten. Damals hatte ich geglaubt, die Leute wären neidisch: An meinem Arm hing die neueste Tasche von Chloé, die im freien Verkauf noch gar nicht zu haben war, außerdem trug ich ein ziemlich fantastisches Kleid eines aufstrebenden südafrikanischen Stars am Designerhimmel. Jetzt aber weiß ich, dass sie mich angestarrt hatten, weil sie Bescheid wussten.

»Oh je, da ist sie. Ich frag mich, ob sie das mit Tess überhaupt weiß?«

»Oh mein Gott, ich glaub's nicht, dass er sie mitgebracht hat. Wo Tess doch hier ist!«

Tess war an dem Abend so nett zu mir. Mein Gott, wie blind war ich doch gewesen!

Ich konnte nicht umhin, mich zu fragen, wie viele unserer gemeinsamen Freunde Bescheid gewusst oder zumindest etwas vermutet hatten, mir aber kein Sterbenswörtchen gesagt hatten. Wie demütigend! Ich erinnerte mich an all die Abendeinladungen zum Dinner, die wir wahrgenommen hatten, ich dachte daran, wie ich mit Trevvs bestem Freund shoppen gegangen war, um ein Geschenk zu seinem dreißigsten Geburtstag zu besorgen. Bei der Vorstellung, dass alle außer mir Bescheid gewusst hatten, wurde mir übel. War ich denn eine Witzfigur gewesen? Hatte er sich mit seinen Freunden abgeklatscht, weil er das schärfste Mädchen der Welt vögelte, während seine tumbe Freundin nicht die geringste Ahnung hatte?

Verflucht! Jetzt machte ich mich schon wieder verrückt. Energisch schob ich die schwarzen Gedanken beiseite und zwang mich zum Umziehen, weil es Zeit fürs Dinner war. Ich schmierte mir eine halbe Flasche Make-up auf das rote Gesicht, mit dem Ergebnis, dass es wie eine Maske aussah. Dann versuchte ich, die rissige rote Landschaft meiner Lippen mit einem kräftigen Klumpen Lipgloss zu kaschieren –, was mich aussehen ließ, als kriegte ich es stundenweise bezahlt. Nun gut, ich hatte ja nicht vor, auf irgendwen Eindruck zu machen, und das zusätzliche Geld würde ich vermutlich gut gebrauchen können.

Ich schritt auf die Bar mit dem Gefühl zu, auf sämtliche Menschen, denen ich begegnete, UV-Hitze abzustrahlen. Natürlich bildete ich mir ein, dass alle mich anstarrten. Aber ich bemühte mich um eine tapfere – wenn auch leicht unheimlich aussehende – Miene und schritt so schnell voran, wie ich konnte, ohne meine empfindliche Haut an der Luft wund zu scheuern.

Die Hotelanlage sah bei Nacht geradezu magisch aus. Die Lichter aus den Gebäuden fielen auf den weißen Sand und das Meer, das irisierend aufleuchtete, als hätte jemand einen Kanister Goldfarbe hineingeschüttet.

Ich ging einen langen Weg durch die großzügigen Pflanzungen, die im Schein grüner Laternen noch grüner und üppiger wirkten als bei Tag. Als ich an der Bar ankam, gab es neuen Anlass zum Staunen. Sie stand auf einer Insel mitten im Pool, und eine schmale Brücke führte hinüber – eine Brücke, die ich nach ein paar Drinks nur ungern überquert hätte.

An einer Seite der Bar konnte man bis an die Theke heranschwimmen und in Sesseln Platz nehmen, die zur Hälfte aus dem Wasser ragten, um halb im Wasser sitzend Cocktails zu schlürfen. Das gehörte auf jeden Fall auf meine To-Do-Liste.

Etwas, das *nicht* auf die Liste gehörte, war ein neuerlicher Zusammenstoß mit dem Laptop-Mann. Aber dort saß er. An vorderster Front der Theke. Immer noch schwebten seine Hände über der Tastatur und tippten absolut nichts. Ich drehte mich um und versuchte, unbemerkt in der Dunkelheit zu verschwinden, aber …

»Hey!«

Ich erstarrte. Meinte er etwa mich?

»Hey, Sunshine.«

Na toll. Am Strand hatte er seinen Sarkasmus jedenfalls nicht gelassen.

6

An diesem Punkt konnten mehrere Dinge passieren:

1. Ich konnte geduldig darauf warten, dass meine Unsichtbarkeitssuperkraft einsetzte, und mich in Luft auflösen.
2. Ich konnte mich tot stellen, damit er mich in Ruhe ließ.
3. Ich konnte so tun, als hätte ich ihn nicht gehört, mich so schnell wie möglich entfernen und hoffen, er würde nicht noch mal rufen.
4. Ich konnte in den Pool hüpfen und davonschwimmen – obwohl das eventuell verdächtig gewirkt hätte.
5. Oder ich konnte mich schlicht umdrehen, lächeln und so tun, als würde ich mich total freuen, ihn zu sehen (auch wenn das nicht zutraf).

»Heeyyyaaa, Fremder.« Kaum hatten diese Worte meinen Mund verlassen, knallte ich mir im Geiste eine Ohrfeige. Das klang *viel* zu begeistert.

Er sah mich verständnislos an; zumindest deutete ich seinen Gesichtsausdruck so. Es war nämlich schwierig, seine Miene richtig zu interpretieren, da der Bart die untere Hälfte des Gesichts bedeckte und der Bartschatten die höheren Regionen verdunkelte.

»Hey.« Seine Begrüßung klang weit weniger enthusiastisch und sehr viel angemessener.

»*Heeeyyyaaa*«, sang ich übertrieben cool, ruhig und gefasst in der Hoffnung, meine übermäßig begeisterte erste Begrüßung würde dadurch wettgemacht. »Tja, schöner Abend heute … oder was auch immer.« Ich zuckte mit den Schultern, was ziemlich wehtat. Lockerheit brachte ich jedenfalls überhaupt nicht rüber. Was war nur aus mir geworden? Früher war ich doch immer total cool gewesen, das coolste Mädchen in meiner Clique. Wohin zum Teufel war dieses Mädchen entschwunden?

Er grinste mich an. »Ja, es ist wirklich ein schöner Abend … oder was auch immer. Darf ich Ihnen einen Drink bestellen? Oder auch nicht … was auch immer.«

Nein, darfst du nicht, du sarkastischer Mistkerl. »Klar. Danke. Das wäre nett.«

»Nichts mit Rum, tippe ich mal?«

»Oh Gott, nein! Etwas ohne Alkohol wäre super.«

Wieder klappte er lautstark seinen Laptop zu und bestellte zwei Cola.

»Ich heiße übrigens Chris«, sagte er und streckte mir die Hand zum obligatorischen Händedruck entgegen.

Ich schüttelte sie. »Anne, oder Annie, manche Leute nennen mich Annie.« Eigentlich nennen mich alle Annie, nur Trevv hatte stets Anne gesagt. Stormy hatte immer behauptet, es sei ein schlechtes Zeichen, dass er keinen Kosenamen für mich habe. Sie glaubte ganz fest an Kosenamen, sogar für unbelebte Objekte erfand sie welche.

»Nett, Sie kennenzulernen, Annie-Anne.«

Der Barkeeper stellte unsere Gläser auf die Theke, und die klirrenden Eiswürfel im Glas und das Sprudeln der Bläschen hörten sich sehr verlockend an. Ich zog mir einen Hocker heran, doch als ich darauf Platz nehmen wollte, zuckte ich vor Schmerz zusammen.

»Sieht aus, als hätten Sie heute *tatsächlich* zu viel Sonne abgekriegt«, stellte Chris fest, indem er mich von Kopf bis Fuß beäugte.

»Das ist die reinste Untertreibung.«

»Tja.« Er zuckte mit den Schultern. »Ich hätte Sie gerne früher geweckt, aber ich wollte nicht wie ein Lustmolch rüberkommen.« Er nahm einen Schluck.

»Warum wie ein Lustmolch?«

»Na ja, ich wollte nicht, dass Sie glauben, dass ich Sie anstarre … oder zurückstarre.« Unter den ganzen Bartfusseln sah es aus, als feixte er.

Ich spürte, wie meine Wangen heiß wurden – noch heißer als ohnehin schon. Zum Glück war ich durch den Sonnenbrand krebsrot, sonst hätte das dunkelrote Glühen meines Gesichts auffallen müssen. Ach, Peinlichkeit, du meine treue Gefährtin!

»Tut mir leid. Ich hatte mich bloß gefragt, was Sie da machen. Es sah so aus, als sprächen Sie mit sich selbst.«

Er lächelte, und ich musste zugeben, dass er trotz seines Neandertaler-Looks ein nettes, ein geradezu umwerfendes Lächeln besaß. Ein Lächeln, das irgendwie ansteckend wirkte. Bevor ich meinen Willen befragen konnte, spürte ich, wie auch meine Mundwinkel in die Höhe gingen.

»Berufsrisiko«, äußerte er lässig.

»Ach, tatsächlich?« Ich fragte mich, welcher Beruf wohl dazu führen mochte, dass man in aller Öffentlichkeit Selbstgespräche führte.

»Ich bin Drehbuchautor. Ein Dialog schreibt sich am besten, wenn man ihn laut spricht. So klingt er natürlicher. Ich ertappe mich des Öfteren bei Selbstgesprächen.«

Nun ging mir ein Licht auf, und ich fragte mich, warum ich nicht schon früher darauf gekommen war. Natürlich, er war so eine Art Schriftsteller. Das erklärte alles. Das ungepflegte, reichlich behaarte Gesicht und den mühelosen Hobo-Chic, den er ausstrahlte. Wahrscheinlich rauchte er auch wie ein Schlot und schüttete am Tag unzählige Tassen Kaffee in sich hinein.

»Woran arbeiten Sie denn im Moment?« Ich muss gestehen, dass ich fasziniert war; einen Drehbuchautor trifft man schließlich nicht alle Tage.

»Tja, das ist die Eine-Million-Dollar-Frage, nicht wahr?« Sein Ton hatte sich jäh verändert. »Sagen wir's mal so: Ich habe eine Schreibblockade. Was schon ein gewisses Problem darstellt, weil ich mein Skript in zwei Wochen abgeben muss.«

»Wie viel haben Sie bisher geschrieben?«

Er klappte den Laptop auf, und der Bildschirm wurde hell. »Genau zwei Worte: Erste Szene.« Wieder klappte er das Gerät mit Brachialgewalt zu, und ich überlegte, wie das arme Ding diese schändliche Dauerbehandlung überstehen konnte. Daraufhin stürzte er seine Cola hinunter, als wäre sie starker Schnaps und könnte seine aufgewühlten Nerven beruhigen.

»Mir ist schon aufgefallen, dass Sie gar nicht geschrieben haben. Was können Sie denn tun, um Ihre Blockade zu überwinden? Wodurch könnten Sie wieder inspiriert werden?«

»Durch diese Umgebung.« Er lehnte sich auf dem Barhocker zurück und breitete die Arme aus. »Ihretwegen bin ich hergekommen. Ich soll eine romantische Komödie über ein Paar schreiben, dass sich in einem tropischen Ferienresort kennenlernt – ja, ja, mir ist schon bewusst, wie kitschig das klingt. *Nie wieder Sex mit der Ex* trifft *Meine erfundene Frau*, aber das ist nun mal der Stoff, den die Leute wollen.«

»Das sind doch tolle Filme. Ich liebe Jennifer Aniston!«

Chris schwankte drollig auf seinem Barhocker herum und sah mich spöttisch an. »Jetzt sagen Sie nicht, dass Sie auf diese ganze ›Mädchen wird vor dem Altar sitzen gelassen und fährt allein in die Flitterwochen, wo sie sich unerwartet verliebt‹-Sülze stehen.«

»Genau das ist meiner Cousine passiert.«

»Sie nehmen mich auf den Arm!«, protestierte er halb belustigt.

»Aber gar nicht. Sie hat den Mann im Flugzeug kennengelernt, und seit einem Jahr sind die beiden zusammen.«

»Okay, wie wäre es dann damit: Ein Mann stürzt mit dem Flugzeug ab, verliert das Gedächtnis und vergisst, dass er eine schwangere Frau hat, aber am Ende verliebt er sich wieder in sie, weil sie ohnehin füreinander bestimmt waren?«

»Das ist keiner passiert, die ich kenne … *noch nicht*.« Ich schmunzelte, denn wenn das Schicksal jemals so etwas bestimmen würde, dann einer meiner Freundinnen. »Aber ich finde es wunderbar. Hört sich toll an!«

Chris vergrub das Gesicht in den Händen. »Und was halten Sie davon? Ein Mädchen verliebt sich in einen Kerl, weil sie seinen Blog liest, und macht sich auf die Suche nach ihm, aber dann stellt sich heraus, dass er ohnehin die ganze Zeit ihr bester Freund war, und erst da geht ihr auf, dass sie schon seit Jahren in ihn verliebt ist?«

»Eine wunderschöne Geschichte«, erwiderte ich vergnügt.

Er schüttelte heftig den Kopf. »Sie sind nicht mehr zu retten, wissen Sie das? Es ist hoffnungslos.«

Ich war mir nicht sicher, ob er bloß Spaß machte, oder ob ich mich durch seine Bemerkung gekränkt fühlen sollte. Es war schwer zu sagen, ob er unhöflich oder ironisch war oder einfach nur einen Scherz machte. »Was meinen Sie mit *hoffnungslos*?«

»Ich möchte wetten, dass Sie zu den Leuten gehören, die der Valentinstagsverschwörung zum Opfer gefallen sind. Sie kaufen wahrscheinlich fleißig Schokoladenherzen und gefühlsduselige Karten, ohne sich bewusst zu sein, dass alles nur eine miese Geldschneiderei ist. Und ich wette, Sie verlieben sich, ohne zu merken, dass es nur eine Illusion ist, nur die Anregung der Neuronen in Ihrem Gehirn, die Ihnen dieses warme, benebelte Gefühl verschaffen. Das ist nämlich bloß Chemie und keine Liebe.«

Ich blinzelte ein paar Sekunden lang verständnislos, während ich den vollen Sinn seiner Worte zu erfassen suchte. »Sie schreiben romantische Komödien? Und glauben selber gar nicht an die Liebe?«

»Bingo!«, rief Chris und schnippte mit den Fingern nach dem Kellner, um eine neue Bestellung aufzugeben. »Man muss nicht an etwas glauben, um darüber schreiben zu können.«

»Kein Wunder, dass Sie an einer Schreibblockade leiden!«

Chris sah mich eine Weile schweigend an, als ob er sich wirklich Gedanken machte. »Es kann auch daran liegen, dass mir all diese rührseligen, unwahrscheinlichen ›Junge trifft süßes Mädel und erlebt wunderbares Happy End‹-Ideen ausgegangen sind. Oder ich bin einfach nur ein zynischer Scheißkerl.« Er kicherte leise. »Jedenfalls glaube ich nicht, dass ich hier irgendwelche Inspirationen bekomme. Ich hasse den Strand.«

»Niemand hasst den Strand!« Ich lachte.

»Ich schon.«

»Aber sehen Sie doch!« Ich schwenkte die Arme rundum. »Warm, tropisch, wunderschön, entspannend.«

»Es ist dieses viele Wasser, das mir nicht gefällt. Seit dem Alter von sechs Jahren bin ich nicht mehr geschwommen.«

»Echt? Warum denn nicht?«

»Ich will's mal so sagen«, Chris rang sich ein gequältes Lächeln ab, »das Wasser und ich hatten eine kleine Meinungsverschiedenheit, und beinahe hätte es gewonnen.«

Es dauerte einen Moment, bis ich begriff, was er meinte. »Oh je, Sie meinen, Sie wären beinahe ertrunken?«

Er zuckte lässig mit der Schulter, als wäre es keine große Sache. »Jedenfalls ist unsere Beziehung nachhaltig gestört. Aber nun genug von mir. Ich habe das Gefühl, als hätte ich einer Unbekannten mein ganzes Leben erzählt. Jetzt sind Sie an der Reihe.«

»Was wollen Sie denn wissen?« Mit einem Mal verspürte ich eine leise Enttäuschung. Unser Gespräch gefiel mir nämlich sehr gut: Es war eine willkommene Zerstreuung, zur Abwechslung mal über jemand anderen und dessen Probleme nachzudenken.

»Okay. Was tut Annie-Anne denn so im Leben?« Er sah mich ehrlich interessiert an, während er sich mit den Fingern durch sein Salz-und-Pfeffer-Haar fuhr. Ich fragte mich, wie er wohl unter dem Bart aussehen mochte. Richtig gut, schätzte ich.

»Ich bin, nein, ich *war* Designerin für TV-Werbespots und solche Sachen. Dann habe ich diese Arbeit aufgegeben, um bei einer Modezeitschrift anzufangen. Aber da ist es nicht gut gelaufen.« Ich musste mich wohl durch Stimme und Körpersprache verraten haben, denn er beugte sich neugierig vor.

»Mhm, dahinter steckt eine gute Geschichte, will mir scheinen.« Er wirkte tatsächlich gefesselt.

Ich verdrehte dramatisch die Augen und stieß einen lauten Seufzer aus. »Sie ahnen ja gar nicht, was für eine!«

Chris beäugte mich einen Augenblick lang. »Okay, Annie, Sie haben mich am Haken. Ich bin ganz offiziell fasziniert. Raus mit der Sprache!«

»Mhm.« Ich überlegte einen Moment. Ich war nicht sicher, ob ich ihm von meiner Misere erzählen sollte, aber es hat schon was, sich einem Fremden anzuvertrauen. Einem Menschen, der mit der Situation nicht das Geringste zu tun hat. Und außerdem hatte er so nette Augen. »Okay. Warum eigentlich nicht?« Und dann machte ich den Mund auf, und die ganze Geschichte sprudelte nur so aus mir heraus.

Die Nippelklemmen und die Live-Sex-Show mit Lederriemen. Die Verhaftung und das Missverständnis mit dem Mordversuch, der kaputte (unbezahlbare, mehr als mein Jahresgehalt kostende) Schuh. Die Kamele (und hungernde, dehydrierte Waisenkinder obendrein), die für das Fotoshooting gemietet worden waren. Der Rauswurf, mein gebrochenes Herz, der darauffolgende, absolut unglamouröse Job. Meine ausgedehnte Ratgeberlektüre. Und zu guter Letzt mein Nudistenvermieter und seine Recycling-Obsession.

Und je länger ich erzählte, desto herzhafter lachte Chris. Als ob meine neuere Lebensgeschichte das Lustigste wäre, was er je gehört hatte. Als ich zu den Vibratoren kam, die sich hüpfend über den Boden schlängelten, hatte er vor Lachen Tränen in den Augen, ich schwör's! Ich hatte bislang keines meiner Erlebnisse als auch nur annähernd komisch empfunden.

Aber während des Erzählens – mit genügend Abstand, sowohl emotional als auch physisch –, fing auch ich an, die Absurdität des Ganzen zu erkennen. Es begann ganz sacht: Erst schmunzelte ich verhalten, dann kicherte ich, und schließlich brachen die Schleusentore und ich brüllte vor Lachen. Und als ich bei Trevv angelangt war, der mir mit einem fettigen Pfannenwender den Hintern versohlte, lachte ich wie eine Irre. Ich spürte, wie mir Tränen die Wangen hinabliefen. Irgendwann zog ich sogar die Nase hoch. Aber das war mir total egal.

»Und ihre Namen lauten wirklich Trevv und Tess?«, fragte Chris, unterbrochen von grunzendem, schnaubendem Gewieher. »Wie kitschig klingt das denn? Das hätten Sie sich niemals ausdenken können! Trevv und Tess. Wow!«

»Ja, und er schreibt sich obendrein mit Doppel-V. Findet, dass es sich auf der Visitenkarte besonders gut macht. Ziemlich dürftig, das.« Ich prustete heraus, was Chris nur zu neuerlichem Gewieher anzustacheln schien.

Doch als unser Lachen langsam abebbte, trafen sich unsere Blicke, und ein zaghaftes Zucken von einem gewissen Etwas jagte mein Rückgrat empor.

Was war denn das? Fühlte ich mich etwa zu ihm hingezogen? Unmöglich! Das war mir doch seit einer Ewigkeit nicht mehr passiert; wusste ich denn überhaupt noch, wie sich das anfühlte? Vielleicht verwechselte ich dieses Gefühl auch nur mit dem Brennen meiner sonnenverbrannten Haut und meinem Restkater.

Chris hob sein Glas zu einem Toast. »Auf Trevv und Tess! Mögen ihnen viele glückliche Jahre des Nippelklemmens und Hinternversohlens vergönnt sein – und dass sie sich stets mit dem unerträglichsten Paarnamen des ganzen Erdballs vorstellen müssen!«

»Sie könnten ihn ja in einen dieser Celebrity-Paarnamen umwandeln: *Tress*«, schlug ich vor und hielt mein Glas hoch.

Chris grinste noch breiter.

»Auf Tress also!«

»Und wenn wir ein Paar wären, könnten wir uns Crannie nennen«, schob er rasch nach und brachte mich wieder zum Lachen.

»Annis«, fügte ich hinzu und musste schon wieder prusten, weil es sich so bescheuert anhörte.

»Touché, Annie-Anne.« Chris stieß mit mir an. »Ich wollte eigentlich zum Dinner, wollen Sie sich mir anschließen?«, fragte er aus heiterem Himmel.

»Äh …« Ich zögerte. Bilder meines letzten Dinners mit einem Mann gingen mir durch den Kopf … Ich hatte so furchtbar geflennt, dass er mir während der Vorspeise seine Serviette als Taschentuch gegeben hatte. Ich war nicht sicher, ob ich schon wieder dazu taugte, mit einem Vertreter des anderen Geschlechts zu Abend zu speisen. Wie ein Pferd, das noch nicht zugeritten ist, konnte ich mir selber nicht wirklich trauen.

Doch dann erinnerte ich mich an das, was Lilly gesagt hatte: Ich sollte einen netten Mann finden, mit dem ich üben konnte, und Chris schien mir eine gute Wahl zu sein. Nicht furchterregend, nicht mein Typ, und somit bestand auch keine Gefahr, dass ich in einem Gefühlschaos untergehen würde.

Warum also nicht?

»Gut.« Ich rutschte vom Barhocker, wobei ein kleiner Rest Unsicherheit bestehen blieb.

Chris warf mir ein verschmitztes Lächeln zu. »Keine Sorge, Annie-Anne. Ist bloß ein Abendessen. Ich erwarte gar nicht, am Ende flachgelegt zu werden.«

7

Im Restaurant wurden wir zu einem kleinen Tisch direkt am Rand des Pools geführt. Der ganze Raum war in Kerzenschein getaucht und wirkte – Darf ich es aussprechen? – auf leicht fatale Weise romantisch. Wir nahmen Platz, und ich vertiefte mich sogleich in meine Speisekarte, um etwas zu tun zu haben. Kurz darauf legte ich sie wieder auf den Tisch und schaute Chris an. Er betrachtete mich mit einem eigenartigen Blick.

»Was ist los?«, fragte er unvermittelt.

Ich schüttelte den Kopf. »Es ist einfach so schräg, mit einem vollkommen Fremden zu essen. Und dazu an einem ungewohnten Ort.«

Er legte ebenfalls die Karte hin und lächelte verhalten. »Ist aber doch viel schöner, als alleine zu essen, oder?«

»Wird wohl so sein.«

Gleichzeitig nahmen wir unsere Karten wieder zur Hand, und nach ein paar Sekunden, in denen er die köstlichen Speisen überflogen hatte, sagte Chris mit einem wissenden Blick: »Übrigens finde ich gar nicht, dass wir einander noch fremd sind.« Er räusperte sich. »Du kannst also ruhig die Garnelen bestellen und sie ganz zwanglos vor mir mit den Händen essen. Hey, geh noch einen Schritt weiter, wenn du willst, und bestell Krebse und eine Hummerzange!«

Ich lachte, stieß einen tiefen, theatralischen Seufzer aus und fühlte mich sogleich besser. »Okay, das sagst du jetzt. Aber du hast mich noch nie Garnelen essen sehen. Das gibt eine schöne Schweinerei!«

»Soll das eine Herausforderung sein? Dann los!« Er rief den Kellner herbei und bestellte eine große Garnelenplatte für zwei und einige Extraservietten.

Und Chris hatte ja so recht gehabt: Es war wirklich schöner, als allein zu essen.

Zwei Stunden später, über einem Riesenhaufen Krabbenschalen und nach fünfhundertfünfundsiebzig Witzen, Wortspielen und Sticheleien über Trevv und Tess waren Chris und ich beim Dessert angelangt. Doch als wir den letzten Bissen verputzt hatten, änderte sich die Stimmung. Chris wirkte auf einmal ernst. Oh Gott, hatte ich schon wieder etwas falsch gemacht? Überlegte er sich gerade eine Ausrede, um mich loszuwerden? Ängstlich wartete ich darauf, dass er den Mund auftat.

»Es tut mir aber wirklich leid«, brach er schließlich sein Schweigen und sah mich an.

»Was tut dir leid?«

»Was dir passiert ist. Dass Trevv dich betrogen hat.«

Ich zuckte mit den Schultern. »Was willst du denn deswegen unternehmen?«

»Ich könnte ihn für dich verprügeln.«

Ich musste lachen. »Du?«

»Warum denn nicht? Ich bin voll im Training.« Er ließ seinen ziemlich unscheinbaren Bizeps spielen. »Außerdem würdest du mir damit vermutlich einen Gefallen tun.«

»Warum?« Jetzt war ich aber neugierig. Sehr neugierig.

Chris nahm einen langen Schluck und setzte sein Glas auf den Tisch. Er spielte eine Weile mit den Wassertröpfchen, die am Glasrand herabrannen, dann schaute er wieder auf und lächelte.

Seine Stimmungen wechselten so jäh, dass es mich ordentlich durchrüttelte.

»Mein Dad hat meine Mom betrogen.«

»Wow, das tut mir leid.«

»Ist schon in Ordnung. Ist ja lange her. Es geht uns allen gut, obwohl Mom seitdem nicht mehr dieselbe ist.«

»Das kann ich nachempfinden«, sagte ich langsam, während ich spürte, wie ich von Gefühlen überschwemmt wurde. An dem Tag, als ich Trevv mit Tess erwischt hatte, war etwas in mir gestorben. Und nun war nur noch dieser verunsicherte Schatten meiner einstigen Persönlichkeit übrig geblieben.

»Sie hat immer gesagt, das Schlimmste seien die ewigen Lügen gewesen. Wenn er es einfach zugegeben hätte …«

»Genau! Wenn Trevv es mir gesagt hätte, statt mich hinter meinem Rücken zu betrügen und ständig zu belügen.«

Chris spielte wieder mit seinem Glas herum. Ich spürte, dass noch mehr hinter seiner Geschichte steckte.

Dann wurde er wieder munterer, riss sich zusammen. Ich sah förmlich, wie er die dunkle Wolke, die über ihm hing, abzuschütteln versuchte. Das schien er oft zu tun. »Jedenfalls könnte ich, indem ich Trevv verprügele, ein paar von meinen Vaterproblemen bearbeiten. Das wäre geradezu therapeutisch.«

Ich lachte. »Und sehr viel billiger als ein Seelenklempner.«

»Genau. Jetzt musst du's mir erlauben!«

»Sosehr es mir auch gefiele, wenn Trevv von einem großen, starken Mann wie dir zu Brei geschlagen würde, es wäre nicht genug. Außerdem würde er es vermutlich noch genießen.«

Chris begann heftig zu nicken. »Die klassische Medea-Geschichte. Die brauchst du.«

»Medea?«

»Eine griechische Tragödie über eine Ehefrau, die sich an ihrem untreuen Mann rächt. Im Grunde ist die betrogene Frau, die auf Rache sinnt, ein sehr beliebter Filmplot.«

»Und hat Medea am Ende ihre Rache bekommen?«

»Sie hat die gemeinsamen Kinder getötet.«

»Oh.«

»Aber in deinem Fall würde ich nicht zu einer Vorgehensweise à la *Eine verhängnisvolle Affäre* raten. Eher zu einer beschwingten Rachekomödie wie *Der Club der Teufelinnen* oder *Von großen und kleinen Affären.*«

Ich platzte laut heraus: »Ich habe diese Filme geliebt!«

»Jeder schaut gerne zu, wie das betrogene Mädchen seine Rache kriegt.«

»Das wünsche ich mir auch. Ich warte noch auf meine.«

»Eines Tages wirst du deine Rache bekommen, Annie-Anne. Aber möchtest du nicht vorher einen Strandspaziergang machen? Ein paar von diesen Kalorien loswerden?« Chris klopfte sich auf den Bauch und streckte ihn um der besseren Wirkung willen heraus. Er war die Art Mann, die einfach natürlich und entspannt wirkt. Schon sexy, wenn ein Mann einfach er selbst ist. Nicht so ein Ken in Menschengestalt, wie Trevv beispielsweise.

Vielleicht hatte Trevv im Grunde gar nicht so toll ausgesehen.

»Klingt gut«, erwiderte ich.

Ich finde, ein Strand sieht nachts noch viel schöner aus, er wirkt dann geradezu magisch. Wenn die Menschen mit ihrem Lärm verschwunden sind, und du nur noch das sanfte, leise Branden der Wellen gegen die Klippen hörst und siehst, wie sie den Sand emporkriechen. Der Himmel sah aus, als hätte ein Kind Silberflitter ausgestreut, und der Sand fühlte sich nach der Hitze des Tages noch warm an.

Nachdem wir eine Weile schweigend gelaufen waren, beschloss ich, das Thema noch einmal anzusprechen, das mich während des ganzen Dinners beschäftigt hatte. »Glaubst du wirklich nicht an die Liebe?«

»Nö.« Seine Antwort erfolgte rasch und im Brustton der Überzeugung.

»Könnte es an deinen Eltern liegen?«

»Also bitte, jetzt klingst du wie mein Schulpsychologe.«

»Vielleicht hatte sie ja recht.«

»*Er* war ein totaler Scharlatan. Hat doch tatsächlich vorgeschlagen, ich soll einen Brief an mich als Sechsjährigen schreiben und meinem Vater verzeihen.«

»Wofür verzeihen?« Noch während ich die Frage stellte, verging Chris das Lächeln. Doch nur eine Sekunde lang. Er vermochte Trübsinn unglaublich rasch abzuschütteln.

Lässig zuckte er mit den Schultern. »Wie gesagt, der Typ war ein kompletter Spinner. Hör nie auf den Rat von einem, der handgemachte Ledersandalen trägt.«

»Warum nicht?«

»Jetzt komm schon, Annie. Weißt du denn gar nichts? Nur biologisch-vegane Nudisten und Leute, die an die Wiederkunft des Herrn glauben, tragen solche Sandalen.«

Wieder einmal brach ich in Lachen aus. Chris war echt witzig, daran konnte kein Zweifel bestehen. Doch so kurz ich ihn auch kannte, hatte ich schon begriffen, dass er die unheimliche Fähigkeit besaß, eine Unterhaltung von allem, was auch nur entfernt nach Ernsthaftigkeit klang, abzulenken, indem er einen Witz machte. Nicht dass ich etwas dagegen gehabt hätte – ich brauchte einen Lacher wie das liebe Brot. Aber mir wurde langsam bewusst, dass an Chris viel mehr war, als der bloße Augenschein verriet, und dass hinter seiner Geschichte eine geballte Ladung steckte. Doch ich ließ das Thema ruhen und spielte mit; seit einer Ewigkeit hatte ich nicht mehr so viel Spaß gehabt.

»Meine Cousine Lilly ist mal zu einem Therapeuten gegangen, der immer wieder ihren Namen sagte …« Ich räusperte mich und brachte meine beste Therapeutenimitation hervor: »Lilly, was ist Ihre früheste Erinnerung? Und was haben Sie dabei gefühlt, Lilly?«

»Siehst du! Außerdem sollen wir Männer nicht über unsere Gefühle reden. Wir sollen uns Bärte wachsen lassen und Holz hacken und Tiere niederringen. Die Gefühle überlassen wir euch Weibern.«

»Während wir barfuß euer Essen kochen und euch die Schuhe putzen?«

»Genau«, gab er zurück.

»Okay, Chris.« Ich blieb stehen. »Ich will das nur mal richtig auf die Reihe kriegen ... Du glaubst also *wirklich* nicht an die wahre Liebe, und du wirst auch *niemals* heiraten?«

»Genau. Und selbst wenn ich heiraten wollte, würde ich es vermutlich doch nicht tun, weil ich nämlich nie verliebt gewesen bin. Außerdem bin ich ziemlich sicher, dass ich gar nicht fähig bin, Liebe zu empfinden.«

»Was?« Diese Behauptung machte mich fassungslos. »Wie ist das überhaupt möglich? Wie alt bist du?«

»Wie alt bist denn *du*?«

»Siebenundzwanzig. Und du?«

»Dreiunddreißig.«

»Okay, okay.« Ich versuchte, meine Gedanken zu sammeln. Das war vermutlich das Bizarrste, was ich seit langer Zeit gehört hatte. Wer kann denn von sich behaupten, niemals verliebt gewesen zu sein? »Also hast du niemals Dates gehabt?«

»Doch, das schon. Ich hatte auch ein paar Freundinnen, aber Liebe war es nie. Ist immer ziemlich schlecht ausgegangen, wie du dir wahrscheinlich vorstellen kannst. Jede hat geglaubt, sie wäre das Mädchen, das mich ändern kann. Mich dazu bringen kann, an die Liebe zu glauben, mein kaltes Herz zum Schmelzen zu bringen oder so ...« Seine Stimme verklang.

Ich dachte an diese bedauernswerten Frauen, die ihn innig geliebt und vergeblich auf eine Erwiderung ihrer Liebe gewartet hatten. Ich fand ihn reichlich grausam. Ich meine, warum überhaupt eine Beziehung eingehen, wenn du nicht glaubst, dass sie irgendwohin führt?

»Ich habe keiner etwas vorgemacht, falls du das glauben solltest. Ich habe jeder von Anfang an gesagt, dass ich nicht an die Liebe glaube«, setzte er rasch und rechtfertigend hinzu, als hätte er meine Gedanken erraten.

Mein Mitleid wechselte sogleich die Seiten: Nun war es Chris, der mir leidtat. Ich fragte mich, was in seinem Leben noch geschehen sein mochte, das ihn zu dem gemacht hatte, der er war. Selbst wenn er es mit aller Kraft leugnete – jeder wollte doch geliebt werden!

»Sieh doch nur, was dir widerfahren ist. Alles im Namen der Liebe. Wünschst du dir nicht im Nachhinein, dass du dich gar nicht erst in Trevv verliebt hättest?«

Ich dachte intensiv über seine Frage nach. Es stimmte zwar, dass ich am Boden zerstört gewesen war und dass das Scheitern meiner Beziehung fast alle Facetten meines Lebens in Mitleidenschaft gezogen hatte. Dennoch glaubte ich an die Liebe und wollte sie eines Tages erringen, trotz meiner derzeitigen, selbst auferlegten Dürreperiode.

»Ach was! Ich liebe Valentinsherzen und rührselige Karten.« Ich grinste, und Chris grinste zurück. »Wenn du nicht an die Liebe glaubst, kann ich deine Anschauung bestimmt ändern. Du müsstest nur mal eine Zeit lang mit meiner Cousine Lilly und ihrem Freund Damien abhängen. Glaub mir, die beiden sind sooo verliebt, dass es schon fast unanständig ist.«

»Aber es ist nur eine Illusion. Sie *glauben*, dass sie verliebt sind. Aber ich sage dir, wenn die Chemie abflaut, dann wird ihre Liebe verwelken und wie eine tote Blume sterben.«

»Boah! Zynisch bist du aber gar nicht?!«

Wieder grinste er mich an. »Nur realistisch.«

»Also sind alle Beziehungen dazu verurteilt, tote Flora zu werden?«

»Nimm deine.«

»Aber nicht alle Beziehungen sind so«, verteidigte ich meine Ansicht.

»Nenn mir *eine* Berühmtheit, die nicht geschieden ist.«

Ich überlegte angestrengt und musste zugeben, dass Chris recht hatte. Jeder Prominente, der mir einfiel, war geschieden, viele sogar doppelt oder dreifach. Selbst meine Eltern hatten sich scheiden lassen, und Lillys Mutter war in puncto Scheidung noch besser als Joan Collins. Sie hatte geradezu eine olympische Disziplin daraus gemacht.

»Aber das ist doch kein Beweis! Jeder weiß, dass Prominente keine echten Menschen sind«, hielt ich dagegen.

»Da bin ich mir nicht so sicher. Ich hatte mal was mit einer nicht so berühmten Schauspielerin, und das Nudelsieb, mit dem sie mich beworfen hat, fühlte sich ziemlich echt an.«

»Und warum hat sie dich mit Kochgeräten beworfen?«

»Es hatte vermutlich mit meiner bereits erwähnten Philosophie über die Liebe zu tun. Oder sie hat das Pastasieb nicht ausstehen können.«

Wieder musste ich lachen. Wir hatten so viel geredet, dass mir gar nicht aufgefallen war, wie weit wir gegangen waren, bis ich mich umdrehte und die Lichter unseres Resorts wie glühende Nadelstiche in der Dunkelheit sah. Mir wurde langsam bewusst, wie einsam es hier war.

Hinter uns befand sich ein Gebäude, offenbar ein großes, verlassenes Strandhaus. Man konnte sehen, dass es schon eine ganze Weile leer stand. Lianen und Palmen wuchsen durch Fensterhöhlen und Türöffnungen. Das Haus war nur noch ein

Skelett, von dessen gebleichten Knochen die Farbe in großen Fetzen abblätterte. Es war auf eine gewisse traurige Art schaurig und schön zugleich. Der Verandaboden war vollständig unter weißem Sand begraben, den der Wind im Laufe der Jahre durch die leeren Räume geweht hatte.

»Komm, wir wollen uns mal umsehen«, sagte Chris unternehmungslustig und strebte bereits auf das Haus zu, während er mir bedeutete, ihm zu folgen.

Das Haus war in typisch mauritianischem Stil erbaut. Breite, umlaufende Veranden mit Dächern, die von imposanten Säulen gestützt wurden. Ich konnte mir gut vorstellen, wie es zu seiner Glanzzeit ausgesehen haben musste.

Ein verlassenes Haus ist immer irgendwie unheimlich, und, wie man ja weiß, kommt so ein Haus oft am Anfang eines Horrorfilms vor. Teenager finden eine verlassene Blockhütte im Wald, und drei Szenen später hackt ihnen jemand mit einer Kettensäge die Arme ab.

Und drinnen war es sogar noch unheimlicher. Zerbrochene Möbel lagen auf dem Boden verstreut wie alte Knochen, und die Wände waren voller Graffiti. Behutsam schlichen wir durch die Zimmer, während trockene Blätter und Gott weiß was noch unter unseren Füßen zu Staub zerfielen, bis wir an eine Treppe gelangten.

»Pass auf, wohin du trittst«, sagte Chris plötzlich, nahm mich an der Hand und geleitete mich über die dunkle Treppe nach oben. Dort angekommen, spähten wir um eine Ecke.

»Oho.« Chris' Augen leuchteten in teuflischer Freude auf. »Wen haben wir denn da?«

Im Zimmer vor uns saßen ungefähr sechs Jugendliche, keiner älter als vierzehn, auf dem Boden und spielten Flaschendrehen. Ein Junge mit Pickeln und einer Zahnspange war gerade an der Reihe. Als die Flasche zum Stillstand kam, zeigte ihr Hals auf ein hübsches brünettes Mädchen mit einem Cindy-Crawford-Muttermal. Die beiden tauschten verlegene, unsichere Blicke, doch dann fingen ihre Freunde an, sie anzufeuern. Ich schauderte, als sie sich zueinander beugten und sich den ungeschicktesten Kuss gaben, den ich je gesehen hatte. Sicherlich war das der erste oder einer der ersten Küsse ihres jungen Lebens.

Chris und ich mussten uns das Lachen verbeißen.

»Pass gut auf«, flüsterte er mir zu, dann stürmte er in den Raum.

»Was geht hier vor?«, donnerte er mit Autorität.

Die Wirkung war durchschlagend: Die Kids krabbelten in alle Richtungen davon. Ein Mädchen fing an zu rufen, und es klang, als hinge eine Schallplattennadel in der Rille fest: »Bitte sagen Sie es nicht unseren Eltern! Bitte sagen Sie es nicht unseren Eltern. Bitte sagen Sie es nicht unseren Eltern!«

Jetzt konnte ich nicht mehr an mich halten.

»War doch bloß ein Scherz«, wiegelte Chris ab. »Macht ruhig weiter, wo ihr aufgehört habt. Wir gehen dann wieder.«

»Sie sagen es also nicht unseren Eltern?«, fragte das ängstliche Mädchen mit großen Augen. Sie klang total verzweifelt.

»Ich kenne eure Eltern ja gar nicht.«

Das schien die Kids endlich zu beruhigen. Chris und ich machten kehrt, liefen die Treppe hinunter und auf den Strand hinaus. Wir konnten kaum noch an uns halten. Sobald wir das Haus verlassen hatten, brachen wir in schallendes Gelächter aus.

»Hast du ihre Gesichter gesehen?«, prustete Chris, während er sich in den Sand fallen ließ. »Als wäre ihnen ein Geist erschienen!«

»Das war echt gemein. Du bist ein kranker Sadist. Stell dir vor, wie dir in dem Alter zumute gewesen wäre!« Immer noch lachend machten wir es uns im Sand gemütlich.

»Ich erinnere mich an meinen ersten Kuss, als wäre es gestern gewesen. Eine absolute Katastrophe. Wir haben damals auch Flaschendrehen gespielt.« Sein Lachen ebbte ein wenig ab, während er erzählte. »Das Mädchen hat mir auf den Kopf zugesagt, dass ich nicht küssen kann. Im Rückblick verstehe ich sie nur zu gut. Ich hatte eine ganz miese Technik drauf – mehr gesaugt als geküsst. Weißt du, wie viele Jahre ich gebraucht habe, bis ich wieder genügend Mut gefasst hatte, um es noch einmal zu probieren?« Er sah mich an und grinste.

Ich rutschte unruhig im Sand herum. Bei diesem ganzen Gerede von Küssen war mir etwas mulmig geworden. Es war eine jener Unterhaltungen, die leicht zu jeder Menge Anspielungen und einem Flirt führen können, wenn man nur will. Lillys Worte hallten in meinem Kopf wider: *Ein Mann, an dem du üben kannst*.

Ich schielte Chris verstohlen von der Seite an: Er entsprach definitiv den Anforderungen. Er glaubte nicht an die Liebe, und da ich sämtlichen Beziehungen abgeschworen hatte, bestand auch keinerlei Gefahr, dass ich mich in ihn verlieben würde. Er war der perfekte Kandidat für einen harmlosen Urlaubs- und Übungsflirt.

Okay, wird schon schiefgehen, Annie.

»Und jetzt?« Ich versuchte, meiner Stimme einen sexy Flüsterton zu verleihen. »Kannst du jetzt besser küssen?« Ich ließ die Anspielung in der Luft hängen.

Chris wandte sich mir zu und schaute mich forschend an. »Flirtest du gerade mit mir, Annie?« Auch er hatte die Stimme gesenkt, und ich fragte mich, was zum Teufel mich gerade geritten hatte. Vielleicht doch nicht so toll, die Idee.

»Äh, irgendwie schon.« Plötzlich war mir die Sache nur noch peinlich. »Ich wollte bloß rausfinden, ob ich es noch kann. Du weißt schon, es ausprobieren. Ist schon so lange her.«

»Für mich tatsächlich auch.«

»Echt?«

Chris nickte und lächelte wieder auf diese Weise, die seine Augen aufleuchten ließ. Dass er blaue Augen hatte, wusste ich ja, mir war nur noch nicht aufgefallen, *wie* blau sie waren. Ihr hellblaues Leuchten hob sich bestechend von den tiefschwarzen Pupillen ab.

»War auch richtig gut. Du hast es noch drauf. Ich wäre dir auf jeden Fall auf den Leim gegangen.«

»Gut zu wissen«, revanchierte ich mich mit einem Grinsen. Dann fragte ich mich, was wohl passiert wäre, wenn er den Köder geschluckt und »Warum urteilst du nicht selbst?« gesagt und sich dann zu einem Kuss herübergebeugt hätte. Dieser Bart! Noch nie hatte ich einen Mann mit derart vielen Haaren im Gesicht geküsst, und ich konnte nur daran denken, wie das piksen würde.

Eine Weile saßen wir schweigend da. Etwas Merkwürdiges ging vor. Der unschuldige Flirt hatte die Schwingungen zwischen uns verändert.

Zum Glück brach Chris das Schweigen. »Und, hast du seit Nippel-Gate irgendwelche Dates gehabt?«

»Oh mein Gott! Ich nenne es auch Nippel-Gate!«, schrie ich.

»Was kann ich dem noch hinzufügen? Große Geister denken eben gleich.«

Wir warfen uns einen verständnisinnigen Blick zu.

»Ein einziges«, antwortete ich auf seine Frage. »Aber das war eine Katastrophe.«

»Was ist passiert?«

»Ich glaube, ich habe ihn auf jeden Fall verschreckt. Also habe ich mich offiziell vom Markt zurückgezogen, bis ich eines Tages wieder vernünftig genug bin, um Dates zu haben.«

»Das dürfte dir ja nicht leichtfallen. Wahrscheinlich wirst du oft genug gefragt.«

Seine Bemerkung tat mir auf erregende Weise wohl, obwohl sie keineswegs der Wahrheit entsprach.

»Die Wahrheit ist … Du sagtest, dass du viel Mut gebraucht hättest, um wieder ein Mädchen zu küssen, weil du glaubtest, es nicht zu können? Na ja, und so ähnlich geht es mir auch.«

»Du kannst nicht gut küssen?«

»Nein, ich bin nicht gut im … *Du weißt schon* … Weil Trevv es sich doch woanders holen musste … und dann auch noch *auf diese Art.*« Ich konnte es nicht fassen, wie offen ich diesem Wildfremden gegenüber war. Doch bei ihm fühlte ich mich so wohl und geborgen wie bei keinem Mann zuvor.

Chris drehte sich wieder halb um und schaute mich an, während ich wie nebenbei eine kleine rote Muschel betrachtete. Ich fühlte mich wehrlos und konnte ihm nicht in die Augen sehen. Außerdem bedauerte ich inzwischen, mich auf dieses Gespräch eingelassen zu haben, und hoffte nur, er würde es mit Humor parieren und nicht etwa eine ausführliche Diskussion über meine sexuellen Fähigkeiten beginnen. *Warum habe ich mich ihm überhaupt anvertraut?*

»Tja, wir könnten es gleich auf der Stelle hier im Sand treiben, und dann würde ich dir Punkte zwischen eins und zehn dafür geben.«

Wieder platzten wir mit Lachen heraus. Seit Monaten hatte ich nicht mehr so viel gelacht.

»Hast du Trevv seitdem mal gesehen?«

Bei der bloßen Erinnerung ließ ich den Kopf hängen. »Ja. Zwei Mal.«

»Und?«

»Es war sooo schrecklich. Ich hab mich total zum Narren gemacht.«

»Ich kann dir den Schmerz nachfühlen. Zum Narren habe ich mich auch schon gemacht.«

Gerade wollte ich fragen, was ihm denn zugestoßen sei, als er wieder mal seinen Kurs änderte. Vermeidungsalarm.

»Also, erzähl mir von deinem Kummer.«

»Mein Kummer ist wirklich groß«, erwiderte ich.

»Damit komm ich schon klar.«

Ich schaute ihn an; er wirkte wirklich ganz und gar harmlos. Chris schien die Art Mensch zu sein, der man alles erzählen konnte. Außerdem hatte die Erinnerung viel zu lange vor sich hin gebrodelt und drängte nun danach, sich Luft zu verschaffen.

»Ich hab das noch keiner Menschenseele erzählt. Es ist so erbärmlich.«

Chris beugte sich vor.

»Ich bin mitten in der Nacht zu seinem Haus gefahren und habe ihn und Tess durchs Fenster angestarrt, eine halbe Ewigkeit lang. Hab sie bei ihrem romantischen Abendessen beobachtet und wie sie Händchen gehalten und sich geküsst haben. Und dann bin ich in den Rosenbüschen zusammengebrochen und hab auf der Erde gesessen und geflennt wie ein Baby. Wie viel erbärmlicher kann man denn noch werden?«

»Das ist doch nicht erbärmlich, Annie. Das macht ein gebrochenes Herz aus dir. Du hättest meine Mom sehen sollen. Nur ein weiterer Grund für mich, die Liebe unter allen Umständen zu meiden.«

Ich nickte. »Und bei der nächsten Begegnung habe ich Trevv erzählt, dass ich einen neuen Freund hätte, was gar nicht stimmte. Ich hab den Mann aus dem Nichts erfunden, einen imaginären Freund namens Boyden. Und es kommt noch schlimmer, denn Boyden ist Australier. Und super im Bett!«

Chris kicherte in sich hinein.

»Hey, das ist nicht komisch!« Ich versetzte ihm einen Rippenstoß. »Wenn ich Trevv jemals wieder über den Weg laufen sollte, dann sollte ich lieber einen Mann aus Down Under heraufbeschwören, sonst wird es noch peinlicher. Und Peinlichkeiten habe ich mittlerweile so viele erlitten, dass es für zehn Leben reicht.«

»Boyden? Ist das überhaupt ein Name?«

»Scheint so. Nach dem Fiasko habe ich ihn nachgeschlagen. Er kommt aus dem Angelsächsischen und bedeutet *Bote*.«

Das rief ein neuerliches Auflachen hervor. »Ich kann mir so richtig vorstellen, wie du ihn gegoogelt hast, sobald du Gelegenheit dazu hattest.«

»Ich habe meine Freundin Stormy-Rain angerufen …«

»Moment mal, ist das jetzt ein richtiger Name?«

»Allem Anschein nach hat ihre Mutter sie so getauft, weil Stormy auf einem grünen Hügel in einer Nudistenkolonie während eines heftigen Sturms zur Welt kam.«

»Du hast interessante Freundinnen.«

»Kann man wohl sagen. Vielleicht lernst du sie ja eines Tages kennen. Zwei von ihnen sollten bald nachkommen. Stormy jedenfalls ist der Überzeugung, dass die Bedeutung eines Namens ebenso wichtig ist wie der Geburtsort und das Sternzeichen, unter dem man geboren wird. Mit diesen drei Dingen kannst du *alles* über einen Menschen vorhersagen.« Ich verdrehte spielerisch die Augen. »Sie ist wirklich durchgeknallt, und wir lieben sie dafür umso mehr.«

»Ich frage mich, was sie wohl über den Zwilling Sven Christopherson sagen würde, der deutscher Abstammung ist?«

»Wer ist denn da… Ach so, du?« Ich musste lachen; ich konnte nicht anders.

»Du verstehst also, warum ich mich für *Chris* entschieden

habe?« Er warf einen Blick auf die Uhr, dann hielt er mir seinen Arm hin.

Ich stellte erstaunt fest, dass es schon nach Mitternacht war.

»Reichlich spät. Ich brauche meinen Schönheitsschlaf.« Er stand auf und half mir auf die Beine.

In tiefem Schweigen kehrten wir zum Resort zurück. Es war aber keins dieser unbehaglichen Schweigen, bei denen man ständig darüber nachsinnt, was man als Nächstes von sich geben könnte, nur um es zu brechen. Es war ein komfortables Schweigen. Ich merkte nicht einmal, dass wir bereits angekommen waren, bis Chris den Mund auftat.

»Tja, also, hier wohne ich.« Seine Worte rissen mich unsanft in die Wirklichkeit zurück. »Das ist meine Hütte.«

Ich konnte sie nur anstarren. »Ach du heilige Scheiße! Du hast die größte genommen.«

»So ticke ich eben, Schätzchen. Die Luxus-Präsidentensuite. Von der es in diesem Resort nur zwei gibt.« Er trug absichtlich dick auf, damit ich mich amüsierte.

Ich beäugte ihn von Kopf bis Fuß – nicht gerade der Typ, den ich als Suitenbewohner eingestuft hätte.

»Wie sieht's denn drinnen aus?« Ich wartete gar nicht erst auf seine Antwort oder Einladung. Ich brannte darauf, zum ersten Mal eine Luxussuite von innen zu sehen, und war schon durch die Tür.

Chris klatschte laut und rieb sich triumphierend die Hände. »Treffer! Und ich musste dich gar nicht erst betrunken machen, um dich aufs Zimmer zu kriegen.«

»Haha. Das hättest du wohl gerne!«, gab ich mit einem Zwinkern zurück. Wir waren wie selbstverständlich in diesen launigen Schlagabtausch verfallen, den ich wirklich genoss. So etwas kann man sich mit einem langjährigen platonischen Freund vorstellen. Nie hatte es mit Trevv so viel zu lachen gegeben. Mag sein, dass wir am Anfang ausgelassen gewesen waren, aber im Laufe unserer zwei Jahre war jeglicher Frohsinn durch eine gewisse schweigende Förmlichkeit ersetzt worden. Besonders zum Ende hin. Ein deutliches Warnzeichen, nur hatte ich vorgezogen, es zu ignorieren.

Ich hatte vieles an Trevv schlicht ignoriert oder nicht wahrhaben wollen. *Warum nur?* Sein Image, sein Erfolg im Beruf und sein gutes Aussehen hatten viel zu meinem sicheren Lebensgefühl beigetragen. Wenn ich mit einem solchen Mann zusammen war … Das kam mir jetzt so hohl vor. Aber wahrscheinlich hatte ich früher tatsächlich so getickt.

Chris' Zimmer war unglaublich und im Grunde absurd. Übertrieben. Vornehm, üppig, fein. Ich wusste gar nicht, wohin ich als Erstes schauen sollte. An einer Wand stand ein wuchtiges Himmelbett, und daneben erstreckte sich eine riesige, offene Wohnlandschaft. Auf der anderen Seite des Bettes befand sich eine mit Palmen gefüllte Vorhalle mit einer großen Freiluftdusche und einem einladenden Whirlpool.

»Was ist oben?« Ich zeigte auf die Wendeltreppe, die mitten im Wohnraum nach oben führte.

»Ich bin noch gar nicht so richtig da oben gewesen.«

»Was?!« Schleunigst erklomm ich die Treppe … und geriet ins Paradies.

Ein riesiges Holzdeck, in dessen Mitte ein blendend blaues Wasserbecken zum Abkühlen eingelassen war. Hohe Palmen wuchsen neben der Villa und streckten ihre Wedel über das Deck, und man hatte den Eindruck, sich mitten im Dschungel zu befinden.

»Ist ja irre.« Ich ging zum Rand des Decks und schaute hinüber. Neben der Villa stand eine zweite, sie war durch das üppige Grün jedoch kaum zu erkennen. »Ist da etwa noch ein Zimmer?« Ich deutete über das Deck auf eine weitere Tür. »Wie viele Zimmer hat dieses Haus denn?«

»Bloß diese zwei.« Chris schmunzelte.

»Diese Suite ist ja gewaltig. Größer als meine ganze Wohnung.« Ich beugte mich hinunter und steckte die Finger ins Wasser: Es war wunderbar warm. Nicht einmal mit einem ganzen Jahresgehalt hätte ich mir solch eine Unterkunft leisten können. »Ich bin sehr beeindruckt. Du musst ein sehr erfolgreicher Drehbuchautor sein.«

»Ich tu mein Bestes«, erwiderte er. »Obwohl ich mir möglicherweise keine Suiten mehr leisten kann, wenn ich in zwei Wochen ein arbeitsloser Autor bin.«

»Ich bin sicher, dass dir noch eine Inspiration zuteilwird. Das Ambiente wird schon dafür sorgen.«

»Ich hoffe es.« Er klang leicht besorgt. Argwöhnisch betrachtete er das Wasserbecken, als wäre es eine im Gras verborgene Schlange, die jeden Moment zubeißen konnte. Wasser war ihm wirklich verhasst. Kein Wunder, dass er noch nie hier oben gewesen war.

»Na ja, jetzt muss ich aber in meine armselige Hütte zurück. Denk an mich in meinem Slum.« Ich stieg die Treppe wieder hinunter, und Chris folgte mir.

»Glaubst du, dass du die Nacht überleben wirst, Annie-Anne?«

»Da bin ich mir nicht so sicher. Meine Lage ist wirklich prekär.« Ich trat aus dem Zimmer auf die umlaufende Veranda und blieb stehen. Drehte mich um.

Chris lehnte am Türrahmen und lächelte mich träge an. Und da geschah es wieder. Nur wusste ich diesmal *genau*, was es war. Es war nicht der Sonnenbrand oder ein Restkater. Das Gefühl kam aus heiterem Himmel, war mir aber sehr vertraut.

Mein Magen machte einen Satz. Hitze stieg mir ins Gesicht

und breitete sich langsam bis zu meinen Zehen aus. Etwas in mir glühte und flackerte. Meine Lippen verzogen sich gegen meinen Willen zu einem Lächeln, und meine Gedanken verwirrten sich.

»Weißt du was? Ich mag dich, Annie.«

Doppelte Verwirrung, extra Glühen und Flackern.

»Was?« Ich musste an mich halten, um nicht zu enthusiastisch zu klingen.

»Du bist nicht wie die Mädchen, die ich sonst kennenlerne.«

»Du bist auch nicht wie die Männer, die ich sonst kennenlerne.« Ich versuchte, das breite Lächeln zu unterdrücken, das mein Gesicht auseinanderzureißen drohte.

»Heute Abend hab ich richtig Spaß gehabt.« Seine Stimme war nur noch ein heiseres Flüstern. Hatte da irgendwer den Thermostat hochgedreht?

»Wir sollten morgen wieder was zusammen unternehmen. Wenn du magst?«

»Ja.« Das klang viel zu eifrig. *Krieg dich wieder ein, Annie.* »Ich meine … cool.«

Und dann, ohne nachzudenken, wie von einer Art Instinkt geleitet, ging ich auf ihn zu und gab ihm ein Küsschen auf die Wange. Er roch gut. Seine Hand berührte kurz meinen Arm, dann ließ er sie wieder fallen.

»Nacht, Annie-Anne.« Er machte Anstalten, die Tür zu schließen, und ich stand im Begriff zu gehen, aber ich tat es nicht.

»Warum bin ich nicht wie die Mädchen, die du sonst kennenlernst?«, fragte ich zaghaft.

Chris zog eine Augenbraue hoch, als hätte ihn meine Frage überrumpelt, und ich wurde plötzlich von Panik ergriffen. Das hätte ich nicht fragen dürfen; vielleicht hatte er bloß nett sein wollen. Wie die Typen nach einem katastrophalen Date: »*Ich ruf dich an*.«

»Schon gut. War 'ne blöde Frage.« Ich sollte lieber machen, dass ich fortkam!

»Weil du witzig bist, ohne dass es in deiner Absicht liegt.« Das sagte er so laut, dass ich erneut stehen blieb. »Außerdem bist du ein bisschen verschroben, aber auf eine gute Art.«

»Ich bin überhaupt nicht verschroben.« Verärgert fuhr ich herum und starrte ihn an.

»Natürlich nicht, sorry, mein Fehler, oder auch nicht, oder was auch immer, oder etwas oder nichts, etc.« Er gab sich Mühe, konnte aber ein beginnendes Schmunzeln nicht mehr eindämmen.

Ich verdrehte die Augen. »Na schön. Hab's begriffen.«

»In Filmen gibt es verschiedene Arten von Heldinnen und Archetypen, und du gehörst zu der besten.«

»Und welche Art soll das sein?«

»Das Mädchen, *mit dem man Pferde stehlen kann*, das *Mädchen von nebenan*.«

»Pferde stehlen? Was soll daran so toll sein?« Mit Pferden hatte ich es nicht so.

»Es *ist* toll.« Chris machte einen großen Schritt auf mich zu. »Glaub mir. Das ist der beste Frauentyp. Über den schreibe ich am liebsten. Der Typ, in den sich der Held am Ende unsterblich verliebt.«

Ich schüttelte den Kopf. »Nein. Da irrst du dich *gewaltig*.«

»Es stimmt aber. Es ist schlicht und einfach so, dass du deinen Helden noch nicht gefunden hast. Wenn es so weit ist, wird die Annie-Figur alle anderen um Längen schlagen.«

»Warum?«

»Weil Annie die Interessante ist. Die Frau, die die Leinwand mit ihrem Lächeln zum Leuchten bringt. Die Frau mit der unwiderstehlichen Anziehungskraft. Die Frau, die dein Herz gewinnt. Sie ist die Frau fürs Leben.«

»Okay. Wow. Okay. Verstehe.« Die Worte flossen aus meinem Mund wie Wasser durch ein Sieb. Ein irrwitziges Gefühl überwältigte mich. Mir stockte der Atem, und ich spürte, dass ich jeden Moment in Tränen ausbrechen konnte, es brannte mir schon in den Augen. »Für einen Nicht-Romantiker weißt du wirklich gut, was du einer Frau sagen musst. Danke.« Etwas in mir raunte, ich solle auf ihn zustürzen und ihm die Arme um den Hals werfen, aber meine Füße wollten davon nichts wissen und zwangen mich, kehrtzumachen und mich zu entfernen, ohne einen Blick zurückzuwerfen.

Das war das Schönste, was mir jemals ein Mensch gesagt hatte.

8

Obwohl ich so spät schlafen gegangen war, wachte ich am nächsten Morgen früh und fröhlich auf, und mein erster Gedanke galt Chris. Wieder und wieder rief ich mir seine Worte ins Gedächtnis. Seitdem hatte ich auf einer Art Wolke sieben geschwebt. Seine Worte hatten etwas in mir erweckt, das ich seit einer Ewigkeit nicht mehr gespürt hatte, zumindest nicht seit Trevv.

Selbstvertrauen. Ein kleines Flämmchen nur, aber es war vorhanden. Denn immerhin war ich das Mädchen, mit dem man Pferde stehlen konnte. Die Frau fürs Leben.

Ich brühte mir einen Kaffee auf und nahm die Tasse mit in den Patio. Auf meinem Smartphone waren ein paar Nachrichten von Lilly und Jane, es ging ihnen allmählich besser. Ich antwortete, dann legte ich das Handy wieder weg. Die Welt um mich herum war noch nicht aufgewacht. Das Meer war still und glatt wie blank polierter Marmor. Kein Lüftchen wehte, und alles sah aus, als sei es in der Zeit eingefroren. Die Sonne wärmte bereits, und die Luft war von Feuchtigkeit gesättigt. Ich atmete tief durch und nahm die Ruhe und den Frieden in mich auf. Ich war glücklich. Zum ersten Mal seit langer, langer Zeit.

Eigentlich war ich mehr als glücklich. Ich war von der Seligkeit dieses sonnigen Tropentages erfüllt, nichts konnte mir mehr die Laune verderben … dachte ich, bis ich einen Blick in den Spiegel warf.

Wie war es nur möglich, dass ich *röter* war als gestern? Die Haut auf meinen Schultern schälte sich bereits, sodass ich aussah wie ein schuppiger Lurch. Ich stöhnte vor Verzweiflung und schalt mich wegen meiner gestrigen Torheit. Heute würde ich gewissenhaft jegliche Aktivität meiden, die mit Sonne zu tun hatte! Nachdem ich diesen Entschluss gefasst hatte, marschierte ich zur Hotelrezeption, um mich zu informieren, welche UV-freien Aktivitäten zu buchen waren … Hoffentlich würde Chris sich mir anschließen.

Doch als ich auf den Tresen zuging und die Hand nach der Klingel ausstreckte …

Spürte ich etwas.

Ein intensives Brennen.

Es war, als finge jemand mithilfe einer Lupe Sonnenstrahlen ein und versuchte, mir ein Loch in den ohnehin versengten Rücken zu brennen.

Und wie damals, als ich meinen Schlüssel in die Haustür gesteckt und sofort gewusst hatte, dass etwas nicht stimmte, wusste ich auch jetzt, dass etwas *absolut* nicht in Ordnung war.

Ich blieb wie erstarrt stehen. Auf keinen Fall würde ich mich umdrehen. Stattdessen konzentrierte ich meine ganze Aufmerksamkeit und Energie auf eine geschnitzte Holzplastik an der Wand.

Doch das Brennen steigerte sich, bis es fast unerträglich wurde.

»Yo, Freundin.«

Ich schaute auf. Chris kam auf mich zu. Noch nie zuvor war ich über den Anblick eines Menschen so froh gewesen.

»Pst.« Warnend legte ich einen Finger auf die Lippen. »Komm her!«

Mit einem fragenden Blick schlängelte sich Chris heran. »Warum so geheimnisvoll? Willst du etwa dieses Kunstwerk stehlen? Also, mein Geschmack wäre das ja nicht. Da würde ich ein Dschungelgemälde mit einem Papageien oder Ähnlichem vorziehen.«

»Sch. Es ist bitterernst. Ich muss dich etwas fragen …«

»Die Antwort lautet: nein. Wir haben letzte Nacht nicht miteinander geschlafen.«

»Was?«

»Obwohl du mich ja heftig angeflirtet hast. Aber ich habe mich wie ein tadelloser Gentleman benommen und meine Beherrschung bewahrt.«

»Jetzt ist nicht der Zeitpunkt für Witze! Wirf bitte mal einen Blick hinter mich und sag mir, ob du da ein Pärchen siehst. Er ist dunkelhaarig, und sie hat einen perfekten Körper mit Beinen bis zum …«

Jetzt schaute Chris tatsächlich hin. »Verdammt, du hast recht! Superbeine. Muss eine der heißesten Bräute sein, die ich jemals gesehen habe.«

Ach, hallo, schmerzhafter Stich der Eifersucht, da bist du ja wieder! »Danke vielmals. Streu du nur Salz auf meine Wunden!«

»Sorry«, sagte Chris zerstreut. »Sie sieht aus wie Megan Fox, findest du nicht auch?«

»Himmel, wirst du wohl damit aufhören?!« Ich schlug ihn auf den Arm. »Sie sind es also?«

»Tja, wenn du das gut aussehende Paar meinst, das den Eindruck macht, als müsse es dringend ein Zimmer haben, dann muss ich dir recht geben.«

Panik.

»Mist, Mist, Mist, verdammte Klöten aus der Hölle!«

Chris lachte. »Das ist aber originell.«

»*Sie* sind es.« Ich warf ihm einen vielsagenden Blick zu, und er riss erschrocken die Augen auf.

»Nein! Das ist jetzt ein Witz … Echt? Tress in Fleisch und Blut? Die Chancen für eine solche Begegnung stehen ungefähr hundertzwanzig zu eins.«

»Das war aber genau berechnet!«

»Mehr Hotels gibt's auf dieser Insel nicht.«

»Bist du sicher, dass sie es wirklich sind?«, flüsterte ich.

»Nein, bin ich nicht. Ich weiß ja nicht, wie sie aussehen. Warum drehst du dich nicht einfach um und überzeugst dich selbst?«

Bei der bloßen Vorstellung überlief mich ein Schauder. »Nein. Ich kann nicht. Aber ich muss mich vergewissern.«

»Okay, dann mach ich ein Foto von ihnen.« Chris trat von mir weg und durchquerte die Lobby, wobei er eine undefinierbare Melodie vor sich hin pfiff, vermutlich, um möglichst unauffällig zu wirken. Was natürlich nicht funktionierte. Aus den Augenwinkeln heraus konnte ich sehen, dass er eine beliebige Palme von allen Seiten fotografierte, wobei er gelegentlich ein befriedigtes »Mhm« von sich gab. Als er meinte, endlich genug Bilder geschossen zu haben, kam er rasch zu mir zurück.

»Hier, sind sie das?« Er hielt mir sein Smartphone hin.

Das Herz kroch mir die Speiseröhre empor und blieb mir in der Kehle stecken. Mir war speiübel. »Ja.«

Chris brach in Lachen aus. Lachte – viel zu laut.

Wieder schlug ich ihn auf den Arm. »Freut mich, dass du das so verdammt lustig findest!«, zischte ich mit möglichst gesenkter Stimme, um keine unnötige Aufmerksamkeit zu erregen.

»Sorry, dass ich gelacht hab, aber überleg doch mal! So viele Hotels auf dieser Insel, so viele Anreisetage! Das muss das verrückteste Zusammentreffen in der Geschichte der ganzen Menschheit sein! So einen Scheiß kann man sich nicht einmal ausdenken. Also, das, *das* ist wirklich eine tolle Handlung für einen Film …« Ein seltsamer Ausdruck glitt über sein Gesicht.

»Entschuldige bitte, aber mein Leben ist nicht irgendein Film, der zu deiner Unterhaltung gedreht wird. Es ist echt.

Und es ist echt ein verdammtes Problem«, protestierte ich und gab ihm noch einen Klaps.

Entschuldigend hob er die Hand. »Du hast recht. Es tut mir leid.«

»Was soll ich bloß machen?« Jetzt war ich ganz offiziell von einer Panik ergriffen, die mich völlig verkrampfen ließ.

»Warum gehst du nicht einfach hin und sagst Hallo, um es hinter dich zu bringen? Sonst wirst du in den nächsten sieben Tagen damit beschäftigt sein, dich vor ihnen zu verstecken.«

»Ich kann nicht.« Ich vergrub den Kopf in den Händen. Gleich würde ich innerlich zerplatzen. *Und der Tag hatte so gut angefangen!*

»Ich bin ja da. Und lade dich hinterher zu einem starken Drink ein.«

Ich spürte eine tröstende Hand in meinem Rücken. Aber sie half nicht. »Weißt du überhaupt, wie erbärmlich ich gerade rüberkomme?« Ich schaute zu Chris auf. »Mutterseelenallein im Urlaub. Kein Boyden in Sicht. Nur ich alte Jungfer mit meinem Sonnenbrand als Begleitung. Ich will nicht, dass er auch das noch zu seiner Befriedigung ausschlachtet.« Ich ließ den Kopf hängen – eine Geste, die mir inzwischen nur allzu vertraut war. Verzweifelt versuchte ich, einen Ausweg aus meiner misslichen Lage zu ersinnen. »Es sei denn, ich erzähle ihm, dass Boyden nicht mitkommen konnte. Aber warum sollte ich ohne meinen Freund in den Urlaub fahren? Oder ich könnte sagen, dass wir uns getrennt haben. Doch selbst daraus würde er seine Genugtuung ziehen.« Seine schmierige, süffisante, egoistische, zähnefletschende Genugtuung. Ich hasste Trevv! »Ich muss hier raus.« Schleichend und schlängelnd versuchte ich, aus der Lobby zu kommen. Am Empfang vorbei, an einer großen Couch, und fast hätte ich es auch bis zum Ausgang geschafft, wenn nicht …

»Anne?« Das war Trevv, und nun war alles vorbei. »Anne, bist du das?« Es klang, als freute er sich, mich zu sehen.

Anwälte sind ja solche Schauspieler! Es sollte eine Oscar-Verleihung allein für Anwälte geben. *»Mein Mandant ist unschuldig an diesem Verbrechen, Euer Ehren.«*

Tief einatmen und langsam herunterzählen: Drei, zwei, eins …

»Trevv, Tess!« Ich drehte mich um und stellte mich meinen Feinden. »Was für eine Überraschung!« (Fast hätte ich »Tress« gesagt.) Ich brabbelte nervös, und es hörte sich total unecht an. Ich war eben kein Anwalt und ganz sicher auch keine Schauspielerin.

»Du bist es. Wohnst du hier im Hotel?«, fragte Trevv mit dieser widerlichen Sanftheit, die ich so gut an ihm kannte.

Ich warf einen Blick auf Tess. Sie sah hinreißend aus, wie immer. Plötzlich blitzte das Bild wieder auf, wie sie wild um sich schlug, während sie sich beim Orgasmus die Seele aus dem Leib schrie.

»Mhm. Ja.« Ich hatte das Gefühl, als müsste ich mich gleich übergeben.

»Was für ein Zufall!«, schaltete sich Tess ein. »Du siehst toll aus. Richtig suuuuper.«

Dieses Miststück! Sie wusste ganz genau, dass ich nicht super aussah. Ich hatte einen weißen Brillenabdruck im Gesicht, und meine Beine waren krebsrot. Jeder Mensch mit Augen im Kopf konnte sehen, dass ich alles andere als super aussah.

»Danke, du auch.« Jetzt war mir richtig übel. Warum hatte ich das bloß gesagt?

»Also, du bist bestimmt mit deinem Freund hier. Wie hieß der noch gleich?«, fragte Trevv.

Ich war mir sicher, dass er genau wusste, dass ich überhaupt keinen Freund hatte. Er versuchte bloß, Salz in meine Wunden zu streuen. Als wäre ich nicht schon längst übersalzen.

»Äh …«, stotterte ich, »also, eigentlich sind wir … ich will damit sagen, dass ich hier … ähm …« Ich war total durcheinander. Ich stürzte ab. Ich befand mich im freien Fall. *Mayday! Mayday!* Gleich würde ich krachend aufschlagen und in Flammen aufgehen, und da war niemand, der mich retten konnte. Aber dann …

»Sie ist mit mir hier. Tagchen auch, *Kumpel*!«

Ich zuckte erschrocken zusammen, als Chris sich neben mir aufbaute und Trevv die Hand schüttelte. »Ich bin Boyden, nett, dich kennenzulernen, Kumpel. Meine Kumpels nennen mich Boyd.«

Ich wusste nicht, ob ich in Lachen ausbrechen oder mich wegen seines miesen australischen Akzents vor Verlegenheit winden sollte.

Und dann legte Chris seinen Arm um meine Taille und zog mich an sich.

Der Ausdruck auf Trevvs Gesicht war unbezahlbar. Ich kannte ihn ja, und die Gewissheit, dass er mein falsches Spiel durchschaute – dass ich in Wahrheit nach wie vor allein war und den Freund nur erfunden hatte –, hatte ihm zutiefst behagt, seinem Ego ungemein geschmeichelt. *»Die arme Anne hat sich immer noch nicht von mir erholt. Muss echt schwer sein, über mich hinwegzukommen. So schwer, dass sie sogar einen Freund erfinden muss.«*

Doch dann glitt die schmierige Anwaltsmaske wieder über sein Gesicht.

»Boyd?«, fragte Trevv ölig. »Ich bin Trevv. Mit Doppel-V. Schön, dich kennenzulernen.«

»Ebenso«, gab Chris zurück. »Übrigens schreibt sich Boyden mit einem stummen H.«

Ich biss mir auf die Lippe, um nicht herauszuplatzen, während Doppel-V-Trevv Chris verwirrt anstarrte.

»Interessanter Akzent? Woher kommst du noch gleich?«, hakte er nach.

»Geboren und aufgewachsen im Outback von Aussie, Kumpel!«

»Tja, dann … *Schmeiß noch 'ne Krabbe aufen Grill*, wie sie dort sagen.« Und Trevv und Tess brachen in Lachen aus.

Waren seine Witze immer schon so dämlich gewesen?

»Also, was tust du so, *Kumpel*?«, versuchte Trevv höhnisch, Chris' Akzent nachzuahmen.

Wow! Mit dem Austausch von Höflichkeiten hielt er sich wirklich nicht lange auf. Kein »Wie geht's denn so?« oder etwas in der Art. Trevv stürzte sich geradewegs in den Wer-hat-den-Größeren-Wettkampf.

»Guck mal, wie groß meiner ist. Ungefähr so groß wie mein Bankkonto – hahahaha! Ich bin ja so schön und erfolgreich und wohlhabend und hab einen Schwanz wie ein Esel auf Steroiden.«

»Ich bin Autor«, sagte Chris selbstbewusst.

»Aaaah«, unglaublich herablassend, »Freiberufler, was? Kein regelmäßiges Einkommen? Weißt nie, wo der nächste Gehaltsscheck herkommt, stimmt's?«

»Ähm, ich schätze mal, so könnte man's ausdrücken.« Chris schien ob der Frage ehrlich verwirrt.

Trevv nickte selbstgefällig. »Kann mir nicht denken, dass in dem Spiel viel Geld zu machen ist.«

Ich hasse es, wenn Leute das Wort *Spiel* in Bezug auf Arbeit benutzen. Chris war ziemlich angefressen, das sah ich, also schaltete ich mich ein. »Boyd schreibt Drehbücher.«

»Ach, tatsächlich?« Die Lust an der Konkurrenz blitzte in Trevvs Augen auf, als hätte ich ihn zum Duell herausgefordert.

(Oder Chris seine verborgenen zweieinhalb Zoll mehr entblößt.) »Wusste ja gar nicht, dass in Down Under Filme gedreht werden.« Trevv ließ ein boshaft klingendes Kichern hören. »Und was für Drehbücher?«

»Hauptsächlich romantische Komödien.« Chris gab sich nun betont lässig, als wäre er der coolste Mann auf dem Planeten. In meinen Augen war er das auch.

»Ach, wirklich?«, höhnte Trevv. »Ich dachte, nur Frauen würden solche Sachen mit rührseligem Happy End verfassen.« Er stieß Tess leicht an und gab sich keine Mühe, seine Heiterkeit zu verbergen.

Chris sah plötzlich richtig sauer aus. »Es gibt auch ein paar Frauen, aber …«

Wieder schnitt Trevv ihm das Wort ab. »Ich nehm dich doch bloß auf die Schippe, Kumpel. Aber ganz ehrlich, Tess und ich, wir gucken so was selten. Nicht gerade unser Ding, stimmt's, Schatz?«

Tess lächelte und nickte. »Nicht unser Ding«, wiederholte sie, als wäre sie ein Roboter, der darauf programmiert war, alles zu wiederholen, was Trevv sagte. Ein verdammt gut aussehender, hinreißender Roboter.

»Wir schauen meist ernstere Sachen. Ihr wisst schon, Filme mit Tiefgang, nicht wahr, Baby?«

Wieder nickte Tess. »Und eine Menge Gerichtsdramen«, fügte sie mit einem Flattern ihrer langen Wimpern hinzu, die ich ihr am liebsten einzeln von den Lidern gerissen hätte.

»Aber jedem das Seine.« Trevv stieß ein gezwungenes Lachen aus, und Tess fiel ein. Gott, wie widerlich die beiden waren!

Ich spürte, wie Chris neben mir sich vor Fremdschämen krümmte. Aber es war uns keine Gnade vergönnt: Trevv machte weiter wie ein Bulldozer, der einen ganzen Häuserblock niederwalzt.

»Und, bist du Taucher, Boyd?«

»Taucher? Nee, nicht wirklich.«

»Tennis?«

»War in Ballsport noch nie gut.«

»Ah ja.« Mit totaler Herablassung: »Wie schade. Golf also auch nicht?«

»Nix, wie gesagt, ich hab's nicht so mit Bällen. Oder Sport überhaupt. Mag ich einfach nicht. Gehe lieber auf 'n Walkabout und blas das Didgeridoo!«

Seine Unverfrorenheit verursachte mir eine Gänsehaut. Was zum Teufel dachte sich Chris dabei, derart dick aufzutragen? Trevv würde seinen Schwindel im Handumdrehen durchschaut haben. Ich stieß ihn so fest in die Rippen, dass er zusammenzuckte.

Trevv beäugte uns neugierig und neigte den Kopf nach links. (Mein Gott, wie vertraut mir diese Geste war.) »Ist ja merkwürdig. Ich dachte, ihr Aussies steht alle total auf Sport.«

»Nö. Ich bin die Ausnahme von der Regel.« Chris' Ton war ein wenig ätzend geworden, und ich fragte mich, ob er ebenso allergisch auf Trevv reagierte wie ich.

Der nickte jetzt ernst. »Hattest bestimmt keine leichte Jugend, wenn du kein guter Sportler warst. Ich bin in Rugby *und* Kricket in der A-Mannschaft gewesen.« Er tat so, als fange er einen Rugbyball aus der Luft und stieß zu allem Überfluss noch ein »Pau!« aus.

Chris riss in offenkundigem Schock die Augen auf, als Trevv ihn spielerisch gegen den Arm boxte.

»Wirklich schade, Kumpel, hätte sonst vorgeschlagen, dass wir mal gegeneinander antreten.« Er schnippte mit den Fingern nach Chris. »Wäre natürlich auf mich gegangen. Auf wen sonst?« Und dann zeigte er in einem fletschenden Grinsen seine weißen Zähne, mit denen er einen blenden konnte.

Ich blinzelte verwirrt; dies war wirklich die schrägste Unterhaltung, die ich je erlebt hatte.

Und nun, nachdem er Chris genug gedemütigt hatte, wandte sich Trevv mir zu. »Na, was macht die Arbeit, Anne? Hab ich nicht irgendwo läuten hören, dass du in einer Schneiderei schuftest?« Die Arroganz in seiner Stimme war nicht zu überhören. »In der Oriental Plaza? Ich hätte nicht gedacht, dass es dort überhaupt noch Geschäfte gibt.«

Er war darauf aus, mir den Todesstoß zu versetzen.

»Mhm. Ja. Liegt auch an mir … verstehst du?«

»Das muss schon ein *gewisser* Unterschied sein zu dem glänzenden Leben bei einem Modemagazin.«

Jetzt war die Halsschlagader dran.

Ich schaffte es, ein weiteres »Mhm« durch meine fest zusammengebissenen Zähne hervorzupressen.

»Tja, wir haben bis jetzt ein tolles Jahr gehabt, Tess und ich.« Damit wandte er sich wieder an Chris. »Wir haben gerade den Harrison-Fall gewonnen, hast vielleicht davon gehört. In den Nachrichten?«

Chris verschränkte die Arme vor der Brust. Ich spürte, dass er kurz vorm Platzen stand. Und wer wollte ihm das verübeln?

»Hab ich nicht. Ich gucke keine Nachrichten«, konterte er.

»Ach so.« Trevv nickte. »Hätte ich mir auch denken können. Bist ja ein *Kreativer*.« Er sprach das Wort dermaßen giftig aus, dass mir die Härchen auf den Armen zu Berge standen. »Wir haben durch den Prozess so viel Publicity gekriegt, dass wir beschlossen haben, uns selbstständig zu machen. Stimmt's, Baby?«

Tess nickte. »Und es wird riesig. Ein Riesenerfolg. So toll, dass wir am Ende des Monats nach London ziehen. Da haben wir einen wichtigen, GROSSEN internationalen Klienten.«

»London. Super. Wichtige Klienten«, echote Trevv, falls wir

nicht mitbekommen hatten, dass es für die beiden einfach SUPER lief. Oh Verzeihung – habe ich vergessen zu erwähnen, dass es bei ihnen *super* lief?

»Und im Privatleben auch. Denn wir wollen heiraten. Hier. Hochzeit am Strand. Juchhu!« Tess' Augen leuchteten, als sie die Hand hochhielt, um mir ihren Ring zu präsentieren. »Ist er nicht toll?«, gurrte sie mit wunderschönem Schmollmund.

Die beiden waren wohl völlig durchgeknallt! Entweder das oder sie waren die selbstverliebtesten Narzissten der Menschheitsgeschichte. Sie verhielten sich, als wäre überhaupt nichts passiert. Wie konnten sie nur vergessen, dass sie mich hatten verhaften lassen, nachdem sie mich mit ihren abartigen Nippelklemmen-Spielchen geblendet hatten? Hatten sie vergessen, dass sie mich schamlos hintergangen hatten? Aber sicher hatten sie das.

»Vier Karat.« Trevv blies sich mächtig auf. »Kostet 'ne ganz schöne Stange, aber was soll ich sagen? Wenn es die Richtige ist, dann ist es die Richtige.«

»Aaah.« Tess klang verträumt. »Das wird eine wunderbare Hochzeit. Sie soll bei Sonnenuntergang stattfinden. Es wird Kerzen am Strand geben und Blumen. Ich habe alles von Südafrika aus geplant. Das war vielleicht eine Aufgabe, aber sie ist es wert, wenn ich nur meinen Trevvy vor dem Altar sehen darf … oder vielmehr vor dem Meer.« Sie kicherte so dämlich, dass ich sie am liebsten geohrfeigt hätte.

Unversehens hatte ich ein Bild im Kopf: Trevv und Tess paddeln nichts ahnend im Meer. Da kommt ein Hai und beißt ihr die wunderschönen Beine ab. Das Blut spritzt wie verrückt. Und dann werden ihre Finger von fleischfressendem Plankton abgeknabbert.

Plötzlich machte Chris einen Luftsprung und klatschte in die Hände. »Glückwunsch! Crikey, das is ja 'n Mordsding.«

»Ein Mordsding?«, wiederholte Trevv ungläubig.

Ich wusste kaum etwas über Australien, außer dass es dort die verdammten Kängurus und Kylie Minogue gibt. Es war aber deutlich, dass Trevv ein bisschen mehr wissen musste als ich, denn diesen Ausdruck kaufte er Chris nicht ab, das merkte ich deutlich. Mir wurde schlecht vor Angst.

»Wir sind sehr glücklich miteinander«, fügte Trevv abschließend hinzu, während er Tess an sich zog.

»Ja, wenn du erst mal die richtige Sheila findest, dann halt sie bloß fest.« Und Chris umarmte mich so ungestüm, dass er mir die Rippen quetschte. »Stimmt's nicht, mein Engel?« Er drückte mich noch fester an sich.

Ich bekam keine Luft mehr.

Man hätte die Spannung zwischen den beiden Alphamännchen mit einem stumpfen Plastikmesser schneiden können. Trevv funkelte Chris arrogant an, während er Tess noch enger an sich zog und ihr einen leidenschaftlichen Kuss gab. Dann grinste er wieder. »Wie schön, dass du hier bist, Anne. Ich freue mich, dass es dir so gut geht. Tess und ich hatten uns schon ein wenig Sorgen gemacht.«

»Um Annie braucht man sich keine Sorgen zu machen«, verkündete Chris, während er mir spielerisch einen Klaps auf den Hintern gab. »Sie is 'ne Kämpferin.«

»Oh!« Ich zuckte erschrocken zusammen, und Chris wandte sich an mich. »Stimmt's nicht, Baby Doll?«

»Mhm.« Ich nickte. *Baby Doll?*

»Tja, schön dich kennengelernt zu haben, Boyd. Irgendwann müssen wir mal zusammen essen gehen. Cheerio!« Und damit verschwanden sie.

Ich schaute Chris an. Er machte den Eindruck, als hätte er in eine saure Zitrone gebissen.

»Cheerio? Wer sagt denn heutzutage noch *Cheerio*? Echt

jetzt! Und kann der Typ eigentlich noch ein größeres Arschloch sein?« Er stemmte die Hände in die Hüften, und nun sah ich auch in seinen Augen den Konkurrenzkampf aufblitzen.

»Wer zum Teufel sagt denn *crikey* und *Mordsding* und *Sheila* und *Kumpel*?«

»Ein Australier«, erwiderte Chris.

Ich fasste mir ungläubig an den Kopf. »Ich glaub's einfach nicht! Ich fass es nicht, dass du meinen australischen Freund gespielt hast!« Natürlich war ich erleichtert gewesen, als Chris sich zu meinem Retter aufgeschwungen hatte. Aber was jetzt?

»Das musste ich doch! Hast du nicht gemerkt, wie überheblich die beiden waren wegen ihrer perfekten Strandhochzeit, gar nicht zu reden von ihrem tollen Vierkaräter und ihrem ach so tollen, *wichtigen* Leben? Hatte ich schon erwähnt, dass die beiden ein *tolles* Leben führen?«

»Die werden das auf jeden Fall durchschauen. Dein australischer Akzent ist schrecklich.«

»Was soll das heißen, Kumpel?«

»Sag nicht andauernd Kumpel!«, kreischte ich. »Das überzeugt keinen. Da könntest du genauso gut *Waltzing Mathilda* singen!«

Chris wollte erneut den Mund aufmachen, doch ich hielt ihm einen warnenden Finger entgegen. »Wag es ja nicht. Das ist nicht komisch, Chris. Das hier ist verdammt ernst und nicht einer deiner Filme.«

»Aber verstehst du nicht, Annie? Das könnte deine Rache sein. Das ist der Augenblick, auf den du gewartet hast, um Trevv alles heimzuzahlen.«

Ich besann mich eine Sekunde lang. Er hatte recht. Dies war mein Medea-Moment, wenn auch ohne Mord.

»Komm schon, wir holen dein Gepäck.« Chris nahm meine Hand und machte Anstalten, mich aus der Hotellobby zu zerren.

»Warum?«

»Weil du zu mir ziehst. Schon vergessen?«

»Was?«

»Wir sind jetzt ein Paar, also müssen wir uns auch wie eines benehmen.«

Ich seufzte aus tiefster Seele. »Das ist doch verrückt. Wie zum Teufel sollen wir das denn nur durchziehen?«

Er nahm meine Hände und legte sie auf seine Brust. »Baby Doll«, sagte er in furchtbar kitschigem Ton, »weißt du nicht mehr, wie du gesagt hast, dass du mich über alles liebst?«

Wütend entzog ich ihm meine Hände. »Chris! Das ist keine deiner romantischen Komödien. Es ist mein Leben! Und ich finde es nicht komisch.« Ich war ziemlich laut geworden, und beim letzten Wort wäre ich fast in Tränen ausgebrochen.

»Shit. Okay. Es tut mir leid. Hast ja recht.« Er stemmte die Hände in die Hüften und schüttelte den Kopf. »Es ist bloß … Verdammt, Annie. Der Typ ist mir unendlich auf die Nerven gegangen. Ich meine, er ist doch ein totales Arschloch. Du darfst ihn nicht gewinnen lassen.«

Plötzlich nahm er meine Hände und schaute mich ernst an. »Wir schaffen das. Wir zeigen es ihnen. Ich hab vor ungefähr hundert Jahren ein paar Stunden Schauspielunterricht genommen, vielleicht kann ich dir ja ein paar Tipps geben. Und heute Abend bringe ich meinen Akzent auf Vordermann. Wir hören uns *The Locomotion* von Kylie an.« Wieder schenkte er mir sein verspieltes, strahlendes Chris-Lächeln. *Verdammt*, er konnte so überzeugend sein …

Aber ein Lächeln aufzusetzen und so zu tun als ob, reichte noch längst nicht. Wir mussten viel pragmatischer denken, damit die Sache wirklich funktionierte.

»Ich glaube wirklich nicht, dass du begreifst, worauf wir uns da einlassen. Wir müssten die nächsten sieben Tage so tun, als wären wir zusammen. Vielleicht sogar Händchen halten. Wir würden jeden Tag zusammen frühstücken, zu Mittag und zu Abend essen. Irgendwann wirst du von mir dermaßen die Nase voll haben …«

»Niemals«, entgegnete Chris. »Wir müssen es so betrachten, als wären wir Freunde, die zusammen abhängen und viel Spaß haben … und die ab und zu Händchen halten und auch mal hektisch fummeln.«

»Hey.« Ich hielt eine Hand hoch. »Bei Küssen und Fummeln ziehe ich die Grenze.«

»Kannst es einem Mann nicht verübeln, wenn er's versucht.«

Ich seufzte resigniert, immer noch voller Unglauben. *Worin zum Teufel hatte ich da bloß eingewilligt?*

9

Als ich zwölf war, wurde mir in einer Schulaufführung die Rolle eines Baums zugewiesen. Nicht, dass ich sonderlich weidenartig gewesen wäre oder sonst irgendwie in Gestalt oder Größe einem Baum geähnelt hätte. Nein, ich wurde als Baum gecastet, weil ich als Schauspielerin eine totale Niete war. Ein glupschäugiger Junge namens Charles, ein hinterhältiges kleines Früchtchen, und *moi* standen in Kostümen aus grünen Kartonblättern im Hintergrund und wedelten mit den Armen, weil wir in einem Stück, das in der Antarktis spielte, die beiden Bäume darstellten. In meinem Zeugnis hatte die Lehrerin zu meiner Rolle in der Schulaufführung bemerkt: »Annie hat sich wirklich bemüht, ihr Bestes zu geben.«

Und jetzt war ich für die Rolle der angeblichen Freundin gecastet worden und hatte keinen blassen Schimmer, wie ich das durchziehen sollte. Und vor allem vor Trevv, dessen Fähigkeit, Dummschwätzer, Lügner und Schwindler zu durchschauen, geradezu unheimlich war. (Er schloss von sich auf andere, würde ich mal sagen.) Die Aussicht, eine ganze Woche lang Liebespaar zu spielen, war furchterregend. Und was meine Freundinnen dazu sagen würden, wenn sie denn endlich eintrafen, besonders Dr. Jane, das konnte ich mir jetzt schon lebhaft vorstellen.

»Okay, vielleicht hab ich es mit dem Australischsein ein bisschen übertrieben. Ich werde mir Mühe geben, nicht mehr so dick aufzutragen«, versprach Chris, während er mir half, meine Kleider und Kosmetika zu packen. Es war, als würde er sich erst bei der Tätigkeit des Kofferpackens bewusst, wie kritisch unsere Lage tatsächlich war.

Männer. Immer verfallen sie in blinden Aktionismus und bedenken erst später die Folgen.

»Aber die beiden haben mich mit ihrem perfekten, tollen – und ach so wichtigen – Leben einfach rasend gemacht. Ich konnte mich nicht bremsen!«

»Nur ein *bisschen* übertrieben?«

»Stopp!« Er hielt eine Hand hoch. »Wir haben keine Zeit für negative Einstellungen und Voraussagen. Wir schaffen das! Boyd wird mit der Herausforderung schon fertigwerden.« Er zog den Reißverschluss an der letzten Tasche zu und schleppte meine Koffer vor den Bungalow. »Was würdest du davon halten, wenn ich der Figur Boyd ein leichtes Hinken verpasse oder vielleicht einen Hauch Farbenblindheit?«

»Was?« Ich wirbelte herum und funkelte Chris wütend an.

»Hab bloß Spaß gemacht, Schatz. Komm schon …« Er umarmte mich kurz. »Wir werden ihnen schon nicht alle fünf Sekunden über den Weg laufen. Dies ist ein großes Resort.«

Berühmte letzte Worte … Denn als wir die Tür zugemacht hatten und uns auf den Weg zur Suite machen wollten …

»Anne. Boyd.« Wieder diese arrogante, näselnde Stimme. War Trevvs Stimme immer schon so gewesen, oder hatte ich mich lediglich an sie gewöhnt? Vielleicht war auch sie eines dieser irritierenden Dinge gewesen, die ich lieber ignoriert hatte.

»Was habt ihr denn mit den Koffern vor?« Seine Stimme triefte geradezu vor Argwohn und Hinterhältigkeit. Er brannte darauf, uns zu entlarven. Von dem Moment an, als Chris sich als mein Lebensgefährte präsentiert hatte, war er gesonnen gewesen, uns auf die Schliche zu kommen.

»Ähm …« Ich schaute zu Chris auf in der Hoffnung, dass

ihm eine clevere Erklärung einfallen würde; schließlich war er der Schriftsteller.

»Wir verbessern uns. Ziehen in die Präsidentensuite.« Chris betonte das Wort, und Trevv erschauerte vor Ehrfurcht, wie Chris es beabsichtigt hatte. »Die Präsidentensuite ist erst heute frei geworden, also haben wir das olle Zimmer-wechsel-dich gespielt.« Er warf Trevv ein strahlendes Lächeln zu.

»Krieg dich mal wieder ein«, zischte ich Chris unterdrückt zu.

»Präsidentensuite, was? Hab gar nicht gewusst, dass die hier so was haben.«

»Ehrlich gesagt ist sie nicht so toll wie ein paar andere, die wir hatten, aber es passt schon.«

Es fiel mir schwer, ein schallendes Gelächter zu unterdrücken. Chris schlachtete die Situation nach Kräften aus, und trotz der irrsinnigen Lage, in der ich mich befand, war ich doch begeistert, dass ich endlich die Möglichkeit erhalten hatte, Trevv dorthin zu treten, wo es ihn am meisten schmerzte – in sein Ego. Vielleicht würde ich es doch schaffen, meine Rolle überzeugend zu spielen. Ich musste mir nur immer wieder die Belohnung vor Augen halten: dass ich Trevv alles heimzahlen würde, was er mir angetan hatte.

Ich schaute ihn an. Er war total angefressen, versuchte es aber unter seinem üblichen arroganten Grinsen zu verbergen.

»Na, dann viel Freude damit«, quetschte er durch zusammengebissene Zähne hervor. Seine Heuchelei schrie derart zum Himmel, dass ich fast zu hören meinte, was er wirklich sagen wollte: *»Ich hoffe, das Dach stürzt über euch ein, und ein riesiger Tsunami verschlingt euch und zieht euch in die Tiefsee, wo ihr von einem grausamen Killerwal gefressen werdet.«*

Doch Trevv grinste breit und winkte und trottete den Pfad entlang, gefolgt von Tess auf ihren langen Beinen.

Wir gelangten an unser Ziel, Chris machte die Tür auf und setzte meine Koffer ab. Obwohl ich die Suite ja schon kannte, war ich von ihrem Anblick überwältigt. Wieder konnte ich nicht umhin, mich zu fragen, was so ein Palast pro Nacht kosten mochte. Mein Gartenhäuschen in Johannesburg hätte hier zweimal reingepasst.

»Warum nimmst du nicht das Zimmer im Erdgeschoss und ich das im ersten Stock?«, schlug Chris vor.

»Nein, ist schon in Ordnung. Ich nehm das obere Zimmer.«

»Unten ist es aber schöner.« Er stellte die Klimaanlage an, und ein herrlicher Schwall kühler Luft wehte durch den Raum.

»Ist schon in Ordnung. Außerdem gefällt mir die Aussicht.« Die Wahrheit war, dass es mir sonderbar vorgekommen wäre, in seinem Bett zu schlafen. Das kam mir viel zu intim vor. Er war doch praktisch ein Fremder.

»Also«, fuhr Chris mit merkwürdiger Betonung fort, »ist dir schon etwas aufgefallen?«

»Woran?« Automatisch sah ich mich im Zimmer um.

»An mir.«

Ich starrte ihn an. Wieso war mir das nicht schon früher aufgefallen? Das Trevv-und-Tess-Debakel hatte mich offenbar blind gemacht für diese Veränderung, die einem doch ins Auge sprang.

»Du hast dir den Bart gestutzt.«

»Bingo.« Er wirkte sehr zufrieden mit sich und fuhr sich mit der Hand über das jetzt glattere Gesicht.

»Sieht gut aus.« Es sah mehr als gut aus, es war hinreißend. Chris sah aus wie … *Wow*, da war es schon wieder, dieses Gefühl. Meine Körpertemperatur stieg, als ob die Klimaanlage gar nicht vorhanden wäre.

Endlich konnte ich das Gesicht sehen, das Chris vorher unter dem Filz verborgen hatte. Sein Bart war nicht vollständig verschwunden, sondern zu einem Drei-Tage-Bart gestutzt. Das Frappierendste an der Veränderung war, dass ich nun endlich sein volles Lächeln sehen konnte. Davon hatte ich letzte Nacht nur einen Vorgeschmack bekommen. Doch so, wie sein Gesicht jetzt aussah, war es ein breites, freundliches und absolut ansteckendes Lächeln, bei dem sich sein ganzes Gesicht aufhellte.

Es war auch ein wenig spitzbübisch und bildete Fältchen um seine Augen, was mir richtig gut gefiel. Trevvs Lächeln hatte immer wie geprobt gewirkt, und sein Gesicht hatte er beim Schmunzeln natürlich niemals verzogen; er benutzte mehr Pflegeprodukte als ich. Sein perfektes Lächeln schien auf jedem Foto dasselbe zu sein. Als hätte er es vor einem Spiegel geübt – was vermutlich auch der Wahrheit entsprach.

Im Aussehen war Chris das genaue Gegenteil von Trevv. In der Persönlichkeit ebenso. Chris war natürlich und relaxt, während das Zusammenleben mit Trevv immer den Anschein einer sorgfältig einstudierten Darbietung gehabt hatte. Einer Darbietung, bei der ich nur zu gern mitgespielt hatte. Aber vor wem hatten wir denn eigentlich gespielt?

»Du siehst gut aus«, wiederholte ich ein wenig sanfter und viel atemloser, als ich eigentlich wollte. Dieses Lächeln und dazu diese hellen, wasserblauen Augen, seine aufreizend entspannte Ausstrahlung …

Ich hätte nichts dagegen, noch einiges mehr mit ihm zu üben.

»Okay, dann geh ich jetzt hoch und pack aus.« Ich nahm meine Tasche und wandte mich der Treppe zu, um nicht in Versuchung zu geraten, mich ihm schamlos an den Hals zu werfen.

»Cool. Und was willst du später unternehmen?«, fragte er.

Seine Frage traf mich unvorbereitet. Natürlich mussten wir etwas zusammen unternehmen. Denn wir waren jetzt ein Paar. Und Paare machen alles gemeinsam. Sie hängen zusammen ab.

Sie halten Händchen. Sie halten auch andere Sachen – was jedoch in unserem Fall *nicht* passieren würde.

»Ich darf aber auf keinen Fall in die Sonne!«

»Wie wär's mit einer Massage im Spa?«, schlug er vor.

»Das klingt himmlisch. Seit ich Tress in die Arme gelaufen bin, spür ich so eine Verspannung in der Hand.«

»Haha, Annie. Geschmacklos, aber gut.«

»Danke. Außerdem werden wir ihnen dort wohl kaum über den Weg laufen. So, wie ich sie kenne, stellen sie wahrscheinlich gerade am Strand ihre Astralkörper zur Schau.«

Doch als wir endlich ins Spa eintraten, waren sie (Überraschung!) auch dort und saßen im Wartebereich. Tess sah aus, als wolle sie für Guess-Badeanzüge modeln. Sie trug einen Bikini und ihre untere Körperhälfte war nur unzureichend mit einem durchsichtigen Sarong bedeckt. Ich sah auf meine Kleidung herab und war mit einem Mal total verlegen.

Ich trug ein ziemlich unmodisches T-Shirt und einen – möge die Modegöttin mir vergeben – Rock aus Käseleinen, der geradewegs einer Folge von *Friends* entsprungen zu sein schien. Ich hatte den Rock ganz hinten in meinem Schrank gefunden und war gezwungen gewesen, ihn mitzunehmen, denn er passte noch über das Bäuchlein, das ich mir mit meinen Schokoladenexzessen eingehandelt hatte. *Warum hatte ich heute bloß diesen Rock angezogen? Und warum hatte ich so viel Schokolade gefressen, statt fleißig Workouts zu machen?*

Ich machte mir im Geist eine Notiz, dass ich mir dringend etwas kaufen musste, das zum aktuellen Jahrzehnt passte.

»Und schon sehen wir uns wieder!« Trevv war der Erste, der den Mund auftat. Wer sonst? »Wir laufen uns aber immer wieder in die Arme, was?« Er erhob sich und versetzte Chris einen kumpelhaften Hieb auf den Rücken. »Verfolgt ihr uns etwa?« Ein weiteres aufgesetztes Lachen.

»Erwischt!« Chris war wieder voll auf dem Australier-Trip und schlug Trevv seinerseits auf den Rücken – vielleicht ein wenig zu fest. »Ihr seid so faszinierend, dass wir nicht anders können«, fügte er mit verlogenem Scherz hinzu und setzte zu allem Überfluss noch sein bestes falsches Lachen darauf.

Und dann ereignete sich etwas Grässliches: Wir alle brachen in eine Kakofonie gezwungenen Gelächters aus, das eher nach einem Hyänenrudel als nach einer glücklichen Freundesrunde klang. Und man ahnte einfach unter all dem Hahahahahahaha den tief verwurzelten Hass und Verdruss. Aber niemand würde ihn zeigen, und so taten wir alle weiter so, als ob alles ungemein amüsant und faszinierend wäre.

»Ihre Kabinen sind bereit.« Zum Glück unterbrach die zierliche Masseurin unsere künstliche Heiterkeit.

»*Kabinen?*« Trevvs scharfer Anwaltsinstinkt schaltete sich ein. »Habt ihr euch denn keine Paarkabine bestellt, so wie wir?« Wieder stellte er uns auf die Probe, das sah ich an der Art, wie er uns von Kopf bis Fuß musterte, als lägen wir vor ihm wie ein aufgeschlagenes Buch.

»Als wir sie bestellt haben, waren gerade keine frei.« Die Antwort entschlüpfte mir beinahe unwillkürlich, wurde aber sogleich widerlegt, da die Masseurin uns informierte, es sei in der Tat eine Paarkabine frei.

»Super. Ist das nicht toll?!«, rief ich aus und versuchte, recht froh dreinzuschauen, als die Frau Chris und mir bedeutete, ihr zu folgen.

Aber es war gar nicht toll. Sondern ganz schön blöd. *Chris und ich in ein und derselben Massagekabine*. Halb nackt, wie ich hinzufügen möchte.

10

Ich schaute Chris an.

Und er mich.

Ich räusperte mich.

Er ebenfalls.

Ich kratzte mich am Kopf, der überhaupt nicht juckte.

Chris fuhr sich mit den Fingern durch die Haare, was wohl auch unnötig war.

Ich tat, als röche ich an einer Blume.

Chris gab vor, aus dem Fenster zu schauen.

»Also …«, nahm ich endlich all meinen Mut zusammen.

»Also …«, nahm Chris meinen Anfang auf.

»Also …« Mein Gehirn hatte die Fähigkeit verloren, Worte zu bilden. »Ähm …«

Anschließend herrschte Schweigen.

Ein absolut geladenes, geradezu ohrenbetäubendes Schweigen.

Und dann machte Chris zum Glück den Mund auf. »Okay, lass mich der Erste sein, der sagt, dass das eine furchtbar peinliche Situation ist.«

Die Erleichterung, die aus dem Eingeständnis erwuchs, war sofort spürbar.

»*Furchtbar*, ja.«

»Was sollen wir also tun?« Er spähte aus der Tür, um zu sehen, ob die Masseure bereits im Anmarsch waren.

»Wenn wir uns vielleicht *nicht* massieren ließen? Sondern einfach eine Stunde hier sitzen und bloß so tun als ob?« Das war so ziemlich das Einzige, was mir im Moment einfallen wollte.

Chris schüttelte den Kopf. »Ich glaube, dein Ex wird allmählich misstrauisch.«

»Du meinst also, dass wir … zusammen … im selben Raum … *fast nackt?*« Ich sah mich in der engen Kabine um. Nirgendwo konnte man sich anziehen oder umziehen, und zwischen den beiden Massageliegen war auch kaum Platz dafür. Alles war offen gestaltet und sehr, sehr *romantisch*. Die Paarkabine war ganz eindeutig auf maximale Entspannung und optimale Romantik ausgerichtet: Magnolienblüten lagen auf dem Boden verstreut, und leuchtend pinke Bougainvillea-Büschel zierten die Kopfkissen.

»Es ist ja nicht so, als ob wir uns ein Massagebett *teilen* würden.«

»Aber wir werden halb nackt sein. Im selben Zimmer.«

Chris warf mir ein schelmisches Grinsen zu. »Nicht so schräg, als wenn wir beide ganz nackt wären!«

»Das ist jetzt nicht die Zeit für Witze, Chris.«

Es klopfte.

Wir fuhren beide herum und schauten zur Tür, als lauere dahinter eine grässliche Kreatur, bereit, sich mit Zähnen und Klauen auf uns zu stürzen.

»Sind Sie so weit?«, fragte die leise Stimme mit dem französischen Akzent hinter der Tür.

»Noch eine Minute, bitte«, sagte Chris rasch und trat zu mir. Er baute sich vor mir auf und sah mir geradewegs in die Augen. »So schlimm wird es schon nicht werden. Ich dreh mich um, dann kannst du dich ausziehen. Ich werde auch nicht gucken, versprochen.«

Ich schaute Chris einen Moment prüfend an und versuchte, seinen Charakter einzuschätzen, über den ich so gut wie gar nichts wusste. Und mein Fazit lautete: *Diese Wir-sind-ein-Paar-Schmierenkomödie ist das Dämlichste, auf das ich mich jemals eingelassen habe.*

Ich wusste nicht, wie ich aus dieser Nummer je wieder herauskommen sollte. Die ganze Sache war außer Kontrolle geraten und schon viel, *viel* zu weit gediehen. Ich konnte so nicht weitermachen. Das hier war nicht ich. Also beschloss ich, diese Farce hier und jetzt zu beenden. Auch wenn es noch so peinlich sein würde. Auch wenn Trevv und Tess sich selbstgefällig die Hände reiben würden. Ich stand kurz davor, das Handtuch zu werfen – buchstäblich, denn ich hielt eins in der Hand –, als ich Trevvs sarkastisches Blöken vernahm. Er spazierte gerade an unserer Kabine vorbei.

»Genießt eure Massage.« Eine bedeutungsvolle Pause, in der ich förmlich seine Gedanken hören konnte: *Wir werden das bestimmt tun.* Seine Worten trieften dermaßen vor Sex, dass es widerlich war.

Und ich kippte um. Mehr hatte er gar nicht sagen brauchen. Dieser arrogante, selbstgerechte, aufgeblasene Mistkerl hatte mich herausgefordert …

»Oh, ganz bestimmt!«, schrie ich zurück. »Kannst du wohl glauben. Das wird ja *sooo* heiß. Nicht wahr, Baby?« Ich warf Chris einen mahnenden Blick zu: *Wenn du jetzt nicht mitspielst, schlage ich dich mit einem schweren Gegenstand nieder.*

Wie ein braver kleiner Schüler echote Chris: »So heiß.«

Sobald Trevv und Tess außer Hörweite waren, fuhr ich zu Chris herum. »Zieh dich aus und leg dich sofort auf die Liege!«

Wieder breitete sich das jungenhafte Grinsen auf seinem Gesicht aus, und ich wusste bereits, dass ich mit einer cleveren, geistreichen Erwiderung zu rechnen hatte. »Und sag jetzt bloß nichts Cleveres und Witziges, zieh dich einfach aus und leg dich auf die verdammte Liege!« Inzwischen wedelte und deutete ich fieberhaft mit dem Zeigefinger. Das schien allerdings den gegenteiligen Effekt zu haben, denn statt ihm eine gesunde Dosis Respekt und Angst einzuflößen, schien ihn die Geste nur noch mehr zu belustigen.

»Ja, Ma'am.« Er salutierte wie ein Soldat, dann zog er sich das Hemd über den Kopf.

Mein Verstand befahl mir, mich sogleich abzuwenden, aber meine Neugier (*böse, böse Neugier*) gewann die Oberhand, und ich sah ihm beim Entkleiden zu. Chris hatte breite Schultern und war überhaupt groß und stämmig gebaut. Er hatte eine gute Figur, aber keine wie gemeißelt wirkenden, definierten Muskeln, die einer Menge Training zu verdanken waren. Eigentlich war das für mich ein erfrischender Anblick, eine Abwechslung. Trevv pflegte Stunden im Fitnessstudio zu verbringen, und einige Male hatte ich ihn dabei ertappt, wie er vor dem Spiegel seine Muskeln spielen ließ. Er trainierte, bis alles an ihm perfekt war; jeder Muskel ein wahres Kunstwerk und jede Linie scharf gezogen. Doch seither habe ich gelernt, dass scheinbare Perfektion letzten Endes doch nicht so toll ist, wie immer behauptet wird.

Chris hatte ein paar versprengte Haare auf der Brust; Trevvs Brust war so glatt wie ein Babypopo.

Chris' Schultern waren von eigenwilligen Sommersprossen übersät; Trevvs Körper war so glatt, dass man fast von Porzellanhaut sprechen konnte.

Chris hatte eine kleine Narbe auf dem Bauch, die wie eine Blinddarmnarbe aussah, und dazu einen kleinen Bluterguss an der Schulter.

Er war ganz und gar nicht vollkommen und in dieser Unvollkommenheit verdammt attraktiv.

So attraktiv, dass ich spürte, wie mein Atem unwillkürlich schneller ging und mein Mund trocken wurde. Unfähig, mich zu bewegen, fuhr ich fort, ihn anzustarren, als er seine Shorts auszog. An diesem Punkt hätte ich mich wirklich umdrehen sollen – *ich hätte mich umdrehen sollen*.

»Mach ein Foto. Das hält länger.« Er klang belustigt.

»Sorry. Das wollte ich nicht.« Beschämt schlug ich die Hände vor die Augen und drehte mich um. Ich hörte ein leises Kichern hinter mir.

»Jetzt bist du an der Reihe. Ich werd mich auch umdrehen, versprochen.«

Verstohlen spähte ich über die Schulter, ob er auch die Wahrheit sagte, aber er hatte sich tatsächlich umgedreht. Trotzdem war es mir fast unmöglich, mich zu entkleiden. Die Vorstellung, mich vor einem fremden Mann in dieser engen Kabine zu entblößen, war mehr als grotesk. Doch ich musste es tun. Ich überlegte, ob ich wenigstens meinen BH anlassen und die Masseurin bitten könnte, mich doch darum herum zu massieren. Das kam mir sehr vernünftig vor, und ich fühlte mich sogleich besser.

Ganz langsam streifte ich Rock und T-Shirt ab und ließ beides zu Boden fallen. Auf der nackten Haut fühlte sich die kühle Meeresbrise sehr angenehm an, ich aber glitt sogleich im Schutz des Handtuchs auf meine Liege.

»Okay, du darfst dich wieder umdrehen.«

Chris legte sich in dem Moment hin, als die Masseurin eintrat. Wenn ich in diesem Augenblick eine Fliege an der Wand, ein objektiver Beobachter der Szenerie gewesen wäre, hätte ich vermutlich laut gelacht. Die Absurdität meiner derzeitigen Lage war unbestreitbar. Es fühlte sich eher wie ein surrealer Wahn und nicht wie die Wirklichkeit an.

Aber es war wirklich. Und es geschah genau *jetzt*.

Und ich hatte so eine Vorahnung, als werde dies nicht die letzte peinliche Situation sein, die mir und Chris beschieden sein würde. Und das sollte sich als wahr erweisen.

»Ich schiebe sie zusammen«, verkündete die Masseurin und begann unverzüglich damit, Chris' Liege an meine zu schieben. Entsetzt sah ich zu, wie sein halb nackter Körper näher und näher und näher rückte …

»Es reicht!«, sagte ich. »Das ist doch nicht nötig!«, versuchte ich, zu protestieren, aber die Masseurin wollte nichts davon hören.

»Mauritius lebt für die Liebe.« Ein letzter Ruck – sie war erstaunlich stark – *et voilà*, Chris lag neben mir. Die Liegen waren so schmal, dass sich unsere Schultern berührten. Ich kniff die Augen fest zusammen, weil ich hoffte, dass er, wenn ich sie wieder öffnete, nicht mehr so verdammt nah neben mir liegen würde. Es half aber nichts. Chris war mir so nah, dass ich seinen Atem hören konnte.

»Hallo, Frau Nachbarin«, flüsterte er.

»Heya.« (*Sie versucht, sich cool, beherrscht und lässig zu geben, während sie innerlich vor Scham tausend Tode stirbt.*)

Eine zweite Masseurin betrat die Kabine, und ich hörte jemanden undeutlich »Keinen BH« murmeln.

Ich nahm die Worte gar nicht richtig wahr, weil ich viel zu sehr auf das elektrische Kribbeln zwischen Chris' Schulter und meiner konzentriert war. Deshalb war es zu spät für jedweden Protest, als ich geschickte Finger am Verschluss meines BHs hantieren spürte. Binnen Sekunden waren die Häkchen gelöst.

»Halt. Warten Sie!« Doch auch davon wollte die Masseurin nichts hören, und ich spürte, wie mein BH unter mir fortgezogen wurde. »Halt!« Ich richtete mich auf und drehte mich halb im Versuch, meinen BH wieder an mich zu ziehen. Es war eine ebenso instinktive Bewegung wie die, sich den Rock in einer plötzlichen Windböe hinunterzuziehen. In meiner Panik hatte ich aber die Folgen nicht bedacht.

Einiges stimmte nicht an meinem überhasteten, unüberlegten Plan.

Erstens präsentierte ich, indem ich von der Liege hochfuhr, dem ganzen Raum meine Titten – einschließlich Chris. Und zweitens drückte ich, als ich mit Schwung auf die Liege zurückplumpste, der Enge wegen eine Brust in Chris' Hand, die ausgestreckt auf der Matratze gelegen hatte.

Fantastisch. Jetzt waren wir schon beim Fummeln gelandet.

11

Eigentlich hätte ich vollkommen entspannt aus der Kabine schweben müssen – leicht wie eine Feder, weich wie Seide und geborgen wie ein Baby in Mamas Armen.

Aber so war es ganz und gar nicht.

Als ich die Kabine verließ, war ich sehr unentspannt. Seit dem unseligen Titten-Vorfall war ich völlig verkrampft. Und Chris' Reaktion hatte es nur noch schlimmer gemacht.

Er hatte nicht verlegen den Blick abgewandt oder sich entschuldigt oder mein dummes Versehen mit einem Scherz überspielt. Stattdessen hatte er meinen Blick festgehalten. Und zwar so intensiv, dass ich vollkommen erstarrte. Unsere Blicke verschränkten sich; es mochte lediglich eine Sekunde gedauert haben, kam mir aber wie eine gefühlte Ewigkeit vor. Ich konnte mich nicht von seinem Blick lösen, sosehr ich mich auch bemühte.

Seine Augen veränderten sich, die Pupillen weiteten sich und schienen noch schwärzer zu werden. Und als ich es endlich schaffte, den Blick abzuwenden, steckte ich meinen Kopf so schnell wie möglich in das Loch in der Liege und schaute nicht mehr auf.

Während der gesamten Massage spürte ich nur die Erinnerung an seine Hand, die warm auf meiner Brust gelegen hatte. Selbst als die Masseurin ihre Ellbogen schmerzhaft in meinen Rücken bohrte, wollte diese Empfindung nicht weichen. Statt mich also zu entspannen, während fachfrauliche Hände meine Verspannungen zu lindern suchten, zählte ich in den nächsten neunzig Minuten lediglich die Sekunden, bis ich endlich aus der Kabine flüchten konnte.

In dem Moment, als die beiden Masseurinnen in die Hände klatschten, um das Ende unserer Folter zu signalisieren, sprang ich von der Liege und versuchte, so rasch wie möglich meine Kleider zusammenzuraffen.

»Hey, warte doch!«, rief Chris mir nach, als ich aus der Kabine stürzte.

»Mhm?«, murmelte ich, ohne mich umzudrehen.

»Wozu denn die Eile?«

»Ich hab's doch nicht eilig«, versuchte ich, lässig zu kontern.

»Also bitte, du bist ja förmlich hinausgehechtet.«

»Bin ich?« Vollkommen unschuldig.

»Fliehst du etwa vor mir, Annie?«

»Was? Warum sagst du denn so was?«

»Hat es etwas ...« Chris rückte näher an mich heran.

Ich verschränkte die Arme vor der Brust.

»... mit dem zu tun, was eben geschehen ist?«

»Was ist denn geschehen?« Ich heuchelte Ahnungslosigkeit, was mir nur schlecht gelang. Ich versuchte, meine Gesichtszüge zu einer möglichst ungezwungenen Miene zu zwingen, aber es fühlte sich lediglich so an, als hätte ich eine Gesichtslähmung erlitten. Was war ich doch für eine schlechte Schauspielerin!

»Du weißt schon, mit deiner ...«

»Meiner Brust«, platzte ich heraus. »Du hast meine ... sie hat deine ... deine Hand berührt, und das wollte ich nicht. Es tut mir echt leid.«

Chris grinste. »Ich hatte nichts dagegen.«

Ich schwankte wie ein Schilfrohr im Wind. Diese Unterhaltung war ja so peinlich und ... *törnte mich gleichzeitig dermaßen an!* So sehr, dass meine Brust sich förmlich danach sehnte, wieder von seiner Hand berührt zu werden.

Ich beschloss, das Gespräch von meiner unbraven Brust abzulenken. »Ich muss mir dringend ein anständiges Kleid kaufen.« Wahrscheinlich würde ich mir sowieso nur einen Sarong leisten können, aber hey: Alles war besser als das, was ich gerade trug.

Chris nickte. »Neben der Lobby ist ein Shop, da verkaufen sie Strandkleidung. Ich nehme währenddessen an der Bar einen Drink und warte auf dich, okay?«

»Okay.« Ich raste los, froh, dass ich ihm entkommen konnte.

Der Shop war thematisch auf die Tropen abgestimmt, was auch als reinste Untertreibung betrachtet werden konnte. Denn falls man immer noch nicht begriffen hatte, dass man sich auf einer echt tropischen Insel befand, dann existierte dieser Shop, um einen daran zu erinnern. Bis in den letzten Winkel war er vollgestopft mit Sarongs, Palmwedeln und Magnolienblüten, und auf dem Boden, einem Sandboden selbstverständlich, lagen große Muscheln aufgehäuft.

»Kann isch Ihnen 'elfen?«, sprach mich die Verkäuferin an.

»Ich suche nach Strandkleidung, einem Sarong vielleicht.« Es war das Offenkundige: Etwas anderes konnte man hier gar nicht erstehen.

»Mhm.« Die Frau musterte mich von Kopf bis Fuß. »Vielleischt etwas, das *nischt* so *sehr*, wie sagen Sie noch gleisch auf Englisch … *rot* ist?«

Sie hatte einen sehr starken französischen Akzent, wusste aber auf jeden Fall, was das Wort *rot* auf Englisch bedeutete. Sie war eben eine dieser zickigen Verkäuferinnen und gab mir sogleich das Gefühl, als wäre ich Julia Roberts in *Pretty Woman*, nur mit dem Unterschied, dass im Hotelzimmer kein reicher, stattlicher Mann auf mich wartete. Nun ja, das schon, aber eben nicht wirklich.

Die zickige Verkäuferin nahm meinen Arm und zog mich

zur Kleiderstange, wobei sie rief: »Kommen Sie, kommen Sie!«

Nachdem sie mir ein paar Kleider vorgehalten hatte, nickte sie schließlich befriedigt und reichte mir ein weich fließendes, weißes Midikleid mit hübschen Trägern, die sich am Rücken kreuzten. Ein wirklich schönes Kleid! Und die Farbe – Weiß – milderte tatsächlich das scheußliche Krebsrot: Jetzt sah ich eher gebräunt als verbrannt aus.

Die Verkäuferin brachte mich zur Umkleidekabine, schob mich hinein, dann machte sie kehrt und verschwand wieder im Dschungel. Ich hängte das Kleid an den Haken an der Wand und fing an, mich vor dem Spiegel zu entkleiden.

Ich hasse Spiegel in Umkleidekabinen. Sie sind ganz offensichtlich so konzipiert, dass sie jeden Makel an deinem Körper noch hervorheben. Sie besitzen irgendeine mikroskopisch feine, magische Fähigkeit, selbst die kleinste Cellulite-Beule monströs zu betonen. Ich kehrte dem bösen Spiegel also den Rücken zu und bemühte mich, das Kleid überzustreifen.

Rückblickend betrachtet hätte ich mir vielleicht etwas Zeit nehmen sollen, um zu überlegen, wie dieses Kleid anzuziehen war. Nach einigen Minuten sinnlosen Kampfes hielt ich eine Menge Träger und Stoffteile in den Händen, die sich einfach nicht an die richtigen Stellen schieben ließen.

Doch ich war hartnäckig. Ich schob Kopf und Arme in das verdammte Kleid und versuchte, es über meinen Brustkorb zu ziehen. Kurze Zeit später steckten meine Arme fest, meine Schulter war von den Trägern gefesselt, und das, wodurch ich meinen Kopf gezwängt hatte, war vermutlich nicht der Halsausschnitt, sondern ein Ärmel.

Man sollte meinen, dass mich so etwas mit einem Bachelor in Mode nicht hätte irritieren sollen, doch das tat es. Denn nun steckte ich wirklich fest. Und je mehr ich mich zu befreien versuchte, desto mehr verhedderte ich mich in die Träger. Das verdammte Teil schnürte mir Schultern und Hals zusammen und zwang mich, die Arme nach vorn zu strecken, bis ich aussah wie ein Zombie auf der Suche nach Menschenfleisch.

Vom Hals abwärts war ich lediglich mit meiner Unterwäsche bekleidet. Ich konnte mich überhaupt nicht mehr rühren. Und das wollte ich auch nicht, als ich die Tür zur Nachbarkabine und die Stimme der Verkäuferin hörte: »Oh *oui*, *oui*. Sehr schön. Sie sehen aus wie Filmschauspielerin. Ich 'ole Ihnen Schuhe, die passen. In Rot vielleischt?«

Rot, dachte ich höhnisch. *Du Miststück*.

Ein paar Sekunden herrschte Stille, dann wäre ich vor Schreck beinahe umgefallen, als es laut an meiner Kabinentür klopfte.

»Mademoiselle. Sie sind fertisch?«

»Äh. Moment noch.« Wieder versuchte ich, mich energisch zu befreien, oder zumindest den linken Arm aus dem Geschlinge zu entwirren, damit ich das Kleid ein Stück herunterziehen konnte, sodass zumindest mein BH bedeckt war. Aber es war, als steckte ich in einer Zwangsjacke: Je fester ich zog, desto enger wurde sie.

»Also, genau genommen …« Ich schaffte es, mich in einem Winkel von fünfundvierzig Grad vorzubeugen, um an den Türriegel zu gelangen und ihn zurückzuschieben. »Könnten Sie mir bitte helfen?«, fragte ich, während ich aus der Kabine trat.

Doch statt der Verkäuferin sah ich mich Tess gegenüber. Sie wirbelte herum und beäugte mich erschrocken und verwirrt.

»Annie, bist du das?«

Ich hätte am liebsten eine bissige, clevere Replik von mir gegeben, wie sie Chris allzeit zu Gebot stand. Aber der Träger, der um meinen Hals lag, schnitt meinem Hirn die Blutzufuhr ab, und mir wollte nichts Rechtes einfallen. Stattdessen brachte ich nur ein ersticktes »Hilf mir!« heraus.

Binnen Sekunden war die Verkäuferin wieder da und schnalzte missbilligend mit der Zunge. Als ob ich mich mit Absicht in dem Ding verheddert hätte.

»Oh nein, nein. Vielleischt is Kleid doch nischt das Rischtige für Sie, nein.« Ihr französischer Akzent war nun mit einem Hauch Herablassung versetzt.

Sie zog und zerrte an meinen Körperteilen herum und zupfte an dem Kleid, das sich stur weigerte, auch nur einen Millimeter nachzugeben.

»Isch brauche 'ilfe«, hörte ich sie sagen, und plötzlich machte sich Tess ebenfalls an mir zu schaffen. *Oh Gott!* Wie viel peinlicher konnte es denn noch werden? Vier Hände zupften und zogen an dem störrischen Kleid, und ich kam mir vor wie eine Marionette, die hierhin und dorthin gezerrt wird, bis plötzlich …

Ratschhhhhh.

Ich glaubte, noch nie etwas so Lautes wie den reißenden Stoff gehört zu haben. Obwohl es eigentlich unmöglich war, hallte das Echo davon im Laden wider, in dem es jetzt absolut still geworden war. Alle Kundinnen drehten sich zu uns um und glotzten, während das Kleid sozusagen in Zeitlupe zu Boden sank. Und erst jetzt merkte ich, dass ich vor Tess in Unterwäsche dastand. Mein ganzer Körper tat weh, und an Hals und Rücken waren rote Striemen von den Trägern, die mich eingeschnürt hatten.

»Sie müssen das Kleid bezahlen«, sagte die französische Zicke, während sie es so achtlos aufhob, als wäre es eine schmutzige Windel.

Tess warf sich mit geheucheltem Mitleid, das fast – aber nur *fast* – glaubhaft klang, in die Bresche. »Annie, ach, du meine Güte, alles in Ordnung mit dir?«

So etwas muss man sich mal auf der Zunge zergehen lassen. Alles in Ordnung mit *mir*? Wo ich gerade in meiner (nicht zusammenpassenden) Unterwäsche der Frau gegenüberstand, die mit meinem Freund in unserem Bett abartigen Sexpraktiken frönte. Die meine Beziehung und meine Selbstachtung zerstört hatte und überdies jedes Vertrauen, das ich einst in meine »Boudoir«-Fähigkeiten gehegt hatte. Die total scharf und heiß war und mich dagegen klein und dick und hässlich aussehen ließ.

»Mir geht's gut, Tess, danke der Nachfrage!«, stieß ich hervor, bevor ich mich wieder in die Kabine zurückzog. Ich schaffte es eben noch, die Tür zu verriegeln, bevor ich zusammenbrach.

»Das war wirklich ein schönes Kleid«, sagte Tess durch die Tür. »Wenn ich du wäre, würde ich so eins kaufen. Bestimmt kann dir Boyson dabei helfen, es anzuziehen.«

»Boyden.«

»Was?«

»Sein Name ist Boyden.«

»Oh, stimmt. Klar. Hatte ich das nicht gesagt? Upsi.«

Wie konnte diese Frau überhaupt Anwältin sein? Wenn sie über den Intelligenzquotienten eines Seeigels verfügte? Ich zog meine alten Klamotten an, nahm meine Handtasche und versuchte, beim Verlassen der Kabine wenigstens noch einen Rest von Würde zu bewahren. Tess stand immer noch da und bewunderte sich in dem mannshohen Spiegel.

»Boyd scheint ein netter Mann zu sein.« Fröhlich lächelte sie mich an.

Wie kam es, dass ihr meine Gegenwart nicht peinlich war? Wenn ich das getan hätte, was sie getan hatte, hätte ich ein dermaßen schlechtes Gewissen, dass ich ihr nicht mal in die Augen schauen könnte. Aber Tess war anscheinend eine andere Art Mensch. Womöglich gar eine andere Spezies?

»Also, jetzt erzähl doch mal, wie habt ihr beiden euch eigentlich kennengelernt? Ich muss das hören. Ich liebe romantische Geschichten!«

Oh Mist! Chris und ich hatten noch gar nicht über die Logistik unserer »Beziehung« gesprochen. Was sollte ich denn jetzt sagen? Ich zerbrach mir den Kopf auf der Suche nach einer Antwort, als die Verkäuferin erneut auftauchte. Sie brachte mir ein hellblaues – vollkommen trägerloses – Schlauchkleid.

»Versuchen Sie dies. Besser für Sie, glaube isch.« Sie klang so verächtlich, dass ich ihr am liebsten ein Baguette über den Schädel gezogen hätte.

Ich schnappte mir das Kleid und verschwand wieder in der Kabine. Und tatsächlich ließ es sich so gut anziehen, dass ich bald schon die Tür öffnen konnte.

»Mhm-mhm.« Die Verkäuferin begutachtete mich, wobei sie den Kopf mal zur einen, mal zur anderen Seite neigte. »Das ist besser, ja. Aber vielleischt ein bisschen …« Fragend schaute sie Tess an, die ebenfalls mit dem Kopf wackelte und mich beäugte wie ein seltenes Tier im Zoo.

»Vielleicht ein *winziges* bisschen zu eng.« Tess betonte das Wort »winzig« – vermutlich, um den Schlag abzumildern, dass ich vor allem dick war.

Oh Gott! Wie viel schlimmer konnte es noch werden? Tess musterte kurz meinen Bauch, und ich zog ihn ein, so gut es ging.

»*Oui*, eine Nummer größer vielleischt.« Die Verkäuferin wühlte bereits an der Kleiderstange. Da verlor ich die Geduld.

»NEIN!« Ein winziges bisschen zu laut, und die Frau zuckte vor Schreck zusammen. »Es passt. Ich will kein anderes. Ich möchte nur noch für das andere Kleid bezahlen und dann gehen. Danke.«

Ich wollte nur noch aus dem Laden raus, fort von den forschenden Blicken von Tess und ihrer Helfershelferin, der Verkäuferin. Ich stürzte in die Kabine und war nur zu froh, wieder in mein beschissenes Rock-T-Shirt-Ensemble schlüpfen zu können. Meine Güte, was für eine Demütigung! Vermutlich würde ich daran zugrundegehen.

Okay, mir war durchaus bewusst, dass ich im letzten Jahr zehn Pfund zugelegt hatte. Und jedes einzelne hatte sich genau in meiner Leibesmitte angesiedelt. Aber von einer zickigen Verkäuferin und der Geliebten meines Ex darauf hingewiesen zu werden, das, nun *das* war schlicht unverschämt. Plötzlich war ich in Rage.

Ich schoss aus der Kabine und funkelte Tess zornig an. »Eigentlich bin ich gar nicht okay, Tesssss«, zischte ich wie eine Schlange. »Okay?«

Sie sah mich an, als spräche ich Griechisch.

»Ich finde es nicht okay, dass du mit Trevv hier bist, in diesem Hotel, auf dieser Insel. Ich finde nicht okay, was ihr getan habt.« Die Verkäuferin drehte sich um und starrte uns an. »Und ich finde es nicht in Ordnung, dass du zehn Kleidergrößen schlanker bist als ich und dass dein verdammtes Haar dermaßen glänzt. Okay?«

Zum ersten Mal überhaupt nahm ich etwas Sanftes in Tess' Augen wahr: Reue möglicherweise? War diese Frau zu solch einer Regung überhaupt fähig, oder beruhte es nur auf meiner Einbildung? War dies lediglich eine Projektion meiner Gefühle, weil ich mir so verzweifelt wünschte, sie möge Mitgefühl zeigen?

Schuld und Scham empfinden für das, was sie mir angetan hatte. Weil sie mein Leben zerstört, mir die Annie genommen hatte, die ich gewesen war. Sie hatte mehr getan, als mit meinem Freund zu schlafen, sie hatte mir alles genommen: mein Selbstvertrauen, meine Arbeit und sämtliche Träume und Ambitionen, die ich einst gehegt hatte. All das war mir unter den Füßen weggerissen worden, und ich kämpfte noch immer darum, es zurückzubekommen, obgleich es fast unmöglich schien. Die alte Annie schien so weit weg, und die neue, die ihre Stelle eingenommen hatte, konnte ich nicht leiden.

Tess öffnete den Mund – und stutzte. Mein Blick blieb an ihren Lippen hängen: Ich wollte, dass sie sich endlich entschuldigte!

»Es tat uns sehr leid, dass du es auf diese Weise rausfinden musstest. So hättest du es nicht erfahren sollen.«

Ich wartete auf mehr. Ich schaute auf ihren Mund, aber der stand still.

»Und?«, drängte ich.

»Und was?« Sie wirkte ehrlich verwirrt.

»Echt jetzt? Mehr hast du dazu nicht zu sagen? Das war's?« Immer noch hielt ich an der Vorstellung einer großartigen, zerknirschten Entschuldigung fest.

Doch Tess schien, wie Trevv, die Gefühle anderer nicht einmal wahrzunehmen. Es war, als redete man mit einer Wand.

»Was auch immer«, sagte ich und ging auf den Ausgang zu.

»Annie!«, rief Tess mir nach.

Ich drehte mich um.

»Ich benutze einen Conditioner mit Macadamia-Öl.«

»Wozu?«

»Für meine Haare.« Demonstrativ zwirbelte sie eine glänzende Strähne zwischen den Fingern.

Ich musste ein paar Mal blinzeln, so verwirrt war ich. Was zum Teufel sollte ich mit diesem Brocken Information anfangen, den sie mir hingeworfen hatte? Sollte ich etwa dankbar sein und mich freuen, weil sie mich in ein Beauty-Geheimnis eingeweiht hatte, wie Freundinnen es tun, wenn sie den perfekten Lippenstift entdeckt haben? Vielleicht sollte ich ihr ja von meiner tollen Sonnenmilch berichten, und dann könnten wir eine Pyjamaparty starten und uns gegenseitig die Zöpfe flechten und die Jungs durchhecheln, ob sie gut küssen konnten oder nicht?

Und dann machte mir Tess das merkwürdigste Friedensangebot aller Zeiten: »Ich kann ihn dir leihen, wenn du möchtest. Hilft ganz bestimmt gegen die Stumpfheit.«

Jetzt hatte ich zu allem Überfluss auch noch glanzloses Haar! Ich machte auf dem Absatz kehrt und verließ das Geschäft so fix und fertig wie schon lange nicht mehr. Im Grunde so fertig wie an dem Tag, als mein Leben in die Brüche gegangen war. Wieder einmal fühlte ich mich vollkommen leer und besiegt. Der kleine Funken Zuversicht, den ich am Morgen empfunden hatte, war wie fortgeblasen. Wieder einmal hatte sie ihn mir geraubt. *Warum zum Teufel lasse ich zu, dass sie so viel Macht über mich hat?*

Als Chris, der an der Theke saß, mich kommen sah, stieß er einen Pfiff aus und wackelte mit den Augenbrauen. Doch das reichte jetzt nicht mehr, um mich aufzumuntern. Ich glitt auf den Hocker neben ihn und ließ die Schultern hängen.

»Darf ich dich zu etwas einladen?«, fragte er mit unnachahmlich aalglatter Casanovastimme. Normalerweise hätte er mich damit zum Lachen gebracht.

»Chris. Findest du mich zu dick?«

Da brach *er* in Lachen aus. Ich wusste allerdings nicht genau, wie ich es interpretieren sollte.

»Wow. Sieh uns nur an! Schon ganz das alte Ehepaar.«

»Das sollte kein Scherz sein. Und glänzt mein Haar nicht genug?«

Er wieherte beinahe vor Lachen, doch dann verstummte er jäh – hatte wohl gemerkt, dass ich das gar nicht komisch fand.

»Und da du sie ja gesehen und so gut wie begrapscht hast – sind meine Brüste nicht fest genug?«

»Annie-Anne, du hast tolle Brüste.«

Ich sackte völlig in mich zusammen, legte die Stirn auf die Theke und seufzte vernehmlich.

»Annie«, eine Hand auf meinem Rücken, »du siehst toll aus. Ehrlich!«

Ich sah zu ihm auf, das Gesicht immer noch an der Thekenkante.

»Wirklich und wahrhaftig?«

Chris nickte. Dann strich er mir die Haare aus der Stirn. »Haben Rotschöpfe nicht sowieso mehr Spaß?«

»Nein, das sind die Blondinen.« Ich richtete mich wieder auf. »Oder, wie in meinem Fall, die Frauen mit glänzendem rabenschwarzen Haar. Willst du mich übrigens immer noch einladen?«

»Zu was immer du willst, Liebes«, sagte er grinsend.

»Diesmal darf ruhig etwas mehr Rum drin sein.«

***

Zwei exotische Cocktails später hatten ein leichter Schwips und Chris' Gesellschaft den Vorfall in der Boutique schon wieder in Vergessenheit geraten lassen. Ich hatte wirklich Spaß mit ihm. Allerdings würde es keinen Spaß machen, in meinem derzeitigen Zustand zu versuchen, die Brücke über den Pool zu überqueren.

»Ich bin nich schicher, ob der Rum so eine gute Idee war«, sagte ich zu Chris, wobei mir der kleine Lapsus in meiner Aussprache sehr wohl bewusst war. Ich hoffte, Chris hätte ihn überhört. Hatte er aber natürlich nicht.

»Wenn ich nich *scho* ein netter Kerl wäre, könnte ich deine Lage ganz schön ausnutzen, Annie-Anne.«

»Hör auf mit deinen schmutzigen Gedanken und hilf mir, über die Brücke zu kommen.« Ich streckte ihm die Hände entgegen, weil ich hoffte, er werde mich stützen. Stattdessen nahm er mich auf die Arme und trug mich über den Abgrund. Erschrocken und überrascht begann ich zu kreischen. »Das ist würdelos!« Ich schlang die Hände um seinen Hals, damit ich nicht den Halt verlor, und ertappte mich dabei, dass es mir gefiel, ihm so nahe zu sein. Mir gefiel, dass er so stark war und mich trug, als wäre ich leicht wie eine Feder (trotz der vorherigen Anspielungen auf mein Gewicht). Ich hielt mich an ihm fest und mir wurde klar, dass ich seit einer Ewigkeit keinem Mann mehr so nah gekommen war.

Chris trug mich bis zu unserer Suite, was total überflüssig war und die Aufmerksamkeit so manches Gastes erregte. Aber ich beschwerte mich nicht. Nachdem er rasch noch einen Witz hatte ablassen müssen, dass er mich nun sogar über die Schwelle getragen hätte, ließ er mich sanft auf die Couch gleiten.

»Danke dir«, sagte ich.

»Hey, wofür sind falsche Liebhaber denn da?«

»Ich werde jetzt ein Nachmittagsnickerchen halten«, verkündete ich und zeigte nach oben.

»Schaffst du die Treppe allein, oder soll ich dich zu deinem Bett tragen?« In seinen Augen blitzte eine schelmische Verruchtheit auf, und ich hob abwehrend die Hand.

»Platz, Junge!« Ich lächelte ihm noch ein letztes Mal zu, bevor ich mich auf den Weg nach oben machte.

»Ruf einfach, wenn jemand dir Gesellschaft leisten soll!«, rief er zu mir herauf, als ich mich auf das weiche Bett sinken ließ.

Ich lag da und starrte an die Decke, während mir ein Gedanke ständig durch den Kopf ging. Er war so hartnäckig, dass ich ihn schließlich nicht mehr ignorieren konnte. *Will ich, dass er mir Gesellschaft leistet?* Ich setzte mich auf und schaute zur Tür. Sie schien mir zuzurufen: »*Mach mich auf, lass Chris herein!*«

Ich war ein bisschen beschwipst, und ich fühlte mich ein bisschen – *nein, sehr* – von ihm angezogen, und ich stand kurz davor, diese Treppe hinunterzugehen und ihm zu sagen, dass er mehr tun sollte, als mir lediglich Gesellschaft zu leisten.

Scheiß drauf.

Ich stürzte aus dem Zimmer und rannte die Treppe hinunter, bevor ich mich anders besinnen konnte.

»Chris!«, rief ich laut, als mein Fuß auf der untersten Stufe war.

Er schaute von seinem Computer auf. »Ja?«

»Es gibt etwas, das ich dir sagen muss.«

12

Wem wollte ich hier etwas vormachen?

Als ich den Mund aufmachte, war ich sofort von Unsicherheit und Selbstzweifeln erfüllt.

»Ich werde jetzt ein Nickerchen machen.«

»Okay«, sagte Chris und sah total verwirrt aus. Er wandte sich wieder seinem Rechner zu, und ich durfte seinen Rücken bewundern.

Ich eilte die Treppe wieder hoch, wobei ich mich im Stillen verfluchte. Ich kroch ins Bett und machte die Augen zu.

***

Als ich erwachte, war es bereits dämmerig. Es war kühler geworden, und der Himmel hatte einen Stich ins Malvenfarbige bekommen, das sich in blasses Gold aufzulösen schien. Ich hatte anscheinend den ganzen Nachmittag verschlafen.

Von unten drang hektisches Tastaturgeklapper herauf, und ich ging nachsehen, wie die Dinge standen.

Chris saß am Tisch, vor sich drei leere Kaffeebecher. Er hatte eine große Lesebrille aufgesetzt. Sein Laptop war aufgeklappt, sein iPad leuchtete wie ein Weihnachtsbaum, und er tippte schneller, als ich je einen Menschen hatte schreiben sehen.

Schweigend sah ich ihm zu. Er kicherte in sich hinein, und ab und zu hielt er einen Moment inne und flüsterte ein paar Worte vor sich hin. Er war so in seiner eigenen Welt gefangen, dass es mir wie ein Verbrechen vorkam, ihn zu stören.

Doch als mein Fuß die unterste Stufe berührte, knarrte diese. Chris fuhr augenblicklich herum und schaute mich geradezu manisch an – dann klappte er lautstark den Laptop zu.

»Wie ich sehe, bist du wieder von Ideen beflügelt«, sagte ich und zeigte auf seinen Rechner.

Sein Gesicht zog sich zu einem Ausdruck zusammen, der nur als einfältig bezeichnet werden konnte. Eine Sekunde lang wirkte er befangen – schüchtern geradezu. Wahrscheinlich war er einer von diesen Kreativen, die sich ihrer Arbeit schämen.

»Ja, ich hab wieder ein paar Ideen.«

»Lies mir doch mal was vor.« Noch nie hatte ich ein Drehbuch zu Gesicht bekommen. Es klang aufregend.

»Nein, ich lese nie aus meinen Büchern vor, während ich schreibe«, sagte er mit Nachdruck.

»Kannst du für deine wunderbare Freundin nicht mal eine Ausnahme machen?«

Mit eherner Entschlossenheit schüttelte er den Kopf. »Nicht einmal für dich.«

Ich stieß einen Seufzer aus. »Na schön ... Also, was möchtest du denn jetzt unternehmen, *Freund*?«, fragte ich in scherzhaftem Ton, während ich mich auf die bequemste Couch sinken ließ, mit der mein Hinterteil jemals Bekanntschaft geschlossen hatte.

Chris setzte sich neben mich. »Was mich angeht«, sagte er, »so wäre ich ganz zufrieden damit, mir beim Zimmerservice etwas zu bestellen und die ganze Nacht Filme zu gucken.«

Zimmerservice und Filme? Das klang so ... *prosaisch*. Wie trockener Toast und schwacher Tee mit Milch. So etwas konnte ich alle Tage tun, warum dann ausgerechnet in meinem Urlaub im tropischen Inselparadies? Doch je mehr ich mich dazu anstacheln wollte, etwas Aufregenderes zu unternehmen, desto stärker spürte ich den unbestreitbaren Sog der komfortablen

Couch und ihrer unglaublich weichen Polsterung. Also erlag ich der Bequemlichkeit und bemühte mich um einen Kompromiss.

»Wie wär's, wenn wir Dinner auf dem Dach haben würden, mit Blick aufs Meer?«

»Das könnten wir wohl machen«, meinte Chris und griff nach der Karte des Zimmerservice.

Die Aussicht von der Dachterrasse war spektakulär. Als wir oben bei Tisch saßen, ging bereits die Sonne unter. Dunkelgoldene Strahlen schossen durch den Himmel, sie erinnerten an die Laserstrahlen, die von Clubs in Richtung Firmament geschickt werden. Das Meer hatte einen blassvioletten Farbton angenommen; es war, als hätten die beiden Farben – Bernstein und Blau – sich miteinander vermischt, um diesen schimmernden Ton hervorzubringen, der auf den sanften Wellen tanzte. Palmen und andere Bäume waren mit einem orangenen Hauch überzogen, und schon strahlte ein einzelner Stern am Himmel. Schweigend genossen wir den schönen Anblick.

»Ein ganz schön beschissener Anblick.« Witzbold Chris ließ natürlich keine Gelegenheit aus, seine sarkastischen und rasiermesserscharfen Bemerkungen vom Stapel zu lassen. »Eigentlich sogar ekelhaft«, fügte er mit gespieltem Schaudern hinzu.

Und wieder brachte er mich zum Lachen. Wie er allem und jedem das Komische abgewinnen konnte, war wirklich erfrischend. Chris war interessant und unterhaltsam und einzigartig und einfach so, *so* …

Schlagartig hörte ich auf zu lachen. Mir wurde bewusst, wie ich ihn anstarrte, während ich darüber nachdachte, wie Chris denn eigentlich war. Auch er lachte nicht mehr und sah mich an. Sogleich entstand ein Wirbel in meinem Bauch. Wie wir einander in diesem Moment anschauten, war … anders. Das war kein freundschaftlicher, beiläufiger oder alltäglicher Blickkontakt. Nichts in der Art von *He, Kumpel, was geht?* Nein. Dieser Blick war definitiv *anders*.

Ich besaß genug Erfahrung, um beurteilen zu können, dass ich ihn attraktiv fand, aber ich fand viele Männer attraktiv, und trotzdem verschaffte mir keiner dieses Stiletto-im-Bauch-Gefühl, wenn er mich bloß anschaute.

Ich räusperte mich.

Chris schien auch ein wenig unbehaglich zumute zu sein, denn er fuhr sich unnötigerweise mit den Händen durchs Haar und ließ es wieder ins Gesicht fallen. Damit lenkte er meinen Blick nur umso mehr auf sich.

»Vielleicht sollten wir uns ein bisschen besser kennenlernen, wo wir doch jetzt eine Beziehung haben und so«, sagte er und legte die Füße auf den dritten Stuhl.

Ich verstand, dass er sich betont cool und relaxt geben wollte. Es klappte jedoch nicht so ganz.

»Okay, das finde ich auch. Spielen wir doch das Zwanzig-Fragen-Spiel. Ich fange an.«

»Oh Gott, *nein*.« Chris schlug mit der Hand auf den Tisch. »Also bitte, das ist doch dermaßen *Cosmopolitan*. *Wie du deinen Freund besser kennenlernst*. Oder: *Ist dein Freund ein Trottel oder einer, den du heiraten solltest?* Oder: *Lässt er dich seine Klamotten auswählen?* Und zu guter Letzt: *Liebt er seine Mutter mehr als dich?*«

»Das klingt ja, als würdest du *Cosmopolitan* tatsächlich lesen!«

Verlegen wand er sich auf dem Stuhl.

»Oh mein Gott, du liest *Cosmo*!«

»Für meine Arbeit, okay? Ich muss doch die unendlich verträckten Kompliziertheiten der weiblichen Psyche verstehen!«

Ich brach in Lachen aus. »Du liest *Cosmo*!«

»Nur in Teilen.« Chris grinste so schüchtern, dass ich mich beinahe gezwungen fühlte, aufzuspringen und ihn zu umarmen.

»Okay, na gut, dann eben zwanzig Fragen.« In gespielter Entrüstung verschränkte er die Arme vor der Brust.

Ich ließ mich an die Rückenlehne sinken und überlegte, welche Fragen ich stellen sollte. Es gab eine Million Dinge, die ich über ihn wissen wollte. Ich beschloss, mit dem Wesentlichen zu beginnen. »Wo wohnst du?«

»In L. A.«

»Wo bist du aufgewachsen?«

»In L. A. Meine Großeltern sind von Deutschland dorthin eingewandert.«

»Geschwister?«

»Ein Bruder, eine Schwester.«

»Lieblingsfarbe?«

»Mhm … Blau.«

»Lieblingsessen?«

»Chinesisch. Definitiv chinesisch.«

»Lieblingsauto?«

»Porsche.«

»Hast du einen?«

»Ja.«

»Bist du reich?«

»Ich komme zurecht.«

Ich warf ihm einen raschen Seitenblick zu. Für einen Mann, der einen Porsche fuhr, wirkte er recht bescheiden. Ganz anders als Trevv jedenfalls. »Hobbys?«

»Filme gucken.«

»Lieblingsfilm aller Zeiten?«

»Gibt zu viele, als dass ich auswählen könnte.«

»Lieblingsautor?« Allmählich gingen mir die Fragen aus.

»Dr. Seuss.«

»Der Kinderbuchautor?« Die Antwort fand ich nun doch überraschend.

»Du hast offenbar nicht *Wie schön! So viel wirst du sehn!* gelesen.«

Ich schüttelte den Kopf.

»Es würde dir gefallen, glaube ich.«

»Lieblingsurlaubsort?«

»Im Moment definitiv Mauritius.« Er warf mir einen sprechenden Blick zu und grinste. »Auch wenn ich das Meer hasse.« Sein Grinsen wurde breiter, und als ob uns unsichtbare Fäden verbinden würden, spürte ich auch auf meinem Gesicht den Anflug eines Lächelns. Mit einem Mal kam ich mir ein wenig albern vor, oder auch leichtfertig, wie eine vorpubertäre Fassung meiner selbst.

Ich hatte ganz vergessen, womit wir gerade beschäftigt waren … Ach ja, Fragen. Um ihn besser kennenzulernen. Um Chris, meinen angeblichen Freund, kennenzulernen.

»Facebook oder Twitter?«, fragte ich, sobald mein Mund wieder in der Lage war, Worte zu bilden.

»Keins von beiden. Ich kann Social Media nicht ausstehen.«

»Ähm …« Jetzt wurde es echt schwierig. »Okay, beschreib dich selbst in fünf Worten.«

Wieder warf er mir sein spitzbübisches Grinsen zu. »Witzig. Teuflisch gut aussehend. Total sexy und …«

»Stopp! Das sind schon fünf!«

Wir schauten uns einige Sekunden belustigt an, dann lachten wir wieder.

»Okay. Ich habe noch eine, vielmehr zwei Fragen«, sagte ich. »Wodurch bist du zu so einem Komiker geworden? Und warum hast du solche Angst vor Wasser?« Sobald ich diese Fragen gestellt hatte, änderte sich Chris' Stimmung. Sein Lächeln war wie fortgewischt, er schaute ernst drein. Mit einer solchen Reaktion hatte ich nicht gerechnet.

»Ganz ehrlich?«, fragte er, beugte sich vor und sah mir direkt in die Augen.

»Na ja, ist Ehrlichkeit nicht eine der Säulen einer erfolgreichen Beziehung?«

»Okay, ehrlich also. In der Schule war ich der dicke, kleine Nerd.«

»Nein!«, keuchte ich erstaunt und musterte ihn von Kopf bis Fuß.

»Es stimmt. Ich war der dicke, kleine Nerd mit Brille und Zahnspange. Die anderen Kinder haben mich gehänselt und drangsaliert. Sie haben mich …« Er schwieg eine ganze Weile, vermutlich von der Erinnerung übermannt. »Sie haben mich Svetty genannt, und das war ein weiterer Grund, warum ich Sven fallen gelassen habe.«

»Nein! Ist ja furchtbar.«

»Und ich konnte nur damit klarkommen oder andere dazu kriegen, mich zu mögen, indem ich den Clown spielte. Also wurde ich das witzige Dickerchen.«

»Wow!« Nichts anderes fiel mir ein. Die Vorstellung des kleinen Jungen, der auf dem Schulhof gehänselt wurde, war sehr schmerzlich. Jane war in der Schule auch oft gehänselt worden. Sie ist adoptiert und sieht keinem in ihrer Familie ähnlich. Sie ist ungewöhnlich groß, hat ein sehr ungewöhnliches Aussehen und obendrein verschiedenfarbige Augen. Das perfekte Opfer also. Ich wusste daher aus eigener Anschauung, wie verheerend Hänseleien sein können und wie sie dein späteres Leben bestimmen. Jane, das weiß ich genau, leidet immer noch unter den Folgen, und bei Chris glaubte ich, Ähnliches zu erkennen.

»Aber jetzt siehst du gut aus, bist reich und hast Erfolg!«, raffte ich mich zu Begeisterung auf.

»Ja, ist schon komisch, dass die Mädels mich nur *so* mögen.«

Eine leise Ahnung drängte sich mir auf. Natürlich konnte er nicht an die *wahre* Liebe glauben, wenn er sie nur an Bedingungen geknüpft erlebt hatte – genauer gesagt, daran geknüpft, wie er aussah oder wie gut er etwas konnte.

»Und das Wasser?«, fragte ich. Die Stimmung war definitiv eine andere geworden. Wir waren nun sehr viel ernster, und ich fragte mich bereits, wann Chris eine witzige Bemerkung fallen lassen würde, um mich von meinen Fragen abzubringen. Darauf, so schien es, konnte ich jedoch lange warten.

»Ich will's mal so sagen: Die Rüpel in meiner Schule fanden es saukomisch, mich ins Becken zu schubsen, und sie haben mich immer wieder reingeschubst und untergetaucht, bis ich geglaubt habe, ich müsste sterben.«

»Das ist ja furchtbar«, sagte ich und legte eine Hand auf seinen Arm.

Er zuckte mit den Schultern. Und da kam sie zu guter Letzt doch, die lässig-verharmlosende Bemerkung: »Was kann man schon dagegen tun? Kinder können eben grausam sein.«

»Aber es war unrecht. Es tut mir schrecklich leid, dass dir das widerfahren ist.«

Wieder zuckte er mit den Schultern, und ich spürte, dass er nach einem witzigen Konter suchte, nach einem Scherz, einer humorvollen Ausrede. Nur würde ich ihm das diesmal nicht durchgehen lassen.

»Und es tut mir leid, dass deine Eltern sich haben scheiden lassen. Meine nämlich auch, weißt du, und das tut verdammt weh.«

Chris fing an, mit einem Palmwedel herumzuspielen, der auf den Tisch gefallen war. Allmählich begriff ich, dass er stets seine Hände beschäftigen musste, wenn er sich unbehaglich fühlte. »Sie war die Mutter meines besten Freundes, weißt du?« Seine Stimme war sehr leise, und er sah total verletzlich aus. »Er war mein einziger richtiger Freund, und danach haben wir nicht mehr viel miteinander zu tun gehabt.«

Meine Hand lag immer noch auf seinem Arm. Ich drückte ihn.

»Im Grunde war ich es, der sie einander vorgestellt hat. Ich habe dieser Frau meinen Dad vorgestellt.«

»Du gibst dir doch nicht etwa die Schuld dafür?«

»Also, wenn ich nicht mit ihrem Sohn befreundet gewesen wäre …«

»Nein«, fiel ich ihm ins Wort. »Mit dir hatte das gar nichts zu tun. Das weißt du doch, oder?«

»Wenn du sechs Jahre alt bist, ist das alles ein bisschen verwirrend. Besonders, wenn sich deine Mutter eines Tages ins Bett legt und geraume Zeit nicht mehr daraus aufsteht.«

»Das glaube ich gern.« Gott, wie gern wollte ich ihn umarmen! Ich wollte ihn in die Arme nehmen und ihm sagen, dass alles in Ordnung war. Er verdiente es nicht, derart zu leiden, und wenn ich schon vorher geglaubt hatte, etwas für ihn zu empfinden, so war dies jetzt umso mehr der Fall. Der witzige Chris war schon toll, aber dieser Chris war einfach … perfekt.

»Tja, so bin ich, Annie-Anne. Das ist meine irrsinnig traumatische Geschichte. Jetzt erzähl mal von dir. Und gib dir bitte mit deinem Kindheitstrauma ein bisschen Mühe, dann geht's mir besser.« Wieder ganz der alte Witzbold.

»Okay. Meine Eltern haben sich auch scheiden lassen, da war ich sechzehn. So dramatisch wie bei dir war es aber nicht, sie hatten sich einfach auseinandergelebt.«

»Was noch?«

»Ich hasse den Mittwoch.« Keine Ahnung, warum ich das sagte, es kam einfach so raus.

»Warum denn das?«

»Mitte der Arbeitswoche. Du weißt schon.«

Chris lachte. »Und was noch?«

»Ich habe eine Schwester und einen Schwager, die wirklich toll sind. Und dann meine süße kleine Nichte. Sie hat diese runden Babybäckchen, in die man einfach nur reinbeißen möchte.«

»Ja. Ich liebe Kinder«, sagte Chris versonnen.

»Echt?« Das brachte mich jetzt ein wenig aus dem Konzept. Er war mir nicht wie ein Mann vorgekommen, der Kinder liebte. Allerdings hatte ich mit dieser Art Männer überhaupt keine Erfahrung.

»Meine Ex hat einen Sohn, als wir zusammenzogen, war er drei. Er war ein toller Junge und nach ein paar Jahren, ehrlich gesagt, der einzige Grund, warum ich mit ihr zusammenblieb. Das war übrigens die Geschichte mit dem Nudelsieb.« Seine Stimme war leiser geworden, die spaßige Pose hatte er aufgegeben.

»Du musst ihn sehr vermissen«, sagte ich.

»Ich sehe ihn ab und zu, aber das ist nicht dasselbe.«

»Willst du eines Tages Vater werden?«, fragte ich.

»Na klar. Das wäre cool.«

»Aber an Liebe und Ehe glaubst du nicht?«, schob ich nach.

»Vielleicht angele ich mir ja eine Angelina oder Madonna und adoptiere ein Waisenkind. Die sind heutzutage in Hollywood total angesagt.« Jetzt grinste er wieder bis zu beiden Ohren. Es war, als könnte er dieses Grinsen mit einem Fingerschnippen an- oder abstellen. »Aber genug von mir. Deinen wahren Horror hast du mir doch noch gar nicht gebeichtet, Annie.«

»Horror? Ach, du meinst, abgesehen von jenem banalen Vorfall, als ich meinen zukünftigen Ehemann beim Seitensprung erwischte, und mein ganzes verdammtes Leben in die Brüche ging?«

»Nicht dein *ganzes* Leben ist in die Brüche gegangen.«

»Oh doch, das ist es, das kannst du mir ruhig glauben. Ich bin nicht mehr der Mensch, der ich vorher war. Ich habe keine Ahnung, wohin zum Teufel die Annie von einst verschwunden ist.«

»Vielleicht ist die Neufassung von Annie die bessere Annie?«

»Nein, die Neue ist furchtbar. Sie ist eine lahme Ente, sie macht sich überall zum Narren, sie ist unsicher und …«

»Ich finde sie supertoll!«, fiel er mir ins Wort. »Ich finde sie vollkommen, so wie sie ist.«

Mir blieb vor Erstaunen fast das Herz stehen. »Warum bist du so lieb zu mir und sagst mir so viele nette Sachen?«

»Hey, wofür sind Fake-Freunde denn da?«

Vor Enttäuschung plumpste mir das Herz in die Hose. Natürlich. Ich hatte es fast vergessen: Nichts hiervon war echt. Es gehörte alles zu dem Drehbuch, nach dem wir agierten.

Ein lautes Geräusch ließ uns zusammenfahren, und wir drehten uns suchend um. Ich schaute auf eine grüne Wand aus Palmen, aus der das Geräusch eindeutig gekommen war. Plötzlich erschien eine Hand zwischen den Wedeln.

Ich sprang vor Schreck auf.

Was zum Teufel hatte eine Hand so hoch oben in einer Palme zu suchen?

Und dann tauchte eine zweite Hand auf. Die Hände bogen die Palmwedel beiseite und ein Gesicht erschien.

Es war Trevv.

Und er funkelte uns bedrohlich an.

»Erwischt!«, rief er und drohte mit dem Zeigefinger.

Oh Gott, das war's. Er hatte unser Gespräch belauscht, und jetzt war das Spiel mit Chris aus, bevor es überhaupt richtig begonnen hatte.

13

Chris und ich wechselten nervöse Blicke. Ich sah, dass er dasselbe dachte wie ich.

»Erwischt w-wobei?«, stieß ich schließlich stotternd hervor. Wenn dies das Ende war, dann sollte Trevv lieber gleich damit rausrücken, statt es hinzuziehen.

»Erwischt beim Spaßhaben.« Und dann brach er in Gelächter aus, in das Chris und ich einstimmten.

Es war nicht einmal ein gezwungenes Lachen. Es klang echt, war die Art Lachen, die aus der Erleichterung kommt.

»Aber jetzt mal ernsthaft: Howdy, Nachbarn!«, setzte er mit einem australischen Akzent hinzu, der fast ebenso schrecklich klang wie der von Chris.

Warum, das möchte ich nur mal wissen, machte er so was? Es schien keine Möglichkeit zu geben, die Doppel-T-Plage abzuschütteln. Sie waren wie ein nerviger Ausschlag, den man nicht bekämpfen konnte. Wie ein Jucken, das du nicht kratzen kannst. Wie ein großer, schmerzhafter Pickel an einer Stelle, an die du nicht herankommst. Ich wünschte mir sehnlichst, Trevv wie einen Pickel ausdrücken zu können. Offenkundig hatte er Wahnsinnsanstrengungen unternommen, um die andere Präsidentensuite zu ergattern und unser unmittelbarer Nachbar zu werden.

Aber warum nur?

Um uns wieder eins auszuwischen?

War Trevv wirklich so egokrank, dass er die Vorstellung nicht verkraften konnte, dass unser Zimmer größer oder besser war als seins? (Wieder einmal die alte Frage um den Größeren.)

»Hallo, Leute.« Nun tauchte Tess' Gesicht zwischen Trevvs und einem großen grünen Palmenast auf, der gefährlich nahe an ihrem Auge wedelte.

Die beiden sahen völlig bescheuert aus.

Zwei kleine Köpfe, inmitten von Palmengrün.

Starrten uns an.

Und zwinkerten und grinsten wie die Blöden.

Der Eindruck verfestigte sich, dass Tress völlig durchgeknallt waren und am Rande des Wahnsinns schwebten.

Und wie zur Bestätigung äußerte Trevv das Undenkbare: »Wollt ihr euch nicht zu uns gesellen und auf unserer Dachterrasse ein paar Drinks nehmen?« Wieder dieses gleißend weiße Zahnpastagrinsen.

Pause.

Es lohnt sich, kurz innezuhalten und einen Augenblick über seinen Vorschlag nachzudenken …

Sie – *mein Ex, der mich betrogen und mir das Herz gebrochen hatte, und seine umwerfend schöne Geliebte, diese Schlampe* – luden uns ein, mit ihnen einen Drink zu nehmen. Als ob alles in Ordnung wäre. Als ob zwischen uns nie etwas vorgefallen wäre. Wiedergefundene Freunde, Kumpel, gute Bekannte. Ich glaube, ich muss *am Rande des Wahnsinns schwebten* zurücknehmen; sie waren nachweislich unzurechnungsfähig. Und je schneller das amtlich bestätigt wurde, desto besser.

Trevv bat uns doch nur herüber, damit er uns weiterhin mit seinem *wunderbaren, fantastischen Leben* beeindrucken konnte. Ich wette, er wollte lediglich über seinen neuen Sportwagen, seine erfolgreiche neue Kanzlei, sein tolles Liebesleben und seine vielfältigen Freuden schwafeln.

»Ich glaube nicht …«, setzte ich an, kam aber nicht weit.

»Aber sicher!«, rief Chris.

»Was?« Ich erdolchte ihn mit meinen Blicken. »Auf keinen Fall. Das geht nicht. Wir wollten gerade … gerade …« Mir wollte kein stichhaltiger Grund einfallen, um eine Einladung zu einem Drink abzuschlagen, und ich suchte verzweifelt nach einer Ausrede. »Ich hab mit dem Trinken aufgehört«, verkündete ich schließlich selbstbewusst.

Trevvs Blick glitt zu unserem Tisch, auf dem zwei Gläser Wein standen. *Mist.*

»Ab jetzt! Ich hab gerade erst mit dem Trinken aufgehört.« Dümmlich grinste ich ihn an.

Trevv und Tess nickten. Endlich verschwanden ihre Köpfe aus den Palmen. Ich fuhr herum und funkelte Chris wütend an. »Warum zu Teufel hast du zugesagt?«

Er zuckte mit den Schultern. »Ich dachte, es würde Spaß machen. Und so richtig schön schräg sein. Wir hätten genug Futter bekommen, um uns ein volles Jahr über die beiden lustig zu machen!«

»Hey.« Zornig trat ich auf ihn zu. »Muss ich dich wieder daran erinnern, dass du hier keine Rollenstudien für einen Film betreibst? Oder eine komische, unterhaltsame Handlung zu deiner eigenen Erbauung entwirfst? Das ist mein Leben!«

»Du hast ja recht. Es tut mir leid. Es wäre grausam gewesen, dich einer so peinlichen …«

»*HAHAHAHAHAH!*«

KNALL!

Schallendes Gelächter ertönte, ein Korken knallte. Daraufhin ploppte der Korken – der zweifellos absichtlich in unsere Richtung gelenkt worden war – auf unsere Deckplanken und hüpfte weiter, bis er leise platschend im Wasserbecken versank.

Wir starrten den Korken an. Diesen Eindringling, der da in unserem Pool dümpelte. Und dann …

»HAHAHA!«

KLIRR!

»PROST!«

Es war laut. Viel zu laut. Mit voller Absicht. Aufdringlich rieben sie uns ihr Glück unter die Nase.

»Oh Gott, sie werden doch nicht …?« Chris ging zum Geländer und spähte durch einen Spalt zwischen den Palmwedeln. Ich stellte mich neben ihn und sah, wie Trevv und Tess miteinander anstießen und das prickelnde Gesöff in sich hineinschütteten. Sie sahen aus wie Schauspieler in einem dieser glamourösen, grell ausgeleuchteten Alkoholspots.

»Das dürfen wir ihnen nicht durchgehen lassen.« Chris rannte ins Haus und kehrte mit zwei Flaschen Champagner zurück. »Okay, ich zähle bis zwei, dann lasse ich meinen Korken knallen, und bei drei bist du dran.« Er reichte mir eine Flasche.

Eine lächerliche Posse! »Nein, da mache ich nicht mit. Ich weigere mich, in dieses Spielchen hineingezogen zu werden.« Allerdings …

»Hallo, Zimmerservice?« Es war Trevv – in voller Lautstärke. »Können Sie mir bitte eine Flasche Henri Jayer Richebourg Grand Cru, Cotê de Nuits und Ihre Spezialplatte mit Hummer und Austern bringen?«

Ich schaute Chris an. »Okay, auf eins, zwei …«

Chris ließ seinen Korken knallen.

»… und drei.« Jetzt war ich an der Reihe. Die Korken schossen davon, und wir bekleckerten uns über und über mit Sekt.

Das brachte das Heiterkeitsfass erneut zum Überlaufen. Und es war kein unechtes, gezwungenes Lachen wie das von T zum Quadrat, sondern ein aufrichtiges Lachen, das aus dem Bauch aufsteigt und den ganzen Körper vibrieren lässt.

»Wenn ich einen Hubschrauber hätte«, meinte Chris zwischen einzelnen Lachstößen, »dann würde ich von dieser Dachterrasse abheben und auf sie herabwinken, als wären sie dumme Banausen. Oder wenn ich ein mächtiger Mafiaboss wäre, der einen Koffer mit Geld hortet, dann würde ich das Geld in die Luft werfen und auf sie herabregnen lassen. Das übrige Geld würde ich verbrennen, während ich in meinem diamantengefassten Pool plätschere.«

Unser Lachen war viel lauter als das von Trevv und Tess, was sie, wie ich mir vorstellte, richtig ärgern musste. Als uns Bäuche und Wangen vor Lachen wehtaten, ließen wir uns auf das große bequeme Ruhebett fallen, in den Händen immer noch die Champagnerflaschen. Ich hatte keine Ahnung, was ich mit meiner anfangen sollte, denn ich habe das Zeug nie leiden können. Bitterer, saurer, kopfschmerzträchtiger Dreck.

»Ich hasse Champagner«, sagte Chris und stellte seine Flasche auf den Boden, dass es nur so klirrte.

»Ich auch.«

»Ist so bitter.«

»Und sauer«, fügte ich hinzu.

»Wie Katzenpisse.« Er musste natürlich noch einen draufsetzen.

»Also, so weit würde ich jetzt nicht gehen.«

Wir saßen nur zwei Handbreit voneinander entfernt, und ich spürte die Hitze, die von seinem Körper ausging. Irgendwann wurde sie so intensiv, dass ich nichts anderes mehr spüren konnte. Zwischen uns knisterte die Luft vor Spannung. Meine Haut kribbelte, und meine Hände wurden feucht.

»Wow!« Unvermittelt beugte ich mich nach vorn.

»Wow, was?«

Herrje. Hatte ich tatsächlich laut gesprochen? Allerdings. Hoffentlich hatte Chris keine Ahnung, worauf ich mich bezogen hatte. Man hätte sich ja auch denken können, dass ich

»Wow, tolles Wetter« oder »Wow, was für eine faszinierende Nacht« gemeint hatte.

Chris aber grinste und sagte ebenfalls »Wow!«. Seine Stimme war leiser geworden und klang ein wenig fremd. Da wusste ich, dass auch er es gespürt hatte. Wir ließen die möglichen Folgen unserer »Wows« schweigend auf uns einwirken. Etwas Sonderbares geschah hier. Etwas, das ich mir nicht recht erklären konnte …

PLITSCH. PLATSCH. KICHER. KICHER.

Ich war unendlich dankbar, dass unsere Nachbarn in ihren Pool sprangen und diesen geladenen Moment zerstörten, der mir eine Gänsehaut bescherte. Offenbar tollten sie in ihrem Wasserbecken herum, und ich wollte gerade vorschlagen, dass wir es ihnen gleichtun und noch lauter planschen sollten, als ich vertraute Geräusche vernahm.

Sie waren doch nicht etwa …?!?!?

Tess kicherte atemlos.

Trevv stöhnte leise.

Ich wandte mich Chris zu.

Er hob fragend die Augenbrauen. »Das ist doch wohl ein Scherz?«

Ich schüttelte den Kopf. »Ich glaube, sie sind wirklich dabei.«

»Nein, das doch nicht.« Es klang felsenfest überzeugt. »Das können sie doch nicht machen?!«

»Früher haben sie sich auch durch nichts davon abhalten lassen.«

»Ooohhh.« *(Kicher, kicher, kicher.)* »Trevv.« *(Flüster, flüster, flüster.)*

Mir drehte sich der Magen um, als ich mir die beiden im Pool vorstellte. Unwillkürlich fragte ich mich, ob Nippelklemmen wasserfest waren. Ich wurde von einem Schwall schmerzlicher Gefühle erfasst. Mir war ein wenig schwindelig, und ich fühlte mich unsicher auf den Beinen, während in meinem Kopf die Erinnerungen mit den Bildern jenes schicksalhaften Tages durcheinandergingen.

Eine Hand legte sich auf meine Schulter. »Komm, lass uns einen Film gucken.«

Wir gingen nach unten und saßen eine ganze Weile schweigend auf der Couch.

»Falls es dich irgendwie tröstet, ich hasse die beiden«, sagte Chris, während er eine Tüte Chips aufriss und seine Worte mit krachenden Kaulauten untermalte.

»Aber du findest Tess doch scharf.« Unfassbar, dass ich das laut gesagt hatte! Es war kindisch und neidisch, aber dass Tess so eine scharfe Schnitte war, tat mir wirklich weh. Zu behaupten, sie habe meinem Ego keinen herben Schlag versetzt, wäre eine Lüge gewesen. »Ich … ich bin mir vorgekommen wie das hässliche Entlein, das von dem schönen Schwan aus seinem Nest geworfen wird.« Meine Stimme zitterte leicht, als ich auch noch dieses Geständnis ablegte.

»Herrgott noch mal!« Seine Lautstärke und Entschlossenheit ließen mich aufmerken. »Du bist ja verrückt!«

»Du kannst es nicht leugnen, Chris. Sie ist brandheiß. Personifizierter Sex. Jeder Mann würde sich von ihr Nippelklemmen anlegen lassen, nur um an sie heranzukommen!«

»Ich gebe zu, dass sie recht heiß wirkt, wenn man sie das erste Mal sieht. Sie ist aber trotzdem die nervigste Person, der ich je begegnet bin.« Er sprang von der Couch auf und gab mit schriller Piepsstimme eine Tess-Nachahmung zum Besten: *»Oooh, diese Blumen sind wie unsere blühende Liebe, und mein Ring glänzt so toll und funkelt, kicher, kicher, oh Trevvy, du bist der Beste!«* Er sah mich prüfend an. »Glaub mir ruhig. Ihr ganzer Sex verpufft, sobald du mehr als eine Sekunde in ihrer Gesellschaft verbringst. Abgesehen davon …« Seine

Stimme wurde ein wenig weicher. »Abgesehen davon bist du schön.«

O-ho!

Meine Körpertemperatur stieg um mindestens dreißig Grad, fiel jedoch rasch wieder. Denn das hier war ja nicht echt. Nichts hiervon war echt.

»Du kannst ruhig mit dem Fake-Boyfriend-Schmus aufhören, hier schaut uns niemand zu.«

»Das ist kein Schmus, Annie.« Und plötzlich rutschte er an mich heran.

»Es ist … kein …?« Zunge gelähmt, Beine wie gekochte Spagetti, Puls wie ein Rennpferd, absolute Gedankenverwirrung … Es passierte *schon wieder*.

»Ich meine es wirklich so, du bist sehr …« Er unterbrach sich kurz. Einen Herzschlag lang. Einen Augenblick, erfüllt mit Erwartung. Und dann war er mit einer winzigen Bewegung ganz nahe bei mir. *Was wollte er da?*

Aus irgendeinem Grund blieb mein Blick an seinem Mund hängen.

Chris lächelte. »Du bist eine echt scharfe Braut, Annie-Anne.«

14

Im Laufe der Jahre habe ich ja schon so einiges über mich vernommen, aber »echt scharfe Braut« war wirklich nicht dabei. Was sollte ich darauf nur sagen? Und ich kann auch nicht verhehlen, dass ich irgendwie enttäuscht war. Ich hätte auf *atemberaubend* bestehen sollen. *Hübsch* wäre vielleicht auch noch ganz nett gewesen. Sollte ich jetzt gekränkt sein oder mich köstlich darüber amüsieren?

»Du bist aber keine von diesen Feministinnen, die mich zusammenschlagen, weil ich das gesagt habe, und danach aus Protest ihren BH verbrennen, oder etwa doch?« In gespielter Angst schlug Chris die Hände vors Gesicht.

»Vielleicht doch«, scherzte ich, während ich beschloss, auf seinen spielerischen Ton einzugehen. Ich las zu viel in seine Worte hinein, während er bloß Spaß machte. Das war nun mal seine Art, es war alles nur ein So-tun-als-ob.

»Na, dann sollte ich vielleicht lieber Streichhölzer besorgen.« Er zwinkerte mir frech zu. »Aber ernsthaft, wenn du zuschlagen willst, dann bitte nicht ins Gesicht. Man hat mir mal gesagt, das wäre mein größter Pluspunkt.«

Ich grinste ihn an, der Meinung war ich auch.

»Das ist übrigens meine Art, um Komplimente zu buhlen.« Er schaute mich voller Ernst an.

»Ach, darum ging es? Nun, wenn das so ist: Du siehst verdammt gut aus.«

»Nicht scharf?«

»Mhm, kommt wahrscheinlich auf den richtigen Winkel an.«

»Autsch.« Er griff sich theatralisch an die Brust, als wäre er von einem Pfeil getroffen worden.

»Okay, na schön.« So ganz konnte ich die Verlegenheit nicht aus meiner Stimme bannen. »Du bist ziemlich scharf«, setzte ich hinzu – und wurde rot. So richtig schön glühend rot. Automatisch hob ich die Hände und berührte meine Wangen, was natürlich Chris' Aufmerksamkeit auf sie lenkte.

»Wie ich sehe, bin ich hier nicht der Einzige, der scharf oder … heiß ist.« Natürlich musste er die Gelegenheit für eine witzige Replik nutzen. Doch dann fing er sich wieder. »Ich meine es wirklich ernst, Annie-Anne.«

»Was?«

»Du bist super. Und viel, viel schärfer als Tess.«

Und schon musste ich wieder lachen. Aber es währte nicht lange. Denn Chris streckte die Hand aus und hielt mir seinen Finger vor den Mund.

»Ich meine es ernst.«

»Du meinst es ernst?«, wiederholte ich wie ein Esel.

»Warum sollte ich es nicht ernst meinen?« Er ließ den Finger sinken. Für einen Augenblick ruhte er auf meinen Lippen. Sie glühten.

Daraufhin schwiegen wir. Ich schätze, dass keiner von uns so recht wusste, wie es weitergehen sollte. Ich zumindest war regelrecht verwirrt. Ich wusste nicht, wann Chris Witze machte oder wann er es ernst meinte. Wann er mir Komplimente machte und ganz in der Rolle des perfekten Freundes aufging oder wann er sie ernst meinte. Plötzlich fand ich das alles sehr merkwürdig und sogar gefährlich. Eines war klar: Dieses Spiel wurde allmählich allzu kompliziert, zumindest für mich.

»Wie wär's mit einem Film?«, versuchte ich, die Unterhaltung auf ein anderes Thema zu lenken.

»Okay.« Chris nahm die Fernbedienung zur Hand und zappte durch die Kanäle. Bald schon war klar, dass sämtliche Filme nur auf Französisch mit englischen Untertiteln zu haben waren.

»Wär doch mal eine Gelegenheit, unser Französisch aufzufrischen«, sagte Chris und machte es sich auf der Couch bequem. (Jetzt durften sich unsere Schultern ganz offiziell berühren!) Der Film lief an, und ich verstand nur Bahnhof. Es war ein Schwarz-Weiß-Film. Zwischen den beiden Protagonisten schien eine große Spannung zu herrschen. Intensive Blicke wurden getauscht, unzählige Gauloises gequalmt, und dann – geschah das Undenkbare.

Bevor ich wusste, wie mir geschah, war *sie* (schicke Französin mit pikanten Gesichtszügen und Pixie Cut) nackt. Und *er* (glühender Franzose mit intensivem Blick) drückte sie brutal gegen die Wand. Seine Hose rutschte herunter und gab den Blick auf einen perfekten Hintern frei, dann spreizte er ihr die Beine und …

Sie trieben es. Wie tollwütige Hunde.

Es war fieberhaft und schwül und heiß und wild und verlagerte sich von der Wand zum Bett, dann auf den Boden und wieder zurück aufs Bett. Es war eine der hektischsten Sexszenen, die ich jemals in einem Film gesehen hatte (abgesehen von *Ocean's 11 Zoll* natürlich). Man sah sogar seinen Penis! Ich saß wie erstarrt da, unfähig, mich zu rühren. Ich wollte bloß nicht in Chris' Richtung schauen. Ich spürte ja, wie er die Muskeln anspannte. Mir erging es ebenso. Plötzlich saß ich kerzengerade.

Penis! Penis! *Penis!* Das war alles, woran ich denken konnte, alles, was ich sah, selbst wenn ich den Blick vom Fernseher abwandte und durch den Raum schweifen ließ … Sie waren überall: Seltersdose, Füllfederhalter, Banane im Obstkorb und, *oh nein*, plötzlich ertappte ich mich bei der Frage, wie Chris' Penis wohl aussah, und ob er wusste, dass ich mich das fragte …

Oh Gott, stopp! Ich biss mir auf die Lippen, damit zwischen ihnen nichts Peinliches herausschlüpfte …

»Und, Annie, was möchtest du jetzt machen?«

»Mit deinem Penis spielen!«

Nein, das wäre gewiss nicht angebracht! Ich verschränkte die Arme und hielt den Mund geschlossen. Wie sich herausstellen sollte, war es auch noch die längste Sexszene, die jemals in der Filmgeschichte gedreht worden ist. Und je länger sie andauerte, desto mehr war ich angetörnt. Ich versuchte, mich dagegen zu wehren, aber es war eine geradezu tödliche Kombination, neben Chris zu sitzen und zwei traumhaft schönen Menschen beim leidenschaftlichen Sex zuzuschauen. Als ich glaubte, vor Verlegenheit sterben zu müssen, hörten sie endlich auf, zogen Zigaretten hervor und qualmten heftig drauflos.

Die Erleichterung war unmittelbar. Ich spürte, wie Chris' Schultern herabsanken, und vernahm seinen lauten Seufzer. Meinen konnte man vermutlich auch hören. Hatte Chris dasselbe gespürt wie ich?

Die Szene war zwar vorbei, doch der Sexrausch hüllte uns ein wie eine schwere, heiße Decke. Man konnte förmlich spüren, wie er in der Luft waberte. Es schien nur einen Ausweg aus dieser Situation zu geben, und dieser musste zwingend beinhalten, dass unsere Kleider auf dem Boden landeten.

Noch nie hatte sich mein Gedankenkarussell so rasend gedreht. Es fühlte sich an, als ob mein Kopf ein Mixer wäre. Mir wurde schwindelig vor Bemühen, einen roten Faden zu finden. Es gab keinen einzigen zusammenhängenden Gedanken, den ich festhalten konnte, sondern nur Bruchstücke …

Ja, er ist scharf.

Nein … schlaf nie mit Fremden und auch nicht mit angeblichen Freunden.

Aber er ist so sexy …

Ja … Nein!

Was, wenn ich's im Bett nicht bringe?

JA, nein, JA, nein …

Verdammt!

Ich glaube, es verstrichen glatt zwanzig Minuten, bis meine Gedanken nur noch milde vor sich hin köchelten. Womit ich sagen will, dass mir zuletzt nur noch *ein* Gedanke durch den Kopf ging. Ein Gedanke, der ebenso neonrot leuchtete wie die Schilder von PORNO-EXTRAVAGANZ: *Sex. Sex. Sex.*

Aber ich wusste, dass es nicht ging. Chris war immer noch ein Fremder für mich. Und was sollte werden, wenn ich's nicht brachte? Dieser peinliche Moment musste ein Ende haben, und ich war diejenige, die dafür zu sorgen hatte.

»Chris.« So laut, dass es geradezu schepperte.

»Annie.« *Mist.* Er sprach in einem unendlich sanften, sinnlichen Ton.

»Chris!«, sagte ich wieder und hoffte, er werde die breite rote Linie erkennen, die ich mithilfe meiner Stimme in den Sand zog.

»Annie.« Annähernd Normalton.

Ich holte tief Luft und setzte an: »Ich wollte bloß …« Doch dann fehlten mir die Worte. »Ich … ich, es ist nur …«

»Ich verstehe«, erwiderte er mit fester Stimme.

»Wirklich?«

»Absolut.«

Er sagte es so unerschütterlich, dass ich ihm glauben wollte, doch ohne wortwörtliche Bestätigung konnte es gut möglich sein, dass wir von ganz verschiedenen Dingen redeten.

»Wovon redest du?«, fragte ich also.

Er sah mich sonderbar an. »Wieso? Wovon redest *du*?«

Wir sahen einander verständnislos an.

»Nun?«, drängte ich. »Worüber redest *du*?«

»Über das Gleiche wie du, Annie.«

»Aber ich hab doch noch gar nichts gesagt. Woher willst du also wissen, worüber ich reden wollte?«

Wieder warf er mir diesen sonderbaren Blick zu. »Das, worüber du gerade reden wolltest, und da hab ich gemeint, mach dir keine Mühe, ich weiß es ohnehin schon.«

Dieses Gespräch führte nirgendwohin. Wir umkreisten das Thema wie absolute Idioten. Von Chris hätte ich ein wenig mehr Geradlinigkeit erwartet. Er sagte doch sonst alles, was ihm in den Sinn kam. Wenn er es also nicht aussprechen wollte, musste ich es eben tun.

Mein Mund öffnete sich. »Sex!«

Chris schluckte hart, und seine Pupillen weiteten sich. »Was ist mit Sex?« Wieder dieser sinnliche Ton.

Scheiß auf seinen sinnlichen Ton!

»Das läuft nicht.« Ich war ehern.

»Wer hat gesagt, dass da was laufen soll?«

Was? Hatte ich die ganze Situation etwa missverstanden? Ich schämte mich in Grund und Boden. »Ich hab nicht gesagt, dass da was laufen *soll*.« Jetzt konnte ich nur noch zurückrudern. Es war mir jedoch nicht möglich, den leicht gekränkten Ton in meiner Stimme zu verbergen.

»Nein, auf keinen Fall«, sagte er.

Inzwischen sank mir das Herz in die Hosen. Der Blamage war nicht mehr auszuweichen.

»Wir haben nämlich keine Zigaretten.«

»Was?«

»Zigaretten. Sex ohne Zigarette danach geht gar nicht.«

Gott sei Dank! Er hielt mir einen Rettungsanker hin – eine Chance, diese ganze Unterhaltung von der scherzhaften Seite zu nehmen. Sie humorvoll zu sehen, was – meiner Meinung nach – das Beste war, was wir im Moment tun konnten.

»Einverstanden. Und auf jeden Fall nicht ohne Untertitel.«

»Obwohl …«

Moment mal, was war denn das? Seine Stimme klang schon wieder so merkwürdig sanft. Und sinnlich. Mit Bedeutung aufgeladen.

»Ich hab in der Hotelhalle einen Automaten gesehen.«

»Für Untertitel?« Ich konnte nicht widerstehen.

»Natürlich. Und für Zigaretten gibt's bestimmt auch einen. Außerdem brauchen wir ja noch Streichhölzer, um deinen BH zu verbrennen.«

»Ich hab immer gehört, dass Rauchen ungesund sein soll«, scherzte ich.

Chris neigte sich zu mir, kam mir gefährlich nah. »Manchmal, Annie, sind die besten Dinge im Leben ungesund.«

15

Unsere Gesichter waren einander nun ganz nah. Unsere Blicke verschränkten sich. Ich biss mir auf die Unterlippe. Chris' Pupillen waren wieder sehr groß.

»Wie zum Beispiel Schokolade.«

»Oder Rum-Kokos-Cocktails.«

Wir grinsten uns blöde an. Seine Augen leuchteten stärker denn je. Jungenhafter Charme blitzte aus ihnen, und ein Teil von mir wünschte, dass er einfach die Zügel in die Hand nähme und uns in die Richtung steuerte, die der gar nicht so subtile Zwischentext ohnehin vorgab.

»Annie, darf ich dich küssen? Natürlich nur zur Probe.«

»Probe?«

»Nun ja, wenn wir schon Beziehung spielen, dann sollten wir uns wenigstens einmal geküsst haben.«

»Nur zur Übung«, erwiderte ich. »Ich meine, ich finde dich ja nicht attraktiv oder so. Und es ist auch keine Masche, um dich dazu zu bringen, dass du mich küsst.«

»Natürlich nicht.«

Mein Blick glitt hinunter zu seinem Mund, und ich stellte fest, dass er leicht geöffnet war.

»Vielleicht bloß ein Küsschen?«, schlug Chris vor. »Muss ja gar nicht so richtig mit Zunge sein. Es sei denn, du möchtest das?«

»Nein! Voll mit Zunge ist nicht nötig«, erwiderte ich rasch.

»Einverstanden.« Er hielt mir die Hand hin, damit ich sie schüttelte.

Ich tat es. Doch statt seine Hand danach loszulassen, hielt ich sie krampfhaft fest. »Okay, dann los.« Ich beugte mich langsam vor, neigte den Kopf leicht zur Seite und schloss die Augen. Jetzt würde ich es wirklich tun. Ich beugte mich immer näher zu Chris und spürte seinen warmen Atem auf meinem Gesicht. »Nein! Warte.« Ich zuckte wieder zurück. »Zuerst solltest du wissen, dass es eine ganze Weile her ist, dass ich das gemacht habe.«

»Das ist schon in Ordnung.« Chris grinste, als würde er sich großartig amüsieren.

»Okay. Also dann.« Wieder beugte ich mich vor, und wieder zog ich mich zurück. »Ich könnte vielleicht etwas eingerostet sein.«

»Okay.« Chris nickte. Nun beugte er sich vor.

Ich machte die Augen zu und spürte seinen Atem … »Beurteile mich also bitte nicht danach, wie ich küsse, weil ich es vermutlich nicht mehr so gut kann, oder vielleicht doch einigermaßen, aber das …«

»Annie!« Er sprach meinen Namen so laut aus, dass ich erschrak. »Halt endlich den Mund und lass dich küssen.« Er nahm mein Gesicht in seine Hände und hob es an. Unsere Lippen waren einander ganz nah, fast vermeinte ich, seine schon zu spüren. Er sah mir noch ein letztes Mal in die Augen, dann schloss er seine und legte seine Lippen auf meine.

Sie berührten sich, und eine Sekunde lang verharrten wir in einem Zustand schwebender Erwartung: Keiner rührte sich, keiner atmete. Ich fragte mich, ob unsere Herzen noch schlugen. Dieser Moment war wunderbar köstlich und schmerzlich zugleich.

Und dann bewegte Chris die Lippen. Sie waren warm und schmeckten nach Essig-Salz-Chips und Bier. Es fühlte sich so gut an, wieder geküsst zu werden, dass ich mich unwillkürlich an ihn schmiegte. Und sogleich fühlte sich mein ganzer Körper geküsst. Dann, nach einigen Sekunden Seligkeit, hielt Chris im Kuss inne. Er ließ die Lippen ruhig verweilen, als wartete er auf etwas. *Vielleicht auf eine Einladung von mir, weiterzugehen?*

»Annie?«, fragte er an meinem Mund.

Doch anstatt weiterzugehen, löste ich mich sanft von ihm. Die Intensität des Kusses hatte mich unsicher gemacht. So etwas hatte ich nicht erwartet. Ich hatte erwartet, dass das Ganze irgendwie peinlich und ungeschickt sein würde. Doch stattdessen war es wunderschön. Und gefährlich. So ein Kuss kann ein Mädel auf dumme Gedanken bringen.

»Es ist schon spät«, sagte ich.

Er nickte. »So könnte man sagen.«

»Ich sollte jetzt wirklich ins Bett gehen.«

»Guter Plan.«

»Okay.« Rasch erhob ich mich von der Couch.

»Bist du sicher, dass du nicht unten schlafen willst?«

Ich schüttelte den Kopf. »Nein. Wie ich schon sagte, mir gefällt die Aussicht.« Ich tat ein paar Schritte, doch bevor ich das Zimmer verließ, drängte es mich, ihn noch einmal anzuschauen. Er hatte den Blick nicht von mir gelöst.

»Danke für den schönen Abend, Annie-Anne.«

»Ebenfalls.« Ich stieg die Treppe hoch und ließ Chris im Zimmer zurück. Ein Teil von mir bedauerte dies, doch ein anderer Teil – vielleicht der größere – war erleichtert. Was so scheinbar unschuldig begonnen hatte, war im Begriff, ganz andere Dimensionen anzunehmen. Chris war nicht mehr der harmlose Mann, mit dem ich üben konnte, weil ich anfing, ihn zu mögen. Und Chris war der letzte Mann auf der Welt, den ein Mädchen wie ich mögen sollte. Er lebte in L. A., auf der anderen Seite der Erdkugel, und er glaubte nicht an die Liebe.

Mit ihm zu schlafen, wäre eine ganz schlechte Idee, denn den Punkt des So-tun-als-ob hatte ich eindeutig überschritten.

Als ich meine Zimmertür öffnete, hörte ich das bereits vertraute Rascheln der Palmwedel. Fast hätte ich unsere unerfreulichen, sexuell tollwütigen Nachbarn vergessen. Ich drehte mich um, und da war Trevv, der mich misstrauisch musterte. Er war inzwischen so tief gesunken, dass er sich nicht schämte, mir ganz offen nachzuspionieren.

»Streit gehabt, was?«

»Was?«

»Schläfst jetzt oben, wie?«

Er feuerte diese Fragen in typischer Anwaltsmanier auf mich ab und wartete nur darauf, dass ich einen Fehler machte. Ich musste mir jetzt ganz rasch etwas überlegen, damit wir nicht aufflogen.

»Nein. Nein. Ähm … unten sind keine Handtücher mehr. Wir wollten nämlich baden, *zusammen* baden, und da ist mir eingefallen, dass hier oben noch welche sein müssen.« Ich griente ihn an und hoffte nur, dass er mir das abkaufte.

Doch Trevvs argwöhnischer Blick besagte, dass er weiterhin nach Beweisen suchte, dass Chris und ich kein Paar waren. Warum sollte ihm das überhaupt wichtig sein? Wollte er wirklich, dass ich den Rest meines Lebens als traurige, einsame Frau verbrachte?

Rasch lief ich ins Zimmer. Hoffentlich waren Handtücher da! Hektisch sah ich mich um, zog Schubladen auf, warf Bettdecken herunter und schaute auch im Bad nach.

Nada.

Kein einziges Handtuch in Sicht. Das Hotel hatte sich vermutlich die Mühe erspart, das Gästezimmer mit Handtüchern zu versorgen, da wir lediglich ein »Pärchen« ohne Kinder waren.

Ich verließ das Zimmer wieder und rang in gespielter Verzweiflung die Hände. »Tja, was sagt man dazu? Keine Handtücher.« Ich zuckte mit den Schultern und hoffte, dass meine Vorstellung überzeugend genug war.

»Hier.« Trevvs Kopf verschwand für einen Moment, dann tauchte seine Hand aus dem Dschungel auf und hielt mir zwei Handtücher hin. »Kannst welche von uns ausleihen.«

»Nein, danke«, beeilte ich mich zu sagen. Von Trevv wollte ich *gar nichts*, abgesehen natürlich von einer Riesenentschuldigung, auf die ich immer noch wartete. Wahrscheinlich würde ich noch darauf warten, wenn die Postapokalypse eingetreten war und die Ameisen die Herrschaft über die Erde übernommen hatten.

Er schüttelte den Kopf. »Ich bestehe darauf, Anne. Ist das Mindeste, was wir für dich tun können.«

Das Mindeste, was er tun konnte? Als ob Handtücher eine Art Trostpflaster darstellten! War das etwa die Entschuldigung, auf die ich gewartet hatte?

Sorry, dass ich dich betrogen habe und in unserem Bett abartigen Sex mit einer scharfen Kollegin hatte und dass du in den Knast gewandert bist ... Hier ein wunderhübsches Handtuch zum Trost. Aus reiner Baumwolle.

Und ohne dass ich ihn dazu aufgefordert hätte, warf er die Dinger rüber. Sie landeten vor meinen Füßen. Trevv schaute mich bedeutsam an, und mir blieb nichts anderes übrig, als sie aufzuheben.

»Danke.«

»Nichts zu danken.« Er ließ die Zähne aufblitzen, die im fahlen Mondlicht noch weißer wirkten. »Wozu sind Nachbarn denn da, was?« Er zwinkerte mir zu.

Ich versuchte, irgendwie ein Lächeln zustande zu bringen, eine Grimasse hätte schon gereicht. Ich fühlte mich ganz krank. Denn die Handtücher erinnerten mich an die beiden Zahnbürsten, die zu Hause in dem Becher gestanden hatten. Natürlich waren diese Handtücher noch nicht benutzt worden, aber während ich sie in der Hand hielt, sah ich vor meinem geistigen Auge, wie Trevv und Tess sich gegenseitig abrubbelten.

»Falls du noch Zucker brauchst, gib mir einfach Bescheid.« Und damit war er verschwunden. Die Palmwedel schnellten zusammen, sein Gesicht war fort.

Ich wusste, dass ich keine andere Wahl hatte, als die widerlichen Handtücher mitzunehmen und unten zu schlafen, weil ich Angst davor hatte, dass Trevv später noch einmal spionieren würde.

Aber eigentlich wollte ich auf keinen Fall nach unten gehen. Langsam schob ich mich die Treppe hinunter, während ich mich innerlich auf das Wiedersehen mit Chris vorbereitete. Undeutlich hörte ich Wasser rauschen, war aber so in meine Gedanken versunken, dass mir zuerst nicht recht klar war, dass …

Chris unter der Dusche stand. Nackt.

Er hatte mir den Rücken zugekehrt und wusch sich die Haare, und wider besseren Wissens gaffte ich ihn an. Sein Rücken war breit und männlich, und der Hintern, der sich an den Rücken anschloss, war – perfekt. Ich verspürte den Drang, ihn anzufassen. Ich konnte mir so richtig vorstellen, wie meine Nägel sich in sein Fleisch bohrten. Während Chris sich die Haare wusch und sein Gewicht von einem Bein aufs andere verlagerte, arbeiteten seine Muskeln und hoben die Grübchen in beiden Pobacken hervor. *Mhm* … Sabberte ich etwa?

Und dann drehte er sich um. Und da meine Augen auf seinen Hintern gerichtet gewesen waren, geriet nun etwas anderes in Vollansicht.

Und starrte mir geradewegs ins Gesicht.

Ich konnte den Blick nicht davon abwenden, ich war gleichzeitig erschrocken und total gefesselt. Fast hätte ich vergessen, dass noch ein ganzer Körper daran hing. Ich war unfähig, etwas anderes als *ihn* zu sehen. Eigentlich hat mir *ihr* Aussehen nie sonderlich gefallen. Sie sind wirklich nicht die schönsten Körperteile auf Erden. Aber der von Chris war … perfekt.

Die Form, die Größe … *perfekt*.

Ich hörte ein leises Keuchen. Es stammte von mir und war mir vollkommen unwillkürlich entfahren.

»Annie?«

Plötzlich erinnerte ich mich, dass zu dem südlichen Anhängsel ein Kopf, ein Mund, Augen und ein Gehirn gehörten. Ich machte einen Schritt rückwärts, fort von dem Objekt meiner Verzauberung, und stieß heftig gegen die Wand.

»Autsch!« Warum tut es bloß immer so weh, wenn man sich Ellbogen stößt? Verzweifelt rieb ich die Stelle, um den stechenden Schmerz zu lindern, der meinen Arm hinaufschoss. »Aua«, stöhnte ich dazu.

»Alles in Ordnung, Annie?«

Zwei Hände fassten mich unter den Achselhöhlen und hievten mich ins Wohnzimmer, wo ich mich von Angesicht zu Angesicht mit einem nassen, seifenschaumigen Chris wiederfand.

»Setz dich.« Seine Hand glitt um meine Taille, während er mich zur Couch führte.

Doch als ich saß, fand ich mich von Angesicht zu Angesicht mit *ihm* wieder.

Ich schlug die Hände vor die Augen, während Chris gleichzeitig die Hand vor …

»Auf dem Boden liegt ein Handtuch.« Mit fest geschlossenen Augen deutete ich in die ungefähre Richtung, wo ich die Handtücher fallen gelassen hatte.

Chris schlurfte hin, und ich hörte ein Reiben, als er sich eines um die Hüften schlang.

»Jetzt kannst du die Augen wieder öffnen.«

»Es tut mir leid, ich wollte dich nicht … aber Trevv hat gesehen, wie ich in das obere Schlafzimmer gegangen bin, und da …«

Chris lachte schallend und ließ sich auf die andere Couch fallen. »Das war aber eine ziemlich heftige Reaktion!«

»Ich schätze, ich hab mich einfach gefürchtet.«

»Wow. Ich bin nicht sicher, ob das ein Kompliment sein soll oder die schlimmste Kränkung, die ich in meinem Leben habe einstecken müssen.«

Ich spürte, wie meine Wangen rot und heiß wurden. »Ein Kompliment«, flüsterte ich.

»Freut mich, dass ich dir gefalle.« Er klang reichlich selbstzufrieden.

»Sorry«, sagte ich noch einmal und versuchte, nicht in seine Richtung zu schauen, denn ich hatte Angst, mein Blick würde sich automatisch wieder auf seine Leistengegend heften.

»Schon okay. Ich finde, jetzt sind wir quitt, da du mir ja immerhin heute Vormittag deine Brust gegen die Hand gestoßen hast.«

»Was?!« Ich vergaß meine Vorbehalte und funkelte ihn wütend an. »Das habe ich nicht getan! Ich würde niemals meine Brust oder einen anderen Körperteil absichtlich gegen dich stoßen.«

Ein schallendes, herzhaftes Lachen war die Antwort. »Bloß ein Jux, Annie.«

»Okay. Na schön. Denn ich möchte nicht, dass du dir falsche Vorstellungen von mir machst, weißt du?«

»Welche Vorstellungen sollten das denn sein?« Seine Stimme klang gerade in diesem Augenblick so verdammt verspielt und sexy, dass mir ganz wirr im Kopf wurde.

»Dass ich eine … eine …« *Was wollte ich denn bloß sagen?*

»Dass du eine Stoßerin bist?«, fragte er glucksend.

»So ein Wort gibt es gar nicht«, beeilte ich mich zu sagen, während ich all die Bilder von Stößen, die mir plötzlich in den Kopf kamen, zu vertreiben versuchte.

»So gern ich diese Unterhaltung auch fortsetzen würde, ich muss wieder unter die Dusche und mich abspülen.«

»Tu das nur, ich schau auch nicht hin. Ich versprech's.«

»Wozu? Hast ihn doch eh schon gesehen.« Er erhob sich und ging wieder unter die Dusche.

Ich hörte, wie das Handtuch zu Boden fiel, und mir war nur zu bewusst, dass er jetzt schon wieder völlig nackt war.

Das Blut begann, mir heiß und pulsierend durch die Adern zu kreisen. Mein Körper schien in einer wilden, ursprünglichen Weise auf Chris zu reagieren, die meinen Verstand vollkommen ausschaltete.

Oh Gott, ich begehrte ihn so sehr!

Ich wollte nichts lieber, als mir die Kleider vom Leib zu reißen und unter die Dusche zu springen …

16

Aber ich tat es nicht. Und als das Wasser endlich nicht mehr rauschte, war ich total erleichtert.

»Also, wie sollen wir's machen? Ich nehme die Couch, und du kriegst das Bett?«

Ich hörte, wie Chris sich die Zähne putzte, und stellte betroffen fest, wie intim diese Situation war.

Die Routine des Zubettgehens. Waschen, Zähneputzen, in den Schlafanzug steigen. So etwas sollte man mit seinem Partner tun und nicht mit einem Fremden.

»Ich kann die Couch nehmen, sie ist doch sehr bequem«, wandte ich ein.

»Ich wäre kein Gentleman, wenn ich dich auf der Couch schlafen ließe, Annie. Nimm du nur das Bett.«

Der Punkt war, dass ich nicht im Bett schlafen wollte. In *seinem* Bett, mit *seinem* Geruch, der an den Kissen haftete. Doch das wollte ich ihm wirklich nicht sagen, also nahm ich scheinbar dankbar an.

Behutsam legte ich mich hin und stellte augenblicklich fest, dass es das größte und weichste Bett war, in dem ich jemals gelegen hatte, *und ja*, es roch nach Chris. Ein warmer, leicht erdiger Duft seines Rasierwassers in Verbindung mit frischem Shampoo und Seife.

Chris legte sich auf die Couch und schaltete das Licht aus. Eine Zeit lang lagen wir schweigend im Dunkeln. Ich hörte seinen Atem, sein Herumwühlen und das Herumschieben der Kissen.

»Hast du es auch bequem?«, erkundigte ich mich.

»Ja. Sehr.«

Pause.

»Wenn ich Nein gesagt hätte, hättest du mir dann die andere Seite des Bettes angeboten?«

Ich hörte förmlich das Zwinkern in seiner Stimme und musste grinsen. Schon wieder: *sexuelle Anspielungen und witziges Geplänkel*. Wie sollte ich schlafen können, wenn wir so weitermachten?

»Vielleicht«, neckte ich zurück.

»Shit! Ich hätte sagen sollen, dass es verdammt unbequem ist.«

»Tja, so ein Pech aber auch.« Ich grinste wie eine Idiotin und war froh, dass er es in der Dunkelheit nicht sehen konnte.

Chris kicherte. »Vielleicht ist es dein Pech!«

»Und woher willst du das wissen?«

»Man hat mir gesagt, dass ich echt talentiert bin, was die Löffelchenstellung angeht.«

»Gute Nacht, Chris.«

»Nachti-Nacht, Annie-Anne.«

Ich schloss die Augen und trieb sacht auf den Schlaf zu, als ein lautes Klopfen an der Tür mich jäh aus meinem Dämmerzustand riss. Ich schaute zu Chris, der hochgefahren war.

»Hey, Nachbarn, ich hab mir gedacht, ich bring euch noch ein paar Handtücher, nur für den Notfall!«

Es war Trevv! Chris und ich wandten einander geschockt die Köpfe zu. Und der Schock verwandelte sich in absolute Panik, als sich zudem der Türknopf drehte.

»Kann ich reinkommen?«, fragte Trevv in einem vor Argwohn triefenden Ton. Es ging ihm gar nicht darum, uns mit Handtüchern auszuhelfen: Er wollte uns nur auffliegen lassen.

»Ähm … einen Augenblick, wir sind da gerade mitten in …«, rief Chris mit normaler Stimme zurück.

»Dein Akzent!«, zischte ich ihm zu.

»Mein was?« Eine Sekunde lang starrte er mich verständnislos an, dann dämmerte ihm die Erkenntnis. »Noch 'n Momentchen, Kumpel!« Plötzlich sprach er wieder breitestes Australisch. Er sprang auf, riss sein Bettzeug von der Couch und warf es aufs Bett.

Ich zog es rasch zurecht, damit es so aussehen sollte, als hätte er darin gelegen.

»Wir sind grad … du weißt schon, Kumpel. Kennst das ja!«

»Klar!«, rief Trevv zurück.

Chris zog sein T-Shirt aus und warf es auf den Boden. Er zerzauste sein Haar und sprang aufs Bett, schaute mich prüfend an und verwuschelte mir ebenfalls die Haare, bis sie sich anfühlten, als ob sie zu Berge stünden. Dann zerrte er an meinem Oberteil.

»Zieh es aus!«, zischte er mir ins Ohr.

»Nein!«

»Zieh es einfach aus.« Und damit packte Chris mein Top, zog es mir über den Kopf und schleuderte es fort.

»Hey! Was machst du?« Ich versuchte vergeblich, mich zu bedecken.

»Es muss echt aussehen. Du kannst jetzt reinkommen!«, rief er Trevv zu, während er mich in seine Armbeuge zog.

Zuerst dachte ich, wie peinlich das doch alles war, dann jedoch sah ich den Ausdruck auf Trevvs Gesicht. Jetzt war ich doch froh, dass Chris sich so viel Mühe gegeben hatte, denn meinem Ex stand der schiere Argwohn ins Gesicht geschrieben. Es war nur zu klar, dass er gekommen war, um Beweise zu sammeln.

»Du kannst sie auf die Couch legen«, sagte Chris, indem er auf das Möbel wies.

Trevv ging darauf zu.

Ich schaute zur Couch und keuchte vor Schreck. *Verdammt!* Chris hatte ein Kissen liegen gelassen, und das war *durchaus* bemerkt worden. Trevv starrte es neugierig an, dann hob er langsam den Blick und schenkte uns ein serienmörderreifes Grinsen.

»Na, dann Gute Nacht euch beiden.« Noch ein Feixen, endlich trollte er sich. »Schlaft gut.«

»Shit!« Chris stieg aus dem Bett und holte das verräterische Kissen. »Er ist uns auf der Spur.«

Ich nickte. »Mist, Mist, Mist. Das wird ein Fest für ihn! Er wird es allen unseren sogenannten Freunden erzählen und dann noch allen Bekannten, und ich kann nie mehr …«

Ich kam nicht dazu, meinen Satz zu beenden, denn urplötzlich lag Chris auf mir. Wie hatte er das Zimmer nur so rasch durchqueren können?

»Was hast du v…«

Rigoros packte er meine Beine, schlang sie um seine Taille und dann, *dann*, küsste er mich. Ich war so erschrocken, dass ich einen Moment brauchte, um den Kuss zu erwidern, oder auch nur ans Atmen zu denken. Aber sobald ich seine Zungenspitze an meinen Lippen spürte, krallte ich mich in seine Schultern und küsste ihn.

Eine wilde, zügellose Lust ergriff von mir Besitz, und ich hörte mich stöhnen. Ich hielt mich an seinen Schultern fest und drehte und wand mich unter ihm. Als der Kuss heißer und heißer wurde, vergrub ich die Hände in seinen Haaren.

»Oh Gott!«, stöhnte ich, als Chris meine Hüften vom Bett anhob und sich tiefer zwischen meine Schenkel schob. Was zum Teufel veranstalteten wir da? Lautes Türknallen lenkte mich ab. Ich schaute quer durchs Zimmer – und schon wieder spazierte Trevv herein!

»Trevv! Um Gottes willen, was machst du denn hier?« Der wilde Kuss hatte mich atemlos gemacht.

»Mensch, Trevv, würd's dir was ausmachen … Wir sind hier grad irgendwie mittendrin«, sagte Chris, ebenfalls atemlos und mit leicht geröteten Wangen.

Trevv starrte uns ungläubig an. »Bin nur zurückgekommen, um euch zu empfehlen, dass ihr die Tür abschließt. Man weiß ja nie, wer draußen rumschleicht. Und euch durchs Fenster sieht«, schloss er, bevor er wieder hinausglitt.

Seine Worte trafen mich tief. Woher wollte er das wissen? Hatte er mich etwa im Bett gesehen – allein? Wie demütigend! Und schlimmer noch, dass er es mir unter die Nase reiben musste.

»Das war verdammt knapp«, meinte Chris, hob den Kopf und schaute mir in die Augen. Unsere Gesichter waren nur wenige Zentimeter voneinander entfernt, sodass ich seinen warmen Atem spürte. »Ich hab gehört, dass er zurückkam, und da …«

»Hast du dir gedacht, es ist das Beste, wenn du dich auf mich stürzt?«

Er grinste. Sein Grinsen war so sexy, dass ich Trevv total vergaß. Oh Gott, Chris war ja so heiß! Und oh Gott, er lag auf mir.

»Das hat dir doch gefallen. Gib's zu. Seit einer Ewigkeit hoffst du im Stillen darauf.«

»Nein!«, stieß ich empört hervor.

»Doch, das hast du gehofft, du unartiges Mädchen.« Er lag immer noch auf mir, obwohl das jetzt absolut nicht mehr nötig war.

»Du kannst wieder von mir runtergehen«, schlug ich vor, obwohl ich das in Wirklichkeit gar nicht wollte.

»Ich weiß.«

»Und?«

»Ach nein. Nicht sofort. So finde ich es eigentlich ganz gemütlich, du nicht auch?«

Gemütlich war nicht unbedingt das Wort, mit dem ich das Gefühl beschreiben würde, unter ihm zu liegen, mit seinem vorher entblößten männlichen Körperteil gefährlich nahe an meinem weiblichen.

»Du küsst wirklich gut, Annie-Anne.«

»Ich hab dir nur was vorgespielt«, sagte ich rasch.

»Wirklich? War aber sehr überzeugend. Ich glaube, ich hab sogar Kratzspuren auf den Schultern, die es beweisen.«

»Was?« Ich schaute seine Schultern an, und ja, da waren Kratzspuren zu sehen. Ich hatte mich an ihn gekrallt wie ein rasendes Weib, trunken vor Hormonen und Geilheit. Ich wurde feuerrot vor Scham. »Es tut mir leid, das wollte ich nicht.«

»Mach dir keine Vorwürfe. Ist doch nett, wenn ich morgen am Strand damit angeben kann.« Chris grinste frech auf mich herab. »Möchtest du auch so was haben?«

»Was denn?«

»Einen Knutschfleck vielleicht?«

»Nein, danke.« Immer noch lag er auf mir und machte keinerlei Anstalten, an diesem Zustand etwas zu ändern.

»Darf ich mal was probieren? Muss mir nur rasch etwas ausdenken.« Er wartete meine Antwort erst gar nicht ab, sondern beugte sich zu einem neuerlichen Kuss herab.

Diesmal ging ich sofort darauf ein. Dieser Kuss jedoch war anders, langsam und innig – die Art Kuss, in der man sich total verlieren kann. Ich umschloss ihn enger mit meinen Schenkeln und schlang die Arme um seinen Hals. Oh, aber das sollte ich doch nicht!

Er hörte auf, mich zu küssen, und flüsterte an meinem Mund: »Hab ich mir gedacht.«

»Was gedacht?«

»Erdbeeren. *Erdbeere* und Pfefferminz. Ich wollte herausfinden, wie du schmeckst.« Er stützte sich erneut auf die Ellbogen und schaute mich noch einmal an, bevor er sich endlich von mir wälzte. »Dann sollte ich jetzt besser schlafen gehen, auf der …« Er ließ den Satz unvollendet, als erwartete er von mir, ihn zu ergänzen.

»Couch«, sagte ich.

»Couch, genau.« Er erhob sich halb, doch dann schien ihm noch etwas einzufallen. »Es sei denn, du fändest das gefährlich, weil Trevv womöglich immer noch draußen herumschleicht?«

»Könnte schon sein«, stimmte ich nervös und gleichzeitig erregt zu.

»Wir wollen doch nicht, dass er wiederkommt und mich auf der Couch vorfindet, nicht wahr?«

»Nein. Das wollen wir gewiss nicht.« Mein Herzschlag beschleunigte sich bei der bloßen Vorstellung, das Bett mit Chris zu teilen. »Wir könnten aber auch einfach die Tür verriegeln.«

»Und was ist, wenn er Schlösser knacken kann?«, gab Chris zu bedenken. »Man weiß nie, wozu einer wie Trevv fähig ist.«

»Wohl wahr«, stimmte ich ihm zu, obwohl es absolut grotesk war, dass Trevv mitten in der Nacht zurückkommen und unser Türschloss knacken könnte.

Chris grinste. »Dann sollte ich vielleicht besser zu dir ins Bett kommen?«

Ich nickte schüchtern, während mein Mund so trocken wurde wie die Savanne. Gott, was war ich nervös! Seit Trevv hatte ich nicht mehr mit einem Mann im Bett gelegen.

Chris schlug das Duvet beiseite und glitt darunter. Ich folgte seinem Beispiel, und wie auf eine Regieanweisung hin versanken unsere Blicke ineinander in dem Moment, als wir die Köpfe in die Kissen schmiegten. Tief sahen wir uns in die Augen. Ich kam mir vor wie ein Kind beim Blinzel-Wettbewerb:

Wer zuerst blinzelt, hat verloren. Aber welchen Preis würde der Sieger bekommen?

Keiner blinzelte. Wir starrten einander an, bis meine Augen juckten und zu tränen begannen. »Also, gute Nacht«, sagte ich und blinzelte schließlich doch.

»Gute Nacht«, erwiderte Chris. Dann beugte er sich vor und küsste mich sanft auf die Wange. »Schlaf gut.«

***

Ich war nicht sicher, wie lange ich geschlafen hatte, als ich von Tastaturgeklapper geweckt wurde. Ich öffnete meine verschlafenen Augen und sah Chris auf der Couch sitzen, tief über seinen Laptop gebeugt. Um ihn herum die übliche Ansammlung aus iPad, Kaffeebechern, einer Cola und einer angebrochenen Tafel Schokolade.

»Hey.« Meine Stimme war ebenfalls noch nicht ganz wach.

Chris fuhr herum, als hätte er den Schreck seines Lebens bekommen, und klappte den Laptop zu.

»Sorry, wollte dich nicht wecken.« Er stand auf und steckte den Laptop in die Hülle.

»Schon okay.« Ich lächelte ihn an. »Bin froh, dass es gut läuft.«

»Was denn?«

»Dein Film. Sieht doch so aus, als ob es voranginge.«

Ein halbherziges Lächeln nistete in seinen Mundwinkeln. »Danke.«

»Hast du also endlich deine Inspiration gefunden?« Zugegeben, ein kleiner Teil meines Ichs überlegte, ob unser Kuss vielleicht dafür verantwortlich war. Aber das war ja ein törichter Gedanke. Nicht wahr?

Sein Blick flackerte kurz zu mir und schien dann abzudriften, als betrachte er etwas, das hinter mir war. »Schlaf jetzt, Annie.«

***

Am nächsten Morgen wurde ich durch eine SMS von Lilly geweckt: Jane und ihr gehe es nun viel besser, sie würden morgen eintreffen. Ich schauderte, wenn ich mir vorstellte, was sie wohl zu all dem sagen würden: dass ich mit Chris falsches Pärchen spielte, während T zum Quadrat im Nebenzimmer hausten. Jane wäre auf keinen Fall dafür, sie würde vermutlich eine Liste all der Dinge aufstellen, die bei dem Unternehmen schiefgehen konnten, und das waren ja auch etliche. Ich war schließlich nicht komplett verblendet und mir der möglichen Folgen durchaus bewusst. Im Grunde brüllten sie mir ins Gesicht, ich zog es lediglich vor, nicht zuzuhören. Ich war gefährlich nahe dran, echte Gefühle für Chris zu entwickeln, die er wahrscheinlich niemals erwidern würde. Dennoch hatte ich mich seit einer Ewigkeit nicht mehr so lebendig gefühlt, so ganz ich selbst. Und ich wollte nicht, dass dieses Gefühl aufhörte.

»Kaffee, Honey.« Der köstliche Duft zog an mir vorüber und ließ mir das Wasser im Mund zusammenlaufen.

Ich schaute auf und grinste meinen zuvorkommenden, gut aussehenden, oberscharfen Fake-Freund an. Die Welt ist zuweilen ein gar grausamer Ort. Sie hält dir die sprichwörtliche Möhre vor die Nase, nur um sie wieder fortzuziehen.

»Danke, Liebling.« Ich spielte mit, obwohl es sich ehrlich gesagt unglaublich gut anfühlte, Chris so zu nennen.

»Und, was möchtest du heute unternehmen?«

Ich schlürfte die heiße schwarze Flüssigkeit, die sogleich Körper und Geist belebte.

»Eigentlich hätte ich nichts dagegen, das Resort mal eine Weile hinter mir zu lassen. Und ganz besonders unsere Nachbarn.«

»Klingt gut.«

***

Eine halbe Stunde später lehnten wir in den bequemen Sitzen des Speedboots, das wir gechartert hatten. Zum Glück hatte es ein Sonnensegel, denn die Außentemperatur war schon um zehn Uhr morgens sengend heiß gewesen. Ich schaute zu Chris hinüber und lächelte vor Aufregung, als die Motoren ansprangen – und dann machte das Boot einen Satz und ich wäre fast von meiner Bank gefallen. Chris hielt sich an der Reling fest, als hinge sein Leben davon ab, und mir fiel ein, dass ich seine Abscheu vor Wasser glatt vergessen hatte.

»Alles in Ordnung bei dir?«, rief ich ihm über das Gebrüll der Motoren und der brandenden Wellen zu.

»Irgendwie.« Er rang sich ein Lächeln ab.

Ich schwankte auf die andere Seite des Boots und setzte mich neben ihn. »Es tut mir so leid, ich hätte das nicht vorschlagen dürfen. Du hättest doch Nein sagen können!« Warum hatte er nicht abgelehnt?

»Ist schon okay.« Chris versuchte, sich tapfer und optimistisch zu geben.

»Hier, halt dich an mir fest.« Ich nahm seinen Arm und hakte ihn unter.

Er lachte leise und bedeutete mir, mich ebenfalls an der Reling festzuhalten, was ich auch prompt tat … Und dann musste ich mich mit aller Kraft festklammern, denn wir flogen geradezu über das Wasser und hinterließen eine weiße Gischtspur. Bald schon waren Strand und Resort (und alles, was dort kreuchte) nur noch eine ferne Erinnerung. Das Meer wurde stetig dunkler, und wir waren schon ein ganzes Stück vom Land entfernt, als die Motoren abgestellt wurden.

»Dort ist, wo die Delfine vorbeiziehen.« Der Fahrer wandte sich an uns und deutete auf die stille See.

Noch ein paar andere Boote schaukelten auf den Wellen, viele Touristen wollten die Delfine sehen. Wir warteten schweigend; die einzigen Geräusche kamen von Wellen, die gegen die Rümpfe unterschiedlichster Bootstypen schlugen. Plötzlich rief jemand: »Dort!«

Silberne Finnen glänzten in der Sonne. Sie glitten von allen Seiten auf uns zu, erhoben sich über die Wellen, tauchten wieder ein. Mit einem Mal wirkte das Meer unendlich lebendig. Ab und zu sprang ein Delfin in all seiner glänzenden, silbergrauen Pracht aus dem Wasser. Es waren die elegantesten Geschöpfe, die ich jemals gesehen hatte. Ballerinen des Ozeans.

Neugierig waren sie zudem: Manche sprangen so dicht neben dem Boot hoch, dass ich sie mit ausgestrecktem Arm hätte berühren können. Die Fahrer ließen die Motoren an, und die Boote setzten sich in Bewegung. Die Delfine schienen das als Aufforderung zu verstehen und lieferten sich Wettrennen mit den Menschen, schossen immer wieder aus dem Wasser hervor und tauchten darin ein. Flink und mit müheloser Eleganz flitzten sie zwischen den Booten hin und her.

»Hast du gewusst, dass Delfine sich gegenseitig Namen geben?«, rief mir Chris über den Lärm der Hochleistungsmotoren zu.

»Echt?«

»Ja, sie erfinden individuelle Pfeiftöne, die wie Namen funktionieren. Ist echt wahr!«

»Wow, das hab ich nicht gewusst.«

»Wenn du eine Delfinin wärst, könnte ich dich ja *so* nennen!«

Und er tat es.

Es war die affigste Delfin-Nachahmung, die ich jemals gehört hatte – nun ja, um *ehrlich* zu sein, hatte ich noch nie eine Delfin-Nachahmung gehört und daher keinen Richtwert, an dem ich sie messen konnte. Es war halt das erste Mal, dass ich so etwas hörte, und es war schon reichlich affig. Chris öffnete den Mund und stieß einen schrillen Quieklaut aus. Ich platzte vor Lachen und versuchte, ihn mit einem ebenso albernen und vielleicht noch schrilleren Quieken zu übertrumpfen. Und so begann das große Delfin-Pfeifkonzert, bis wir merkten, dass unser Boot angehalten hatte und der Fahrer uns mit besorgtem Ausdruck betrachtete, als sei er irrtümlich nicht darüber informiert worden, dass er Insassen einer Irrenanstalt an Bord genommen hatte. Als Chris und ich endlich sein erschrockenes Zwinkern sahen, konnten wir nicht mehr an uns halten. Wir wieherten vor Lachen, bis wir uns die Bäuche halten mussten.

Ich hatte das Gefühl, mit Chris total albern sein zu können. Absolut frei, ohne sein Urteil oder seinen Spott fürchten zu müssen. Chris war der erste Mensch, der mich dermaßen zum Lachen brachte …

Verdammt!

Ich konnte es nicht länger verhehlen – meine Gefühle für ihn wuchsen von Sekunde zu Sekunde. Mir kam aber wieder in den Sinn, was er einmal gesagt hatte: Jede Frau, die er bisher gedatet hatte, hatte geglaubt, sie sei diejenige, die ihn endlich ändern könnte. Die sein Herz zum Schmelzen bringen und ihn dazu bringen könnte, an die Liebe zu glauben.

Mit solchen Vorstellungen musste jetzt Schluss sein. Und zwar ein für alle Mal! Vermutlich waren sie äußerst schädlich für meine Gesundheit, denn sie würden mir das Herz aus der Brust reißen und den Seeigeln vorwerfen, damit diese sich daran gütlich taten.

Nun tat unser Fahrer den Mund auf. »Hier Sie werden schnorcheln«, sagte er, während er zwei Paar Taucherflossen und -brillen anschleppte.

»Oh, nein danke«, lehnte ich höflich ab. Ich würde Chris nicht zurücklassen und mich alleine im Wasser amüsieren.

»Ist schon in Ordnung, geh schwimmen.« Doch ich sah, dass er sich zum Lächeln zwingen musste.

»Ich will dich aber nicht hier allein lassen!«

»Das macht mir nichts aus.«

Das kaufte ich ihm nicht ab. »Ich habe eine Idee.« Ich baute mich vor ihm auf. »Warum kommst du nicht mit?«

Sofort schüttelte er den Kopf. »Nein, danke.«

»Du kannst doch schwimmen?«

»Ja, aber …«

»Dann komm mit. Wir gehen es ganz langsam an.«

»Ich weiß nicht …« Sehr widerwillig.

»Vertrau mir, Chris.« Ich nahm seine Hand und führte ihn langsam Richtung Reling. Dort nahm ich eine der Rettungswesten und hielt sie ihm hin. »Zieh dein Hemd aus«, sagte ich, und diesmal hörte ich keine schlagfertige Bemerkung à la *»Ich zieh meins aus, wenn du deins auch ausziehst«*.

Langsam pellte er sich aus dem Shirt. Mein Blick saugte sich förmlich an seinen Händen fest. Er fasste den Saum, zog den Stoff über den Bauch, seine Brust und den Kopf. Dann ließ er das Hemd aufs Deck fallen und schaute mich an.

Eine neuartige Empfindung brodelte zwischen uns. In einer richtigen Beziehung wäre dies der Moment gewesen, in dem sich bedingungsloses Vertrauen aufbaut, der Moment, in dem das Paar lernt, dass es einander vertrauen und sich gemeinsam allen Gefahren und Herausforderungen stellen kann. Aber das hier war ja keine richtige Beziehung.

Ich legte Chris die Rettungsweste an und schnallte alle Gurte so fest, wie ich konnte, dann führte ich ihn an die Reling.

»Besser noch eine.« Chris schnappte sich eine zweite Schwimmweste und hüllte sich hinein. Ich schaute zu, wie er die Gurte strammzog. Dabei zitterten seine Hände ein wenig, obwohl er es mit aller Macht zu verbergen suchte. Wenn es sich hier um eine Komödie gehandelt hätte, hätte ich mich schiefgelacht: Die beiden Westen ließen ihn aussehen wie das Michelin-Männchen, aber in diesem Augenblick war das alles andere als komisch.

Das Wasser war gar nicht so weit unter uns. Nur ein kurzer Sprung, doch für Chris vermutlich wie ein Sprung aus einem Flugzeug. Voller Entsetzen starrte er auf die blauen Fluten.

»Du bist nicht mehr das Kind von damals, Chris.«

Er hob den Kopf und sah mich an. »Nein?«

»Nein. Du bist erfolgreich und genial und witzig und sexy und hast mich vor einer totalen Demütigung bewahrt, als du mich noch nicht einmal kanntest.«

Er lächelte schwach. »Danke, Annie.«

»Wahrscheinlich bist du einer der nettesten Menschen, die mir je begegnet sind.«

Sein Lächeln wurde breiter, meines hingegen nicht. Denn die grausame, schmerzliche Ironie meiner Bemerkung entging mir nicht.

»Es ist schon ironisch, aber unsere So-tun-als-ob-Beziehung ist vermutlich die beste Beziehung, die ich jemals hatte. Du bist der beste Freund, den ich jemals hatte, und du bist noch nicht einmal echt.«

Traurigkeit nagte an mir. Ich war siebenundzwanzig. Ich hatte den größten Teil meiner Jugend mit Verlierern und Mistkerlen verplempert, und als ich meinte, den Richtigen gefunden zu haben, stellte sich auch dieser als Mistkerl heraus. Und ich war schon jenseits der fünfundzwanzig, beinahe schon dreißig, und hatte immer noch nicht meinen Traumprinzen gefunden.

»Was ist?«, fragte Chris. »Woran denkst du?«

Ich schaute ihn an und wünschte mir, er würde mir gehören. Aber das würde nie der Fall sein.

»Nichts, alles gut«, munterte ich mich selbst auf und drückte seine Hand. »Also, bist du bereit?«

Chris nickte kaum merklich.

»Eins, zwei …«

»Warte!« Es klang panisch.

»Denk an was anderes«, riet ich ihm.

»An was denn?«

»An etwas Schönes, Nettes, das dich ablenkt. Was könnte in diesem Moment ein Anlass sein, dich besser zu fühlen? Wodurch würdest du deine schlimmen Erinnerungen vergessen?«

Chris schenkte mir sein sexy Grinsen, das ich schon jetzt heftig vermisste. Dann küsste er mich.

17

Dieser Kuss war von ganz anderer Art. Nicht sanft und zurückhaltend. Sondern hungrig, leidenschaftlich, verzehrend.

Ich spürte, wie mein Körper von den Planken gehoben wurde, als Chris seine Arme um mich schlang. Ich keuchte vor Überraschung, als seine Lippen sich auf meine legten. Mit Nachdruck. Dies war echt und hart und so verdammt heiß.

Ich öffnete den Mund und ließ Chris ein. Unsere Zungen trafen einander mit Wucht. Es war ein rasender, ungehemmter, ein verzweifelter Kuss, als würde ich ertrinken, und er wäre der letzte Zug Sauerstoff, den ich auf dieser Welt nehmen durfte.

Seine Arme strichen an meinem Körper entlang, und ich erschauerte. Immer tiefer glitten sie und wieder hob er mich hoch. Ich schlang Arme und Beine um ihn und umklammerte ihn, als ginge es ums liebe Leben. Unser Kuss wurde noch intensiver, fast erstickend. Und dann fielen wir. Einen Augenblick lang schwebten wir wie ein Wesen durch die Luft, durch nichts und niemanden aufzuhalten. Ich grub die Nägel in seinen Rücken und klammerte mich fest, bis …

Platsch. Wir trafen auf die Wasseroberfläche. Für einen Moment tauchten unsere Köpfe unter Wasser, doch die Rettungswesten hoben uns schnell wieder nach oben. Immer noch küssten wir uns, doch mir reichte das jetzt nicht mehr. Ich hatte Lust, mit der Hand an seinem Bauch entlangzugleiten und in seine Bermudas zu fassen. Wie weit wollten wir unser So-tun-als-ob noch treiben? *Und wie weit wäre* zu *weit?*

Allmählich wurden wir ruhiger. Chris fuhr mit der Zungenspitze über meine Lippen, und ich sog sie wieder in meinen Mund. Wir waren derart im Einklang, als küssten wir einander schon seit Jahren.

Endlich löste er sich von mir. »Annie, ich muss dir etwas gestehen.« Alle Farbe war aus seinem Gesicht gewichen.

Verdammt. Da war es wieder: Wieder würde er mich daran erinnern, dass wir nur so taten als ob. Würde einen Klugscheißerwitz reißen, was für gute Schauspieler wir doch waren, die ganze Sache herunterspielen und sie mit einem Lachen abtun. Wie mein Herz sich dabei fühlte, kümmerte ihn nicht.

»Musst du nicht«, entgegnete ich rasch. Ich hätte es in diesem Moment nicht ertragen. Also tauchte ich und entkam in Gefilde, in die er mir, wie ich wusste, nicht folgen konnte.

Ich habe ja schon einiges Schöne in meinem Leben gesehen. Aber nichts hatte mich auf das Korallenriff vorbereitet.

Die Korallen wuchsen in allen nur erdenklichen Farben und Formen. Am eindrucksvollsten waren die pink- und orangefarbenen, die sich wie Miniaturpalmen im Wasser wiegten. Große grüne, knollenförmige Korallen zogen eine Schule hellgelber Fische an. Die munteren kleinen Dinger knabberten an den Korallen und flitzten in Lichtgeschwindigkeit um sie herum. Diese Fische waren besonders klein, doch im Riff tummelten sich auch sehr viel größere Kreaturen in allen möglichen Formen und Farben.

Blaue und gelbe Fische mit hellroten Mündern schwammen auf meine Taucherbrille zu und beäugten mich neugierig. Auch ein leuchtend grüner Fisch mit einer rosafarbenen Zeichnung im Gesicht wollte mich bestaunen, während die anderen genug mit Schwimmen und Fressen zu tun hatten. Aus dem Augenwinkel heraus erhaschte ich eine Bewegung; als ich mich umdrehte, sah ich eine riesige Meeresschildkröte, die gemächlich durchs Wasser glitt. Und mit *riesig* meine ich, dass sie mindestens einen Meter zwanzig lang war, also ungefähr so groß wie ein Kleinkind.

Ich schaute nach oben und sah Chris wie einen Korken an der Oberfläche hüpfen. Da glitt ich wieder nach oben.

»Wie ist es da unten?«, erkundigte er sich.

»Warum ziehst du nicht die Schwimmwesten aus und schaust selber nach?«

Er grinste mich an. »Danke.«

»Wofür?«

»Ich bin im Wasser. Und ich habe keine Angst. Und jetzt ziehe ich die Westen aus.«

Wir verbrachten eine gute Stunde in der verzauberten Welt des Korallenriffs, tauchten immer mal wieder auf, um Luft zu schnappen, und fuhren mit der Erkundung dieser Welt fort. Sie war mystisch, magisch und so lebendig und farbenfroh, dass ich mich nicht losreißen wollte. Doch letztlich gewann die Erschöpfung die Oberhand: Wir hatten so lange Wasser getreten und waren so oft getaucht, dass es reichte. Erschöpft kletterten wir wieder ins Boot.

Ich brach auf der Bank zusammen, streifte Flossen und Brille ab, dann schaute ich zu Chris. Er war eifrig damit beschäftigt, sich durch die Fotos einer Unterwasserkamera zu klicken. Ich war von der magischen Welt derart gebannt gewesen, dass ich gar nicht gemerkt hatte, wie Chris Fotos machte.

»Wo hast du die denn her?«

»Heute Morgen im Hotelshop gekauft, während du dich fertig gemacht hast. Ich hab mir gedacht, du möchtest vielleicht Aufnahmen machen. Hätte nie geglaubt, dass *ich* der Fotograf sein würde.« Er lächelte glücklich, und mein Herz schwoll vor Stolz.

Chris hatte heute etwas Großes vollbracht, und ich hatte ihm dabei geholfen. Ich schätzte, das war das Mindeste, was ich ihm schuldete, da er mir doch gegen Trevv beigestanden hatte.

Ich setzte mich neben ihn. Es waren tolle Bilder: ein scheuer schwarz-gelber Aal, der unter einem Stein hervorschaute, ein großer blauer Fisch, der in den wedelnden Armen einer orangeroten Seeanemone mit Fressen beschäftigt war, und …

»*Hey!* Das ist mein Hintern.« Ich riss ihm die Kamera aus der Hand und suchte nach der Löschfunktion.

»Ich hab bloß einen Fisch fotografiert.«

Ich betrachtete das Foto eingehend. Nicht der kleinste Hinweis auf eine aquatische Lebensform war darauf zu finden. »Ach ja? Und wo ist dieser so genannte Fisch?«

»Da.« Chris zeigte auf den Bildrand, wo ich eben noch eine winzige (praktisch unsichtbare) gelbe Flosse ausmachen konnte.

Ich drehte mich zu ihm und beäugte ihn voller Argwohn. »Mhm, also ich glaube, dass du in Wahrheit ein Foto von meinem Hintern gemacht hast.«

»Und wenn es so wäre?«, fragte er mit diesem verwegenen Grinsen, das seine geradezu lächerlich blauen Augen aufleuchten ließ.

(Seufzer, innerlich.)

Ich zoomte näher heran. »Also, besonders schmeichelhaft ist das Bild aber nicht. Keine gute Perspektive.«

»Ich finde es eine tolle Perspektive.« Er riss mir die Kamera aus der Hand und hielt sie hoch, außerhalb meiner Reichweite.

»Ich finde, du solltest es löschen.«

»Was denn, hast du Angst, ich würde es auf Facebook stellen und dich markieren?«

»Wer weiß, welche finsteren Pläne du damit hegst.« Ich schnappte mir die Kamera und fand endlich die Löschfunktion. Das Bild verschwand, und Chris mimte einen lauten Seufzer desaströser Enttäuschung. Ich bemühte mich um meine herrischste Miene und funkelte ihn an.

»Aber ernsthaft«, setzte er ein wenig ernster an. »Ich wollte wirklich nur den Fisch ablichten. Dass dein Hintern im Weg war, war nur das Tüpfelchen auf dem i.« Und da war es wieder: Sein jungenhaftes Grinsen, das mein Herz zum Schmelzen brachte.

Der Versuch, Chris zu widerstehen oder meine Gefühle für ihn zu unterdrücken, schien ein nutzloses Unterfangen zu sein. Widerstand war ganz offenbar vergeblich.

»Ich hab wirklich viel Spaß heute, Chris.«

Er grinste. »Ich auch. Und wenn ich an die Liebe glauben würde, könntest du tatsächlich das Mädchen sein, in das ich mich am Ende vergucke.«

18

Wie bitte? Was? Was zur Hölle sollte das denn nur bedeuten?

War das überhaupt ein schlüssiger Satz? Nein, war er nicht, sondern nur eine Folge von Wörtern, die einander widersprachen. Die keinerlei Logik ergaben. Chris war zum Fahrer des Boots gegangen und redete mit ihm, während ich mit offenem Mund auf der Bank saß. Chris seinerseits war so lässig, wie er nur sein konnte. Ein bisschen entspannter noch und man hätte ihn glatt für tot halten können!

»Er wird uns jetzt zu einer anderen kleinen Insel fahren«, sagte er.

»Oh.«

»Sie ist unbewohnt.« Plötzlich war das Funkeln in seinen Augen wieder da.

Meine Hoffnung lebte wieder auf. Vielleicht wollte er auf der Insel in Ruhe über alles sprechen und da weitermachen, wo wir aufgehört hatten.

Nur würde es dieses Mal nicht bei einem Kuss bleiben.

***

Zwanzig Minuten später erreichten wir unser Ziel: eine kleine Insel mit dem weißesten Strand, den ich je gesehen hatte. Der Strand ging beinahe nahtlos in dichten Urwald über, in den offenbar ein paar Trampelpfade hineinführten. Nach einem Meerestiere-Barbecue – das vom Meer direkt auf unsere Teller wanderte – machten wir uns an die Erforschung des Eilands.

Nach einer Weile schritten wir schweigend Seite an Seite dahin, den Strand entlang, bückten uns nach Kaurimuscheln und getrockneten Korallen, die von ihren Stöcken abgebrochen und angeschwemmt worden waren.

Nachdem wir unsere unerschrockene Erkundung beendet hatten, ließen wir uns in den Sand fallen und sahen aufs Meer hinaus. Es war ein herrlicher Tag, und wir befanden uns an einem der zauberhaftesten Orte der Welt. Die See war blasstürkis und vollkommen ruhig, der Sand schneeweiß und unglaublich weich. Ich hätte ewig hierbleiben können. Mit Chris. In dieser perfekten Fantasieblase, die wir uns geschaffen hatten.

»Und, Annie, wie sieht's mit deinen Plänen für die Zukunft aus?«, fragte Chris aus heiterem Himmel.

Mein Herz zuckte nervös bei dieser merkwürdigen Frage. »Ist das nicht ein bisschen umfassend?«, versuchte ich, ihr auszuweichen.

»Ach, du weißt schon, Heirat, Kinder, Suburbia, Lehrer-Eltern-Ausschuss?«

»Wie bitte?«

»Du wärst bestimmt die Super-Fußballmama, die ihre rothaarigen Söhne durch die Gegend kutschiert. Du wärst auf jeden Fall die schärfste und coolste Mom der ganzen Schule. Du wirst die Muddi der Stadt sein, die alle vögeln wollen.«

»Was für schmutzige Dinge mitunter aus deinem Mund kommen! Immerhin kenne ich dich jetzt ein bisschen, sonst würde ich dich wohl wegen sexueller Belästigung anzeigen.«

»Ich sag ja bloß. Wenn ich in der Abschlussklasse der Highschool wäre und du die Mom von einem meiner Freunde, dann würde ich mir vorstellen …«

Ich hielt ihm den Mund zu. »Okay. Stopp. Ich glaube, was du da im Sinn hast, ist in einer Million Länder gar nicht legal.«

»Und du kannst übrigens richtig gut küssen.« Langsam zog er meine Hand von seinem Gesicht und hielt sie fest. Er verschränkte seine Finger mit meinen und ließ unsere Hände in den warmen Sand sinken.

Ich versuchte, so gefasst wie möglich zu bleiben und nichts über meine närrischen Gefühle und den leicht verrückten inneren Monolog preiszugeben, der mir in diesem Moment durch den Kopf ging. Händchenhalten war eine so kleine, simple Geste und dabei so unglaublich intim. Es fühlte sich toll an!

»Und?«, wiederholte er.

»Und was?« Ich war so auf meine Hand konzentriert, dass ich unser Gespräch total vergessen hatte.

»Lehrer-Eltern-Versammlungen? Fahrgemeinschaften?«

»Oh. Das. Ja«, stammelte ich. »Also, um ehrlich zu sein …« Es war immer noch schlimm, an jenen Tag zu denken, und noch schlimmer, von ihm zu erzählen. »Irgendwie hab ich geglaubt, dass ich und Trevv eines schönen Tages heiraten würden. Eigentlich hab ich gerade an dem Tag, als ich die beiden erwischte, geglaubt, er wollte mir am Abend den Antrag machen.«

»Ernsthaft?«

»Dämlich, ich weiß. Aber ich hatte eine Rechnung vom Juwelier gefunden, und er hatte einen Tisch in unserem Lieblingsrestaurant bestellt und rote Rosen gekauft. Das war so furchtbar peinlich … Sogar auf dem Polizeirevier hab ich das noch geglaubt und ihn danach gefragt.«

»Und was hat Trevv gesagt?« Chris beugte sich total fasziniert vor.

»Hey, ich hoffe doch, dass du das nicht komisch findest!«, sagte ich scharf. »Ich weiß, das alles wirkt so komisch wie ein dummer Unfall, aber für *mich* war es der schlimmste Moment meines Lebens. Am Schluss habe ich mich so weit erniedrigt, dass ich gesagt habe: *Aber du solltest doch mich heiraten! Warum heiratest du nicht mich? Heirate mich. Mich.*«

»Autsch. Tut mir leid.« Chris wirkte nun nicht mehr so fasziniert, sondern eher betroffen.

»Das kannst du laut sagen. Ich habe Trevv sozusagen auf Knien angefleht, zu mir zurückzukommen und mich zu heiraten. Und das nach allem, was er mir angetan hatte.«

»Und jetzt? Jetzt empfindest du aber nichts mehr für ihn, oder?« Er wandte den Blick ab. »Keine romantischen Anwandlungen mehr?« Chris wirkte nun beinahe schüchtern, und mein Herz schlug ein wenig schneller.

Aufgeregte Schmetterlinge flatterten in meinem Bauch. »Wärst du eifersüchtig, wenn ich doch noch Gefühle für ihn hegte?«

»Tja, du bist immerhin meine Als-ob-Freundin, falls du das vergessen haben solltest.« Chris hob den Blick und schaute mich wieder an.

»Und du bist mein Als-ob-Freund«, fiel ich in seinen humorvollen Tenor ein, ernüchtert über die Richtung, die unser Gespräch erneut genommen hatte. Chris war wirklich unfähig, echte Gefühle zu entwickeln.

***

Erst gegen fünf Uhr kehrten wir ins Resort zurück, zur Abendzeit, der schönsten Zeit des Tages. Das abnehmende Licht hatte einen Stich ins Rosarote, wodurch das Grün der Palmen betont wurde und das Wasser dezent rosa leuchtete. In dem sanften Licht wirkten Chris' Augen noch blauer. Und ein wenig dunkler, tiefer und verträumter.

»Möchtest du noch mal in den Pool? Die Sonne brennt ja jetzt nicht mehr so«, sagte er.

»*Du* willst schwimmen gehen?« Ich musterte ihn argwöhnisch.

»Ja. Ich hätte nichts dagegen, all die verlorenen Jahre nachzuholen.«

»Kann ich gut verstehen.« Meine Haut war klebrig und salzig vom Meerwasser und schmierig von der Sonnenmilch – Abspülen im Pool wäre jetzt genau das Richtige.

»Dann los.«

Wir schlenderten zum großen Schwimmbad der Hotelanlage und holten uns auf dem Weg ein paar kühle Drinks an der Bar. Der Pool war ungeheuer eindrucksvoll, obwohl ich inzwischen von diesem Hotel auch nicht weniger als das Maximum erwartete. Es war ein riesiger Infinity Pool mit verdeckter Wasserkante vor dem Blick aufs Meer. Um das Becken verteilt standen Tische, Stühle und bequeme Strandliegen. Wir entdeckten zwei freie und nahmen sie schnell in Beschlag.

Eine Zeit lang saß ich da, genoss die schöne Umgebung und sann über den Tag mit Chris nach, als plötzlich … Tess aus dem Pool stieg.

Verdammte Hacke!

Ich zog die Sonnenbrille herunter und betrachtete Tess über den Brillenrand. Es sah so aus, als stiege sie in Zeitlupe aus dem Wasser und bewegte sich zu den imaginären Klängen eines schwülen exotischen Saxofonstücks. Ihr braun gebrannter, straffer Körper steckte in einem engen weißen Bikini, und das lange schwarze Haar klebte auf ihrer Haut. Sie neigte den Kopf nach vorn und warf das Haar zurück. Wieder war es wie eine Zeitlupenaufnahme, als die schwarzen Locken flogen. Sie schüttelte den Kopf, und ihre Brüste wogten und wackelten in dem winzigen Bikinitop. Dann fuhr sie sich genüsslich mit den Fingern durch die langen schwarzen Strähnen.

Wie eine Szene aus einem Shampoo-Werbespot: Lässig wirft

die Frau ihre langen, glänzenden Locken über die Schulter, dass die Tropfen nur so sprühen. Winzige Tröpfchen in Zeitlupe, die im Sonnenlicht schimmern.

Ich beobachtete die Reaktionen der anderen Poolgäste. Tess' zweifellos kalkulierte Zurschaustellung hatte die gewünschte Wirkung. Den Männern standen die Münder offen, während die Ehefrauen ernstlich angefressen wirkten. Selbst die Vögel im Gras schienen mit Picken aufzuhören und schauten zu. Trevv glühte vor Stolz und feixte, weil er der Besitzer dieser Schönheit war. Als wäre Tess ein nagelneuer, glänzender Lamborghini.

Jetzt winkte sie ihm zu, sandte ein Luftküsschen und zwinkerte dazu verführerisch. Ich hätte wetten mögen, dass jeder Mann im Umkreis von fünf Meilen einen Ständer bekam. Sie nahm ein Handtuch von ihrer Liege und beugte sich vor, um sich die Beine abzutrocknen. Bei dem Manöver drückten sich ihre Brüste zusammen und ihr Hintern streckte sich keck heraus. (Vielleicht auch im Umkreis von zehn Meilen.)

Ich schaute zu Chris und erriet, dass seine Gedanken die gleichen Wege gingen.

»Hast du Töne!«, stieß er hervor.

»Ich weiß!«

»So eine Schnepfe! Wenn Trevv glaubt, dass sie ihm ein liebes, treues Eheweib wird, dann wird er sich noch umschauen.«

»Echt?« Allein bei der Vorstellung, dass Tess Trevv betrügen könnte, wurde mir schwindelig vor Glück. Hoffentlich würde sie es in aller Öffentlichkeit tun. Hoffentlich würde jemand ein Foto davon machen und irgendwo posten, damit Trevvs Freunde, Verwandte und Kollegen es sehen konnten. Wie demütigend für ihn!

»Mehr!«, drängte ich aufgeregt.

Chris kam meinem Wunsch bereitwillig nach. »Ja. Den Typ kenne ich gut. Sie benutzt ihren Sexappeal, um zu bekommen, was sie will, aber wenn du ihr gutes Aussehen abziehst, dann wird darunter vermutlich ein zutiefst unsicherer Mensch zum Vorschein kommen, eine Frau, die glaubt, dass sie nur mit ihrem Äußeren Erfolg hat. Und ihre größte Angst besteht darin, ihr gutes Aussehen zu verlieren. Denn dann würde sie auf sich selbst zurückgeworfen werden. Sie wäre dann nichts Besonderes mehr.«

»Mensch, du bist ja der reinste Psychologe! Woher zum Teufel weißt du das alles?«

Chris zuckte lässig mit den Schultern. »Ich bin Autor. Es ist mein Job, mich mit Menschen auszukennen. Zu wissen, wie sie ticken. Sonst könnte ich ja nicht über sie schreiben.«

»Ach, echt? Aber die Liebe brauchst du nicht zu kennen und zu verstehen, um darüber zu schreiben? Du widersprichst dir ja selber, Mister.« Ich schüttelte einen mahnenden Finger in seine Richtung. »Eigentlich widersprichst du dir ständig. Warum bloß?«

Er schüttelte den Kopf. »Annie-Anne, das ist alles viel zu kompliziert für einen lässigen Plausch am Pool.«

Ich beäugte ihn argwöhnisch. »Du willst bloß nicht antworten, weil ich dich durchschaut habe, nicht wahr?«

»Was hast du durchschaut?«

»Die größte Lüge, die du dir selber einredest.«

Chris drehte ruckartig den Kopf und starrte mich an. »Und welche soll das sein?«

»Ich glaube nicht, dass du nicht an die Liebe glaubst. Ich glaube, das ist alles bloß Abwehr.« Ich stürzte mich auf meine neu gewonnene Erkenntnis. »Denn du glaubst *doch* an die Liebe. Aber du erlaubst dir nicht, sie zu fühlen.«

»Wer ist jetzt der Psychologe?«

»Chris, ernsthaft, man muss doch kein Psychologiediplom haben, um das zu erkennen. Als du jünger warst, warst du …« Es schmerzte mich, es auszusprechen.

»Dick. Mollig. Stämmig.« Chris sagte es ganz lässig, doch ich hörte den Schmerz in seinen Worten.

»Ja. Und die Mädchen mochten dich nicht. Sie haben sich erst für dich interessiert, als du ein anderer warst, als du Erfolg hattest und gut aussahst. Wie hättest du da an die Liebe glauben können?! Deiner Erfahrung nach gibt es die Liebe nur als Tauschgeschäft. Wie könnte sie also jemals echt sein?«

Er nickte. »Interessanter Ansatz.«

»Und dann haben deine Eltern sich scheiden lassen, und du hast geglaubt, es wäre deine Schuld, und dann hast du miterleben müssen, wie deine Mom an ihrem gebrochenen Herzen beinahe zugrundegegangen ist. Du hast die Liebe einfach abgestellt. Ich hab vielleicht in meinen Beziehungen Pech gehabt und mir stets die falschen Männer ausgesucht – mir ist inzwischen klar, was für einen schrecklichen Geschmack ich gehabt haben muss –, aber immerhin *habe* ich geliebt, auch wenn ich am Ende verloren habe.«

»Und du glaubst daran? Dass es diesen ganzen Schmerz wert ist?«

»Der Schmerz ist nicht zu vermeiden. Wenn zwei Menschen füreinander geschaffen sind, dann haben sie *vielleicht* eine Chance, vergnügt bis an ihr seliges Ende zu leben.«

»Unwahrscheinlich«, tat er meine Worte ab.

Ich ließ mich jedoch davon nicht beirren, denn ich wollte eine befriedigende Antwort. »Du glaubst nicht *nicht* an die Liebe. Du hast dich nur dafür entschieden, dich niemals zu verlieben, weil du Angst davor hast, verletzt zu werden. Du benutzt deinen Humor und deine schlagfertigen Bemerkungen wie ein Schutzpolster. Du hast wahnsinnige Angst davor, dass du, wenn du dich verliebst, im Stich gelassen wirst, so, wie es dein Dad bei deiner Mutter getan hat, oder wie du in deiner Kindheit als *Mops* im Stich gelassen worden bist.«

Chris schwieg eine Weile. Ich sah, dass er ernstlich über meine Worte nachdachte. »Unter normalen Umständen würde ich dir zustimmen, ach verflucht, eine Psychologiestudentin im ersten Semester würde dir zustimmen, aber …« Er schaute mich an, und jeder Muskel in meinem Körper spannte sich. Einen Augenblick lang verschlug es mir den Atem; in seinem Blick lag etwas, das mich lähmte. »Allmählich fange ich an zu glauben, dass ich die Richtige noch nicht getroffen habe. Und sollte es eines Tages dazu kommen, dann werde ich alles zurücknehmen und zugeben, dass ich von Anfang an falschgelegen habe. Vielleicht bin ich bloß ein fauler, dreiunddreißigjähriger zynischer Junggeselle, der seine Traumfrau noch nicht getroffen hat.« Sein Blick wurde noch intensiver.

Mein Herzschlag setzte aus. Wollte er mir etwas zu verstehen geben?

»Annie …« Seine Stimme war ganz leise geworden.

Ich hatte ein mulmiges Gefühl in der Magengrube. »Ja?«

»Wo wir gerade so tiefsinnig sind und unsere Beobachtungen übereinander austauschen – würde es dir etwas ausmachen, wenn ich dir auch etwas sage?«

»Aber gar nicht.« Wobei ich mir eigentlich nicht so sicher war, ob ich es hören wollte.

»Weißt du überhaupt, wie sehr du dich selber herabsetzt?«

»Was?« Jetzt war ich ehrlich verblüfft.

»Wenn ich jedes Mal, wenn du gesagt hast, dass du eine Versagerin oder erbärmlich bist oder wie sehr dir diese neue Annie missfällt, einen Dollar bekommen hätte, dann könnte ich mich jetzt zur Ruhe setzen.«

Ich spürte, wie sich mir die Kehle zuschnürte.

»Dass Trevv dich betrogen hat, liegt in keinster Weise daran, dass du irgendwie unzulänglich bist. Du bist nicht einmal ansatzweise unzulänglich, Annie. Denn die Wahrheit ist, dass es nichts an dir gibt, weswegen du Minderwertigkeitsgefühle hegen solltest. Du bist klug, witzig, hinreißend und offenkundig eine sehr talentierte Designerin.«

»Woher willst du denn das wissen?«

»Das da ist ein wirklich interessantes, einzigartiges Teil, wenn du mich fragst«, sagte er, indem er auf meine Strandtasche deutete. »Und aus der Art, wie du küsst, kann ich mit ziemlicher Sicherheit schließen, dass du gut zu vögeln bist.«

»Was?« Ich brach in Gelächter aus. »Hast du gerade *gut zu vögeln* gesagt?« Wenn ein anderer dies gesagt hätte, wäre ich zutiefst beleidigt gewesen. Doch aus irgendeinem Grund durfte Chris sich solche Sachen erlauben. »Und woher willst du das wissen?«, fragte ich.

»Weil du eine sehr begehrenswerte Frau bist.«

»Aber nicht so wie sie.« Ich deutete auf das Swimmingpoolluder, das immer noch für ein Massenspektakel sorgte, indem es sich betont langsam Wassertropfen vom Busen tupfte.

»Begehrenswert und sexy zu sein erfordert auch ein gewisses Geheimnis. Die da«, Chris zeigte auf Tess, die sich gerade wieder vorbeugte, »birgt kein Geheimnis. Ihr Badeanzug ist schon reichlich grenzwertig. Könnte auch gleich an einem Wet-Bikini-Contest teilnehmen.«

Ich schaute hinüber zu Tess; ihr Bikinihöschen war hinuntergerutscht und entblößte ein großes Stück von ihrem kessen Hintern.

»Ich würde dich ihr jederzeit vorziehen.«

Jetzt setzte mein Herz ungefähr zehn Schläge aus. Adrenalin vermischte sich mit einer Flut von Hormonen, und mir wurde regelrecht unbehaglich zumute. Unbehaglich und frustriert und verwirrt. Schrecklich verwirrt. Was war das nur? In der einen Minute sagte er mir die nettesten Dinge und küsste mich, doch in der nächsten riss er seine Witze und ich drehte durch, weil ich verzweifelt zu ergründen suchte, wie viel davon überhaupt ernst gemeint war.

Chris streckte die Hand aus und nahm meinen Arm. »Ernsthaft, Annie-Anne. Es ist höchste Zeit, dass du dein Selbstvertrauen zurückgewinnst!«

Doch bevor ich darauf antworten konnte, standen T zum Quadrat neben uns.

Fuck! Sie gingen mir allmählich furchtbar auf die Nerven, besonders jetzt, da sie in einem derart wichtigen Moment störten. Sie waren wie giftige Schatten, stets zwei Schritte hinter uns, oder neugierige Köpfe, die aus Palmen spähten.

»Hallo.« Trevvs Stimme war zum Kotzen.

»Hallo.« Ich hoffte nur, meine fehlende Begeisterung war mir deutlich genug anzuhören.

»Schönen Tag gehabt?«, fragte er.

Als ob ihn das überhaupt interessierte.

»Ja, sehr. Danke.« Aber eigentlich wollte ich schreien: *»Haut bloß ab! Chris und ich führen gerade ein sehr wichtiges Gespräch, du widerliche Kröte!«*

»Das freut mich. Das freut mich riesig.« Trevv nickte voller Aufrichtigkeit. Und dann kniete er nieder und sah mir gerade in die Augen. »Ich bin froh, dass es dir gutgeht«, sagte er.

Ich hätte mich am liebsten auf der Stelle erbrochen.

»Ich weiß, wie glücklich Tess und ich waren, als wir uns verlobt haben. Dabei fällt mir ein … Ihr habt noch gar nicht erzählt, wie ihr euch kennengelernt habt.« Sein Grinsen erlosch für einen Moment, und dahinter kam der arrogante Idiot zum Vorschein, der die Frage aus einem ganz anderen Grund gestellt hatte: Er versuchte noch, uns in die Falle zu locken.

»Ich würde das auch zu gern hören«, meldete sich Tess zu Wort, und dann zogen sie doch tatsächlich eine Liege heran und setzten sich, als hätten wir sie dazu aufgefordert. Als wären wir vier die besten Freunde.

»Tja«, Chris legte mir eine Hand aufs Bein, »das ist wirklich eine interessante Geschichte.«

»Ach, tatsächlich?« Trevv beugte sich interessiert vor.

»Oh ja, auf jeden Fall.« Chris klang sehr souverän, und darüber war ich froh. Schließlich war er der Geschichtenerzähler und nicht ich. »Es war vor ungefähr fünf Monaten, stimmt's, Baby?«

»Ach, wirklich?« Trevvs Augen leuchteten auf. »Aber hast du mir nicht schon vor sechs Monaten von Boyden erzählt?«

»Hab ich fünf Monate gesagt? Meinte natürlich sechs, klar«, berichtigte sich der unerschütterliche Chris. »Ich war grad in Südafrika eingetroffen. Wir suchten nach einem Drehort, und da renne ich auf dem Flughafen in Annie hinein. Buchstäblich. War's nicht so, Schatz?«

»Ja, Liebling.« Ich gab ein schrecklich gekünsteltes Lachen von mir.

»Und was hattest du auf dem Flughafen verloren, Anne?«, fragte Trevv, als stünde ich im Kreuzverhör.

»Ähm, ich war … ich war …« *Verdammt*. Was hatte ich bloß am Flughafen gemacht?

»Sie hat Stormy-Rain abgeholt. Nicht wahr?«, rettete mich Chris, indem er klugerweise den Namen einer meiner Freundinnen verwendete.

»Aber ich dachte immer, Stormy-Rain hätte Angst vorm Fliegen. Sie ist doch der Meinung, dass Flugzeuge gar nicht in der Luft bleiben können, nicht wahr?« Trevv verdrehte bei ihrem Namen die Augen. Er und Stormy hatten einander nie ausstehen können.

»Genau!« Chris schnippte mit den Fingern. »Sie hatte vorgehabt zu fliegen, hat es aber im letzten Augenblick mit der Angst bekommen und Annie angerufen, damit sie sie abholt.«

Trevv sah mich forschend an, und ich versuchte, meine wissende Miene beizubehalten.

»Ich hab Annie gesehen, bevor sie mich sah. Ich mein', grad du solltest doch wissen, wie sie in einer Menschenmenge auffällt.«

Aus dem Augenwinkel heraus sah ich, dass Chris mich anschaute, und spürte seine Hand, die meinen Oberschenkel drückte.

»Sie war die schönste Frau, die ich je gesehen hatte, und ich schäm mich nicht zuzugeben, dass ich sie angegafft hab.«

Mein Körper wurde steif, als er näher an mich heranrückte.

»Und so süß. Sie hat so süß ausgesehen. Das Haar hatte sie hochgesteckt, nur diese bezaubernden Strähnchen, die kürzer sind, haben hervorgeschaut.« Seine Stimme hatte einen zärtlichen Ton angenommen; instinktiv wischte ich mir eines der besagten Strähnchen aus dem Gesicht.

Ich fasste es nicht, wie ihm eine solche Kleinigkeit an mir auffallen konnte.

»Ich hab versucht, all meinen Mut zusammenzunehmen und sie anzusprechen, aber ich hab mich nicht getraut. Und während ich mir noch vorhalte, was für ein Feigling ich bin, renne ich vor dem Flughafengebäude in sie hinein. Wir fallen hin und liegen auf dem Boden.«

»Wie romantisch«, hauchte Tess.

»Das war es auch, weil sie nämlich auf mir lag.«

»Das ist ja so goldig, findest du nicht auch, Trevv?« Tess versetzte ihrem Trevvy einen Rippenstoß, und der grunzte zustimmend.

»Es war Schicksal, denn dann ist was ganz Sonderbares passiert. Wir sahen uns in die Augen, und es fühlte sich an, als würden wir einander auf den Grund unserer Seelen blicken. Es war ein elektrisierender Moment. Und da wusste ich es einfach!«

»Was wusstest du?«, wandte ich mich an Chris.

Unsere Blicke verschränkten sich, und jetzt fühlte es sich *wirklich* so an, als schaute er in meine Seele.

»Ich wusste, dass sie die Frau war, mit der ich zusammen sein wollte. Also hab ich sie einfach geküsst.«

»Du hast eine vollkommen Fremde auf dem Boden vor dem Flughafen geküsst?« Trevv klang keineswegs überzeugt.

»Ja. Wir haben gar nichts sagen müssen, denn im selben Augenblick merkte ich, dass sie es auch wusste. Es war perfekt. Ich hätt im Leben kein besseres Skript schreiben können.« Chris rutschte noch näher an mich heran. »Es war die Art Kuss, in dem man sich verliert, wisst ihr?«

Ein sonderbares, nervöses, elektrisierendes Gefühl durchfuhr mich, als er ganz nah gerückt war.

»Die Art Kuss, die ohne Worte so viel ausdrückt. Ein Kuss, der dich vergessen lässt, dass die Welt um dich herum existiert.«

Oh Gott, er war drauf und dran, mich zu küssen. Schon wieder! Sein Blick fiel auf meinen Mund, und ich machte mich bereit.

»Genau so ein Kuss …«

In meiner Benommenheit vermeinte ich, seinen australischen Akzent schwächeln und schließlich ganz verschwinden zu hören. Chris beugte sich vor, und sobald seine Lippen meine berührten, schmolz ich dahin.

»So ein Kuss lässt dich endlich an die Liebe glauben.«

19

Kaum hatten Trevv und Tess sich verdrückt, schenkte Chris mir ein Eine-Million-Dollar-Grinsen.

»Das war toll!«, bemerkte er.

»Ich weiß.« Ich war immer noch halb in Trance.

»Wir haben sie total gefoppt. Einen besseren Dialog hätte ich gar nicht schreiben können, und wenn ich mich noch so sehr angestrengt hätte.«

»Was?«

»Annie und Boyden haben einen Punkt gemacht!« Er hielt eine Hand hoch, damit ich sie abklatschen konnte.

Den Gefallen tat ich ihm jedoch nicht. Ich stand auf, nahm meine Tasche und machte mich auf den Weg zu unserer Villa. Es war dringend nötig, dass ich meine Gefühle wieder in den Griff bekam. In der einen Minute schwebte ich auf Wolke sieben und erlag der Seligkeit des besten Kusses meines Lebens, und in der nächsten wurde mir diese Wolke unter dem Hintern fortgerissen, und ich stürzte unsanft zu Boden.

»Was hast du?« Chris war ebenfalls aufgestanden und folgte mir.

Unbeirrt lief ich weiter. Ich war furchtbar böse auf ihn, auch wenn ich wusste, dass ich wenig Grund dazu hatte. Chris tat nur, was von ihm erwartet wurde, und spielte seine Rolle vorzüglich.

»Worüber regst du dich so auf, Annie?«

Diese Frage brachte mich dazu, stehen zu bleiben. Ich drehte mich um, schaute ihn an. Ich wollte etwas sagen, brachte jedoch zunächst keinen Ton heraus. Wie konnte ich ausdrücken, dass ich mich in seinen perfekten Dialog vergafft hatte? Ich hatte mich in jede einzelne Szene seines Films verguckt, den er so virtuos entwarf und inszenierte.

»Nichts. Ich bin müde und will aufs Zimmer.«

Danach bedrängte er mich nicht mehr. Schweigend kehrten wir zu unserer Villa zurück. Sobald wir eingetreten waren, strebte ich auf die Treppe zu, doch Chris hielt mich auf.

»Willst du mir nicht endlich sagen, was los ist?«

Ich schüttelte den Kopf. »Nichts ist los.«

»Also bitte! *Nichts* sagt ihr Frauen immer dann, wenn *alles* verkorkst ist.«

Ich holte tief Luft. »Ich bin nur verwirrt, das ist alles. Das hier«, ich deutete von ihm zu mir, »finde ich so verwirrend.«

»Was ist daran verwirrend?«

»Warum hast du mich auf dem Boot geküsst?«

»Weil du mir gesagt hast, ich müsse mich ablenken.«

»Ganz genau«, sagte ich. Wieder einmal wurde meine Vermutung bestätigt. Das Ganze spielte sich nur in meinem Kopf ab, ich hatte die ganze Zeit nur meine Fantasien hineinprojiziert.

»Und weil ich es wollte«, setzte er rasch hinzu.

»Weil du es wolltest?« Ungläubig schüttelte ich den Kopf. »Aber was bedeutet es dir, Chris? Ich verstehe das einfach nicht. Was tun wir? Warum küssen wir uns, und warum sagst du mir so viele nette Sachen und …« Ich brach ab, als mir klar wurde, wie ich mich anhörte: leicht verzweifelt und so richtig erbärmlich.

»Ich bin auch verwirrt«, sagte Chris und tat einen Schritt auf mich zu.

»Weswegen genau?«

»Das hier, wir … das, was mit uns geschieht. Ich bin gern

mit dir zusammen und mag es wirklich sehr, dich zu küssen, aber …« Er verstummte.

»Aber was? Liegt es daran, dass du nicht an die Liebe glaubst, weil sie so kitschig ist und du ein zynischer Schreiberling bist, der Romanzen über verliebte alte Leute und Leute mit Gedächtnisverlust hasst?«

»Iss mit mir zu Abend«, schlug er plötzlich vor und brachte mich damit total aus dem Konzept.

»Wie bitte? Das wollten wir doch ohnehin. Immerhin müssen wir ja essen.«

»Nein. Ich habe gemeint: Geh mit *mir* essen.« Er betonte das Wort *mir*, als hätte ich vergessen, dass wir seit einiger Zeit ohnedies alles zusammen taten.

»Ich hatte nicht vor, dich auszuladen.« Allmählich wurde ich gereizt.

Chris trat noch einen Schritt vor und legte mir die Hände auf die Schultern. »Ich rede von einem Date. Lass uns zusammen ausgehen, Annie.«

»Ein Date?«

»Ja. Ist die normale Art der Liebeswerbung bei den meisten Pärchen.« Er grinste scherzhaft, aber ich konnte sein Lächeln nicht erwidern.

»Zu welchem Zweck, Chris?«, fragte ich. »Wir leben in verschiedenen Ländern, und in ein paar Tagen reise ich sowieso ab. Ich werde in mein mieses Leben zurückkehren und du in dein glamouröses L. A. Welchen Sinn hätte da ein Date?«

Er zuckte mit den Schultern. »Ich weiß nur, dass ich heute Abend deine Hand halten und dich anschauen möchte.«

Ich schwieg eine Weile. Sein Vorschlag machte mich nicht so froh, wie ich gehofft hatte. Vielleicht, weil er mich allzu sehr daran erinnerte, dass unsere Geschichte begrenzt war und irgendwann enden musste.

»Bitte bring mich nicht dazu, darum zu betteln«, flüsterte er. Seine Hände glitten von meinen Schultern und strichen über meine Arme. Sanft streiften mich seine Fingerspitzen, und meine Haut geriet in Brand.

»So, wie ich es sehe«, seine Hände glitten immer weiter herunter und schlossen sich um meine, »bleiben uns nur noch wenige Tage, also lass uns das Beste daraus machen.«

»Das Beste daraus machen«, wiederholte ich. Seine Worte stimmten mich traurig.

»Was sagst du also zu unserem ersten Date?«

»Das wahrscheinlich auch unser letztes sein wird«, murmelte ich.

»Lass uns jetzt nicht daran denken. Lass uns den Abend einfach genießen.«

Mein Herz und mein Kopf raunten mir widersprüchliche Befehle zu: Ersteres wollte seinen Vorschlag unbedingt annehmen, während Letzterer nicht überzeugt schien, dass dies eine so gute Idee war. Doch am Ende gewann mein Herz: »Okay, wir können's ja mal versuchen.«

Augenblicke später eilte ich bereits nach oben, um in meinem Koffer nach einem Fummel zu suchen, der für ein Date infrage kommen mochte. Mir war nicht in den Sinn gekommen, etwas anderes mitzubringen als simple Strandkleidung, und da mein letzter Einkaufsbummel von so geringem Erfolg gekrönt gewesen war, sah ich mich nun vor eine modische Herausforderung gestellt. Ich hatte nur ein einigermaßen schickes Ausgehteil mitgenommen, ein schlichtes weißes Etuikleid ohne Ärmel, das mit ein wenig Spitze am Halsausschnitt verziert war. Ich schlüpfte hinein und stellte sogleich fest, dass es an gewissen Stellen enger geworden war. Verdammt, warum konnte ich nicht auf Kohl und Quinoa stehen?

Mein Haar steckte ich zu einem lockeren Knoten auf. Ein

paar rebellische Strähnen fielen mir ins Gesicht, und ich steckte sie hinter die Ohren. Ich trug ein wenig Wimperntusche auf, schmierte ein bisschen Highlighter auf die Wangen und klatschte einen fetten Klumpen durchsichtiges rosa Lipgloss auf den Mund. Besser ging es unter diesen Umständen nicht, wie ich fürchtete. Herrje, mit einem Mal war ich total nervös. Schon verrückt, wie dieses kleine Wörtchen mit vier Buchstaben einen ganzen Abend verändern kann …

D-a-t-e.

Ich warf einen letzten prüfenden Blick in den Spiegel und war bereit. Ich atmete tief durch und trat auf die Dachterrasse hinaus. Die Abendluft roch süß und tropisch, und eine Meeresbrise hinderte die Hitze daran, allzu drückend zu werden. Alles in allem das perfekte Wetter für ein romantisches Date. Ich ging hinunter und sah Chris mit dem Rücken zu mir am Fuß der Treppe stehen. Meine Sandalen verursachten ein Geräusch, und er drehte sich zu mir um.

»Wow.« Sein Mund stand offen, und er riss die Augen auf.

Ich konnte nichts gegen das Kribbeln tun, das sich urplötzlich in meinem Magen ausbreitete.

»Du siehst toll aus!« Er trat einen Schritt näher, und nun sah ich, dass er sich auch für den Anlass umgezogen hatte. Er hatte sogar sein Haar *gestylt* – soll heißen, er hatte es gebürstet. Außerdem trug er ein Hemd ohne Flecken und eine ziemlich pfiffige Jeans. Als ich die Treppe zur Hälfte herabgestiegen war, konnte ich auch seinen Duft riechen: warm, schwer und anziehend, ein Geruch von Sandelholz und Moschus.

»Danke. Du siehst auch richtig gut aus.« Ich versuchte, ihn ganz normal anzulächeln, ohne Rehaugen zu machen oder mit den Wimpern zu flattern.

»Das weiße Kleid unterstreicht deinen Sonnenbrand.«

»Na, danke schön.« Sogleich war ich ein wenig ernüchtert.

»Ein Kompliment machen und es umgehend wieder zurücknehmen, dann lass es doch gleich.«

Offenkundig erkannte Chris, dass er einen Fehler gemacht hatte. »Annie-Anne, bestimmt ist dir inzwischen aufgefallen, dass ich mich mit Humor ablenke. Er ist mein Schutzmechanismus. Denn wenn … sich etwas zu wahr anfühlt, mache ich einen Witz darüber. Wenn etwas zu peinlich wird … reiße ich einen Witz.«

»Ist dir unser Vorhaben peinlich? Wir müssen dieses Date nicht unbedingt durchziehen, weißt du?« Und mir sank der Mut. Was, wenn er mich beim Wort nehmen und alles absagen würde?

Ein schüchterner Ausdruck glitt über sein Gesicht. »In Gegenwart einer total scharfen Schnecke komme ich mir immer wie ein Tollpatsch vor.«

Ich verdrehte die Augen. »Du musst doch ständig von heißen Hollywood-Starlets umgeben sein! Ich wette, alle schmachten dich an und hoffen, du schreibst ihnen in deinem nächsten Film die Hauptrolle auf den Leib oder …«

Chris zuckte mit den Schultern. »Was immer noch nicht heißt, dass du keine echt scharfe Schnecke bist.« Er warf mir die Art Lächeln zu, die mich stets in Stolpergefahr geraten ließ.

»Danke.«

»Ach Annie, Annie, Annie, was mache ich nur mit dir?« Er schüttelte den Kopf und sah mich an, und plötzlich saß ich in einer Achterbahn, die eine Million schwindelig machender Loopings vollführte. Er trat auf mich zu. »Wollen wir?« Ein gefährliches Glitzern war in seinen Augen, und ich konnte nicht umhin, zu bemerken, dass sein Blick über meinen Körper glitt, während ich seinen Arm nahm. Ich fühlte mich nackt unter diesem intensiven Blick, und – es gefiel mir. *Wie es wohl wäre, mit ihm zusammen nackt zu sein?*

Ich hakte ihn unter. »Führe mich, du mein Galan.«

»Oh, das mach ich schon, keine Sorge.« Er zwinkerte mir scherzhaft zu, und ein Schauer rann mir über den Rücken.

Arm in Arm gingen wir, ohne ein weiteres Wort. Unsere Beine bewegten sich in vollkommenem Einklang, und wir schwangen im Takt hin und her, zwischen unseren Körpern schien vollkommene Harmonie zu herrschen. Ich konnte nicht umhin, mich zu fragen, ob sie auch in anderer Hinsicht zueinander passen würden.

»Wohin gehen wir?«, fragte ich, als wir an dem Restaurant vorbeikamen, in dem wir am Abend zuvor gegessen hatten.

»Du hast doch nicht etwa geglaubt, dass ich dich bei unserem ersten Date in dieses olle Ding ausführen würde?«

»Wohin also dann?«

»Keine Ahnung. Ich habe an der Rezeption nach der besten Adresse für ein erstes Date gefragt und ein Taxi bestellt.«

Wir durchquerten die Lobby und stiegen vor der Pforte in den wartenden Wagen. Es war unglaublich verlockend, endlich einmal aus dem Resort herauszukommen. So groß es auch war, mutete es doch leicht klaustrophobisch an, weil Trevv und Tess da waren und auch noch die Villa neben uns belegt hatten.

Der Wagen setzte sich in Bewegung. Ich ließ mich in die Polster sinken und widmete mich der Betrachtung der Landschaft. Es ging ins Landesinnere, fort von der Küste und auf die grünen Zuckerrohrfelder zu. Bald schon kletterten wir auf einer Straße in engen Windungen höher und höher. Dann passierten wir ein großes schmiedeeisernes Tor und brausten eine lange Einfahrt entlang. Als ich das Gebäude erblickte, musste ich nach Luft schnappen.

»Ist ja toll!«, staunte ich das gewaltige Herrenhaus an.

Eine große Kehre brachte uns vor das Portal. Es war das ehemalige Heim eines Zuckerrohrpflanzers und musste wohl an die zweihundert Jahre alt sein. In der Mitte des Vorplatzes stand ein imposanter Springbrunnen, und als ich aus dem Taxi stieg, sprühten kleine Tröpfchen auf meine Haut.

Im Haus war alles feierlich und romantisch – ach, so romantisch! – mit Kerzenlicht, Blumen und leiser Hintergrundmusik. Im Hotel hatten sie recht gehabt: Dies war der perfekte Ort für ein erstes Date. Wir wurden zu einem Tisch am Fenster geführt und nahmen Platz. Eine Jazzband spielte sanfte Melodien, die zu der allumfassenden Romantik beitrugen. Aus dem Fenster konnte man in der Ferne sogar noch die Küste sehen.

»Wein?«, fragte Chris, während er die Speisekarte aufklappte.

»Eigentlich«, ich zeigte auf einen bunten Tropendrink, der eben auf einem Tablett vorbeigetragen wurde, »möchte ich lieber so einen.«

»Willst du dich etwa betrinken, Annie-Anne?«

»Vielleicht.« Jetzt war es an mir, ihn schelmisch anzugrinsen.

»Weil, du weißt ja …« Er beugte sich über den Tisch und sah mir tief in die Augen. Seine Stimme hatte sich verändert; sie war Sex in flüssiger Form. *Was hatte er vor?* »Als du neulich abends leicht angeschickert warst, habe ich mich wie ein vollendeter Gentleman benommen, aber heute Abend haben wir ein Date, also könnte ich das glatt vergessen.«

Wie war es nur möglich, dass die Schallwellen seiner Stimme an meinem Rückgrat kribbelten?

»Ich dachte, du hättest schon seit einiger Zeit kein Date mehr gehabt?«

»Hatte ich auch nicht.« Immer noch hielt er meinen Blick fest und sprach mit dieser sinnlichen Stimme, die die Macht besaß, mich in eine Pfütze zu verwandeln. »Warum fragst du?«

»Es kommt mir so vor, als würdest du dich gut auskennen. Es wirkt geübt.«

Chris schüttelte den Kopf. »Das wirkt nur so, weil ich mit dir hier bin, Annie-Anne.«

Wie schaffte er es bloß, diesen Satz so überzeugend zu bringen? Und wie kam es, dass ich von seinen Worten geradezu betrunken wurde? Ich war nicht einmal mehr sicher, ob ich den Cocktail noch wollte; Chris hatte mich bereits besoffen gemacht. Hunger hatte ich übrigens auch nicht mehr. Mein ganzer Magen bestand nur noch aus Nerven.

»Ich habe ohnehin nie Sex beim ersten Date«, flüsterte ich, damit kein zufällig Vorbeikommender es hören konnte. Außerdem stimmte es: Ich bin mehr der Typ vierte oder fünfte Verabredung.

»Hätte ich auch nicht geglaubt.«

»Dann ist es ja gut, dass wir das klargestellt haben. Ich fände es auch nicht gut, wenn du glauben würdest, dass ich die Art Mädchen bin, die man ausnutzen kann, obwohl wir uns ja schon wild geküsst haben.«

»Ich würde dich niemals ausnutzen, Annie. Eigentlich …« Der sinnliche Ton war aus seiner Stimme verschwunden.

»Was?«

»Ich muss dich etwas fragen. Das wollte ich dich schon lange fragen, und bevor das hier irgendwie weitergeht, muss ich etwas wissen.«

»Oh Gott, was denn? Das klingt aber ernst.«

»Trevv? Was hast du eigentlich in ihm gesehen? Ich kann mir euch beide einfach nicht zusammen vorstellen, sosehr ich es auch versuche.«

»Ach, das.« Ich ließ den Kopf hängen und holte tief Luft. »Ich habe seither auch viel darüber nachgedacht.«

»Und? Sag mir doch bitte, dass du einen guten Grund für eure Beziehung gefunden hast. Denn mir ist es immer noch ein Rätsel, wie eine Frau wie du, eine kluge, witzige, realistische, bezaubernde Person, sich mit einem Idioten wie ihm zusammentun konnte?«

»So realistisch, wie du sagst, war ich früher nicht. Vermutlich hat die Tatsache, dass ich seit Kurzem so arm bin, in dieser Hinsicht zu einer Veränderung geführt.«

»Ich kriege es trotzdem nicht in den Kopf«, meinte Chris.

»Ich war wohl ein wenig oberflächlich. Ich habe auf gutes Aussehen gestanden, auf Status, auf einen richtig coolen Typen … Und da hat Trevv anscheinend gut ins Bild gepasst.«

»Ich bin jedenfalls ganz anders als er, und wenn du immer noch auf Männer wie ihn stehst …«

»Nein! Nein, tu ich nicht. Nicht mehr. Eigentlich mag ich jetzt *ganz* andere Männer.« Endlich gelang es mir, den Blick zu heben und ihm in die Augen zu schauen, obwohl ich mich wegen der krassen Gefühle, die ich eben eingestanden hatte, nackt und verletzlich fühlte.

Chris schmunzelte. »Da bin ich aber froh, Annie. Mein Geschmack scheint sich nämlich auch drastisch verändert zu haben.«

Der Kellner kam an unseren Tisch und störte den wunderbaren Moment. »Bitte sehr, zwei Gläser Champagner.« Und er stellte die Flöten auf den Tisch.

»Den haben wir nicht bestellt«, winkte Chris ab.

»Sie sind von dem Gentleman, der dort drüben sitzt.«

Wer dieser Gentleman war, musste er gar nicht erst verraten. Es handelte sich natürlich um Trevv, der ungefähr sieben Tische weiter saß. Tess winkte uns zu, und Trevv reckte fröhlich den Daumen in die Höhe.

»Das ist der Krug Clos du Mesnil Blanc de Blancs«, sagte der Kellner in einem Ton, der wohl Ehrfurcht erwecken sollte.

»Was zum Teufel ist denn ein Krug de Clog de Blank de Blank oder was auch immer?«, fragte Chris.

Der Kellner blinzelte verwirrt. »Sir, dies ist der teuerste Champagner auf unserer Karte.«

»Ach, tatsächlich?« Chris wirkte vollkommen unbeeindruckt. »Muss bei dem Kerl alles auf Wettbewerb hinauslaufen?«, wandte er sich an mich.

»Ich schätze, ja.« Das stimmte. Trevv musste stets beweisen, dass er besser war als alle anderen, selbst damals, als wir die ersten Male miteinander ausgegangen waren. Damals war es mir nicht wirklich aufgefallen; tatsächlich hatte ich sein Selbstvertrauen sogar sexy gefunden. Jetzt sah ich nur noch Arroganz darin.

»Welches sind die billigsten, ekelhaftesten Drinks auf Ihrer Karte?«, erkundigte sich Chris bei dem Kellner.

Der Mann sah ihn verständnislos an. »Wie meinen, Sir?«

»Sie haben mich schon verstanden.«

»Wir haben keine«, der Kellner räusperte sich, als müsste er einen Krümel lockern, der ihn am Sprechen hinderte, »billigen, ekelhaften Speisen oder Getränke auf der Karte. Auf der Rückseite der Weinkarte finden Sie allerdings eine Übersicht über unsere Cocktails und scharfen Alkoholika.«

»Chris, lass es einfach gut sein. Können wir sie heute Abend nicht einfach ignorieren?«

»Nein, Annie, das können wir nicht. Ich hab die Nase gründlich voll von diesem Kerl, der dauernd versucht, dich kleinzumachen. Immer muss er beweisen, dass sein Leben so viel besser ist als deines. Ich hab keine Lust mehr zuzusehen, wie er dich zur Schnecke macht. Jemand muss für dich kämpfen. Und dieser Jemand werde ich sein.«

Ich schmunzelte und errötete und war sogleich tief gerührt. Nie zuvor war jemand derart für mich in die Bresche gesprungen. Aber tatsächlich hatte Chris, seit ich ihn kennengelernt hatte, nichts anderes getan: Er war zu meiner Rettung herbeigeeilt, wann immer ich ihn brauchte. Hatte Boyden gespielt – mitunter sehr schlecht – und aus keinem anderen Grund als dem, weil er nett sein wollte.

Ein obszönes Wort mit fünf Buchstaben wollte mir nicht mehr aus dem Kopf gehen. Das obszönste und gefährlichste Wort von allen …

L-i-e-b-e.

Ich taumelte, ich stürzte. In voller Geschwindigkeit. Und hoffte nur, dass es am Boden etwas gäbe, das den Aufprall dämpfen würde.

Ich schaute Chris zu, der in der Speisekarte blätterte. Sein Blick glitt rasch von links nach rechts, während er die verschiedenen Möglichkeiten erwog. Dann hielt er inne, riss die Augen auf, und ein Grinsen breitete sich auf seinem Gesicht aus. Langsam senkte er die Karte.

»Bitte, würden Sie den beiden mit unserer freundlichen Empfehlung zwei *Schlüpfrige Nippel* bringen?«

Ich brach in ein lautes, nervöses Kichern aus. »Nein! Das machst du nicht!« Schockiert, aber auch höchst erfreut schlug ich die Hände vor den Mund.

»Da kannst du Gift drauf nehmen, dass ich das mache.« Triumphierend klappte er die Karte zu und drehte sich zu Tress um. Er grinste freundlich, winkte und reckte beide Daumen in die Höhe. Dann wandte er sich wieder mir zu. Wir warteten. Ich hätte vor Aufregung am liebsten laut gequiekt, und es war deutlich zu sehen, dass es Chris ebenso erging. Ich kam mir vor wie ein freches Schulmädchen, das einen Streich verübt hat und nun auf die Folgen wartet.

»Ha. Ha. Sehr witzig!« Trevvs Stimme übertönte sämtliche anderen Gespräche sowie das Klappern der Bestecke. Einige Gäste schauten neugierig auf.

»Bloß ein kleiner Schlag unter die Gürtellinie, Kumpel.«

Chris sprach wieder breitestes Australisch. Dann grinste er übers ganze Gesicht. »In aller Freundschaft, eh?«

Mit einem Mal platzte ich heraus. Es war die Art Gelächter, die mit Tränenströmen und unkontrolliertem Schulterzucken einhergeht. Chris fiel ein, und wir erstickten fast an unserem hysterischen Lachen. Die Gäste, die vorher lediglich vage interessiert geschaut hatten, starrten uns nun total entgeistert an. Es war ersichtlich, dass wir die romantische Stimmung zerstörten, an deren Aufbau und Erhaltung dem Wirt so viel gelegen war.

Wieder glitt unser Kellner auf uns zu. Ich erwartete, dass er uns bitten würde, ruhiger zu sein, aber das war nicht der Grund. Er stellte zwei rote Drinks auf den Tisch.

»Von dem anderen Tisch.« Er sprach mit leiser, beinahe verschwörerischer Stimme und beugte sich zu dem immer noch wiehernden Chris hinunter. Und dann, im Bruchteil einer Sekunde, änderte sich alles: Ich konnte nicht hören, was der Kellner zu Chris sagte, doch dem verging das Lachen schlagartig.

»Jetzt reicht's. Jemand muss diesen Arsch mal in die Schranken weisen!«, brüllte er. Und in einer einzigen fließenden Bewegung stand er auf und marschierte quer durch das Lokal auf Trevv zu.

20

Mit Entsetzen sah ich, wie Trevv einem Springteufel gleich von seinem Stuhl hochschnellte.

»Ach? Willst dich wohl mit mir anlegen, *Kumpel*?«, ahmte er Chris' Akzent höhnisch nach. Dann warf er seine Serviette auf den Tisch und stieß dabei die beiden Schnapsgläser um, die auf den Boden rollten.

Das Klirren der Scherben war im ganzen Restaurant zu hören. Es folgte allgemeines Aufkeuchen, das Geräusch, als die Bestecke hingelegt wurden, daraufhin verstohlenes Flüstern. Ich sprang ebenfalls auf und bahnte mir einen Weg zwischen den Tischen hindurch, hin zum Auge des Sturms.

Trevv trat einen Schritt vor, streckte dramatisch die Hand aus und deutete mit einem Finger auf Chris. Er sah lächerlich aus, wie ein spanischer Matador, der vergeblich versucht, einen Michael-Jackson-Tanzschritt hinzukriegen.

Auch Chris sah ziemlich lächerlich aus. Er hatte sich vor dem Tisch aufgebaut und stemmte die Hände in einer Weise in die Hüften, als posiere er nach einer Anleitung in *Vogue*.

»Ja, vielleicht werd ich dir mal das Maul stopfen. Okay!«, brüllte Chris, behielt seine modisch-bedrohliche Pose bei und stampfte mit dem Fuß auf.

»Ach, tatsächlich?«, brüllte Trevv zurück.

»Yeah!«, echote Chris mit unverminderter Lautstärke.

Trevv stieß ein lautes missbilligendes Schnalzen aus und verdrehte die Augen. »Das glaub ich eher nicht.« Und dann legte er ruckartig den Kopf zur Seite.

Die beiden sahen vollkommen bescheuert aus, und als unbeteiligter Zuschauer hätte ich vielleicht darüber gelacht. Der eine schob die Hüfte vor, als wollte er über den Catwalk schreiten, und der andere wackelte mit dem Kopf vor und zurück wie Beyoncé, und ich hatte immer noch keinen Schimmer, was hier eigentlich abging.

Tess war ebenso verwirrt wie ich, das sah ich ganz deutlich. »Trevvy, Baby, was hast du denn?«, gurrte sie und zog einen betrübten Schmollmund. Ihr kennt doch diese großen Industrietacker? Tess' vorgeschobene Lippen flehten mich förmlich an, eine Heftklammer durch sie zu schießen. Ihr das Maul zu stopfen!

Trevv legte ihr beschwichtigend die Hand auf den Arm und sagte mit falscher Kriegerstimme, als käme er soeben von den Schlachtfeldern um die Burg Winterfell, nachdem er einige Köpfe und Arme abgehackt hatte: »Ganz ruhig, Baby. Das geht dich nichts an. Ist eine Sache zwischen ihm und mir.«

Was war zwischen den beiden? Was zum Teufel ging hier ab?

»Chris, was geht hier ab?«, fragte ich, als ich die beiden Kontrahenten erreicht hatte.

Er fegte mich fast von den Füßen, als auch er seinen Arm ausstreckte. »Du auch, Annie … Baby. Mit euch Ladys hat das nichts zu tun.«

»Uns *Ladys*?« Warum redete er auf einmal wie in einem alten Western?

Und als ob die Situation nicht schon albern genug gewesen wäre, trat nun auch noch ein nervöser, kleiner Mann im Smoking dazwischen.

»Das reischt nun, Dschentelmen.« Sein französischer Akzent war so stark, dass er kaum zu verstehen war. Und dann mehrte sich das Getümmel, denn ein Koch mit irrem Blick und hoher weißer Kochmütze stürzte aus der Küche. In der Hand hielt er ein Entenbein.

»*Que se passe-t-il?*«, rief er und schüttelte das Geflügelteil.

»Isch kümmre misch schon drum«, gab ihm der Kleine im Smoking zu verstehen. »Mach du nur Ente à l'orange.«

»Isch kann nischt kochen bei der Krach. Wie soll isch denn dabei kochen können?«, schimpfte der Mann, während er mit dem Entenschenkel herumfuchtelte.

Jetzt standen wir definitiv im Mittelpunkt der Aufmerksamkeit. Die Jazzband hatte zu spielen aufgehört, die Gäste zu essen, und Trevv und Chris gingen in Angriffshaltung, als sollte im nächsten Moment die Hölle losbrechen.

»Chris, kannst du mir bitte sagen, was hier vorgeht?«, flehte ich ihn an.

»Was hier vorgeht? Trevv soll sich bei dir entschuldigen, und zwar auf der Stelle. Für alles, was er dir angetan hat.«

Schon bei dem Vorschlag brach Trevv in Gelächter aus – in ein böses, schrilles Kichern, das klang, als hätten sich die Pforten der Hölle aufgetan und Satan höchstpersönlich träte hervor. »Ich entschuldige mich niemals, für gar nichts. Entschuldigungen sind was für Schwächlinge.«

»Tja, aber heute wirst du dich entschuldigen.«

»Ach, tatsächlich?«

»Ja, verdammt tatsächlich!«, brüllte Chris.

Wieder allgemeines erschrockenes Aufkeuchen.

Der Mann im Smoking fing an, »Stopp! Stopp!« zu brüllen. Er war so klein, dass er auf und ab hüpfen musste, um Trevv und Chris drohend in die Augen zu schauen – einschüchternd wirkte das wahrlich nicht! »Wenn Sie nischt aufhören, isch muss rufen den Sischerheitsdienst.«

Trevv lachte hämisch. »Das sollte für Annie kein Problem sein, sie ist es ja gewohnt, verhaftet zu werden.«

»Das reicht!« Chris stürzte sich auf Trevv, schubste den Geschäftsführer einfach beiseite.

Würde er zuschlagen? Keiner der beiden machte den Eindruck, als wisse er, einen Kinnhaken zu platzieren. Trevv besaß ziemliche Muckis, aber die waren nur zum Vorzeigen da, eher eine Schaufensterdekoration als wahrer Armschmalz. Und was Chris betraf … Ich will es mal so ausdrücken: Du kannst keinen Schlag austeilen, wenn es so aussieht, als wären deine Hände an deinen Hüften festgeklebt.

Keiner der beiden schlug zu. Stattdessen blieb Chris dicht vor Trevv stehen und beugte sich vor, bis sie fast Nase an Nase standen.

»Eines Tages wirst du begreifen, wie idiotisch es war, Annie gehen zu lassen.«

Seine Bemerkung war wohl nicht so ganz nach Tess' Geschmack, denn sie stellte sich neben ihren kostbaren Trevvy und legte einen Arm um ihn. »Das bezweifle ich!«, zischte sie Chris durch zusammengebissene Zähne zu.

Ich war die Einzige, die sich bislang nicht gerührt hatte. Ich stand einfach nur da und schaute zu, wie sich die Szene vor meinen Augen entfaltete. Ich war ein wenig beeindruckt und fühlte mich ziemlich geschmeichelt. Noch nie hatte sich ein Mann meinetwegen geschlagen, nicht einmal auf so lächerliche Art und Weise.

»Jetzt es reischt, isch rufe den Sischerheitsdienst.« Der kleine Mann im Smoking eilte ans andere Ende des Restaurants.

Sobald er fort war, nutzte Chris die Gelegenheit, um Trevv den nächsten verbalen Treffer zu versetzen. »Du hast Annie sowieso nie verdient. Sie ist viel zu gut für dich.«

»Also bitte! Sie hat *mich* nie verdient!«

»Wie kannst du es wagen?« Und dann machte er zu guter

Letzt seine Drohung wahr, und ich wusste nicht, ob ich lachen oder jubeln sollte.

Chris schlug Trevv quer übers Gesicht. Eine Ohrfeige mit offener Hand, so wie eine Frau zuschlagen würde. Trevv sah aus, als hätte er einen Geist gesehen; ich glaube nicht, dass jemals zuvor Hand an sein hübsches Gesicht gelegt worden war. Einen Moment lang wirkte er entsetzt, dann erschrocken. Und dann leuchtete die pure Bosheit in seinen Augen auf.

Er schlug zurück. Chris versuchte, den Hieb mit einem raschen Hochreißen des Arms zu parieren, und dann kam es zu einem ausgewachsenen Schlagabtausch. Auch ein Wunder geschah in diesem Moment: Die einstmals tote Ente flog durch die Luft und traf nicht etwa Trevv oder Chris, sondern Tess. Sie kreischte, als das Entenbein sich in ihrem Haar verfing, und schlug wild danach, als hätte sich eine Fledermaus darin verfangen.

Jetzt rührte ich mich endlich und packte Chris um die Taille, versuchte, ihn von seinem Kontrahenten fortzuziehen. Ein paar Gäste hatten sich ebenfalls eingemischt, und ein Mann führte die in Tränen aufgelöste Tess zu ihrem Stuhl. (Ich bezweifle stark, dass es ihm um ihr Wohlergehen ging – er genoss es einfach, seinen Arm um ihren ekelhaft betörenden Körper zu legen.) Seine Frau warf ihm tödliche Blicke zu.

»Na *schön*!« Trevv kreischte so laut, dass alle im Lokal in ihrem derzeitigen Tun innehielten und ihn anstarrten. »Tja, jetzt können wir sie wohl definitiv von der Gästeliste streichen, nicht wahr, Tessy?« Seine Stimme triefte vor Sarkasmus.

»Von welcher Gästeliste?« Jetzt trat ich doch vor. Neugierig geworden.

»Wir wollten – aus reiner Herzensgüte und im Geiste der Versöhnung …«

»Ver-söh-nung!«, höhnte Chris.

»Ja! Tess und ich wollten euch zu unserer Hochzeit einladen.« Er wandte sich an den ganzen Raum, wobei er offenbar glaubte, dass sämtliche Gäste an seinen Lippen hingen, weil sie ihn ja so toll fanden. »Übermorgen feiern wir bei Einbruch der Dämmerung unsere Strandhochzeit.«

Chris lachte. »Das ist ein Witz, ja?«

Trevv schüttelte den Kopf. »Es wird die perfekte Trauung. Tess wird im Mittelpunkt stehen, und alle Augen werden auf ihr, auf ihr allein ruhen.«

»Warum um alles in der Welt glaubst du, dass wir zu eurer verdammten Hochzeit kommen wollen?«, fauchte Chris. Wieder einmal achtete er nicht auf seinen Akzent.

Ich war entsetzt. Und voller Abscheu, weil Trevv mir wieder seine tolle Beziehung unter die Nase reiben musste. Sein Glück und sein sogenanntes perfektes Leben. Und in diesem Moment, so glaube ich, hasste ich Trevv mehr, als ich jemals in meinem Leben einen Menschen gehasst hatte.

Ich hasste seine Angewohnheit, seinen Namen mit zwei angeberischen *Vs* zu buchstabieren! Ich hasste sein Haar und seine vollkommenen Zähne und seine Hemden mit den pedantisch gebügelten Kragen. Er war ein Mensch der schlimmsten Art überhaupt: schmierig, manipulativ, abgefeimt, kränkend, prahlerisch, egoistisch, herablassend … Ich hätte die Liste endlos fortsetzen können, aber ich wollte nicht noch mehr Gehirnzellen auf ihn verschwenden.

Ich war offiziell fertig mit ihm.

»Ich dachte mir nur, es könnte vielleicht lehrreich für euch sein«, fuhr Trevv fort. Er blähte sich förmlich auf, und der Ausdruck in seinen Augen kündete von … einer Herausforderung.

Er bereitete einen Schlag vor, das spürte ich. Dann grinste er breit. Das selbstgefälligste Grinsen, das ich je gesehen hatte. Es war verstörend. Es war beinahe unheilvoll. Die Art Lächeln, mit dem dich ein Zombie-Dämon bedenkt, bevor er dir den Kopf abreißt.

»Ich dachte, ihr würdet dadurch Gelegenheit haben, zu sehen, wie ein *echtes* Paar aussieht, ein *echtes* Paar, das sich liebt.« Er legte viel zu viel Betonung auf das Wort *echt*, und das begann mich zu beunruhigen.

»Nicht wahr, *Boyden aus Australien, Kumpel*?!«

Mir gefror das Blut in den Adern, als Trevv seinen Blick von Chris löste und mich ansah. Er wusste es. Er *wusste* es. Er verdrehte die Augen. Ich wollte sie ihm aus den Höhlen reißen – auch hier mochte der Industrietacker hilfreich sein.

Und dann wandte Trevv mir sein schlangenartiges Grinsen zu. »Erbärmlich, Annie, wirklich erbärmlich. Hast du tatsächlich geglaubt, dass du damit durchkommst?«

Ich sog scharf die Luft ein, während mir bereits die Tränen in den Augen brannten, und biss mir auf die Lippen. Ich wollte nicht weinen, nicht jetzt, nicht vor ihm. Ich wollte Trevv nicht noch mehr Futter für seine Selbstgefälligkeit schenken.

Er schüttelte den Kopf. »Ich meine, hallooo? *Boyden*. Aus *Australien*?« Er stieß ein wildes, schrilles Lachen aus, das einem Hyänenrudel Ehre gemacht hätte.

Ich fühlte mich wie ausgeweidet. Wieder einmal überkam mich die Empfindung, als wäre meine Welt in sich zusammengestürzt. Chris drehte sich zu mir, und durch den Tränenschleier in meinen Augen glaubte ich zu erkennen, dass er mir stumm etwas sagen wollte. Ich konnte es nur nicht verstehen.

»Vielen Dank für die Einladung, Trevv!«, dröhnte Chris und wirkte nun seinerseits reichlich selbstgefällig. »Aber wir hätten ohnehin nicht zu eurer Hochzeit kommen können. Annie und ich werden nämlich auch schwer beschäftigt sein.«

»Ach ja?«, machte Trevv und hob fragend eine Braue.

»Annie!« Chris wirbelte zu mir herum. »Ich wollte das

eigentlich erst später tun, aber ich schätze, jetzt ist ein ebenso guter Zeitpunkt.« Er näherte sich, und plötzlich wurde ich schrecklich nervös. Er sah mich so sonderbar an.

Sehr sonderbar.

»Annie.« Nun stand er vor mir und nahm meine Hände. »Seit ich dir begegnet bin, an jenem Tag am Flughafen, habe ich im Herzen gewusst, dass du, hinreißende schöne Annie, die Frau, die einzige Frau auf der ganzen Welt bist, mit der ich den Rest meines Lebens verbringen will. Bis zum Tage meines Todes.«

»Sorry, wie?«, fiel ich ihm ins Wort.

Chris warf mir einen Blick zu, der *Nun spiel schon mit* besagte. Wobei sollte ich mitspielen? Im Moment war ich einfach nur verwirrt. Ich wusste doch nicht einmal, wieso es überhaupt zu dem Streit gekommen war.

Und dann sank Chris vor mir herab. Tiefer, tiefer und tiefer, bis er tatsächlich auf dem Boden war. Mit einem Knie auf dem Boden. *Vor mir!*

Einige *Ahs* und *Ohs* entrangen sich der Menge, ich jedoch glaubte nicht, dass ich begriffen hatte, was hier vorging. Es war alles so unwirklich: Eben noch hatten Chris und ich unser erstes Date und genossen den Abend, und jetzt kniete er vor mir, im Angesicht von Tress und einem Lokal voller Menschen, einschließlich der Musiker, die zu spielen aufgehört hatten, eines Geschäftsführers, der wie rasend ins Telefon sprach, und eines Kochs, der aussah, als wollte er gleich einen Mord begehen.

Chris fuhr fort. »Eigentlich habe ich gewollt, dass es eine Überraschung wird. Denn ich weiß doch, wie sehr du Überraschungen liebst. Deshalb habe ich das Ganze organisiert. Eine kleine romantische Strandhochzeit, wie du sie immer gewollt hast. Wie wir sie in den vielen Nächten besprochen haben, als wir eng umschlungen im Bett lagen.«

»Oh bitte!«, hörte ich Trevv an der Seitenlinie schnauben.

»Deine Freundinnen haben mir natürlich dabei geholfen, man kann Lilly und Jane einfach nicht daran hindern, das weißt du ja. Sie kommen sogar extra morgen hergeflogen, um bei unserem großen Tag dabei zu sein.«

»Chris … ich … Was sagst du da?«, hauchte ich.

»Annie. Annie. Anne. Du Liebe meines Lebens. Du Frau meiner Träume. Du machst mich heil, du machst mich zu einem besseren Mann, du lässt mich an die Liebe glauben. Wirst du mich zum glücklichsten aller Männer machen und mir deine Hand im Ehebund gewähren?«

»Wozu?«, fragte ich total erschrocken.

»Heirate mich, Annie.«

21

Mir stand der Mund offen. Wenn mein Unterkiefer noch weiter herabsackte, würde ich ihn am Ende vom Boden aufklauben müssen. Meine Hände fühlten sich gequetscht an, weil Chris sie mit aller Kraft drückte.

»Oh bitte!« Wieder schnaubte Trevv verächtlich. »Das ist ja wohl die lächerlichste Vorstellung, die ich je gesehen habe!«

»Annie?« Chris lächelte zu mir hoch.

Dies war sicherlich nicht der Antrag, den ich mir erträumt hatte. Und gewiss nicht der Mensch, von dem ich ihn erwartet hatte. Aber trotz allem fühlte es sich richtig an.

Chris war der Richtige. Wie er mich anlächelte, wie seine Augen leuchteten. Ich spürte, wie ich fortgerissen wurde, gefangen in dem Moment, in der Romantik der Szene.

Es ist aber nicht echt, Annie. Dies ist nicht echt.

Doch egal wie oft ich mir das vorgesagt hatte, mein Körper wollte es nicht glauben.

»Gibt es hier jemanden, der ihnen diese Charade abnimmt?« Trevv lachte schallend.

Ich hatte seine Anwesenheit völlig vergessen.

»Du würdest nie auf einen Kerl wie ihn reinfallen, Anne. Er ist ein Verlierer und du …«

»Ich liebe ihn. Ich liebe ihn, und ich werde ihn heiraten!«, brüllte ich durch das ganze Lokal. Der romantische Moment, der mich umfangen hatte, war zerstört. Trevv hatte ihn zerstört und nun ging es nur noch darum, mit ihm abzurechnen. »*Ja!*«, rief ich dem knienden Chris zu. »Ich werde dich heiraten.«

Und ohne seine Antwort abzuwarten, stürzte ich mich in seine Arme. Wir wankten und fielen zu Boden, und ich küsste ihn wie eine Irrsinnige. Es war ein total übertriebener und melodramatischer Kuss, wie er in mittäglichen Soaps vorkommt: Der verloren geglaubte Liebhaber, vor Jahren angeblich durch einen Meteoriteneinschlag zu Tode gekommen, kehrt als sein besser aussehender Zwilling zurück und küsst seine Liebste zum ersten Mal wieder nach langer Zeit. So übertrieben und dramatisch war unser Kuss – und ebenso köstlich.

Chris schlang die Arme um mich und lachte an meinem Mund. Ich musste auch lachen.

»Oh, Annie, du verdammte Anne«, stöhnte er. Halb lachten, halb küssten wir uns auf dem Fußboden und wirkten wahrscheinlich komplett durchgeknallt.

»Da sind sie!«, rief der Mann im Smoking.

Ich sah die Männer der Security durch die Tür hereinstürzen.

Chris reagierte sofort und zerrte mich vom Boden hoch. »Komm!« Er packte meine Hand und zog mich durch das Lokal. »Bye, Leute!«, rief er über die Schulter, während wir an dem wütenden Geschäftsführer, der Jazzband und dem Koch vorbeirannten und durch die Hintertür das Weite suchten.

Adrenalin pulsierte in meinen Adern und äußerte sich durch wildes Lachen. Wir brachen durch die Tür und rannten hinaus in den strömenden Regen. Mir war gar nicht aufgefallen, dass es zu regnen begonnen hatte. Chris beschleunigte seine Schritte, und ich mühte mich, mit seinem Tempo mitzuhalten.

Durch den Regen zu laufen war belebend; seit Jahren hatte ich mich nicht mehr so lebendig gefühlt. Wir rannten über den Rasen und trabten die lange Einfahrt entlang. Ich war mittlerweile dermaßen außer Atem, dass meine Lunge brannte, aber es war ein tolles Gefühl. Wir passierten das schmiedeeiserne Tor und hielten erst an, als wir die Straße erreicht hatten.

»Ich pack einfach nicht, was gerade passiert ist!«, brachte Chris zwischen abgerissenen Atemstößen hervor.

»Oh mein Gott, du hast mir einen Antrag gemacht!« Ich lachte noch toller, bis mir sogar die Rippen wehtaten. »Du hast vor mir gekniet.« Plötzlich war dieses Bild das witzigste überhaupt. »Deine Knieeeeeee …«, heulte ich.

»Und jetzt müssen wir eine Hochzeit planen!« Chris war beinahe hysterisch vor Lachen und ich ebenso. »Verrückt!«

»Die Ente!«, kreischte ich. »Hast du das Entenbein gesehen?«

»Tess' Gesicht.« Chris hielt sich die Seiten. »Ich dachte schon, sie kriegt einen Anfall.«

»Und du hast ihn geschlagen.« Ich quietschte zwischen den einzelnen Lachstößen. »Ich fass es nicht, dass du ihn geschlagen hast!« Der Regen fiel so dicht, dass es schwerfiel, gleichzeitig zu reden und nach Luft zu schnappen.

»Gott, das war so gut!« Chris ahmte den Schlag in der Luft nach und machte das passende Geräusch dazu. »Der Ausdruck auf seinem Gesicht war unbezahlbar!«

»Du bist mein Held!«, rief ich.

»Aber weißt du, was sich noch besser angefühlt hat, als ihn zu schlagen?«, fuhr Chris fort.

»Was?«

»Das.«

Er schob mich nach hinten, bis ich die Mauer im Rücken spürte. Er nahm meine Hände und drückte sie über meinem Kopf zusammen. Ich stand an die Wand gepresst, und nie im Leben war ich so angetörnt gewesen wie jetzt, als Chris sich anschickte, mich zu küssen. Doch wir konnten uns nicht küssen, weil wir so außer Atem waren. Wir lächelten einander an und verschränkten unsere Blicke, während wir am Mund des anderen atmeten und darauf warteten, wieder genug Sauerstoff zu bekommen.

Der Regen rauschte immer noch, und ich schmeckte und spürte ihn am ganzen Körper. Mein Kleid war durchweicht, und die Haare hingen mir ins Gesicht. Allmählich kamen wir wieder zu Atem, und als ich gerade einen kräftigen Atemzug tun wollte, küsste Chris mich schon. Es war ein inniger, besitzergreifender Kuss, ein Kuss voller Verlangen und Begierde, eine Notwendigkeit. Er war so wichtig wie die Luft zum Atmen. Chris ließ meine Hände los und strich mir über die Arme und Rippenbögen, bis seine Hände auf meinen Hüften lagen.

»Ja«, flüsterte ich, als ich ihm die Hüften entgegenstreckte. Er stöhnte und drückte sich dagegen. Ich spreizte die Beine.

»Annie.« Seine Hand glitt tiefer.

Mir klebte das Kleid am Körper wie eine zweite Haut, doch seine Finger zerrten so lange, bis sie den Stoff von meinem Bein gelöst hatten. Als seine Hand meinen Schenkel emporwanderte, hätte ich fast geschrien. Ich warf den Kopf zurück, und er küsste meinen Hals. Seine Hand glitt höher und sein Mund tiefer, bis ich ihn zwischen meinen Brüsten spürte. Und noch höher glitt seine Hand, bis seine Finger meinen Slip streiften.

»Verdammt.« Ich biss mir auf die Lippe und bewegte die Hüften. Es fühlte sich so gut an. So unglaublich gut.

Chris ließ einen Finger unter den dünnen Stoff gleiten, und ich hob ein Bein und schlang es um seine Taille. Ich wollte ihn so sehr. Nie hatte ich etwas im Leben mehr begehrt. Sein Mund glitt höher, und unsere hungrigen Lippen fanden sich wieder zum Kuss.

Dann ließ er einen Finger in mich gleiten. Ich erschauerte am ganzen Körper, mein Kopf war leer. Ich drückte meine Hüften gegen seine Hand und begann, mich in einem Rhythmus zu bewegen, den er vollendet aufnahm. Das Schaukeln steigerte sich schon bald zu einem fieberhaften Zucken, während ich immer heftiger keuchte. Die Empfindungen, die durch meinen Körper strömten, drohten alle meine Sinne zu überwältigen. Ich war so kurz davor, und Chris spürte es.

»Du bist so verdammt sexy, Annie.«

Ich stöhnte, und er schob einen zweiten Finger in mich hinein. Ich hielt mich an seinen Schultern fest, bohrte die Nägel in sein Hemd. Der Regen prasselte auf uns nieder. Ich war trunken von Adrenalin, schwindelig von Laufen und Lachen. Ich war überglücklich, ich war beschwingt und fühlte mich begehrenswerter als je zuvor.

Mein Körper versteifte sich, und ich schnappte ein letztes Mal nach Luft, bevor die Welt explodierte. Zerbarst. Ich stieß ein Stöhnen aus, das so ursprünglich und kehlig klang wie ein Tierlaut. Der Regen erstickte meinen Schrei und füllte meinen offenen Mund. Ich spürte, wie die letzten Wogen mich durchfluteten, dann wurde mein Körper schlaff. Aber bei Gott, es war noch nicht genug! Ich wollte mehr von Chris. Ich wollte ihn ganz. Ich ließ die Hände sinken und zerrte an seinem Reißverschluss.

»Annie.«

Ich liebte es, wie er meinen Namen aussprach. Es machte mich wild. Ich schob die Hand in seine Hose … und erinnerte mich plötzlich, wie er ausgesehen hatte. Ich legte meine Hand um ihn. Er war so hart. Ich wollte ihn. Chris fummelte an den Knöpfen seiner Jeans, während ich die Hand in seine Boxershorts schob.

»Verdammt!«, keuchte er.

Ich war so versunken, so gefangen in der Lust des Augenblicks, dass ich die Autohupe zuerst gar nicht gehört hatte.

Wie ein Luftballon, der von einer Nadel angestochen wird, fiel der Moment in sich zusammen. Der Knall war so laut, dass ich vor Schreck einen Satz machte. Eine Sekunde lang stand die Zeit still, dann wurde ich mir der Realität bewusst.

22

Ich legte die Hände auf Chris' Brust und drückte ihn von mir weg. Dann zerrte ich hektisch an meinem nassen Kleid und versuchte, es wieder herunterzuziehen. Aus dem Augenwinkel heraus sah ich, wie Chris sich mit der Jeans abmühte und sein Hemd in Ordnung brachte.

Ich hatte einen metallischen Geschmack im Mund und fuhr mit der Hand darüber. Blut. Ich hatte mich in die Lippe gebissen in dem Moment, als die Lust am intensivsten gewesen war.

Ich war geschockt. Erschüttert bis ins Mark. Mein Herz raste, und meine Wangen waren trotz des kühlen Regens glühend heiß. Ich legte die Hände darauf. Ich hatte mich vollkommen in dem Moment verloren, und Gott allein mochte wissen, was ich Chris an dieser Mauer noch alles gestattet hätte. Als ob ich das nicht selbst ganz genau wüsste! Wenn uns das Auto nicht gestört hätte …

Ich schaute zu Chris auf, der meinen Blick erschrocken erwiderte. Ich musste die Augen niederschlagen und schaute auf seinen Mund, den Mund, der auf meiner Brust gelegen hatte.

Dann senkte ich den Blick auf seine Hände, die mich am ganzen Körper berührt hatten. Seine Finger. Eben noch waren sie in mir gewesen und hatten mich an den Rand der Auflösung gebracht.

Ich stöhnte, als käme die Erkenntnis erst jetzt. Und in gewisser Weise war es auch so. Eine andere Annie hatte sich dem Augenblick voll und ganz hingegeben, eine andere liebestrunkene Frau hatte sich an ihn gepresst, ihm ihre Hüften dargeboten.

Mein Blick glitt tiefer. Seine Jeans spannte sich noch, und meine Hand war noch heiß in der Erinnerung, dass ich ihn berührt hatte. Was hatte ich getan? War ich denn völlig von Sinnen gewesen?

»Annie, ich …« Chris tat einen Schritt auf mich zu, doch ich hob abwehrend die Hand.

»Nein! Komm nicht näher!«

»Ich habe nicht gewollt, dass das passiert. Ich hätte auch niemals … Es ist einfach …«

»Stopp!«

Der Boden unter meinen Füßen schwankte, als der anfängliche Schock tiefster Beschämung wich. *Wieso hatte ich es nur so weit kommen lassen?* Und dann noch am Straßenrand, gegen eine Mauer gedrückt?

»Wir haben uns hinreißen lassen, Annie.«

»Stopp!« Mein Ton war nicht misszuverstehen.

Chris erstarrte. Der Regen ließ allmählich nach. Und dann hörte der Wolkenbruch so plötzlich auf, wie er begonnen hatte. Lange standen wir da und sahen uns an. Man hätte die Spannung zwischen uns mit einem stumpfen Papiermesser schneiden können.

»Ich will sofort ins Hotel«, sagte ich.

Meine Handtasche lag auf dem Boden. Ich hob sie auf, griff hinein und war froh, dass der Regen meinem Smartphone keinen Schaden zugefügt hatte. Ich öffnete meine Uber-App und suchte den nächsten Standort.

»Uber wird in sieben Minuten hier sein.«

Es waren die längsten sieben Minuten meines Lebens. Chris und ich saßen nebeneinander auf dem Gehsteig, nass, kalt, zitternd und in absolutem Schweigen. Ich versuchte, dem Geschehen einen Sinn abzugewinnen. Und konnte nicht genau ausmachen, was ich eigentlich fühlte.

Zum Teil war es Wut. Eine schwer zu erklärende Wut, sie mochte damit zu tun haben, dass ich mir irgendwie billig vorkam. Hätte Chris mich wirklich genommen – auf offener Straße, gegen eine Mauer gepresst? War er der Mann für so etwas? *War ich das Mädchen für so etwas?*

Der andere Teil meiner Gefühle bestand aus Scham. Ich hatte soeben einen wilden Orgasmus gehabt, an einer Mauer am Rand einer öffentlichen Straße; davor hatte ich in einem Restaurant einen gewaltigen Aufstand hervorgerufen, mich auf dramatische Weise verlobt und war um ein Haar einer neuerlichen Verhaftung entgangen. Wieder färbte das Blut meine Wangen schamrot. Ich hatte mich benommen wie eine Besessene. Was mochte Chris nur von mir denken? Fragte er sich vielleicht in ebendiesem Moment, ob ich die Art Mädchen war, das einen Mann am Straßenrand vögelt?

»Jesus.« Das hatte ich nicht laut sagen wollen.

Chris wandte sich zu mir. »Ich weiß. Es tut mir leid.«

»Sch!«, brachte ich ihn zum Schweigen. »Ich will nicht darüber reden.«

»Aber ich schon.« Er drehte sich ganz herum, und ich wand mich vor Verlegenheit. »Ich hätte es nie so weit kommen lassen dürfen. Bitte glaub nicht, dass ich dich ausnutzen wollte. Es war ganz allein meine Schuld, und es tut mir leid, und ich hoffe, dir ist bewusst, dass ich dich nicht benutzen wollte oder dass ich dich wirklich …«

»Also bitte! Du hättest doch niemals aufgehört«, fiel ich ihm ins Wort.

»Du denn?«, fragte er dagegen.

Ich drehte den Kopf und sah ihn an. »Wir haben es beide zu weit kommen lassen. Dieser Abend hat uns einfach überrollt wie eine Lawine. Ich meine, du hast mir verdammt noch mal einen Antrag gemacht, in einem Lokal voller Leute, vor Trevv, und jetzt werden wir heiraten müssen. Wir haben heute Abend eine ziemlich gruselige Grenze überschritten, Chris. Es tut mir leid. Ich weiß auch nicht, was in mich gefahren war.«

Auf dem Rückweg zum Hotel wechselten wir kein Wort. Ich war viel zu sehr damit beschäftigt, mir zu überlegen, wie ich aus diesem Schlamassel herauskommen sollte.

23

Ich lag in der Badewanne und starrte an die Decke. Das warme Wasser war wohltuend. Nachdem wir endlich in unserer Suite angelangt waren und meine Zähne nicht mehr klapperten, hatte ich mir ein Bad eingelassen.

Chris war unten, ich hörte ihn tippen. Seit einer Ewigkeit schon. Ich hatte seit dem Vorfall an der Mauer intensiv nachgedacht, und meine Gedanken waren inzwischen ein wenig schlüssiger.

Das Erlebnis hatte mich geschockt und mir Angst eingejagt. Der Totalverlust jeglicher Hemmung und Kontrolle hatte mich entsetzt. Ich erkannte mich selbst darin nicht wieder und war mir nicht einmal sicher, was der ursprüngliche Auslöser für diesen Exzess gewesen war. Seit ich Chris kannte, hatte ich Dinge getan, die ich normalerweise nie tun würde. Es war nur zu klar, dass er eine gewisse Macht auf mich ausübte. Ich hatte sogar gedacht, ob ich mich womöglich …

Ich setzte mich in der Wanne auf und weigerte mich, diesen Gedanken weiterzudenken. Ich stieg aus dem Bad und hüllte mich in ein Handtuch.

Ich bin …

Hartnäckiger kleiner Scheißer. Ich schnappte mir eine Zahnbürste und schrubbte die Zähne wie eine Wilde, aber auch das half nicht. Der Gedanke drängte immer wieder an die Oberfläche, ob es mir gefiel oder nicht.

Ich war dabei, mich in Chris zu verlieben.

Ich hielt mich am Waschbecken fest und schüttelte ungläubig den Kopf. Alles, was Chris und mich betraf, geriet außer Kontrolle. Was ich für ihn empfand, was ich mit ihm tun wollte und beinahe getan hatte … Alles entzog sich meiner Kontrolle.

Aber ich hatte endlich einen Ausweg gefunden, wie wir aus diesem Schlamassel herauskommen konnten. Ich musste ihn Chris nur noch mitteilen. Ich zog einen Pyjama an und ging nach unten, wo er über seinem Laptop gebeugt saß.

»Hallo«, sagte ich.

Er drehte sich augenblicklich um. »Hey.« Mit der Hand griff er nach hinten und klappte den Laptop zu.

»Darf ich's immer noch nicht sehen?« Ich zwang mich zu einem schwachen Lächeln.

Er schüttelte den Kopf. »Nein.«

Ich ging zum Sofa und setzte mich. »Ich wollte dir sagen, was ich tun werde.«

»Okay.« Chris ging auf mich zu, doch kurz bevor er sich setzen konnte, drehte er ab und nahm auf dem anderen Sofa Platz.

»Ich werde Trevv morgen sagen, dass das Ganze geschwindelt war.«

»Was? Das kannst du doch nicht machen!«

»Ich muss. Es ist alles zu verrückt und hat sich unverhältnismäßig aufgebläht. Und ich … ich kann nicht länger so tun als ob.«

»Aber ist dir denn ganz egal, was er dann von dir denkt?«

»Oh, das ist mir durchaus nicht egal. Es macht mir schon was aus, dass er am Ende recht behalten wird, nämlich, dass ich erbärmlich bin.«

»Du bist nicht erbärmlich, Annie.«

»Bin ich wohl. Wenn eine Frau so tun muss, als hätte sie einen Freund, und dann auch noch eine Verlobung vortäuscht, bloß um zu beweisen, dass sie nicht einsam und traurig und unglücklich ist, dann ist sie eine lahme, erbärmliche Ente.«

»Annie …«

»Nein. Ist schon okay. Ich komm damit klar. Womit ich hingegen nicht länger klarkomme, ist das hier. Es wird mir einfach … Es ist zu …«

»Wir haben es heute Abend zu weit kommen lassen«, pflichtete Chris mir bei.

»Genau. Ich meine, es klingt wie eine alberne Handlung aus diesen Rachekomödien, über die wir mal gelästert haben.«

Chris sah aus, als sei ihm plötzlich unbehaglich zumute. »Wird wohl so sein.« Er sprach leise und mit ein wenig zitternder Stimme.

»Also werde ich es Trevv morgen beichten und sein arrogantes Gelächter aushalten.«

»Ich komme mit dir.«

»Nein. Es geht schon. Das ist etwas, das ich allein tun muss.«

Chris nickte zwar, doch ich sah, dass er durchaus nicht einverstanden war.

»Und gleich morgen früh ziehe ich in mein altes Zimmer zurück, weil meine Freundinnen kommen.«

»Machst du etwa Schluss mit mir, Annie-Anne?« Chris schaute auf und lächelte schwach.

»Sieht so aus.« Ich erwiderte sein Lächeln.

»Werde ich dich dann noch sehen?«

»Klar. Wir können immer noch zusammen abhängen … als Freunde.«

»Aber Freunde sind wir nicht mehr, nicht wahr? Immerhin hatten wir vor Kurzem ein Date, und korrigier mich, wenn ich falschliege, aber es lief doch ganz gut.«

Ich lächelte. Das hatte ich ganz vergessen. Fast hatte ich unseren kostbaren Moment, bevor Tress ihn verdarb, über dem sonstigen Wahnsinn des Abends vergessen.

»Ich bin mir nicht sicher, ob ich ein erstes Date, das mit einem Faustkampf, einem Antrag und einer Beinahe-Verhaftung endet, als *ganz gut* bezeichnen würde. Ach übrigens, du hast mir noch gar nicht gesagt, aus welchem Grund du Trevv schlagen wolltest.«

»Spielt keine Rolle«, gab Chris abweisend zurück.

»Jetzt sag schon.«

»Die Drinks, die er uns ausgegeben hat. Sagen wir mal so, ihr Name war nicht besonders schmeichelhaft.«

»Das reicht nicht. Du kannst keine Andeutungen machen und mich dann im Dunkeln lassen.«

Er musterte mich einige Sekunden lang. »Die Drinks hießen Rothaarige … reimt sich auf *Rampen* …«

»Rothaarige *Schlampen*? Er hat uns rothaarige *Schlampen* bestellt?« Ich sprang auf, sogleich wieder von Zorn erfüllt. »Dieser verdammte Scheißkerl. Wenn hier jemand eine Schlampe ist, dann er. Und sie. Dieser versaute Hurensohn und sein verdammter Steck-ihn-überall-rein-Penis! Und sie mit ihren Macadamiaöl-Haaren und ihren wippenden Titten. Ich fasse es nicht!«

Chris stand ebenfalls auf, als geriete auch er in Rage. »Du verstehst also, dass ich deine Ehre verteidigen musste.«

»Ich wünschte, ich hätte ihm selbst eine verpasst!«

»Das wär gut gewesen.«

»Ich hätte wahrscheinlich ein bisschen mehr südlich gezielt. Und es wäre auch keine Ohrfeige gewesen, sondern ich hätte eher mein Knie oder einen Stuhl benutzt.«

»Kannst du ja immer noch machen.«

»Das wünschte ich!«

»Du kannst das, Annie. Triff ihn dort, wo es wirklich wehtut. Lass uns unsere Fake-Hochzeit durchziehen. Komm schon, du kannst ihn doch nicht gewinnen lassen!«

Eine Sekunde lang ließ ich mich wieder von meiner Sehnsucht blenden, doch dann schüttelte ich entschlossen den Kopf. »Nein. Ich denke, es ist an der Zeit, einen Schlussstrich unter die ganze Angelegenheit zu ziehen.«

»Deine Entscheidung.« Er ließ sich wieder auf die Couch sinken.

»Ich werde meine Koffer packen und dann zu Bett gehen. Nacht, Chris.« Ich wandte mich zum Gehen.

»Wegen der Mauer!«, rief er mir nach.

»Okay.« Ich atmete tief durch. »Was ist wegen der Mauer?«

»Du hattest recht. Ich hätte vermutlich auch nicht aufhören können.«

Ein Blitz schoss mein Rückgrat empor. Instinktiv verschränkte ich die Arme vor der Brust.

»Aber wenn es auf diese Art passiert wäre, dann hätte es mir wirklich leidgetan.«

»Ach ja?«

Chris erhob sich wieder und kam auf mich zu, und mein Körper, dieser Verräter, sandte neuerliche Schauer über mein Rückgrat.

»Ich hätte nicht gewollt, dass es so passiert. Dort. Und auf diese Weise.«

»Mhm.« Ich löste die Arme. Die Worte lagen mir auf der Zunge: *»Wie hättest du es denn gern gewollt? Zeig es mir doch, Chris. Zeig es mir.«* Doch ich sprach sie nicht aus. Genau das hatte ich ja mit »Grenze« gemeint. Es gab da eine Grenze, die wir ständig übertraten. Und jetzt, genau jetzt, war so eine Gelegenheit, bei der ich, trotz der inkonsequenten Botschaften meines Körpers, auf der richtigen Seite bleiben musste. Es war zu schmerzlich, die Grenze immer wieder zu überschreiten.

»Du glaubst doch gar nicht an die Liebe, stimmt's?«, platzte ich heraus. Das war eigentlich nicht, was ich hatte sagen wollen.

»Ich … ich …«, stammelte Chris, von meiner Frage sichtlich aus dem Gleichgewicht gebracht.

Na, und ich erst! »Du glaubst nicht an die Liebe, und du wohnst auf der anderen Seite der Erde. Ich glaube an die Liebe und an Rosen und Valentinskarten, und selbst wenn es schwer wird und schmerzt und ich mich manchmal dafür hasse, glaube ich an die Liebe. Du aber willst bloß ein paar Tage Spaß haben, möglichst viel aus unserer gemeinsamen Zeit herausschlagen und mich küssen und mein perfekter Fake-Freund sein, und ich … ich will das nicht, ich kann das nicht mehr.« Ich wartete darauf, dass er etwas sagte. Dass er den Mund auftat und mir versicherte, dass ich mich irrte. Dass er inzwischen an die Liebe glaubte und zwar ausschließlich meinetwegen.

Aber da kam nichts.

Ich seufzte. Dumme Annie. Jetzt hatte ich doch tatsächlich geglaubt, ich sei die Frau, die ihn ändern und sein kaltes Herz zum Schmelzen bringen könnte.

»Gute Nacht, Chris.«

24

Noch vor Sonnenaufgang schlich ich mich hinaus, weil Chris nichts merken sollte. Als ich nach unten kam, saß er zusammengesunken über dem Laptop und schlief. Er musste die ganze Nacht geschrieben haben. Wieder hatte er sich sein kleines gemütliches Nest geschaffen: Kaffeebecher, leere Chipstüten und eine furchtbar hässliche und unmodische Lesebrille, die ich noch nicht an ihm gesehen hatte.

Er war so herrlich unperfekt!

Leise tappte ich hinaus, schloss die Tür hinter mir und kehrte in meine Hütte zurück. Dort angekommen, ließ ich meine Taschen fallen, kletterte ins Bett, ohne mich zuzudecken, und machte die Augen zu. In der Nacht hatte ich kaum Schlaf bekommen, weil ich dauernd an Chris hatte denken müssen. Außerdem war es zum Aufstehen noch viel zu früh.

»Annie! Annie!«, wurde ich – kurz darauf, wie mir schien – durch lautes Hämmern und Rufen geweckt. Kein Zweifel, wer das war: Lilly.

»Warte eine Sekunde!« Ich wälzte mich aus dem Bett, tappte zur Tür und öffnete.

Eine total enthusiastische Lilly stürmte herein und schlang ihre Arme um mich. Eine nicht ganz so begeisterte Jane folgte ihr auf dem Fuß. Jane hasst Reisen, denn ihre Körpergröße macht es zu einer äußerst unbequemen, eingezwängten Erfahrung.

»Endlich sind wir da! Ich dachte schon, wir würden es nie schaffen.« Lilly stolzierte ins Zimmer. »Ich schwöre, irgendwann habe ich gedacht, ich muss sterben. Jetzt geht's mir aber wieder richtig gut. Ich kann Cocktails schlürfen und am Strand rumliegen und braun werden und noch mehr Cocktails kippen und tanzen und … Lass uns sofort damit anfangen!« Und sie tänzelte auf den Zimmerkühlschrank zu, während Jane sich aufs Bett warf und ihre langen Beine ausstreckte. »Oho, was haben wir denn hier?«, sagte Lilly und holte ein Fläschchen Schaumwein aus der Kühlung. »Nicht gerade viel, aber fürs erste Ferien-Prosit wird es reichen.« Sie nahm zwei Weingläser und eine Kaffeetasse aus dem Schrank. »Du hast nicht genug Gläser«, stellte sie überflüssigerweise fest.

Lilly war wie ein Hurrikan aus Urlaubsfreude; mir wurde schwindelig, als ich ihr zusah, wie sie herumwirbelte.

»Und los geht's.« Sie drückte mir ein Glas in die Hand – ungefähr zwei Schluck, mehr war nicht drin – und reichte Jane das andere. »Auf uns.« Lilly prostete uns mit erhobener Kaffeetasse zu. »Auf einen herrlichen, wenn auch vielleicht allzu kurzen Urlaub und auf …« Sie unterbrach sich mitten im Satz und starrte mich an.

»Annie?« Sie ließ die Tasse sinken und kam quer durchs Zimmer auf mich zu. Ihr Gesicht verzog sich fragend, und sie schaute mich argwöhnisch an. »Was ist los? Du scheinst …« Sie ging um mich herum, und ich spürte, wie unter ihrem durchdringenden Blick etwas in Bewegung geriet. »Du hast doch was! Du wirkst so …«

»Ja!«, meldete sich Jane. »Jetzt sehe ich es auch. Sie ist irgendwie anders. Und es liegt nicht am Sonnenbrand.«

»Was ist passiert?« Lilly stellte die Tasse hin. Sie und Jane bauten sich vor mir auf.

Ich stürzte das bisschen Sekt aus meinem Glas hinunter und leerte dann noch Lillys und Janes Gläser. »Ehrlich gesagt weiß ich überhaupt nicht, wo ich anfangen soll.«

»Hallo, Annie!«, rief Damien und steckte den Kopf zur Tür herein.

Lilly wand sich vor Verlegenheit und schaute mich schuldbewusst an. »Ich weiß, wir hatten einen Mädelsurlaub beschlossen, aber … Es ist doch bloß Damien. Er gehört ja quasi zur Clique.«

»Hi.« Ich winkte Damien zu.

Er kam herein und legte den Arm um Lilly.

»Die beiden können es keinen einzigen Tag ohne Sex aushalten!«, klagte Jane und ließ sich in einen Sessel fallen. »Du wirst nicht glauben, was sie im Flugzeug angestellt haben.«

Lilly kicherte, während Damien zärtlich seine Nase in ihren Nacken bohrte.

Jane verdrehte die Augen und stieß einen Seufzer aus. »Ich will's mal so sagen: Das war der längste *Toilettengang*«, sie malte riesige Anführungszeichen in die Luft, »in der Geschichte von Mauritius Air.«

»Hätte gerne noch länger dauern können«, sagte Lilly leise kichernd. »Aber es gibt ja immer ein nächstes Mal.«

»Oh Gott, ihr zwei! Hört bloß auf! Bitte, sonst wird mir wieder übel«, sagte Jane mit gespieltem Protest. »Außerdem wollte Annie uns gerade etwas beichten.«

»Okay, dann überlasse ich euch Mädels euren Mädelsgesprächen.« Damien wandte sich zum Gehen.

»Nein. Warte. Es könnte nicht schlecht sein, die Meinung eines Mannes zu hören«, sagte ich. »Aber zunächst mal ist dies eine Angelegenheit, die nach sehr viel mehr Alkohol verlangt.«

»Wieso?« Sofort war Lilly wieder äußerst besorgt.

»Trevv und Tess sind hier!«

»Was?« Allgemeines erschrockenes Nach-Luft-Schnappen und Augenaufreißen.

»Jesus, warum hast du denn nicht angerufen?«, wollte Lilly wissen.

»Dann hätten wir dich auf jeden Fall in einem anderen Hotel untergebracht.« Damien trat zu mir und legte mir eine Hand auf die Schulter.

»Was hast du denn gemacht?«, fragte Lilly. »Dich die ganze Zeit im Zimmer versteckt? Hast du sie gesehen? Mit ihnen gesprochen? Und sie, was haben sie gesagt, haben sie sich bei dir entschuldigt, haben sie …«

»*Halt!*« Jane hatte sich mitten ins Zimmer gestellt und sah sich prüfend um. »Hier stimmt etwas nicht.« Sie ging zur Frisierkommode und fuhr mit der Hand über das Holz. Sie steckte den Kopf ins Bad. Sie spähte in den Schrank. Sie ließ sich sogar auf alle viere fallen und schaute unters Bett. »Ich habe zwei Monate mit dir zusammengewohnt, Annie, und während dieser Zeit hat *immer* etwas auf dem Boden gelegen. *Immer* war Unordnung …« Sie richtete ihren bohrenden Blick auf mich, und ich wand mich verlegen.

Jane konnte mitunter schrecklich einschüchternd sein; das lag zweifellos an ihren verschiedenfarbigen Augen.

»Wo hast du geschlafen, Annie?« Sie verschränkte die Arme vor der Brust.

»Oh mein Gott!«, keuchte Lilly. »Du bist wieder mit Trevv zusammen! Wie ist das nur gekommen? Und wo ist Tess? Hat er dich angefleht, habt ihr wieder miteinander geschlafen, *neeeiiin*, sag jetzt bloß nicht, dass ihr auch Nippelklemmen benutzt!«

»Annie!« Jane war ziemlich angefressen. »Sag bitte, dass das nicht wahr ist. Nicht Trevv. Hast du denn gar keinen Stolz? Hast du vergessen, was er dir angetan hat?«

»Leute.« Ich wollte sie beruhigen, aber sie hörten mir gar nicht zu.

»Leute!«, rief ich – und sie beruhigten sich. »Er heißt Chris, Okay? Es handelt sich nicht um Trevv.«

»Wer ist Chris?«, fragte Lilly betont ruhig.

»Er ist irgendwie, also, wir haben so getan …«

Alle beugten sich neugierig vor.

»Was getan?« Jane machte riesige Augen.

»Chris hat in den letzten Tagen so getan, als wäre er mein Boyden.«

»Boyden aus Down Under?«, schaltete sich Damien ein. Er hatte die ganze Szene mit amüsierter Distanz betrachtet, immerhin war er an Lillys theatralische Momente gewöhnt. Sie war für ihren Hang zur Dramatik bekannt. Auch wenn sie es nicht zugeben wollte, hatte sie mit ihrer Mutter, der Schauspielerin, viel mehr gemeinsam, als sie glaubte.

»Das ist eine furchtbar lange und komplizierte Geschichte.«

»Nun, wir haben ja Zeit«, meinte Jane.

25

Ich erzählte also – stundenlang, wie mir schien. Wir hatten uns auf meiner Veranda niedergelassen; Damien schaukelte in der Hängematte, während Lilly und Jane mit mir am Tisch saßen.

Als ich endlich alles berichtet, jedes klitzekleine Detail verraten hatte (außer dem Vorfall an der Mauer), schauten mich meine Freundinnen geraume Zeit schweigend an.

»Ich weiß.« Ich vergrub den Kopf in den Händen. »Ich weiß schon, was ihr sagen wollt: Dass es absolut lächerlich ist, das Dämlichste, was ich je gemacht habe. Es ist peinlich und verrückt und total außer Kontrolle geraten, und deshalb habe ich beschlossen, dass ich Trevv jetzt einfach die Wahrheit sage, damit ich mich nicht mehr verstellen muss und wir die ganze Sache vergessen können. Glaubt mir, ich *weiß* es!« Ich stürzte den letzten Schluck meines giftgrünen Cocktails hinunter. Als ich ungefähr bei der Mitte meiner Story angelangt war, hatte Damien uns eine Runde Drinks bestellt. Es war mir so vorgekommen, als ob er sich allmählich langweilte.

»Also?« Ich schaute alle der Reihe nach an. Allmählich könnten sie sich doch mal dazu äußern …

»Das ist verdammt genial!«, brach Damien das Schweigen.

Mir klappte vor Staunen der Mund auf. »Was?«, stotterte ich entgeistert.

»Was?« Jane fuhr mit einem Ruck zu ihm herum. »Das kannst du doch nicht im Ernst meinen!«

»Es ist einfach brillant. Die beste Story, die ich seit einer Ewigkeit gehört habe. Meinen Glückwunsch, dass ihr es durchgezogen habt. Prosit!« Er hob sein Glas. »Und wer auch immer dieser Chris ist, er verdient einen Oscar. Überlegt doch mal.« Damien fing an zu kichern. »Ein australischer Akzent. Zwei Tage lang nonstop.«

Diese Reaktion hatte ich nun überhaupt nicht erwartet. Aber Damiens Heiterkeitsausbruch nötigte auch mir ein Lächeln ab, nur ein ganz leichtes Zucken der Mundwinkel. »Sein Akzent ist furchtbar.«

Damien lachte nur noch lauter. »Wär ich doch früher eingetroffen. Dann hätte ich die ganze Charade miterlebt.«

»Hast du das wirklich ernst gemeint?«, schnitt Janes Stimme durch die wachsende Heiterkeit, denn auch Lilly hatte angefangen zu kichern.

»Hat er tatsächlich *gu'n Tag* und *Kumpel* gesagt?«, fragte Damien, der sich kaum noch einkriegen konnte.

»Er hat mich einmal seine *Sheila* genannt!«, fiel mir ein, dann musste ich auch kichern. Selbst Jane konnte sich nicht mehr beherrschen. Ich legte die Hände an die Wangen und schüttelte den Kopf. »Und einmal hat er Trevv weisgemacht, dass er auf dem Walkabout gerne sein Didgeridoo spielt.«

Das gab den Ausschlag. Wir lachten wie die Hyänen. Damien wäre fast aus der Hängematte gefallen, und Lilly hielt ihn fest, während sie versuchte, zwischen einzelnen Lachsalven ein paar Worte einzuflechten.

»Oh, oh, wie hieß noch mal dieser Australier, der mit Krokodilen kämpft und ihre Zähne als Kette trägt?« Sie schnippte mit den Fingern, während sie Tränen lachte.

»Crocodile Dundee!«, rief Jane. Das war wieder mal typisch, sie wusste so gut wie alles. Jeder winzige, unbedeutende Fakt war fest in ihrem superklugen Hirn verankert.

Als unser Gelächter endlich verebbte, ging es mir so verdammt viel besser. »Verflixt, ihr seid wirklich die Besten. Echt, das hab ich gebraucht. Die letzten Tage waren so verrückt. Ich bin froh, dass ihr da seid.«

»Das bin ich auch«, sagte Damien, nun ziemlich ernst, »denn ich werde nicht zulassen, dass du Trevv über die Wahrheit aufklärst.« Er kletterte aus der Hängematte und stellte sich neben den Tisch.

»Wie meinst du das?«

»Du darfst es ihm auf keinen Fall erzählen. Das würde ihm doch wunderbar in den Kram passen. Wäre für Trevv die Genugtuung seines Lebens.«

»Was bleibt mir denn anderes übrig? Ich kann morgen keine Fake-Hochzeit durchziehen.«

»Warum denn nicht?«, entgegnete Damien. »Passt doch perfekt. Wir alle sind hier – und übrigens nur aus diesem Grund angereist. Stell dir nur mal vor, wie sehr es Trevv den Tag verderben würde, wenn er nicht im Rampenlicht steht. Wenn er vollkommen in den Schatten gestellt wird von seiner Ex-Annie und ihrem Hünen aus dem Outback.«

»Genau!« Lilly sprang auf, als hätte sie auf einem Knallbonbon gesessen. »Und wenn deine Hochzeit besser ist als seine! Trevv muss doch immer von allem und jedem immer nur das Beste haben. Überleg doch mal, was für eine Schmach es für ihn ist, wenn du besser dastehst. Wenn du hinreißender aussiehst als Tess, und alle Augen auf dich gerichtet sind statt auf sie.« Lilly durchmaß die Veranda mit großen Schritten, als sähe sie alles bereits vor sich. »Alle Augen sind auf Boyden und Annie gerichtet, und keiner schert sich einen Dreck um Trevvs und Tess' armselige Hochzeit! Ja!« Sie machte vor Begeisterung einen Luftsprung. »Das ist brillant. Das ist toll, das ist …«

»Das Lächerlichste, was ich je gehört habe!« Jane zog Lilly wieder auf ihren Stuhl. »Annie, willst du wirklich eine Fake-Hochzeit durchziehen? Ernsthaft?«

»Ach, sei keine Spaßbremse, Jane«, neckte Damien. »Du konntest Trevv doch ebenso wenig ausstehen wie wir alle.«

»Ja, aber …«

»Die beiden haben doch schon die ganze Vorarbeit geleistet, sie spielen seit Tagen glückliches Paar. Und als er ihr den Antrag machte, wären sie beinahe verhaftet worden.« Damien warf mir einen Blick zu. »Was unsere Annie hier betrifft, da kann man nur sagen: *schon wieder*.«

»Haha«, machte ich sarkastisch. Damien pflegte mich immer noch deswegen aufzuziehen. Er fand, ich solle meine Verhaftung tragen wie ein Ehrenabzeichen; sie verleihe mir *Street Cred*, meinte er.

»Es wäre so eine Verschwendung, wenn man das Ganze jetzt nicht richtig durchziehen würde.«

Unsere logische Jane verdrehte die Augen. »Diese Drinks waren wohl zu stark, denn was ihr da sagt, ergibt überhaupt keinen Sinn.«

»Was kann es denn schaden?«, meinte Damien. »Ihr habt euch schließlich nicht ineinander verliebt oder so. Ihr seid bloß zwei Freunde, die sich gegenseitig beistehen. Ein Freund hilft dem anderen durch eine schwierige Zeit, wie zum Beispiel damals, als du mir eine Extraportion Lachgas verpasst hast, als ich wegen der Füllung kam.«

Jane brach in Gelächter aus. »Das ist die dämlichste Analogie, die ich je gehört habe! Besonders für einen angeblich intelligenten Astrophysiker. Wirst du als Nächstes Depeche Mode zitieren, um deinen Argumenten Nachdruck zu verleihen?«

»Klar, denn es ist nur *A Question of Time*.«

»Halt!« Jane hielt beide Hände hoch. »Ehrlich, ich weiß manchmal nicht, wieso ich mit euch befreundet bin. Ich bin die Einzige von euch, die noch ihre fünf Sinne beisammen hat. Ihr seid doch völlig verrückt!«

»Ach Jane, du bist verrückter als wir alle zusammen. Du bist einfach noch nicht bis zur Grenze deiner Belastbarkeit getrieben worden«, sagte Lilly.

Alle Blicke richteten sich auf Jane.

»Hey, warum guckt ihr mich so an?«

Lilly zuckte mit den Schultern. »Einfach deshalb, weil du als Nächste an der Reihe bist, den Verstand zu verlieren. Ich war schon dran, Annie auch, Stormy-Rain hat ihren Verstand am Tag ihrer Geburt verloren, also musst du die Nächste sein.«

»Unwahrscheinlich.« Jane tat derlei Mutmaßungen mit einer vernichtenden Geste ab. »Wenn jemand an der Reihe ist, dann Val.«

Wir dachten über ihren Einwand nach.

»Stimmt!«, sagte Lilly.

»Finde ich auch«, stimmte ich zu.

»Aber wir kommen vom Thema ab, Leute«, sagte Jane laut. »Im Moment sind wir damit befasst, dass Annie den Verstand verliert.«

»Sch.« Damien wedelte tatsächlich mit der Hand in Janes Richtung, um sie zum Schweigen zu bringen. »Annie, stell dir doch nur mal einen Moment lang das ungläubige Gesicht dieses Volltrottels vor. Außerdem darfst du ihm nicht die Genugtuung geben, dass er mit seiner Meinung über dich richtig liegt.«

Jane öffnete den Mund zu erneutem Widerspruch, aber Damien stellte sich vor sie und verbarg sie vor unseren Blicken. »Hör nicht auf unsere Vernünftlerin. Hör nicht auf sie und ihre rationalen Bedenken. Denn das hier ist alles andere als logisch oder rational. Tu es einfach. Komm schon, das wird ein Heidenspaß!«

Jane räusperte sich vernehmlich und verrenkte sich den

Hals, um an Damien vorbeizuspähen. »Selbst wenn es in einem Paralleluniversum eine gute Idee wäre, haben wir gar keine Zeit mehr, um es durchzuziehen.«

»Klar haben wir Zeit. In solchen Ferienanlagen werden doch andauernd Hochzeiten ausgerichtet; wahrscheinlich gibt es hier sogar Hochzeitsplaner, die so was im Schlaf können. Außerdem ist Lilly sehr gut darin, Hochzeiten zu planen, die am Ende gar nicht in die Ehe münden«, sagte Damien mit einem neckischen Zwinkern in Richtung seiner Freundin.

Lilly täuschte Zorn vor und boxte ihn spielerisch in den Arm. »Bastard.«

»Soll ich wirklich?« Mit einem Mal fand ich den Gedanken sehr aufregend. Vielleicht sollte ich die Sache tatsächlich durchziehen. Vielleicht hatte Damien recht. Versteht mich recht, ich wusste nicht, ob sie mich auch dann noch unterstützen würden, wenn sie von meinen wahren Gefühlen für Chris erfuhren. Eigentlich hatte ich dieses Geständnis im Verlauf meiner Erzählung einflechten wollen, es dann aber doch nicht getan. Ich glaube, es war mir schlicht zu peinlich.

»Mach es!« Lilly beugte sich über den Tisch und nahm meine Hände.

»Ach verdammt!« Plötzlich war ich ernüchtert. »Worin hab ich mich da nur verrannt? Selbst eine Fake-Hochzeit kostet ein Heidengeld.«

»Ein paar Rosenblätter im Sand? Kerzen und Lichterketten? Literweise Champagner für fünfhundert geladene Gäste?«, meinte Damien ironisch. »Kannst es auf meine Rechnung setzen lassen.«

Ich schaute ihn an und wusste, dass es ihm ernst war. So war Damien eben, wenn er einem Freund helfen wollte. Er würde sein letztes Hemd geben, damit die Menschen, die ihm wichtig waren, ihr Glück fanden. Und im Laufe des letzten Jahres waren wir Mädels ihm ans Herz gewachsen, und er war einer von uns geworden.

»Jane?« Ich schaute zu ihr hinüber.

Sie zuckte mit den Schultern. »Annie, wenn du's unbedingt willst, dann tu's. Es ist trotzdem das Dämlichste, was ich je gehört habe, und obendrein etwas, das sich nur ein Drehbuchautor ausdenken könnte. Aber wenn es dich glücklich macht.«

»Okay!«, sagte ich. »Okay. Dann gehe ich jetzt zu Chris und sag ihm, dass das Ganze ab sofort wieder gilt. Wir ziehen das durch!«

Lilly umarmte mich. »Das wird die beste Fake-Hochzeit, die die Welt je gesehen hat!«

26

Ich ging durch den Garten zu Chris' Suite, die ich in den letzten Tagen mit ihm geteilt hatte, während Lillys Geplapper in meinen Ohren dröhnte.

»Eine Band … Orchideen … Lichterketten in den Palmen … ein Pavillon … Schwimmkerzen auf dem Meer … Keine Sorge, Damien wird … Sektbrunnen … asiatisches Fingerfood …«

Vielleicht hatte Chris, seit ich ihn verlassen hatte, Zeit gehabt, sich zu besinnen, und schließlich doch beschlossen, dass er diese Farce nicht länger durchziehen wollte. Was sollte ich dann machen?

Wir gelangten zu der prächtigen Villa. Es war ein merkwürdiges Gefühl, an die Tür zu klopfen. Ich vernahm Schlurfen, dann Schritte, und endlich, nach einer Ewigkeit, ging die Tür auf.

»Annie.« Chris lächelte, als hätte er mich jahrelang nicht gesehen. Er hatte seine hässliche Lesebrille auf und sah plötzlich aus wie ein nerdiger Hipster-Bibliothekar, der seine Schals selber häkelt und Bücher mit superlangen Titeln über ironische Hamster und deren Weltanschauung liest.

Ich lächelte auch und versuchte, nicht laut herauszuplatzen. »Chris, du siehst ein bisschen …«

»Oh.« Leicht verlegen nahm er die Brille ab. »Mit der sehe ich eben klüger aus, als ich eigentlich bin.«

»Oh, aber wie Crocodile Dundee sieht er gar nicht aus«, flüsterte Lilly mir ins Ohr. »Kein Stück.«

»Yeah, dass will ich auch nicht hoffen, Kumpel«, gab Chris mit seinem bislang breitesten australischen Akzent zum Besten und brachte uns zum Lachen.

»Mein Gott, das war ja gar kein Scherz!«, rief Jane. »Sein Akzent ist wirklich grauenhaft.«

»Oh, das ist übrigens Jane, und das hier ist Lilly«, sagte ich rasch, während Chris uns die Tür aufhielt, damit wir eintreten konnten.

»Oh, wow!« Lilly sah sich kurz um. »Das ist ja umwerfend hier, aber egal, keine Zeit.« Sie marschierte geradewegs zur Couch und ließ sich daraufplumpsen. »Wir müssen sofort mit der Planung beginnen, wenn wir das Ding durchziehen wollen, damit es auch echt aussieht.«

»Was durchziehen?« Chris schaute von Lilly zu mir und wieder zurück.

»Überraschung! Unsere Hochzeit gilt wieder«, versuchte ich, den Überfall mit einem Scherz herunterzuspielen.

»Ach, echt?« Er sah ziemlich verwirrt aus. »Aber ich dachte, du wolltest … dass du es ihnen sagen …«

»Nur über unsere Leichen«, unterbrach ihn Lilly. »Okay, dann wollen wir mal loslegen, denn wir haben kaum Zeit und so vieles zu erledigen.«

»Wenn du noch willst?«, wandte ich mich an Chris.

»Klar. Und du?«, spielte er mir den Ball sogleich wieder zu.

»Sie will! Glaub mir.« Wie konnte Lilly bloß so vieles gleichzeitig abchecken?

»Bist du dir auch sicher, Annie-Anne?«, fragte Chris mit gesenkter Stimme und kam auf mich zu. Sein leicht raunender Ton bewirkte, dass eine ganze Flut von Erinnerungen und Gefühlen auf mich einstürzte.

Mhm, wollte ich den Mann, in den ich mich gerade verliebte, in einem falschen Hochzeitszeremoniell heiraten, auch wenn ich wusste, dass er mich nie wiederlieben würde? Mal scharf nachdenken …

Ich zuckte mit den Schultern. »Warum nicht?« Ich versuchte, optimistisch und blasiert zu klingen, was mir jedoch kläglich misslang.

»Denn wenn nicht, dann gilt mein Angebot immer noch: Ich komme mit, um dir gegen Trevv bei…«

»Niemand wird irgendwas zu Trevv und Tess sagen«, unterbrach ihn Lilly. »Die einzigen Worte, die Trevv und Tess zu hören bekommen sollen, werden eure Ehegelübde sein, wenn eure Hochzeit die ihre total in den Schatten stellt.«

Ich grinste Chris kläglich an. »Du hast gehört, was die Frau sagt: Wir heiraten.«

Er ging zum Schreibtisch und klappte den Laptop zu; seit ich ihn das letzte Mal gesehen hatte, war seine Sammlung von Kaffeebechern und Junkfood-Behältern beträchtlich angewachsen. Ich folgte ihm mit dem Blick und fühlte mich an die Mauer zurückversetzt. Zu den Empfindungen, die er in mir auslöste, und wie er sich in meiner Hand angefühlt hatte. Als ob er meine Gedanken erraten würde, drehte Chris sich um und sah mich an. Wie zwei Haftstreifen an einem Klettband vereinigten sich unsere Blicke und ließen einander nicht los.

»Leute, wir müssen hier weitermachen!« Selbst Lillys Stimme konnte den Bann nicht brechen, unter dem wir im Augenblick standen. »Leute!«, rief sie, noch ein wenig lauter, und ich wandte den Kopf ab. Doch mein Blick fiel auf Jane, die uns anstarrte.

»Du hast gehört, was die Frau gesagt hat«, meinte Chris und ging ins Wohnzimmer, wo Lilly ungeduldig auf und ab schritt.

»Was?«, warf ich Jane eine stumme Frage zu.

Sie kam zu mir und hakte mich unter. »Du hast in deiner

Geschichte ein paar sehr wichtige Punkte weggelassen, nicht wahr?«

»Was denn zum Beispiel?«, flüsterte ich, während wir zusammen ins Wohnzimmer gingen.

»Wie zum Beispiel den Umstand, dass ihr beide …« Sie beugte sich zu meinem Ohr. »Miteinander schlaft.«

»Tun wir *nicht*.«

Sie blieb stehen und beäugte mich argwöhnisch. »*Etwas* habt ihr jedenfalls miteinander, Annie. Das ist mal sicher.«

***

Der Rest des Nachmittags verlief merkwürdig und irgendwie surreal. Lilly war in ihrem Element und nicht zu stoppen. Alle paar Sekunden fügte sie unserer Hochzeit ein neues Detail hinzu, das unsere Feier besser machen würde als die Feier von Trevv und Tess. Schließlich hatte sie mehrere To-Do-Listen aufgestellt, die sie nun austeilte.

»Wir sind uns also einig?« Nach gefühlten Stunden sank sie endlich entspannt in die Polster zurück und klappte ihr kleines Notebook zu. Da piepte ihr Handy. »Es ist Damien. Welche Zimmernummer ist das hier?«, fragte sie Chris.

»Die Bougainvillea-Villa drei.«

»Genau!« Lilly klappte ihr Pad wieder auf. »Wusste ich's doch, dass ich was vergessen habe!« Sie zog einen Kugelschreiber hervor und las beim Schreiben mit: »Bou-gain-villea.« Dann schickte sie Damien eine Nachricht, und Sekunden später stand er vor der Tür.

Wir alle schauten zu, wie sie sich mit einem innigen Kuss begrüßten, als hätten sie einander Jahre nicht gesehen. Als wäre Damien in Afghanistan stationiert gewesen, und Lilly hätte zu Hause gehockt und eine Ewigkeit auf seine Rückkehr gewartet.

Damien stellte sich Chris vor. »Dann darf man also gratulieren?« Er versetzte ihm einen von diesen männlichen Schulterhieben, die ich ehrlich gesagt bei Damien noch nie gesehen hatte. »Hast 'ne gute Sheila hier«, fügte er mit australischem Akzent hinzu.

»Sie ist 'ne lütte Feste«, stimmte Chris zu.

»Falsches Land«, korrigierte ihn Jane. »*Lütt dies* und *lütt das* sagen die Briten und nicht die Australier.«

»Echt?« Chris riss die Augen auf und schaute mich an. »Ups. Und da hab ich in den letzten beiden Tagen so oft *lütt* gesagt wie noch nie!«

Wir lachten beinahe Tränen. Dieses Australien-Ding hatte sich total verselbstständigt und würde noch lange für Unterhaltung sorgen. Wie damals, als Lilly im Schlafanzug in den Flieger nach Thailand gestiegen war. Davon hatten wir mindestens ein Jahr gezehrt.

»Also, mir ist da was passiert.« Damien war ernst geworden.

»Was denn?« Lilly drehte sich zu ihm um.

»Ich bin am Pool in Trevv und Tess hineingelaufen.«

»Und?«, fragte sie.

»Ich hab was gesagt, sogar einiges … Gott, ich konnte halt nichts dagegen machen. Sie sülzten und sülzten über ihre Hochzeit, und da hab ich eure Hochzeit erwähnt und dass ich extra online dazu bestellt worden wäre, die Vorbereitungen zu treffen.«

Jane lachte so laut, dass wir sie anstarrten. »Sorry, red weiter.«

»Und dann fing Tess von diesen blöden weißen Tauben an, die sie freilassen würden, wenn sie sich das erste Mal küssen, und da habe ich ihnen gesagt, dass du Pfauen haben wirst.«

»Was?«

Sowohl Lilly als auch Jane brachen in Gelächter aus – ich

hingegen nicht. Genau deswegen hatte ich ja aus dem Spiel aussteigen wollen: Dieses gegenseitige Ausstechen brachte alle um den Verstand.

»Woher sollen wir denn Pfauen nehmen?«, fragte ich.

»Die laufen hier doch überall herum. Allein heute Morgen hab ich fünf von den Viechern gesehen«, sagte Damien.

»Und wie sollen wir das anstellen? Ein paar Pfauen klauen, und sie dann dazu bringen, hinter mir her zum Altar zu schreiten, weil sie ja so wohlerzogene Vögelchen sind?«, fragte ich ironisch.

Darauf lachten alle nur noch mehr. Selbst Jane stimmte mit ein.

»Hört mal, wenn ich die Crocs daheim in den Bayous zusammentreiben kann …«, begann Chris.

»Bayous gibt's in Amerika, nicht in Australien«, korrigierte Jane.

Chris zögerte keine Sekunde. »Die ollen Crocs in den Sümpfen …«

»In den Auwäldern.«

»Die Crocs im Wasser, wo's nass und schlammig ist.« Fragend sah er Jane an.

»Schon besser«, erwiderte sie.

»Dann kann dieser olle Aussie wohl auch 'n paar Pfauen klauen.«

Neuerliches Gelächter. Okay, vielleicht war es doch nicht so toll, wenn dieses olle Australien-Ding zum Selbstläufer wurde. Vielleicht sollte es eines raschen Todes sterben, und zwar *jetzt*!

»Oh, und wisst ihr, was wir noch haben sollten?« Lilly sprang auf. »Lipizzaner. Große weiße, majestätische Schimmel, die den Ring zum Altar tragen.«

»Oder Dinosaurier«, setzte Jane noch einen drauf. »Wir erwecken sie wieder zum Leben, und dann kannst du auf dem langen Hals eines Brontosaurus in den Sonnenuntergang reiten.«

Darüber musste sogar ich lachen. Es war witzig. Was hingegen nicht so witzig war, waren meine Gefühle. Ich schwankte zwischen ehrlicher Aufregung über meine Fake-Hochzeit, der freudigen Erwartung auf Trevvs und Tess' lange Gesichter und natürlich Chris, wie er vor dem Altar stehen würde. Aber da war auch diese mahnende Stimme, die verkündete, wie falsch das alles war. So zu tun als ob, wenn ich wirkliche Gefühle hegte, war ein Spiel, das mich am Ende nur verletzen würde.

»Alles in Ordnung?«

Ich spürte eine sanfte Hand auf meinem Rücken. Es war Chris. Er beugte sich vor und kam mit dem Kopf meinem Ohr so nahe, dass ich seinen warmen Atem spürte. Ich schloss die Augen für einen Moment und ließ es zu, dass er meine Haut liebkoste.

»Du kannst immer noch einen Rückzieher machen, wenn du nicht willst.«

»Warum? Willst *du* denn nicht?« Ich machte die Augen wieder auf.

»Nein. Ich will nichts lieber, als mit dir eine Fake-Hochzeit zu feiern, Annie-Anne.«

Fake – das war es eben.

»Hey.« Lilly kam auf uns zu. »Ihr solltet lieber keine kalten Füße kriegen. Wir haben soeben Pfauen und eine Yacht beschlossen. Ihr werdet stilvoll in den Sonnenuntergang segeln!«

27

Wir verbrachten den Rest des Tages in Chris' Suite und einen guten Teil des Abends dazu. Ich konnte es gar nicht fassen, wie gut Chris sich in den Kreis meiner Freunde einfügte: Es war, als habe er immer schon zu uns gehört. Eigenartigerweise verstand er sich sogar mit Jane, was nun wirklich Seltenheitswert hatte. Jane verhielt sich Fremden gegenüber stets sehr reserviert, sodass sie zeitweilig in Gesellschaft völlig unbeholfen wirkte. Doch mit Chris war sie locker und entspannt.

Vielleicht spürten die beiden ihre Gemeinsamkeiten: Zwei Kinder, die auf dem Spielplatz grausam gehänselt worden waren und es mit dem Großwerden wirklich nicht leicht gehabt hatten. Ich sah es mit frohem, aber auch leicht gebrochenem Herzen. Vermutlich würde dies der letzte Abend sein, den wir alle gemeinsam verbrachten. In ein paar Tagen würden Chris und ich getrennte Wege gehen.

Irgendwann bestellte Damien Speis und Trank beim Zimmerservice, und wir vertieften uns auf der Dachterrasse in eine Partie Monopoly; wir hatten es in einem Schrank im Gästezimmer entdeckt. Den ganzen Tag hatten wir getrunken und waren inzwischen reichlich angeheitert.

Jane und Damien hatten sich einen ausgedehnten und ziemlich komischen Streit über die Regeln des Spiels geliefert. Es war so unterhaltsam, die beiden bei ihrer leidenschaftlichen Auseinandersetzung – als hinge ihr Leben davon ab – zu beobachten, dass uns allen Lillys Abwesenheit völlig entgangen war, bis wir den Schrei aus dem Erdgeschoss hörten.

»Aaaahhhh!« Zwei Stufen auf einmal nehmend hechtete sie die Treppe hoch und kam atemlos auf die Terrasse. »Der ist ja perfekt, Chris. Ich hatte ganz vergessen, dass wir noch einen besorgen müssen! Er ist toll. Sieht so *echt* aus!« Sie hielt eine Ringschatulle in der Hand.

Mein Herz schlug schneller. Chris hatte mir einen Fake-Ring für unsere Fake-Hochzeit gekauft? Lilly war wie hypnotisiert.

Sie holte den Ring aus der Schachtel. Inzwischen wirkte sie wie kurz vor dem Orgasmus. Ehrfürchtig hielt sie das Teil hoch. *Es war verdammt riesig*. Womit ich meine: groß. Es war der vermutlich größte Diamant, den ich je gesehen hatte, und deshalb wahrscheinlich nicht echt.

»Das ist der schönste Ring, den ich je gesehen habe.« In Zeitlupe steckte sie den Ring an den Finger und starrte voller Verwunderung auf das riesige Teil, das nun an ihrer Hand glitzerte. »Er ist so wundervoll.« Sie sah aus, als würde sie gleich in Tränen ausbrechen.

Ich drehte mich zu Chris und grinste, weil ich erwartete, er werde ebenso belustigt sein wie ich. Doch er starrte den Ring fassungslos an. Dann nahm ich aus den Augenwinkeln heraus schnelle Bewegungen wahr und schaute zu Damien hinüber.

Hektisch klopfte er seine Taschen ab und zog eine heraus, die ein riesiges Loch hatte. »Verdammt«, fluchte er unterdrückt, und ich begriff.

»Oh je.« Ich schaute zu Chris, der ebenfalls verstanden hatte. Dann zu Jane, die den Kopf schüttelte und eine Grimasse zog.

»Ich will ihn.« Lilly stieß einen lang gezogenen, lauten Seufzer aus. Am liebsten hätte sie wohl mit dem Ding rumgemacht! »Oh, seht mal, da ist ja was eingraviert.« Sie hielt den Ring ins Licht und versuchte, es blinzelnd zu erkennen. »Ein Mond, wie … ein Mond? Warum hast du denn einen Mond …«

»Weil der Ring für dich ist«, sagte Damien und trat vor.

»Was soll denn das heißen?« Der Zauberbann des Rings schien Lilly endlich loszulassen. Sie schaute zu Damien, der dämlich griente. Offenbar brauchte Lilly ein paar Sekunden, bis der Groschen fiel. Ihre Miene wandelte sich von Verständnislosigkeit zu großäugigem Unglauben. Dann öffnete sich ihr Mund. »Er ist für *mich*?«, fragte sie verdattert.

»Jetzt ist die Überraschung natürlich verdorben, also kann ich wohl nur sagen …«

»Nein! Halt.« Lilly hielt eine Hand hoch. »Nein, nein, nein. So soll das aber nicht vor sich gehen.« Sie streifte den Ring ab und legte ihn wieder in die Schachtel. »Ich hab ihn gar nicht gesehen. Hab überhaupt nichts gemerkt.« Sie lief zu Damien und drückte ihm die Schatulle in die Hand.

Er lachte. »Lilly, du hast ihn sehr wohl gesehen. Und du hast ihn sogar getragen, jetzt kannst du nicht mehr so tun, als wüsstest du von nichts.«

»Aber *so* macht man doch keinen Antrag!«

Wieder brach Damien in Lachen aus. »Wann ist denn jemals etwas mit uns so gelaufen, wie es sollte?« Er stellte sich vor Lilly, und dann beugte er tatsächlich vor ihr das Knie.

Das hätte ich mir bei Damien nie vorstellen können. Aber es funktionierte. Weil der Ring ihr den Atem verschlagen hatte.

»Lilly, es tut mir leid, so sollte es überhaupt nicht laufen. Ich habe zehntausend Rosenblätter in unserem Zimmer ausgestreut und Champagner und Kerzen …«

»Er hat sie einfach angelassen«, hörte ich Jane hinter mir flüstern.

»Ich hatte auch eine tolle Rede vorbereitet, von der mir jetzt kein Wort mehr einfallen will. Aber macht nichts, Worte sind ohnehin ziemlich bedeutungslos und schnell vergessen.«

Wieder einmal eine Textanspielung auf Depeche Mode. Ich

wand mich ob der Peinlichkeit und sah zu Jane hinüber, der es ganz genauso erging. Doch Lilly schien sich nicht daran zu stören; ihre Augen leuchteten wie ein Feuerwerk, ihre Wangen waren rosig überhaucht, und sie sah im Mondschein so unglaublich schön aus. Glück und Liebe schienen ihr aus allen Poren zu strömen. Dann schaute ich zu Chris, um zu sehen, wie er darauf reagierte. Mein zynischer Mr. Anti-Love. Doch er schaute gar nicht auf Damien und Lilly, sondern zu mir.

28

Sobald wir die Suite verlassen hatten, nahm Jane meinen Arm und zerrte mich Richtung Strand.

»Wo willst du hin?«, fragte ich atemlos. Sie hatte ein unglaubliches Tempo angeschlagen.

»Wir müssen mal allein reden. Es zieht mich auch nicht unbedingt sofort aufs Zimmer, da ich direkt neben dem glücklichen Paar wohne, und sosehr ich die beiden auch mag, hege ich kaum Verlangen, ihnen die nächsten vierundzwanzig Stunden beim Sex zuzuhören.«

Wir gingen also an den Strand und setzten uns in den weichen Sand.

»Du bist in ihn verliebt.« Das war eine Feststellung, keine Frage. Jane kannte die Antwort bereits, es hatte also keinen Sinn, es abzustreiten.

»Ja.«

»Und morgen willst du so tun, als ob du ihn heiratest?«

»Genau.«

»Weiß er, dass du in ihn verliebt bist?«

»Nein. Ich glaube nicht. Er weiß, dass ich ihn mag, aber nicht, dass ich … du weißt schon.«

»Sprich es aus. Ich glaube, du musst es mal laut hören.«

Ich schaute ihr in die Augen, deren Ausdruck sanft und liebevoll war. »Ich liebe ihn. Ich habe mich in ihn verliebt.«

»Hast du ihm gesagt, dass du ihn magst?«

»Ja. Und er mir irgendwie auch. Gestern Abend hatten wir auch ein Date, bevor Trevv und Tess alles verdorben haben.«

»Ein Date? Ein romantisches Date mit Kaminfeuer und Rosenblättern?«

Ich nickte. »Er hat mich in dieses wirklich tolle Restaurant ausgeführt, und alles ging gut, bis die beiden auftauchten.«

»Glaubst du, dass er die gleichen Gefühle für dich hegt?«

Ich schüttelte den Kopf. »Nein. Er glaubt nämlich nicht an die Liebe. Gestern Abend habe ich ihm Gelegenheit gegeben, es mir zu sagen, aber das hat er nicht getan. Ich bin bloß ein Zeitvertreib für ihn. Ein Urlaubsflirt.«

»Nein, du bist viel, *viel* mehr als das.« Aus Jane sprach eherne Überzeugung. »Ich habe gesehen, wie er dich heute Abend angeschaut hat. Er mag dich wirklich, und zwar sehr.«

»Aber es führt doch zu nichts! Er lebt in einem anderen Land, und außerdem ist er nicht die Art Mann, mit der du eine ernste Beziehung haben kannst. Vielleicht mag er dich, aber lieben wird er dich nie. Oder vielleicht doch, aber er kämpft so sehr dagegen an, dass er es nicht fühlen kann, oder … Es ist alles so verdammt kompliziert. Ich glaube, er weiß nicht, was er will. In der einen Minute küsst er mich und sagt mir, wie schön ich bin, und in der nächsten Minute reißt er Witze darüber.«

»Du hast ihn geküsst?«

»Ja, und …« Mein Körper erschauerte bei der Erinnerung. Der bloße Gedanke reichte schon, um wieder seine Hände auf meinem Körper zu spüren.

»Also schlaft ihr doch miteinander!«

»Nein!«, verwahrte ich mich gegen die Unterstellung. »Jedenfalls nicht so richtig.«

»*Richtig?* Entweder steckt er dir den Penis in die Vagina oder nicht!«

»Jane!« Ich gab ihr einen Klaps auf den Arm. »Bitte sag niemals *Penis* und *Vagina* und auch nicht im selben Satz das Wort *hineinstecken*.«

»Aber Penis und Vagina sind betroffen?« Sie hatte sich auf einen neckenden Ton verlegt.

»Möglicherweise«, gestand ich.

Sie legte den Kopf schief.

»Okay, sie sind betroffen. Aber Hineinstecken gab es noch nicht, fast, aber nicht richtig.«

Jane schwieg eine Weile.

»Du hältst mich für verrückt, weil ich das durchziehe? Dass ich mich so aus dem Fenster lehne. Denn während es für ihn bloß Spaß und Spiele sind, werde ich zum Altar schreiten und wünschen, es wäre wahr.«

»Warum hast du uns kein Wort davon gesagt?«

»Weil ihr die ganze Geschichte so komisch fandet. Und das ist sie ja auch, irgendwie. Aber gleichzeitig ist sie total aus dem Ruder gelaufen, und jetzt kriegen wir Pfauen und vielleicht sogar Pferde, und morgen früh ist es dann wahrscheinlich ein Kreuzfahrtschiff und nicht bloß eine Yacht.«

»Warum bläst du das Ganze nicht einfach ab?«

Ich schaute Jane an und hätte ob der bloßen Vorstellung in Tränen ausbrechen können.

»Du hoffst also, dass Chris, wenn er dich zum Altar schreiten sieht, plötzlich merkt, dass er doch in dich verliebt ist. Und dann wird das Märchen Wirklichkeit?«, fragte sie mit sanfter Stimme.

Ich zuckte zusammen. »Ich weiß. Ich bin total dämlich.«

»Du bist nicht dämlich. Aber du setzt dich der Gefahr aus, einen ernsthaften Kummer zu erleiden.«

»Ich weiß«, seufzte ich.

»Was auch immer du tust, schlaf bloß nicht mit ihm in deiner Fake-Hochzeitsnacht.« Jane streckte die Hand aus.

»Was soll denn das werden?«

»Kleiner-Finger-Schwur.«

Ich musste lachen. Diesen Schwur hatten wir als Kinder immer geleistet. Am Anfang fand ich ihn recht uncool, weil ich ein bisschen älter war als die anderen, aber bald schon machte ich eifrig mit. Ich wäre wahrscheinlich nicht mit diesen Frauen befreundet, wenn Lilly nicht meine Cousine wäre. Sie ist der Leim, der uns zusammenhält. Ich hatte zwar in späteren Jahren viele neue Freunde gewonnen, kehrte aber immer wieder zu meinen alten Freundinnen zurück. Sie waren mir so vertraut wie eine Familie.

»Kleiner-Finger-Schwur.« Jane wartete nicht, ob ich ihr meinen kleinen Finger reichte, sie beugte sich einfach vor und legte ihren darum.

»Ich schwöre.«

»Das ist alles ganz furchtbar lustig und spaßig, bis jemand verletzt wird, Annie. Und dieser Jemand wirst du sein, besonders wenn du obendrein die Ehe vollziehst.«

»Ich weiß.«

Sie legte eine Hand auf meine Schulter und drückte sie leicht. »Glaubst du, dass die beiden allmählich fertig sind?«, fragte sie.

»Zweifelhaft«, erwiderte ich.

Sie gähnte. »Tja, ich kann es nicht weiter hinausschieben. Ich muss ins Bett. Wir haben ja morgen viel vor.« Jane stand auf und ging.

Mir war nicht danach, in mein Zimmer zurückzukehren. Und am Strand wollte ich auch nicht die ganze Nacht sitzen bleiben. Mir war danach, Chris zu sehen.

Ich stand auf und schlug den Weg zu seiner Suite ein. Als ich ankam, stand die Tür offen, aber Chris war nicht unten. Unter der Dusche war er auch nicht. Ich ging nach oben und fand ihn mit den Füßen im Pool vor, wo er eifrig in die Tasten seines Laptops haute.

»Ich dachte, du hasst Wasser.«

Er schaute auf. »Ich glaube, jetzt nicht mehr.«

»Mhm, und wie bist du dazu gekommen?«

»Es könnte etwas mit dieser Frau zu tun haben … und mit einem Kuss.«

»Klingt nach einer interessanten Geschichte.«

»Das ist sie auch.«

»Sieht so aus, als hättest du wieder eine Inspiration«, sagte ich mit einer Geste zu seinem Computer.

Chris klappte den Laptop zu und legte ihn beiseite. »Willst du auch? Das Wasser ist toll.«

Ich setzte mich neben ihn, zwischen uns nur eine Handbreit Platz. Ich zog die Schuhe aus und steckte die Füße ins Wasser. Es war toll.

»Also, worum geht's? In deinem Film.«

»Tja, es ist eine Geschichte über eine Frau und einen Mann, die sich auf einer Insel kennenlernen, einer Insel wie dieser.«

»So viel hatte ich bereits verstanden, aber was passiert dann?«

»Das Übliche. Liebe und Küsse und intensive Blicke.«

»Und es läuft gut?«, fragte ich.

»Es schreibt sich von selbst.« Seine Stimme war leiser geworden. Er planschte ein wenig im Wasser herum, und einige Tropfen spritzten und landeten auf mir.

Ich kicherte und wischte sie aus dem Gesicht. »Und was geschieht am Ende? Verlieben sie sich und leben glücklich und zufrieden bis an ihr seliges Ende?« Meine Frage war ja so mit Bedeutung aufgeladen! Sie bezog sich durchaus nicht auf ein paar ausgedachte Figuren in einem Drehbuch, und Chris wusste das ganz genau.

»Das hängt davon ab«, gab er zurück.

»Wovon?«

»Ich bin mir noch nicht sicher.«

Ich spürte, wie er mit den Schultern zuckte.

»Du weißt schon, dass das nicht sonderlich viel Sinn ergibt, nicht wahr?«

»Das Leben als solches ergibt manchmal nicht viel Sinn, Annie.«

29

»Möchtest du schwimmen?« Er stand auf und streckte mir die Hand hin, um mir aufzuhelfen.

»Ich hab keinen Badeanzug hier.«

»Wer sagt denn, dass du einen brauchst?« Seine Augen glitzerten. Ein verschlagenes Lächeln spielte um seine Mundwinkel.

Wie ein Blitz durchzuckte mich die Lust und sammelte sich zwischen meinen Beinen. Ich schlug sie übereinander.

»Sorry. Das hätte ich nicht sagen sollen.« Chris wirkte schuldbewusst. »Ich wollte nicht wieder darauf zu sprechen kommen.«

»Ist schon okay.«

»Kannst einem Mann aber nicht vorwerfen, dass er's versucht.« Er grinste mich schwach an, und ich erwiderte sein Lächeln.

»Dieses Hochzeits-Ding morgen …« Immer noch ein um Verzeihung bittender Ton. »Deine Freunde haben irgendwie …«

»Das Ruder übernommen. Ja, so sind sie.«

»Du musst es wirklich nicht machen, wenn du nicht willst.«

Ich schaute Chris an und fragte mich, ob das vielleicht seine Masche war, um mich letztlich doch im Stich zu lassen. Er wusste, dass ich Gefühle für ihn hatte, und wollte nicht die Verantwortung dafür übernehmen, wenn ich verletzt wurde.

»Willst *du* es denn?«, fragte ich.

»Nur, wenn *du* willst.«

»Das ist nicht gerade hilfreich«, erwiderte ich.

»Dann ja. Ich will es. Ich will nicht, dass wir jetzt noch einen Rückzieher machen, zumal Damien uns ja Pfauen versprochen hat. Wenn das Ganze abgeblasen würde, hätte Trevv die Genugtuung seines Lebens. Aber ich möchte es nicht machen, wenn es dann peinlich zwischen uns wird.«

»Du meinst: noch peinlicher?«

Chris grinste. »Ja. Schätze schon.«

Ich wollte gerade antworten, als ich etwas vernahm, das entfernt nach einer Mariachi-Band klang. Plötzlich war sie unbemerkt hinter unserem Rücken aufgetaucht und begann zu spielen.

»Was zum Teufel ...?« Ich schaute mich um. Die Musik tönte vom Strand.

»Was zum Teufel ist denn das für ein Lärm?« Chris ging zum Geländer und spähte Richtung Strand. »Oh, Annie ...« Er winkte mich heran. »Das glaubst du nicht!«

Ich lief zu ihm und spähte ebenfalls. Und dort, vor der anderen Villa, stand Trevv, flankiert von einer kleinen Männergruppe mit Instrumenten, und ... *sang*?

Ich folgte seinem Blick und sah Tess, die auf ihrer Dachterrasse stand und Trevv anschmachtete. Er bewegte die Hüften wie Elvis im Takt der Musik und brachte ihr ein Ständchen.

Chris riss die Augen auf. »Ist das Wirklichkeit? Wir träumen doch nicht?«

»Nein, das glaube ich nicht.«

Mit offenem Mund starrte ich Trevv an, dessen Gesang sich stetig steigerte. Dazu stieß er so heftig mit den Hüften, dass er an einen Presslufthammer gemahnte, der ein Loch in den Zement stemmt. Als das Lied zu Ende war (Gott sei Dank), klatschte Tess begeistert und Trevv warf ihr ein Luftküsschen zu. Dann drehte er sich zu uns um, als ob er gewusst hätte, dass wir die ganze Zeit zugeschaut hatten.

Natürlich hatte er das gewusst! Diese kleine Vorstellung hatte keineswegs seiner lieben Tess, sondern ausschließlich uns gegolten.

»Oh sorry, hab ich euch gestört?«, erkundigte er sich mit schleimig-aufgesetztem Mitleid.

»Aber gar nicht«, erwiderte ich lächelnd.

»Ich wollte euch nicht wecken. Ich weiß ja, dass morgen euer großer Tag ist, wegen der *Hochzeit* …« Er spie das Wort aus wie Lama Spucke. »Damien hat mir erzählt, dass er für den großen Tag extra angeheuert wurde.« Er beäugte uns argwöhnisch. »Wie auch immer, tut mir leid, wenn es zu laut war. Ich wollte Tess etwas Besonderes schenken, da doch heute die letzte Nacht ist, in der sie noch nicht Mrs. Tremblay heißt.«

»Sorry, was sagst du da?« Chris wurde munter. »Hast du da etwa Tremblay gesagt? Wie in Trevv Tremblay und Tess Tremblay?« Er lachte schallend.

»Hast du ein Problem damit?« Trevv funkelte ihn wütend an.

»Aber nein. Gute Nacht.«

Chris wandte sich an mich. »Annie, wie konntest du vergessen, mir zu sagen, dass sein Nachname ebenfalls mit einem T beginnt? Daraus hätten wir locker weitere hundert Wortspiele, Sticheleien und Witze stricken können. Jetzt hab ich das Gefühl, dass du mir etwas vorenthalten hast.«

»Wisst ihr was?«, rief Trevv zu uns herüber, und wir schauten wieder von der Terrasse herab. »Ich kauf dir das immer noch nicht ab, *Annie*.« Absichtlich nannte er mich zum allerersten Mal bei meinem Kosenamen.

Aber ich hasste es, wie er ihn aussprach. Plötzlich wurde ich wieder in meinen alten Hass zurückgeworfen – Hass auf mich und Hass auf ihn.

Trevv feixte mich an. »Wenn du mich jetzt entschuldigen würdest, da wartet eine hinreißende Frau auf mich.« Damit stolzierte er ins Haus.

Ich wandte mich an Chris. »Du solltest besser keine kalten Füße bekommen. Denn morgen heirate ich dich, ob es dir gefällt oder nicht!«

30

Der Tag verging wie im Flug. Lilly hatte sich keine Sekunde Ruhe gegönnt (wenn sie nicht gerade ihren Ring bewunderte, was ziemlich oft der Fall war). Sie hatte sich mit dem Hochzeitsplaner des Hotels zusammengetan, der es gewohnt war, derartige Events in aller Eile vorzubereiten.

Das Hochzeitschaos war also in vollem Gange. Ich aber war mit einem Gefühl enger Elastikbandagen um den Kopf erwacht, die jemand in der Nacht festgezurrt hatte. Meine Gefühle bezüglich meiner sogenannten Hochzeit waren noch zwiespältiger geworden.

Das Einzige, was mich einigermaßen von meinen Zweifeln ablenken konnte, war die Suche nach einem Brautkleid. Zu diesem Zweck waren wir in die Weltstadt Grand Baie gefahren. Auf der Hauptgeschäftsstraße, passenderweise Sunset Boulevard genannt, reihten sich viele kleine Boutiquen und Restaurants aneinander. Mächtige Palmen und Bäume mit leuchtend roten Blättern säumten die Straße, und bunte chinesische Laternen (von Lilly sogleich als weitere Deko für die Hochzeit in Erwägung gezogen) hingen von den Zweigen und den Regenrinnen der Läden herab. Die Bürgersteige standen voller Blumenkästen, deren süßer Duft in der Luft schwebte. Es war eine Einkaufstour im Paradies.

Eine kleine Boutique stach uns ins Auge, und wir stürmten sie aufgeregt – nur Jane nicht. Sie geht äußerst ungern shoppen, denn ihre Körpergröße und die Größe ihrer Füße machen die Suche nach passender Kleidung zu einem anstrengenden

Unternehmen. Jane ist in dieser Hinsicht sehr empfindlich. Ich jedoch fand sofort etwas Passendes.

Ein wunderschönes Vintage-Midikleid in einem hinreißend warmen Cremeton mit überschnittenen Ärmeln mit Spitzeneinsatz sowie einem blassblauen Band, das um die Taille geschlungen wurde. Es war nicht unbedingt das Brautkleid, das ich mir immer gewünscht hatte, nicht das Werk eines berühmten Designers, aber es war perfekt. Und wenn ich es trug, würde mein Traum Wirklichkeit werden.

Bevor ich wusste, wie mir geschah, war der Abend da und ich stand an dem Pfad am Strand, der mich zum Altar führen sollte. Lilly und Damien trafen mit Verspätung ein; sie hatten tatsächlich versucht, eine Schar Pfauen zur Hochzeit zu treiben, sich aber stattdessen mit zwei Schildkröten begnügen müssen. Echt wahr – so was kann man sich einfach nicht ausdenken! Unter hysterischem Gegacker setzten sie die Tiere auf den Sand und verstreuten Bougainvilleablüten in Massen.

Diese Hochzeit war so, wie ich mir meine Hochzeit immer vorgestellt hatte. Besser.

Die romantische, im Untergehen begriffene Sonne, die einen blassrosa Schein auf den warmen weißen Sand wirft. *Check*.

Leise plätschernde Wellen. *Check*.

Ein Gang voller samtiger, rosafarbener Blütenblätter. *Check*.

Warm glühende Kerzen. *Check*.

Bunte Chinalaternen, die an den Palmen schaukelten. Zwischen ihnen Reihen über Reihen von Lichterketten; eine Schildkröte, die sich an den ausgestreuten Blumen gütlich tat; Bögen, aus Palmwedeln gebildet, in die leuchtende rosa Blumen eingeflochten waren, bis hinunter zur warmen See. *Doppelt gecheckt*.

Doch was ich mir bei meiner Traumhochzeit nicht einmal ansatzweise vorgestellt hatte, waren meine überschäumenden

Gefühle. Ich hatte mir ja einiges ausgemalt, aber nicht, dass ich derart überwältigt sein würde.

Ein hemmungsloses Flattern in meinem Bauch, das nur von riesigen, genetisch veränderten Schmetterlingen hervorgerufen worden sein konnte.

Schüttelfrost, trotz der tropischen Temperatur.

Und eine leicht schwindelige Benommenheit, die keineswegs auf den Genuss zu vieler Kokosnuss-Cocktails zurückzuführen war.

Ich schaute von meinen bebenden Händen auf und erblickte Chris. Der mich erwartete.

Ich vergaß die wunderschöne Szenerie und schaute nur auf Chris in seinem frisch gebügelten weißen Leinenanzug. Oh Gott, im Anzug sah er geradezu anbetungswürdig aus! Er schaute mich an – *strahlte* mich an, lächelte, wie ich ihn noch nie hatte lächeln sehen. Auch meine Lippen verzogen sich ohne mein Zutun, während die Schmetterlinge in meinem Bauch wieder herumwirbelten.

Chris schaute mich an, als sei ich die schönste Frau, die er je gesehen hatte. Er sah mich an, wie ein Bräutigam seine Braut ansieht, seine *echte* Braut. Neue Hoffnung erfüllte mich, als ich mich anschickte, den Blütenblättergang hinabzuschreiten.

Unser Timing war perfekt. Ein Stück entfernt stand Trevv und barst fast vor Wut. Er hatte die Zähne so fest zusammengebissen, dass es aussah, als würde sein Gesicht unter dem Druck explodieren. Er war rasend vor Zorn.

Seine Hochzeit wirkte eher drollig. Ein paar verstreute Blumen und einige in den Sand gesteckte Laternen wiesen der Braut den Weg. Seine war eine hübsche kleine Strandhochzeit. Unsere war eine übertrieben luxuriöse Strandhochzeit. Sie erregte bereits einige Aufmerksamkeit. Ein paar Hotelgäste und Touristen hatten sich eingefunden. Manche schossen Fotos, und ein nettes älteres Paar hielt liebevoll Händchen, vermutlich, weil es sich an seine eigene Hochzeit erinnert fühlte.

Und dann hörte ich, wie jemand entsetzt nach Luft schnappte. Es war Tess. Sie war an den Strand gekommen und damit in ihren schlimmsten Albtraum geraten. Sie sah, das musste ich ihr zugestehen, in ihrem klassischen weißen Brautkleid, das von einer langstieligen roten Rose in der Hand unterstrichen wurde, umwerfend aus. Doch ihre Züge verzerrten sich vor Wut zu einer Fratze. Neben unserer Hochzeit wirkte ihre wie ein Kinderspiel von Dilettanten, und Tess, das sah ich, war sich dieser Tatsache nur allzu sehr bewusst. Und zur Abwechslung ruhten alle Blicke einmal nicht auf ihr, sondern auf mir.

Wie durch Zauberhand erschien hinter mir ein Streichquartett und begann, den Hochzeitsmarsch zu spielen. Tess fiel buchstäblich der Unterkiefer herunter. Sie warf Trevv einen bitterbösen Blick zu. Die Musik schwoll an. Das war mein Stichwort, mich in Bewegung zu setzen.

Ich tat den ersten Schritt. Die Rosenblätter unter meinen Füßen fühlten sich seidig an. Warmer Sand quoll zwischen meinen bloßen Zehen hindurch, und der ausgestellte Saum meines Kleides wehte beim Gehen. Ich schaute auf. Chris' Augen sogen meinen Anblick förmlich auf.

Noch nie war ich verheiratet gewesen, doch ich wusste, dass ich jetzt und hier die Gefühle einer echten Braut hegte. Daran konnte gar kein Zweifel bestehen.

Neben Chris stand Damien. Selbst mit größter Anstrengung hätte man das Grinsen aus seinem Gesicht nicht fortwischen können. Er sah aus, als fände er größten Gefallen an seiner neuen Rolle als Geistlicher. Er ging vollkommen in ihr auf, als er ein paar Worte zu Chris sagte und ihm brüderlich auf die Schulter klopfte. (Er nahm seine Rolle eben sehr ernst, auch wenn er so gar nicht wie ein Priester aussah. Ich nehme nicht an, dass Geistliche allgemein so viele Tattoos aufzuweisen haben wie Damien.)

Und dann stand ich Chris gegenüber. Ich schlug die Augen nieder, denn wenn ich aufsah, bestand die Gefahr, dass er mich zu guter Letzt doch durchschauen würde.

Er würde mir geradewegs ins Herz blicken und meine Gefühle, meine absolute Verliebtheit erraten. Dass er genau das war, wonach ich bei allen Männern immer gesucht, es aber nie gefunden hatte. Er war mein Mann fürs Leben. Mein Held in diesem wahnsinnigen, unglaubwürdigen, tragikomischen Film, der mein Leben darstellte.

Endlich schaute ich auf. Unsere Blicke trafen sich. Da geschah mehr, als ich mir jemals vorgestellt hätte. Es war elektrisierend. Es war purer Instinkt. Und es fühlte sich *so* echt an. Kein So-tun-als-ob mehr, zumindest nicht für mich.

Chris nahm meine Hände, und sofort hörte ich auf, zu zittern. Es fühlte sich wie Heimkehr an. Als gehörte ich hierher, zu ihm. Ich gestattete mir einen letzten Blick auf T im Quadrat und sah dort nichts als rasenden Zorn. Tess sah aus, als würde sie jeden Moment in Tränen ausbrechen. Ich lächelte sie freundlich an, um ihr zu zeigen, dass ich diese Doppelhochzeit am Strand nicht im Geringsten merkwürdig fand, und zahlte es ihnen somit mit gleicher Münze heim.

Ach, wie süß mundet die Rache! So süß, wie unsere aufwändige, turmhohe Hochzeitstorte munden würde, die mit rosa Zuckerkristallblümchen dekoriert war und gleich neben unserem total übertriebenen Altar stand.

Sämtliche Geräusche und Gerüche und Farben schienen sich zu verflüchtigen, bis nur noch Chris übrig blieb. Er war *alles* für mich.

»Also, willst du?« Damiens Stimme holte mich in die Realität zurück. Ich hatte mich dermaßen ausgeklinkt, dass ich kein Wort der Zeremonie mitbekommen hatte.

»Was?«

»Willst du diesen starken Mann, Boyden Brown, zu deinem rechtmäßig angetrauten Ehemann nehmen? In Gesundheit und Krankheit, in …« Damien verlor den Faden. »In guten wie in schlechten Tagen und bis zu deinem Tode, oder bis die mittlere Dichte des Universums stark genug ist, um die Expansion zu verlangsamen, sodass es unter dem Einfluss der Schwerkraft schrumpft und in sich selbst zusammenfällt, um eine Singularität unvorstellbarer Dichte zu bilden.«

Ich hörte Lilly und Jane unterdrückt kichern. Damien zwinkerte uns kaum merklich zu.

Meine Stimme bebte, als ich lächelnd erwiderte: »Ich will.«

»Und du, Boyden, willst du diese schöne Frau zu deiner rechtmäßig angetrauten Ehefrau nehmen, bis alle die eben erwähnten Umstände eintreffen?«

Chris' Stimme war weich und gedämpft. »Ich will.« Er zog meine Hand an sich und holte einen Ring aus der Tasche.

Es war der schönste Ring, den ich je gesehen hatte, auch wenn es Modeschmuck war. Ein großer, herzförmiger rosa Stein war in einen platinfarbenen Reif eingelassen. Er glitzerte im warmen Kerzenschein. Als Chris ihn mir an den Finger steckte, schnappte ich vor Aufregung nach Luft.

Langsam glitt der Ring über meinen Finger. Es war der intimste und erotischste Moment, den ich je erlebt hatte. Ich schaute zu Chris auf, um zu sehen, ob er mein Luftschnappen gehört hatte: Das hatte er. Der Ausdruck in seinen Augen war Bestätigung genug.

»Tja, ich schätze, wenn nichts weiter zu sagen bleibt, *dann darfst du die Braut jetzt küssen*.«

Ich holte noch einmal tief Luft, als Chris die Arme um mich schlang und mich an sich zog.

»Annie-Anne«, flüsterte er, dann beugte er sich vor und küsste mich.

Der Kuss war zart, sanft und bedächtig. Seine Lippen kitzelten meine. Ein Schauer lief mir über das Rückgrat. Chris schmeckte toll und fühlte sich toll an. Mit einem leisen Seufzer nahm er mein Gesicht in beide Hände. Ich drängte mich an ihn, bis kein Quäntchen Luft mehr zwischen uns gepasst hätte. Ich öffnete den Mund, einen kurzen Moment berührten sich unsere Zungen und …

»Ähm«, räusperte sich Jane. »Ihr seid nicht allein.«

Unser Kuss war zwar vorüber, der magische Moment jedoch nicht. Ich konnte Chris auf meinen leicht feuchten Lippen schmecken. Und der Moment dauerte an, während unsere Blicke sich immer stärker ineinander verschränkten.

Ich wusste ganz genau, was er wollte. Er machte ja kein Hehl daraus. Und ich auch nicht. Ich wusste nicht, ob er auch in mich verliebt war. Doch wenn ich ihn nicht für immer haben konnte, so wie ich das wollte, würde ich mich mit einer Nacht zufriedengeben.

Ich wollte meine Hochzeitsnacht mit Chris. Scheiß auf mögliche Folgen und sämtliche Versprechen, die ich gegeben hatte. Eine einzige Nacht. Das Verlangen nach ihm war so übermächtig, dass es nur eine Lösung gab: es zu stillen.

»Annie …« Jane zupfte an meinem Kleid. »Kleiner-Finger-Schwur. Du hast es mir versprochen.«

Ich drehte mich zu ihr um und schaffte es gerade noch, den Kopf zu schütteln, da nahm Chris auch schon meinen Arm und zerrte mich vom Strand fort.

Habt ihr jemals eine dieser Naturdokus gesehen, wo der Löwe die Antilope jagt? Die Szene läuft zunächst in Zeitlupe, damit man die ungeheure Konzentration des Löwen sieht, der wild entschlossen ist, Beute zu machen. Ihr seht jeden Muskel an seinem Körper zittern. Und wenn er dann aufspringt, wird wieder auf normales Tempo umgeschaltet und ihr gewinnt den Eindruck, als würden zwei Urgewalten aufeinanderprallen.

Genau so war es auch hier.

Chris zerrte mich mit, und wir liefen über den Strand, während wir meinen Freunden noch einmal rasch zuwinkten. Wir passierten T zum Quadrat, die uns mit unverhohlener Verachtung anstarrten. Jane vergrub das Gesicht in den Händen. Wahrscheinlich schämte sie sich für mich, sie stand nicht unbedingt auf öffentliche Zurschaustellung von Gefühlen und auf hemmungslose Wollust schon gar nicht. Einige Zuschauer pfiffen und klatschten uns Beifall.

Es kam mir wie eine Ewigkeit vor, bis wir endlich zu unserer Suite gelangten – Zeitlupe, ich hatte es ja bereits gesagt.

Im Zimmer fielen wir wie zwei wilde, hungrige Tiere übereinander her.

Es war alles so dramatisch. Zuerst knallten wir gegen die Wand, dann auf den Boden, und schließlich schafften wir es, von der Couch – auf der wir irgendwie gelandet waren – zum Bett zu kriechen.

Es war so leidenschaftlich, so rasend gefährlich.

Chris drückte mich aufs Bett, während er mich unentwegt küsste. Zarte, sanfte Berührungen von Zungen waren passé. Wir verschlangen einander mit wilden, leidenschaftlichen Küssen.

»So habe ich mir dich vorgestellt, seit ich dich das erste Mal sah.« Sein Mund lag an meinem Ohr, und sein heißer Atem törnte mich dermaßen an – nur für den Fall, dass ich nicht schon angetörnt genug war.

»Wie?«

»Aufs Bett gedrückt. Mit mir auf dir.«

Ich lachte, und Chris schloss mir rasch den Mund mit einem weiteren Kuss.

Er begann an meinem Kleid zu zerren, suchte hektisch nach einem Weg hinein. Zum Glück trug ich nicht diese Kreation mit den langen Trägern, die ich im Hotelgeschäft erstanden hatte, sonst wären wir noch stundenlang mit Ausziehen beschäftigt gewesen.

»Wie zum Teufel …?«

»Reißverschluss.« Ich war mittlerweile so außer Atem, dass ich kaum sprechen konnte. »Seite, nicht hinten, Kleid.«

Er drehte mich auf die Seite, als wäre ich eine gewichtslose Lumpenpuppe. Plötzlich war mein Gesicht in die Kissen gedrückt, und Chris war hinter mir. Seine Finger zerrten an meinem Reißverschluss und zogen ihn herunter.

Dann strichen seine Fingerspitzen so zärtlich über meinen Rücken, dass ich eine Gänsehaut bekam.

Und seine Küsse erst …

Warme, feuchte Küsse mein ganzes Rückgrat entlang, bis hinunter zum Po. Ich hatte das Gefühl, explodieren zu müssen, wenn er nicht bald etwas Wesentlicheres mit mir anstellte …

… und während ich dies noch dachte …

Ließ Chris von mir ab. Und stand ohne Vorwarnung auf und schritt durchs Zimmer. Setzte sich ans Fenster.

Ich geriet in Panik. »Was … was ist los, Chris? Hab ich was falsch gemacht?«

Er gab sogleich Antwort. »Nein. Nein. Du hast gar nichts falsch gemacht. Du bist toll. Es ist bloß …« Er erhob sich und ging zum nächsten Fenster – eine irgendwie sinnlose Aktion, wie mir schien.

Es war deutlich zu sehen, dass er sich über etwas aufregte. Aber worüber?

»Annie, bevor wir das tun, will ich nur sagen, wir …«

Ich begriff sofort.

Ich hatte ja von vornherein gewusst, worauf das hinauslaufen würde. Ich kann nicht behaupten, dass mir in diesem Moment das Herz brach, denn ich hatte es dummerweise erst so weit kommen lassen. Hatte mir Gefühle für Chris gestattet und mich durch die romantische Stimmung mitreißen lassen, obwohl ich doch ganz genau wusste, dass er meine Liebe nie erwidern würde.

»Ich weiß schon, was du sagen willst. Keine Liebe. Wir haben bloß ein bisschen Spaß miteinander. Wir mögen uns, wir fühlen uns zueinander hingezogen … Ich hab's begriffen, du hast mir ja schon gesagt, dass …«

»Nein«, fiel er mir ins Wort. »Das war nicht, was ich sagen wollte.« Seine Miene drückte es unumwunden aus, und in meiner Kehle begann sich ein Kloß zu formen.

Mein Herz hämmerte so laut, dass ich nichts anderes mehr hörte. Chris schaute zu Boden und scharrte verlegen mit den Füßen, als wollte er sich Zeit verschaffen, um sich eine passende Formulierung zu überlegen.

»Die Sache ist die, Annie-Anne …« Er schaute auf und lächelte. »Ich mag dich irgendwie. Sehr sogar. Wie man so sagt: *Ich glaube, ich mag dich, ich mag dich echt gut leiden*.«

»Wie bitte?« Waren wir plötzlich wieder zwölf Jahre alt?

Er fuhr sich mit der Hand durch die Haare, die ihm sogleich wieder ins Gesicht fielen. Sie klebten auf seiner verschwitzten Stirn und verliehen ihm ein reichlich zerzaustes Aussehen.

»Was ich damit sagen will … ganz *ehrlich* … ist … *Verdammt*!« Und wieder sprang er auf, steuerte diesmal den Papierkorb an. Er griff hinein, holte ein Blatt Papier heraus und strich es auf dem Tisch glatt. Dann wühlte er in einer Schublade und entnahm ihr einen Kugelschreiber. »Ich bin ein

Schreiberling, okay? Ich kann das mündlich nicht so gut ausdrücken.« Er fing an, eifrig zu kritzeln. Als er fertig war, stand er auf, kam zu mir und warf mir das Blatt in den Schoß. »Ich geh jetzt duschen. Lies das und sag mir dann, was du darüber denkst, ja?«

Ich sah ihm nach, wie er sich entfernte, wobei er sich Stück um Stück auszog und schließlich die Hähne aufdrehte und sich unter die Dusche stellte.

Ich entfaltete den Brief.

Annie-Anne,
du weckst in mir Gefühle, die ich noch gar nicht an mir kannte. Ich kann nicht aufhören, an dich zu denken, selbst wenn ich mit dir zusammen bin. Und wenn du woanders bist, möchte ich nur mit dir zusammen sein. Ich bin heute Morgen aufgewacht und habe mich so richtig auf unsere Fake-Hochzeit gefreut. Und als ich dich dann am Strand auf mich zukommen sah, warst du die schönste Frau, die ich jemals gesehen habe. Du hast mir den Atem verschlagen. Mein Herz still stehen lassen. Und ich kam mir vor wie der glücklichste Mann auf der Welt.
In dieser kurzen Zeit, seit wir einander kennen, hast du mich zu einem besseren Menschen gemacht. Du hast mein ganzes Theater durchschaut. Nie zuvor habe ich einem Menschen mein wahres Ich gezeigt. Und ich will nicht mehr der zynische Kerl sein, der ich vor ein paar Tagen war – bevor ich dich kennenlernte.
Ich weiß nicht, wie Liebe sich anfühlt, aber ich möchte wetten, dass das, was ich in diesem Augenblick für dich fühle, Liebe sein könnte. Vielleicht habe ich endlich doch die Richtige gefunden. Du bist die Heldin in meiner Geschichte, in die ich dich für alle Ewigkeit hineinschreiben will.

Ich drehte mich zur Dusche um. Chris stand nackt unter dem rauschenden Wasser und sah mich an. Doch statt selbstsicher und auf humorvolle Weise machohaft zu wirken, so wie ich ihn bislang erlebt hatte, sah er nun ganz anders aus.

Still.

Schweigend. Verletzbar. Sogar zerbrechlich.

Seine Lippen zuckten in einem halbherzigen, nervösen Lächeln, und seine Augen schienen mich etwas zu fragen. Ich wusste, wie die Frage lautete.

Ich stand vom Bett auf und ließ mein Kleid fallen, das raschelnd zu Boden glitt. Ich griff hinter mich und hakte den BH auf, zog den Slip herunter und ging zu ihm.

In der Sekunde, in der ich zu ihm unter die Dusche trat, wurde alles anders. Das warme Wasser war wie eine Liebkosung, und Chris fühlte sich sogar noch besser an. Er zog mich an sich, und wir umarmten uns voller Zärtlichkeit. Es war eine Umarmung, die etwas bedeutete, eine Umarmung, die von einer Million Gedanken und Sätzen erfüllt war, die aber in diesem Moment gar nicht ausgesprochen werden mussten.

Und dann küsste er mich wieder. Sanft. Bedächtig. Das warme Wasser rauschte über unsere Gesichter und Körper, und als ich die Augen öffnete und ihn anschaute, hingen winzige Tropfen an den langen Wimpern, die seine unglaublich blauen Augen umrahmten.

»Du hast heute in deinem Brautkleid so schön ausgesehen.« Seine Hände glitten an meinen Armen entlang, und wir verschränkten unsere Finger. »Wirklich unglaublich schön.«

»Danke. Du auch.«

»Ich hab aber kein Kleid getragen, oder?«

Ich legte ihm einen Finger auf die Lippen. »Keine Witze mehr, Chris!«

Er verdrehte spielerisch die Augen. »Na schön. Ich werd's versuchen.«

Und dann nahm er mich in die Arme, hob mich hoch und drückte mich gegen die Wand. Ich spreizte die Beine und umschlang ihn, lockte ihn zu mir.

»Ich hab ernst gemeint, was ich geschrieben habe … Ich … ich«, er stotterte leicht, »ich glaube, ich habe mich verliebt.« Wieder küsste er mich zärtlich. »Ich hab das noch nie zu einer Frau gesagt, aber«, sein Mund glitt an meinem Hals entlang zu meinen Brüsten, »ich glaube wirklich, ich liebe dich.«

Das heiße Wasser, das immer noch über mich strömte, Chris' Mund und Zunge … Es war unbeschreiblich schön. Ich stöhnte und wand mich und drückte den Rücken durch.

»Ich liebe dich auch«, gestand ich endlich. Es tat so gut, es endlich auszusprechen, die Schleusen zu öffnen. »Ich liebe dich wirklich, Chris. Ich bin total verliebt in dich. Ich liebe dich.«

Er schaute auf und grinste. »Ich kann dir gar nicht sagen, wie wunderbar das klingt.« Er löste mich von der Wand und ließ mich auf den Boden gleiten. Der war warm und nass, und die Fliesen waren hart.

Ich weiß nicht, ob ihr jemals auf den schlüpfrigen Fliesen einer Dusche gevögelt habt. Es ist unglaublich. Bei jedem Stoß rutschte mein Körper über die nasse Fläche. Ich konnte mich mit den Händen von der Wand abstoßen und seine Stöße mit aller Kraft erwidern. Das warme Wasser weichte uns auf, während unsere Körper auf den Fliesen hin und her glitschten.

Dann nahm er mich auf die Arme, trug mich aus der Dusche und warf mich aufs Bett. Unsere nassen Körper klatschten aufeinander und sandten Tropfen in alle Richtungen. Wir brachen in Gelächter aus, als meine nassen Haare sein Gesicht peitschten. Ich lag auf dem Rücken, und Chris wälzte sich auf mich, spreizte mir die Beine.

Seine blauen Augen suchten meinen Blick. Wir sahen uns innig an. Während er sich langsam herabsenkte und in mich hineinglitt, hielt er meinen Blick fest. Ganz, ganz langsam kam er in mich hinein. Unsere ineinander verschränkten Blicke schufen eine Art Zauberblase um uns herum, während wir uns in vollendetem Einklang bewegten.

Er lächelte auf mich herab. »So siehst du noch viel schöner aus. An die Aussicht könnte ich mich gewöhnen, Annie-Anne.«

Irgendwann saß ich auf ihm. Ich glitt mit den Händen über die weichen Haare auf seiner Brust. Es machte Spaß, mit ihnen zu spielen. Ich lächelte auf ihn herab, und er erwiderte mein Lächeln.

Es war mir gleich, welche Laute aus meinem Mund drangen, wie laut ich mich gebärdete. Ich winselte und keuchte und rief immer wieder seinen Namen, als er meine Hüften fasste und einen gleichmäßigen Rhythmus vorgab. Und dann warf ich den Kopf zurück, voll und ganz von der Empfindung übermannt. Ich schrie. Mit einem Mal zog Chris meinen Kopf zu sich herab, und wir sahen uns aus nächster Nähe in die Augen. Er hielt meinen Hinterkopf fest und schaute mich an, bis sich ein lautes Stöhnen seiner Kehle entrang.

Nachdem er sich entspannt hatte, küsste er mich wieder. Und dies war der Moment, in dem ich es endlich begriff: Ja, Sex kann *so* gut sein. So gut, dass du mit deinen Schreien die Schallmauer durchbrichst.

»Es sind übrigens fünfzehn«, flüsterte er, während er zärtlich an meiner Lippe nagte.

»Fünfzehn was?«

»Fünfzehn von zehn.«

Ich brauchte eine Minute, bis ich mich erinnerte: Es war eine Anspielung auf unsere erste gemeinsame Nacht, als er gesagt hatte, er würde meine sexuellen Fähigkeiten auf einer Skala von zehn Punkten bewerten.

Ich kicherte. »Danke schön. Du bist auch gar nicht so schlecht.«

»Gar nicht so schlecht? Ich bin ein Sexgott, weißt du das nicht?!«

Es war scherzhaft gemeint, und wir brachen in Lachen aus.

Chris nahm mich in die Arme, wo ich mich so geborgen fühlte. Ich legte den Kopf auf seine Brust; seine weichen Haare kitzelten mich. Bis jetzt hatte ich Brustbehaarung nicht leiden können. Aber an Chris gefiel mir alles. Wir hielten uns eine Weile eng umschlungen, und es fühlte sich so lächerlich gut und richtig an.

»Mist!«, sagte er plötzlich.

»Was?« Sogleich verfiel ich in Panik.

»Wir haben keine Zigaretten.«

Und wieder mussten wir lachen.

»Ich hätte aber gern die Hochzeitstorte«, sagte ich, von einem plötzlichen Verlangen nach Süßem geplagt.

»Dein Wunsch sei mir Befehl.« Er stand auf und ging zum Telefon. »Ja, Rezeption … Hi, meine Frau und ich«, sagte er mit Betonung auf *Frau* und zwinkerte mir zu, »meine *Frau* und ich haben unsere Hochzeitstorte am Strand vergessen. Wäre es möglich, dass sie ins Zimmer gebracht wird? Vielen Dank.« Er legte den Hörer auf, hüpfte wieder ins Bett und umarmte mich ungestüm. »Du hast das ernst gemeint, ja?«, fragte er. »Dass du verliebt bist?«

Mein Gott, er war ja so süß, wenn er sich unsicher und verletzlich fühlte. »Ich habe jedes einzelne Wort so gemeint, Chris«, erwiderte ich und fuhr ihm durchs Haar.

Ungefähr zehn Minuten später klopfte es, und das irrsinnige, dreistöckige Ungetüm wurde ins Zimmer gerollt. Ich konnte nicht anders, als ich die Torte sah, musste ich schon wieder lachen. Sie war so übertrieben, so wahnwitzig. Was sollten wir nur mit ihr machen?

»Komm.« Chris hielt bereits das Messer in der Hand. »Ich glaube, wir sollen sie zusammen anschneiden.«

Wir fassten gemeinsam das Messer und schauten uns an, bevor wir den Kuchen anschnitten. Alles an diesem Moment fühlte sich echt an, und dieses Mal war es auch echt.

Chris schnitt ein Stück ab. »Sollen wir es auf die kitschige Art machen? Wir füttern uns gegenseitig und zerquetschen sie auf unseren Gesichtern?«

»Nein, danke.« Ich schnappte mir mein Stück und ließ mich schmausend auf die Couch sinken.

Chris setzte sich daneben. Wir waren immer noch nackt, doch es machte mir überhaupt nichts aus. Normalerweise hätte ich mir längst ein Handtuch geholt oder mich in ein Laken gehüllt, weil ich Angst davor hatte, dass mich der Mann im Stehen sah (Liegen ist ja so viel schmeichelhafter!). Denn dann wäre ihm vielleicht aufgefallen, dass ein paar meiner Körperteile nicht in dem Maße der Schwerkraft trotzten, wie man es im Allgemeinen erwartet.

Wir saßen Seite an Seite und verschlangen unsere Hochzeitstorte und hielten uns an den Händen.

Der Zuckerschock war intensiv, und nach reichlichem Tortengenuss wurden wir schläfrig. Als ich in einen glücklichen Nach-Liebes-Schlaf sinken wollte, flüsterte Chris: »Willst du meine Fake-Ehefrau bleiben, Annie?«

Ich schlug die Augen wieder auf und schaute auf meine Hand. »Dann müssen wir uns aber richtige Ringe besorgen.«

»Der da *ist* echt.«

»Was?« Ich legte den Kopf zurück und starrte ihn erschrocken an. »Ich meine, der ist ja riesig. Warum?«

Er lächelte zaghaft, während er mit dem Finger an meiner Nase entlangfuhr. »Bin halt ein Risiko eingegangen.«

Mein Herz schmolz bei der Erkenntnis, dass Chris mich wirklich liebte. Er hatte sich ebenso sehr in mich verliebt wie ich in ihn …

Ich war seine Frau fürs Leben und hatte den tollen Ring zum Beweis.

31

Als ich am nächsten Morgen aufwachte, wähnte ich eine Sekunde lang, die Ereignisse des Vortags seien lediglich ein bizarrer Traum gewesen.

Doch dann spürte ich einen Schmerz an der Wange und stellte fest, dass ich auf meiner Hand gelegen hatte. Der Ring hatte eine Druckstelle hinterlassen. Ich nahm mir einen Augenblick Zeit, um ihn von Neuem zu bewundern, weil ich ja nun wusste, dass er echt und ernst gemeint war. Er war einfach unglaublich. So ungewöhnlich – und perfekt. Und überdies schön.

Ich stand auf und trat vor den Spiegel. Auf meiner Wange prangte ein herzförmiger Abdruck. Jetzt musste ich über mich selbst lachen.

Chris war fort und hatte eine kurze Nachricht für mich hinterlassen:

Liebe Mrs. Christopherson,
ich muss nur schnell einen Anruf machen und wollte dich nicht wecken. Ich bin bald wieder da, dann können wir noch ein bisschen mehr wilden Kuchen und Sex genießen.
Dein Ehemann Chris

PS: Du bist wirklich schön, wenn du schläfst.
PPS: Ich glaube irgendwie, dass ich vielleicht und möglicherweise heute Morgen immer noch in dich verliebt sein könnte. Oder was auch immer!

Ich strahlte vor Glück. Von allen merkwürdigen und wundersamen Dingen, die mir hätten geschehen können, war mir nun das Wundersamste widerfahren: Die Liebe dort zu finden, wo ich sie am wenigsten erwartet hatte. Mich in den Mann zu verlieben, mit dem ich so-getan-hatte-als-ob – ein Mann, in den ich mich niemals verliebt hätte –, denkt nur an den gammeligen, bärtigen Typen, den ich an meinem ersten Tag auf Mauritius am Strand traf! Aber am merkwürdigsten und wundersamsten war der Umstand, dass ich die Frau – die erste Frau – war, in die Chris sich verliebt hatte. Mein Mund war ganz trocken. Ich lechzte nach einem Glas Wasser.

Ich ging zum Barschrank und holte mir eine Flasche Wasser. An den Raum grenzte eine zweite Veranda, die ich noch nie betreten hatte; sie führte zu einem Patio mit Außendusche und einem kleinen Garten. Oh, die mannigfachen Vorzüge einer Präsidentensuite! Ich betrat den Patio. Es war sehr heiß, aber eine leichte Brise machte die Hitze erträglicher.

Auf der anderen Seite des Innenhofs war ein geschützter Bereich mit Tisch und Stühlen, und auf diesen strebte ich geradewegs zu. Chris' Laptop stand auf dem Tisch, darum herum die inzwischen vertraute Bechersammlung. Er musste schon früh aufgestanden sein und geschrieben haben.

Neugier erfasste mich. Immerhin waren wir jetzt »verheiratet«. Ich war mir sicher, dass er nun nichts mehr dagegen haben würde, wenn ich einen Blick auf sein Werk warf. Ich klappte den Laptop auf, und der Bildschirm erwachte zum Leben. Ich scrollte nach oben und begann zu lesen.

Mein Herz sank.

Stürzte.

Landete auf dem Boden. Ich ließ die Wasserflasche fallen.

1. SZENE
SCHLAFZIMMER – INNEN – MORGEN

Eröffnung auf AMY – 25, rothaarig, attraktiv. Sie steigt langsam eine Treppe hoch und hält einen teuer aussehenden Schuh und ein Messer in den Händen. Sie sieht besorgt und verängstigt aus. Wir hören Geräusche von oben. AMY schleicht auf die Tür zu und drückt sie langsam auf. Sie keucht erschrocken, als sie ihren Freund TAYLOR und eine Frau, TAMARA – 25, traumhaft schön, Megan-Fox-Doppelgängerin – bei abartigem Sex erwischt. AMY wirkt, als müsse sie sich übergeben, als sie sieht, dass TAYLOR Nippelklemmen trägt. Die Frau schaut vom schweißtreibenden Sex auf und schreit.

TAMARA: (*erschrocken*) Oh mein Gott. Amy.

Ihr Freund TAYLOR schaut ebenfalls auf – erschrocken und verängstigt.

TAYLOR: (*ängstlich*) Amy, bitte. Überleg dir, was du da tust. Ich weiß, wie das hier aussieht, aber das ist doch keine Lösung.

AMY mustert beide verwirrt. Plötzlich stürmen POLIZISTEN ins Zimmer, und TAYLOR schreit ihnen etwas zu.

TAYLOR: (*schreit, zeigt*) Sie hat ein Messer. Sie will uns töten.

AMY starrt auf ihre Hand und merkt erst jetzt, dass sie immer noch das Messer hält. Sie will etwas sagen, da wird sie von den POLIZISTEN zu Boden geworfen. Als sie ihr Handschellen anlegen, geht der Schuh kaputt.

Mit zitternden Händen scrollte ich weiter.

3. SZENE
WARTEBEREICH IM GEFÄNGNIS – INNEN – TAG

AMY fleht TAYLOR an, der sich vollkommen unbeeindruckt zeigt.

AMY: Aber du solltest doch mich heiraten.

TAYLOR: (*verwirrt*) Ähm, sorry, was?

AMY: Ich habe eine Rechnung vom Juwelier gefunden, und für heute Abend hast du einen Tisch in unserem Lieblingsrestaurant bestellt. Du hast Rosen gekauft! Du willst mir einen Antrag machen.

TAYLOR: Oh, ist das peinlich. Die Rechnung war nicht für etwas, das ich dir gekauft habe. Und ausführen wollte ich dich heute Abend, um dir zu sagen, dass ich jetzt mit Tamara zusammen bin.

AMY: (*schüttelt ungläubig den Kopf*) Nein, das geht so nicht. Wir werden uns heute Abend verloben.

TAYLOR: Nein, das werden wir nicht.

AMY: Aber … aber … du sollst mich heiraten. Warum willst du mich nicht heiraten?

Mir gefror das Blut in den Adern. Ich konnte nicht fassen, was ich da las. Ich hatte Chris einen der peinlichsten Momente meines Lebens anvertraut, und er hatte ihn einfach ausgeschlachtet. Er hatte meine schmerzliche Geschichte ausgebeutet.

Ich klappte den Laptop zu und lief unruhig im Hof auf und ab. Ich wollte kein einziges Wort mehr lesen. Wenn ich es tat, würde der Schmerz, den ich bereits jetzt spürte, noch schlimmer werden. Ich lief also hin und her und kam alle paar Sekunden wieder an dem Rechner vorbei. Wem wollte ich hier etwas vormachen? Natürlich würde ich weiterlesen!

SEXSHOP – INNEN – TAG
AMY kriecht auf dem Boden herum und versucht, die Vibratoren einzusammeln, die sie vom Regal gestoßen hat. Es sind fremdartig aussehende, schreiend bunte Geräte. Einer blinkt in Pink, ein anderer spielt eine Reggae-Melodie. Sie jagt hinter einem her, der den Eindruck erweckt, als könne er selbstständig davonkriechen.

TAYLORS HAUS – AUSSEN – NACHT
AMY starrt zum Küchenfenster herein. Sie schaut TAYLOR und TAMARA beim Dinner zu. Die beiden lachen und flirten. Tränen rinnen über AMYS Wangen, sie sinkt zu Boden und schluchzt. Sie verheddert sich in den Rosenbüschen und

Ich hörte zu lesen auf, weil mir die Galle hochkam. Dies hatte ich keiner Menschenseele erzählt. Nicht einmal meinen Freundinnen. Chris hatte die schlimmsten Augenblicke meines Lebens gestohlen und für sein Skript verwendet.

10. SZENE
HOTELLOBBY – INNEN – MORGEN
AMY sieht sich nervös um. Sie macht den Eindruck, als würde sie am liebsten mit dem Mobiliar verschmelzen.

CHAD: Bist du sicher, dass sie es sind?

AMY: Nein, bin ich nicht. Ich sehe sie ja nicht.

CHAD: Okay, warte hier. Ich mach ein Foto.

CHAD geht ein Stück beiseite und schießt Fotos von der Umgebung. Beim Gehen pfeift er vor sich hin, um einen lässigen Eindruck zu machen. Endlich bekommt er das Bild und kehrt zu AMY zurück. Er zeigt es ihr.

AMY: (*entsetzt*) Ach, du heilige Scheiße, sie sind es. Gottverdammt!

CHAD schaut AMY belustigt an. Dann bricht er in Gelächter aus.

AMY (*verärgert*) Hey, das ist nicht lustig.

11. SZENE
MASSAGEKABINE – INNEN – ABEND
CHAD und AMY stehen sich gegenüber. Sie sehen sich verlegen in der Kabine um, weichen den Blicken des anderen aus. CHAD räuspert sich. AMY geht zum Fenster und schaut hinaus, dann nimmt sie eine Kerze in die Hand und riecht an ihr. Sie gibt ein leises »Mhm« von sich.

CHAD: Also, das ist peinlich. (*Pause*) Okay, wir drehen uns gleichzeitig um und ziehen uns aus. Ich werde auch nicht gucken. Versprochen.

AMY: Bist du verrückt? Ich werde auf keinen Fall in einem Zimmer mit dir halb nackt sein.

CHAD: Auch wenn ich so irre gut aussehe?

AMY schaut CHAD an und verdreht die Augen. Dann schüttelt sie den Kopf.

CHAD: Okay, und was hättest du vorzuschlagen?

AMY schaut ihn an und seufzt. Sie haben keine andere Wahl; sie müssen das jetzt durchziehen.

AMY: Na gut, aber wenn du doch guckst, dann werd ich dir …

AMY bricht ab; sie sucht nach dem passenden Wort.

CHAD: Dann wirst du was?

AMY: Weiß ich nicht. Aber ich verspreche dir, dass es wehtun wird. Sehr.

Ich spürte Schweiß auf meiner Stirn. Die Übelkeit nahm zu. In meinem Kopf pochte es. Ich scrollte weiter und überflog Ausschnitte aus einzelnen Szenen.

13. SZENE
STRASSENMAUER – AUSSEN – NACHT
AMY wird gegen die Mauer gedrückt, und CHAD greift ihr

Ich übersprang die Stelle. Es war einfach zu schmerzlich, Augenblicke meines Lebens in dieser Form beschrieben zu sehen.

15. SZENE

STRAND – AUSSEN – ABENDDÄMMERUNG

AMY steht am Anfang des Blütengangs, gekleidet in ein wunderschönes altmodisches Brautkleid. Sie lächelt CHAD zu, der vor dem Altar steht.

TAYLOR funkelt die beiden wütend an, als wie aus dem Nichts ein Streichquartett auftaucht und anfängt, den Hochzeitsmarsch zu spielen.

CHAD und AMY wechseln einen amüsierten Blick; sie wirken erfreut, und CHAD zwinkert AMY zu.

TAMARA betritt die Szene und schnappt erschrocken nach Luft. Ihre Augen saugen sich an AMY fest. Hass und Eifersucht flammen in ihnen auf, und sie scheint AMY zu einem Wettrennen zum Altar herauszufordern.

TAMARA beginnt, den Gang entlangzuschreiten, während sie AMY wütend anschaut.

AMY setzt sich ebenfalls in Bewegung. Mit jedem Schritt wird die Konkurrenz zwischen den beiden Frauen deutlicher, bis TAMARA förmlich rennt. AMY läuft nun auch.

In ihrem absurden Wettstreit gefangen, stürzen sich beide Frauen auf die Männer und fangen an, sie zu küssen. Jede versucht, die andere mit einem tolleren, spektakuläreren Kuss auszustechen.

Es summte mir in den Ohren. Kurz schärften sich meine Sinne, dann wurden sie stumpf, als wäre ein Schalter in meinem Innern umgelegt worden. Ich spürte eine erste warme Träne, die mir über die Wange rann. Ich konnte es nicht fassen: Er liebte mich nicht. Er mochte mich nicht einmal. Für ihn war ich bloß eine Story. Er benutzte mich bloß, um seine Story zu schreiben.

Er hatte unsere Hochzeit in eine Farce verwandelt. Er hatte

etwas, das mir unendlich viel bedeutete, benutzt und in einen fetten, platten Witz umgewandelt.

Die letzte Szene beschrieb mich als eine verrückte, konkurrenzsüchtige Person. Sah er mich tatsächlich so? Ich stellte fest, dass ich die letzte Seite noch nicht gelesen hatte, doch ich fürchtete mich davor, was ich dort finden mochte. Hatte er auch über unseren Sex geschrieben, hatte er geschrieben, wie wir uns gegenseitig unsere Liebe gestanden? Mein Herz hämmerte, und ich wusste, dass ich es lieber bleiben lassen sollte, aber ich tat es doch. Ich scrollte eine Seite weiter …

16. SZENE
HOTELZIMMER – INNEN – NACHT
AMY und CHAD fallen einander wie rasend um den Hals. Sie stürzen durch die Tür herein und stoßen eine Vase um. CHAD nimmt AMY auf die Arme und versucht, sie gegen die Wand zu drücken, aber sie rutscht immer wieder herunter. Ihr Kleid ist aus einem glatten Satinstoff.

CHAD: Shit!

CHAD packt ihr Kleid und versucht, AMY herauszuschälen. Aber er schafft es nicht. Es sieht komisch aus, wie er daran herumzerrt. Seine Bemühungen sind nicht gerade von Erfolg gekrönt.

AMY: (*atemlos*) Reißverschluss. Rücken. Jetzt.

CHAD wälzt sie herum und zieht den Reißverschluss auf, sie taumeln zur Couch, fallen darauf, Kleider fliegen durch die Gegend.
Sie wälzen sich so wild auf der Couch, dass sie herunterfallen.

CHAD versucht, AMY den BH auszuziehen, kämpft mit dem Verschluss.

Es war ganz deutlich zu erkennen, dass ihm auch der Sex nichts bedeutet hatte. Chris hatte das Ganze in eine Slapstick-Komödie verwandelt. Es fehlte nur noch die Bananenschale. Es war offenkundig, dass ihm alles egal war – und das tat weh. Es tat so weh, dass ich einen Schmerz in meinem Brustkorb spürte, der sich zusammenzog …

Ich hörte ein Geräusch und schaute auf.

Da stand Chris, die Augen weit aufgerissen. Er schaute mich total erschrocken an.

»Annie, ich kann dir alles erklären.«

32

»Erklären?!« Meine Stimme war sehr schrill, ich hatte keine Kontrolle mehr über sie.

Chris starrte mich an. Seine Augen waren so groß wie Untertassen, und sein Mund öffnete und schloss sich wie bei einem Fisch, der auf dem Trockenen liegt.

Ich war so wütend! Wenn ich mich hätte rühren können, wäre ich auf ihn zugegangen und hätte ihn ins Gesicht geschlagen. Oder besser noch, ich hätte ein Messer genommen und für eine weitere komische Szene gesorgt, die er in seinem Drehbuch hätte verwenden können. Als ich endlich wieder sprechen konnte, spie ich ihm die Worte förmlich entgegen. Es war beinahe wie eine verbale Ohrfeige.

»Hast du das geschrieben oder nicht?«

»Hab ich.«

»Hast du meine Geschichte ohne meine Erlaubnis gestohlen, die persönlichen Ereignisse, die ich dir erzählt habe, geklaut und in deinem verdammten Drehbuch ausgeschlachtet? Damit die Zuschauer sich köstlich über mich amüsieren, könnte ich noch hinzufügen?«

*(imaginäre Ohrfeige)**

»Ja, das habe ich, aber …«

»Hast du unsere Situation für deine eigenen Zwecke beeinflusst oder nicht? Hast du nicht vom ersten Moment an dein Spiel mit mir getrieben, bloß um an eine Story zu kommen? Und die Fake-Hochzeit? Ist sie dir vielleicht nur deshalb eingefallen, weil sie ein guter Plot-Twist sein könnte?«

(imaginäre Handrücken-Ohrfeige)

»Ja, das stimmt, aber …«

»Was zum Teufel gibt es da noch zu erklären, Chris? Mir kommt das alles sehr einleuchtend vor.«

(Knockout)

Ich funkelte ihn noch ein paar Sekunden lang wütend an. Urplötzlich konnte ich sein Gesicht nicht mehr ertragen. Bei seinem Anblick wurde mir übel. »Und ich habe Trevv für einen Schuft gehalten.«

»Ich bin kein Schuft, Annie. Ich wollte das Skript gar nicht verwenden. Ich habe gerade mit meinem Produzenten telefoniert und ihm gesagt, dass ich die Deadline nicht einhalten kann, weil ich keine Story habe. Ich schwör's dir, ich wollte es nicht verwenden.«

»Wie kannst du erwarten, dass ich dir jetzt noch glaube? Wo du mich doch die ganze Zeit belogen hast.«

Chris wirkte geschlagen. Er fuhr sich mit der Hand durch die Haare. Er lief ziellos im Kreis herum. »Es war nicht meine Absicht, dir wehzutun, Annie.«

»Es war nicht deine *Absicht*?« Der Sarkasmus in meiner Stimme war unüberhörbar, und zur Betonung wiederholte ich seinen Satz noch einmal im vollen Wortlaut: »Es war nicht deine Absicht, mir wehzutun!« Gott, er machte mich rasend! »Als du es geschrieben hast, hast du da nicht an die *Möglichkeit* gedacht, dass es mir wehtun würde?« Zornig klappte ich den Laptop auf und scrollte wahllos im Text. Ich kochte vor Wut und begann, laut aus dem Skript vorzulesen:

AMY sitzt samstagabends allein zu Hause. Es geht ihr sichtlich schlecht. Sie bläst Trübsal im Pyjama und sieht ungepflegt aus. Sie wirft sich auf die Couch und liest einen Selbsthilferatgeber, während sie billigen Wein trinkt. Sie ist traurig und einsam.

Ich scrollte und las, wobei meine Hände so stark zitterten, dass sie kaum den Cursor kontrollieren konnten.

AMY sitzt mit zwei Freundinnen im Restaurant. Man sieht, dass sie geweint hat; ihre Wimperntusche ist zerlaufen, und die Haare sind zerzaust.

AMY: Ich kann immer nur daran denken, dass ich vielleicht, vielleicht …

AMY sieht aus, als würde sie gleich in Tränen ausbrechen.

JENNY: Was denn, Süße?

AMY: Vielleicht bin ich ja langweilig im Bett. Vielleicht findet er mich langweilig, weil ich mich nicht mit einem Pfannenwender verhauen lasse?

MAGGIE schaut AMY verschwörerisch an.

MAGGIE: Also, wenn du nach Sextipps suchst, solltest du dir einen Porno ausleihen.

»Soll ich fortfahren, Chris? Soll ich deine romantische Rachekomödie weiter vorlesen, in der sich die erbärmliche, traurige Amy mit der verlaufenen Wimperntusche und dem nicht vorhandenen Sozialleben einen verrückten Wettkampf mit Tamara liefert, indem sie versucht, sie beim Lauf zum Altar zu überholen?«

»Mist!« Chris hörte auf, im Kreis herumzulaufen – zum Glück, denn allmählich war mir seine Lauferei schwer auf die Nerven gegangen.

»Zumindest hättest du andere Anfangsbuchstaben für sämtliche Namen wählen können!«

»Mist«, wiederholte er.

»Ist das alles, was du dazu zu sagen hast? Nachdem du Tausende von Wörtern über *mein* Leben geschrieben hast? Da fällt dir nicht anderes ein als *Mist*?«

Mein Zorn legte sich allmählich, andere Gefühle gewannen die Oberhand. Schmerz. Verzweiflung. Wieder spürte ich die Tränen hinter meinen Augen brennen. So sehr ich auch gegen sie ankämpfte, sie quollen hervor.

»Annie, wein doch nicht, bitte ...«

»Warum denn nicht? Meine Figur ist doch als Heulsuse angelegt, oder etwa nicht? Wir wollen doch herzhaft über sie lachen, weil sie so armselig, traurig *und obendrein* eine Heulsuse ist!«

»Annie ...« Chris machte einen Schritt auf mich zu, doch ich hielt ihn mit erhobener Hand auf.

»Wag es ja nicht, mir näher zu kommen.« Hektisch versuchte ich, die Tränen abzuwischen. Ja, ich weinte, weil ich traurig war. Aber nicht nur. Meine Tränen entsprangen auch einer Mischung aus Zorn, Enttäuschung und Entwürdigung. Die Demütigung war schlimmer als damals, als ich meinen Freund beim Sex mit einer anderen ertappt hatte. »War überhaupt irgendwas echt? Oder ist alles für dich nur ein großer Spaß gewesen? Nichts weiter als Stoff für dein nächstes Skript?« Ich sank auf einen Stuhl; mir schwindelte.

»Es *war* echt.« Chris näherte sich – behutsam. »Deshalb werde ich das Drehbuch ja auch nicht verwenden.« Er zog den anderen Stuhl heran und setzte sich mir gegenüber. »Annie, ich habe mich in dich verliebt. Das ist die Wahrheit. Und als ich dich über den Strand auf mich zuschreiten sah, habe ich mir so sehr gewünscht, dass es echt wäre ...«

»Noch einmal: Wie kannst du erwarten, dass ich noch ein einziges Wort glaube, das aus deinem Mund kommt, Chris?«

»Aber merkst du denn nicht, was ich für dich empfinde? Hast du es letzte Nacht nicht gespürt? Ich liebe dich …« Verzweiflung schwang in seiner Stimme mit. Doch selbst, *wenn* er die Wahrheit sagte – er hatte mich zu tief verletzt.

Das war nicht zu verzeihen.

Chris hatte mich benutzt. Er hatte mich belogen. Er hatte mich hintergangen.

Ich vergrub das Gesicht in den Händen. Im nächsten Moment lag seine Hand auf meiner Schulter. Ich schüttelte sie ab. Seine Berührung war mir widerwärtig.

»Ich liebe dich, Annie, bitte glaub mir. Es tut mir so leid, es tut mir so verdammt leid …« Unvermittelt sprang er auf und klappte seinen Laptop auf. »Schau her, ich werde alles löschen.« Er drückte auf ein paar Tasten und hielt den Rechner in die Höhe. »Siehst du?«

Anzahl der Wörter: 0

Doch es war zu spät. Es reichte, dass er es überhaupt geschrieben hatte. Dass er es hinter meinem Rücken geschrieben hatte, während ich schlief. Verstohlen. Heimlich. Hinterhältig.

»Weißt du, als ich Trevv und Tess im Bett erwischte, hätte ich nicht geglaubt, dass es eine schmerzhaftere Erfahrung geben könnte. Aber jetzt … weiß ich es besser.« Ich stand auf und schickte mich an, den Patio zu verlassen.

»Was kann ich tun, um den Schmerz ein wenig zu lindern, Annie? Sag es mir. Ich tu alles, was du willst.«

Ich drehte mich um und schaute Chris ein letztes Mal an. Er war ein Prachtexemplar von Mann. Total sexy. Einen Augenblick lang war ich glücklich mit ihm gewesen, glücklicher als je zuvor in meinem Leben. Einen Moment lang hatte ich ihn für meinen Ehemann halten dürfen. Sogar Bilder von einem Haus und Kindern waren mir durch den Kopf gegangen. Wir hatten uns geliebt, und auch das war wunderbar gewesen. Besser als jemals zuvor.

Alles war perfekt gewesen. Zu perfekt. Denn es war ja gar nicht echt gewesen. Zumindest für ihn nicht. Es war lediglich eine brillante Schauspielleistung gewesen.

»Nichts, Chris. Du hast mich belogen. Die ganze Zeit, während du das Drehbuch geschrieben hast, hast du mich hintergangen und belogen. Du hast mir dasselbe angetan wie Trevv, und genau das, was dein Dad deiner Mutter angetan hat.«

Die Farbe wich aus seinem Gesicht.

»Leb wohl.«

Rasch kam er zu mir und nahm meinen Arm. »Bitte, geh nicht. Es tut mir so leid, so furchtbar leid.«

Ich schaute zu ihm auf und sah, wie sich Tränen in seinen Augen sammelten. Ich schüttelte seine Hand ab.

»Leb wohl.«

Und dann verließ ich ihn.

33

Ich muss es mit meinen Freundinnen wohl eine Million Mal durchgegangen sein, aus einer Million unterschiedlicher Perspektiven beleuchtet haben. Inzwischen schäumten sie selbstverständlich vor Wut und mussten von Damien zurückgehalten werden, weil er fürchtete, sie würden Chris' Zimmer stürmen und ihn für alle Zeiten verstümmeln.

Warum hatte er das getan?

Hegte er überhaupt Gefühle für mich?

War alles nur vorgetäuscht gewesen?

War *irgendetwas* davon echt gewesen?

Konnte ich ihm glauben, dass er meine Geschichte nicht verwenden würde?

Sollte ich ihm verzeihen?

Hatte ich möglicherweise überreagiert?

Doch egal wie oft wir alles diskutierten, durchkauten, sezierten, das Ergebnis war immer das Gleiche.

Noch nie hatte ich mich von einem Menschen dermaßen verraten gefühlt.

Damien jedoch vertrat eine andere Ansicht. »Wenn er das Skript gelöscht hat und es nicht verwenden will, dann weiß er doch, dass er einen Fehler gemacht hat. Und wenn du ihn wirklich liebst, wirst du ihm verzeihen.«

»Halt deinen Mund, Damien!«, fauchte Lilly. Niemals hatte ich sie so zu ihm sprechen gehört. »Gerade jetzt können wir deine Männerlogik nicht gebrauchen!«

»Ich sag ja bloß, dass Kerle manchmal Fehler machen. Ich

meine, ich habe Lilly auch mal gehen lassen. Das war ein Riesenfehler.«

»Das ist nicht dasselbe«, machte Lilly geltend.

»Fein.« Ganz langsam entfernte sich Damien in Richtung des anderen Zimmers. »Dann werd ich jetzt … gehen und was machen … irgendwo weit weg was ganz anderes machen.«

»Glaubt ihr, dass er es wirklich gelöscht hat?«, brachte ich zwischen Schluchzern hervor.

Jane zuckte mit den Schultern. »Spielt das denn eine Rolle? Es reicht doch, dass er es geschrieben hat.«

Sie hatte natürlich recht. Ich wollte aber sichergehen, dass das Skript wirklich vom Erdboden verschwunden war. Dass Chris es gelöscht hatte. Dass ich in zwei Jahren *nicht* meine schmerzensreiche Geschichte sehen würde, die auf der Leinwand zu einem totalen Witz wurde. Vielleicht kriegte er sogar Megan Fox dazu, die Tess zu spielen, denn er fand ja, dass sie so verdammt *gut* aussah. Aber das Grübeln wurde mir erschwert, denn …

»Annie, bitte, lass mich rein …« *Klopf, klopf.* »Annie, komm schon, ich will nur mit dir reden.« *Klopf, klopf.* »Annie, ruf meinen Producer an und rede mit ihm. Ich schwöre dir, ich wollte es nicht verwenden.« *Klopf, klopf.* »Annie, ich liebe dich …«

So ging das den ganzen Nachmittag. Damien hatte allmählich genug davon, immer an die Tür gehen zu müssen und Chris zu sagen, dass ich nicht herauskommen würde. Und *nein*, ich wolle auch nicht mit ihm reden.

»Hau ab!«, kreischte Lilly, am Ende ihrer Geduld. »Annie will dich nie wiedersehen! Und wir auch nicht!«

Danach hörte das Klopfen auf.

Ich glaube, es war ungefähr drei Uhr morgens, als mich, umgeben von einem Haufen verrotzter, tränendurchweichter Taschentücher, endlich der erste Blitz einer genialen, gleißenden Erkenntnis traf.

Ihr wisst schon: die Art Erkenntnis, die einem erst nach den Ereignissen kommt. Seltsamerweise war es vor allem das Bild der Annie, wie es Chris in seinem Skript dargestellt hatte, das mich zu dieser Erkenntnis gelangen ließ. Das Bild einer traurigen, erbärmlichen Person, die von ihrem gebrochenen Herzen verfolgt wird, die, besessen von rasender Eifersucht, nur noch auf Rache sinnt.

Meine Erleuchtung vollzog sich ungefähr folgendermaßen: Obwohl seit meinem Nippel-Gate fast ein Jahr vergangen war, hatte ich es noch längst nicht verwunden. Im Gegenteil – es hatte mich für alles andere blind gemacht. Ich hatte kein Leben, ich hatte keine beruflichen Aussichten, ich hatte gar nichts. Ich hatte mich in Selbstmitleid gesuhlt und war in der Vergangenheit stecken geblieben.

Mein Leben hing total in der Luft. Ich stand immer noch unter Schock und spürte tagtäglich den scharfen Schmerz des Verrats, den Trevv mir zugefügt hatte. Besonders da ich nie wirklich eine Entschuldigung von ihm erhalten hatte. Daher mein brennender Wunsch, mich an ihm zu rächen. Doch die einzige echte Rache würde darin bestehen, alles ein für alle Mal hinter mir zu lassen. Es war keine echte Rache, wenn ich mich anstrengen musste, um ihnen mein Glück unter die Nase zu reiben. Stattdessen musste ich mich von Tress befreien und glücklich *sein*.

Der ganze Ballast meiner Beziehung zu Trevv hatte meine Gefühle für Chris unnötig aufgeladen. Als gieße man Öl ins Feuer. Mein hilfloser Hass auf Trevv hatte sich mit meiner Liebe zu Chris vermischt, und was dabei herauskam, war ein großer dreckiger Topf voll kochender Wut.

Es sprang einem geradezu ins Gesicht, dass ich in der derzeitigen Phase meines Lebens gar nicht zu einer Beziehung fähig war. Denn ich hatte meine letzte noch nicht überwunden. Sie hielt mich immer noch fest im Griff. Verfolgte mich. Und der Schaden, den sie verursacht hatte, bestimmte meinen Alltag. Bevor ich an eine neue Beziehung überhaupt denken konnte, musste ich zuerst diese Last abwerfen.

WOW. Echt tiefsinnig. Also waren die verdammten Ratgeberbücher letztlich doch zu etwas gut gewesen! Jetzt sah ich klar. Ich wusste, was ich tun musste: meinen Hass auf Trevv und Tess loslassen, auf den Weg des beruflichen Erfolgs zurückkehren, aufhören, in Furcht und Scham zu leben und mein Leben zurückerobern! Und es war unbedingt notwendig, dies Chris mitzuteilen.

Ich musste es ihm sagen, weil es mit uns nicht funktionieren konnte, und wenn er noch so darauf bedacht war, seinen Fehler wiedergutzumachen. Ich war noch zu beschädigt, um eine echte, gesunde Beziehung zu leben.

War ich in ihn verliebt? Ja. Total. Ich schaute auf meine Hand und stellte fest, dass ich immer noch meinen echten Fake-Ring trug. Es war der schönste Ring, den ich je getragen hatte, und für einen Augenblick fühlte sich alles wieder echt an.

Doch jetzt mussten wir unsere Fake-Scheidung durchziehen.

Ich tat die ganze Nacht kein Auge zu, zwang mich aber, wenigstens bis fünf Uhr morgens zu warten, bevor ich zu Chris hinüberging. Die Sonne war noch nicht aufgegangen, und die Zikaden veranstalteten ihr nächtliches Zirpkonzert. Auch die Vögel schienen eine rege Morgenunterhaltung zu pflegen. Eine leichte Brise brachte die Palmen zum Rascheln, und ich fand diese einzigartige Morgen-Arie recht tröstlich.

Vermutlich habe ich zehn Minuten vor seiner Tür gestanden, bis ich endlich genug Mut gefasst hatte, um anzuklopfen.

»Annie?«, hörte ich ihn rufen. In Sekundenschnelle wurde die Tür aufgerissen, und ein reichlich zerzaust aussehender Chris stand auf der Schwelle. Er umarmte mich, und ich ließ ihn gewähren. Es fühlte sich gut an.

»Annie, bist du zu mir zurückgekommen?« Er ließ mich los und sah mir tief in die Augen.

Ich konnte sehen, dass er geweint hatte. Ich glaube nicht, dass ich jemals zuvor einen Mann zum Weinen gebracht habe. Ich wollte gerade den Mund aufmachen, als er mir zuvorkam.

»Moment. Setz dich. Ich habe eine Rede für dich vorbereitet.«

Es schadete nichts, wenn er zuerst sprach, schätzte ich. Es war nur fair, dass er seine Sicht darlegen konnte, bevor ich ihm meine neuen Einsichten enthüllte. Also setzte ich mich und wartete. Chris schritt einige Male auf und ab, dann nahm er die Haltung eines Mannes ein, der eine Rede halten will.

»Ich bin ja so ein Arsch. Ich hab es total vermasselt. Was ich dir angetan habe, war schrecklich. Ich habe wirklich keine andere Entschuldigung dafür als die, dass ich mit meinem Latein am Ende war. Da war die Deadline, und mir wollte absolut nichts einfallen. Und dann bist du gekommen. Du warst so witzig und hinreißend, und deine Geschichte war so interessant … und da habe ich mich hinreißen lassen. Aber das ist keine Entschuldigung, das weiß ich wohl.«

»Chris.« Ich hob eine Hand.

»Warte. Ich bin noch nicht fertig. Weißt du noch, wie du mich gefragt hast, ob ich die Hochzeit nur deswegen vorgeschlagen hätte, um mehr Stoff für meine Geschichte zu bekommen?«

Ich nickte. Eine meiner schmerzlichsten Erkenntnisse, wie hätte ich das jemals vergessen können?

»Nun ja, das stimmt nicht. Ich hatte darüber nachgedacht.

Ich wollte die Hochzeit – wirklich. Deshalb habe ich ja den Ring besorgt, denn auch wenn alles Fake war, wollte doch ein Teil von mir, dass es echt sein sollte. Ich wollte dich zum Altar schreiten sehen und mir vorstellen, wie es wäre, mit dir verheiratet zu sein.«

Etwas an seinem Ton und Blick brachte mich dazu, ihm Glauben zu schenken. Mein Herz schlug vor Freude Purzelbäume. Doch ich sperrte es sogleich wieder ein.

»Also schlage ich Folgendes vor: Wir fangen noch einmal ganz von vorne an. Wischen die Tafel ab. Ich weiß, dass es lange dauern wird, bis du mir wieder vertraust, und vielleicht willst du mich auch bestrafen, aber das ist in Ordnung. Ich kann's verkraften. Ich werde alle deine Vorwürfe einstecken, wenn du nur zu mir zurückkommst, weil ich nämlich total in dich verliebt bin ...«

»Ich bin auch verliebt in dich, Chris«, flüsterte ich.

Noch nie hatte ich einen Menschen so schnell spurten sehen: Mit Lichtgeschwindigkeit war er an meiner Seite und umarmte mich.

»Halt!« Ich schob ihn von mir. »Das heißt allerdings nicht, dass ich mit dir *zusammen* sein will.« Es tat furchtbar weh, es laut auszusprechen.

Chris fuhr zurück, Panik im Gesicht.

»Denn auch ich habe nachgedacht. Ich glaube nicht, dass ich schon jetzt für eine Beziehung bereit bin. Denn ich glaube, dass ich meine letzte noch nicht wirklich überwunden habe. Tatsächlich habe ich überlegt, ob ich vielleicht eine Therapie machen muss, weil mein Leben so verkorkst ist. Ich wohne in einem miesen Gartenhäuschen, das ich mir nicht einmal leisten kann, und habe einen Job, für den ich überqualifiziert bin. Auch wenn ich meinen Boss sehr gut leiden kann. Ich habe praktisch kein Sozialleben mehr, ich hocke nur noch zu Hause.

Ich stecke fest. Und daran muss ich etwas ändern. Und eine Beziehung einzugehen, wenn ich noch unter dem Ende der alten leide, kann nicht die Lösung sein.«

Ich hasste mich dafür, ihm das antun zu müssen. Chris war am Boden zerstört, das sah ich. Als hätte ich ihm einen Schlag in den Magen versetzt.

»Es geht gar nicht mehr um deinen Film, Chris. Ich bin zwar noch sauer deswegen, zugegeben. Denn du hast mich auf schlimmstmögliche Weise hintergangen, aber mittlerweile geht es um etwas viel Wichtigeres.«

»Können wir es denn nicht zusammen versuchen … dein Leben wieder aufbauen und dich in die Spur bringen?«

Ich schüttelte den Kopf. »Du liest doch *Cosmo*. Du kennst die Antwort schon. Dies ist etwas, das ich allein tun muss. Du wirst mich nicht wieder heil machen, das muss ich schon selber tun.«

Er lächelte schwach. »Diese verdammten Selbsthilferatgeber, was?«

Ich erwiderte sein Lächeln. »Ja, endlich sind sie doch zu etwas gut.«

»Wirst du ab jetzt fleißig Dankbarkeitslisten und dein persönliches Leitbild verfassen?«

»Vielleicht. Zum Teufel, vielleicht schreibe ich sogar selber einen Ratgeber …«

Wir grinsten uns an, obwohl uns weh ums Herz war.

»Also kann ich nichts sagen oder tun, was dich zurückbringt?«, meinte Chris.

»Nein.« So ein winziges Wort. Und dabei vermutlich das härteste, das ich jemals aussprechen musste.

»Es muss doch etwas geben, Annie. Irgendwas?« Sein Verstand machte Überstunden. »Wie wär's, wenn ich über die Bosheit von Trevv und Tess ein Drehbuch schreibe, ihre echten Namen benutze und für die Besetzung wirklich hässliche Schauspieler aussuche? Und am Ende würden sie dann sterben, und zwar so richtig schmerzhaft?«

Wieder hatte er mich zum Lachen gebracht –, doch dann schüttelte ich den Kopf. »Schluss mit Trevv und Tess. Ich muss das alles hinter mir lassen. Loslassen.«

»Aber es muss doch etwas geben, was ich tun kann. Ich werde nicht aufgeben, bis ich es gefunden habe …«

»Bitte sag nicht so was, damit machst du es mir nur noch schwerer.« Es kostete mich ohnehin meine ganze Selbstbeherrschung, mich nicht in seine Arme zu werfen, oder alle guten Vorsätze, die wahr und richtig waren, zu vergessen.

»Es ist also wirklich vorbei und vorüber? Für immer? Wie kannst du so sicher sein, dass unsere Geschichte hier zu Ende ist? Vielleicht laufen wir uns in dreißig Jahren unter dem Eiffelturm über den Weg und stellen fest, dass wir immer noch verliebt sind, oder wir …«

»Okay. Das kann sein, ich weiß es nicht. Eines Tages vielleicht. Aber nicht jetzt. Auf jeden Fall nicht jetzt.«

»Eines Tages vielleicht?«, wiederholte er, während seine Augen hoffnungsvoll aufleuchteten. »Damit kann ich leben. Wenigstens hast du nicht *nie* gesagt!«

»Aber …«, entgegnete ich schnell. Ich wollte nicht, dass er sich falschen Hoffnungen hingab. »Ich habe nicht gesagt, dass es so kommen *muss* …«

»Ich verstehe. Aber ich bin bereit, zu warten … nur für den Fall.« Er trat zu mir und nahm meine Hand. »Ich werde warten. Ich war noch nie verliebt, und jetzt, da ich es bin, werde ich nicht kampflos aufgeben.«

»Chris«, ich drückte seine Hände mit aller Kraft, »ich kann dir nicht sagen, was du tun sollst, aber ich kann dir auch nichts versprechen, also …«

»Also gibst du mir den guten Rat, einfach weiterzumachen. Zu vergessen, dass das hier jemals passiert ist.« Nun schien er wütend zu sein, aber ich wollte nicht, dass wir im Zorn voneinander schieden.

Ich hatte genug Wut in mir, dass es für ein ganzes Leben reichte, mehr Wut brauchte und wollte ich nicht.

»Denn ich werde es nicht vergessen … *niemals*. Und ich werde auch dich nie mehr vergessen. Können wir es nicht einfach wieder versuchen? Bitte?«

Ich wich vor ihm zurück. Er musste es endlich begreifen. »Nein! Das wird nicht passieren.«

Chris nickte und sah mich um Verzeihung heischend an. »Sorry, Annie. Natürlich verstehe ich dich. Es ist das Einzige, das Sinn ergibt, und du hast recht, du schuldest es dir selbst, wieder auf die Beine zu kommen und heil zu werden und so weiter … Es fällt mir einfach nur schwer, das zu akzeptieren. Das ist alles.«

»Ich weiß.«

Wir schwiegen eine Weile.

»Also ist dies jetzt wohl unser Abschied.«

Mit einem Mal grinste er verstohlen. »Vorerst.«

»Was soll das heißen?«

»Annie-Anne, eines Tages werde ich dich wiederbekommen. Vielleicht nicht morgen, vielleicht nicht in einem halben Jahr, vielleicht muss ich sogar warten, bis ich alt und grau und auf Urlaub in Paris bin … Aber lass dir eines gesagt sein: Eines Tages nehme ich dich wirklich zur Frau.« Er zwinkerte mir zu, und mein Herz schlug schneller.

Ich verschränkte die Hände und spürte dabei den Ring; im nächsten Moment schon schickte ich mich an, ihn vom Finger zu streifen.

»Nein, behalt ihn. Eines Tages wirst du ihn sowieso tragen.

Also verlier ihn nicht.« Er wirkte jetzt gelöster, und ich hatte den Eindruck, dass er im Geiste schon *Den Großen Wiedersehensplan* entwarf.

»Chris, Chris, Chris …« Lächelnd schüttelte ich den Kopf. Seine Beharrlichkeit machte es schwer, ihm zu widerstehen, und hielt auch ganz tief innen einen Funken Hoffnung am Leben. »Was mache ich nur mit dir?«

Er trat wieder vor. »Erst einmal wirst du mich küssen.« Und er nahm mein Gesicht in seine Hände und küsste mich. Es war ein unendlich sanfter Kuss, der so von Liebe und Fürsorge erfüllt war, dass über seine wahren Gefühle kein Zweifel bestehen konnte.

»Also geh schon und mach dein Ding. Und ich werde an dich glauben und dich unterstützen, und wenn du es am wenigsten erwartest, komme ich dich holen.«

Ich musste lachen. »Das klingt ja finster!«

»Wird es vielleicht auch. Vielleicht muss ich eines Tages kommen und dich entführen und für immer als Geisel halten.«

Ich schaute ihm in die Augen. Er war so schön. Ich küsste ihn noch ein letztes Mal, wandte mich dann zum Gehen.

Er rief mir nach: »Wenn du mich fragst, es tut mir wirklich, wirklich leid.«

Ich lächelte. »Danke.«

»Ich mein's ernst. Ich hab's vermasselt. Es tut mir so, so unendlich leid.«

»Ich weiß.«

»Ich wollte dir niemals wehtun so wie Trevv, und auf keinen Fall so, wie mein Dad meiner Mom wehgetan hat. Ich weiß nicht, ob ich mir je vergeben kann, was ich dir angetan habe.«

Ich lächelte ihm schwach zu. Denn ich konnte sehen, wie leid es ihm tat.

»Nun geh schon und mach was Tolles aus deinem Leben, Annie-Anne.«

***

Tag X – die Zweite

Allmählich schwante mir, dass auch dies ein *Tag X* war. Einer dieser Tage, wie sie dann und wann daherkommen und dein Leben aus der Bahn werfen. Dich von deinem Weg schubsen und auf eine unbekannte, wenig befahrene Straße schleudern – ohne dass du eine Karte oder GPS hättest, um dich zu orientieren. Wie mein Nippel-Gate-Tag, so war auch dieser Tag eine Hölle für sich. Chris war fort; er war abgereist und hatte mir nur eine kurze Nachricht hinterlassen. Fünf kleine Worte, nicht mehr.

Ich liebe dich. Für immer.

Viel mehr brauchte er auch gar nicht zu schreiben. T zum Quadrat waren ebenfalls fort – allerdings ohne Nachricht. Ich bezweifelte stark, dass ich jemals wieder etwas von ihnen hören würde. Ich hatte immer noch ein paar Tage Urlaub und nahm mir vor, das Beste daraus zu machen, auch wenn mein Herz in eine Million Stücke zersplittert war.

Jane, Lilly und ich tranken jede Menge tropischer Cocktails und beklagten gemeinsam mein trauriges Los. Meine Freundinnen hatten wirklich unendliche Geduld mit mir. Lilly allerdings schuldete mir das, denn nachdem sie mit ihrem letzten Freund Schluss gemacht hatte, hatte ich mir stundenlang ähnliche Wehklagen anhören müssen.

»Was stimmt bloß nicht mit uns? Wir fahren in die Tropen, lernen Männer kennen, die uns das Herz brechen, und weinen uns ihretwegen die Augen aus«, sinnierte ich. »Liegt vielleicht ein Fluch auf uns? So eine Art Gruppenfluch?«

»Meine Geschichte hat ein Happy End«, betonte Lilly und hielt uns schon wieder ihren Ring unter die Nase. Wenn sie im gleißenden Sonnenschein damit herumwedelte, hätte das gute Stück Menschen blind machen können.

»Das liegt daran, dass er dich nicht verraten und dir mit einem riesigen Dolch das Herz durchbohrt hat.«

»Wohl wahr«, meinte Lilly.

»Die Nächste bist du, Jane.« Ich prostete ihr zu. »Jetzt bist du an der Reihe, einen Nervenzusammenbruch zu erleiden und in die Tropen zu fliegen und dich in einen Mann zu verlieben, der dir das Herz in eine Million Stücke bricht.«

Wir stutzten einen Moment, dann brachen wir in Gelächter aus. Eher würde die Hölle zufrieren, als dass Jane Hals über Kopf davonflog und etwas so Verrücktes anstellte.

»Ein Mann«, Lilly hielt eine Hand hoch, »der dich von deinen großen Füßen holt und dazu bringt, endlich einmal spontan zu sein.«

»Ich *bin* spontan«, beteuerte Jane.

»Nenn mir *eine* spontane Sache, die du in deinem Leben getan hast.« Lilly zog ihre Sonnenbrille herunter und schaute Jane herausfordernd an.

»Das musst gerade du sagen, Lilly!«, schoss Jane zurück.

»Hey, ich bin inzwischen superspontan.« Sie schlürfte vernehmlich ihren Cocktail. »Ich hab sogar Sex in der Flugzeugtoilette. Habt ihr 'ne Ahnung!«

Wieder brachen wir in Gelächter aus. Vor Jahren noch wäre es kaum vorstellbar gewesen, dass Lilly Mitglied im *Mile High Club* werden würde. Dass sie sich versehentlich selbst in einer

Flugzeugtoilette einschloss oder mit dem Fuß an der Tür hängen blieb, das wäre gut möglich gewesen, aber dass sie sich stoßend und keuchend an solch einem Ort vergnügte …

»Ich kann niemals Mitglied im *Mile High Club* werden«, sagte Jane enttäuscht. »Ich bin zu groß. Ich würde gar nicht in die Dinger reinpassen.«

Wir wieherten vor Lachen. Ein paar Leute schauten schon zu uns herüber.

»Gott, wir werden allmählich betrunken, was?« Lilly schlürfte den Rest.

»Noch nicht betrunken genug.« Ich winkte einen Kellner heran und bestellte eine neue Runde.

»Nicht für mich.« Lilly erhob sich grinsend. »Ich muss jetzt dringend woanders hin.«

»Ihr beide braucht mal ein paar Pillen dagegen!«, rief Jane ihr nach. »Das ist doch nicht mehr normal.«

Dann waren Jane und ich allein. Es war schon merkwürdig. Immer hatte ich mich Lilly näher gefühlt als den anderen, aber die Ereignisse der letzten Tage hatten mich Jane und ihre übertriebene Ausgeglichenheit schätzen gelehrt. Genau die hätte ich im letzten Jahr gebraucht. Und brauchte sie jetzt.

»Nun mal im Ernst, alles in Ordnung mit dir?«, fragte sie ruhig.

»Nein. Aber es wird schon wieder … irgendwann.« Dieses Wort hatte viel Gewicht, denn ich hatte an Zuversicht gewonnen. Vorher hatte ich geglaubt, meine Leiden würden ewig währen, doch nun wusste ich, dass sie ein Ende haben würden. Sie mussten. So konnte ich nicht weiterleben. Denn ich lebte nicht.

Jane beugte sich herüber und legte mir eine Hand auf den Arm. »Du weißt, dass ich immer für dich da bin.«

»Ich weiß. Danke.«

»Du kannst gern eine Weile bei mir wohnen, wenn du möchtest.«

»Neeiiin, danke. Nicht mit deiner Mutter in der Nähe.«

Jane verdrehte die Augen. Sie versuchte stets, die Sache auf die leichte Schulter zu nehmen, aber wir alle wussten, wie sehr sie unter der angespannten Beziehung zu ihrer Adoptivmutter litt. Jane kam sich stets unzulänglich vor; die übertriebene *Hilfsbereitschaft* ihrer Mutter war in ihren Augen nichts weiter als Kritik. Und sie hatte immer das Gefühl, dass sie sich bemühte, einem Ideal gerecht zu werden, dass sie nie und nimmer erreichen konnte.

»Sie hat dir übrigens ein Geschenk eingepackt.«

»Was?«

»Es ist wirklich geschmacklos. Für mich hatte sie auch eines.«

»Was könnte schlimmer sein als der Artikel, den sie mal für mich ausgeschnitten hat: *Kohl ist King: Wie Sie zehn Pfund in zehn Tagen verlieren*?«

Jane lachte. »Ich hab tatsächlich mal einen dieser Smoothies gemixt.«

»Und?«

Sie verzog das Gesicht. »Hat geschmeckt wie frisch gemähtes Gras mit Pappe.«

Mich schauderte. »Was ist das nun für ein Geschenk?«

»Ich schwöre, eines Tages wird es Mutter zu verdanken sein, dass ich vor Verlegenheit sterbe …« Sie wühlte in ihrer Handtasche, zog ein T-Shirt heraus und entfaltete es.

BLEIB GELASSEN UND WERDE MEIN FREUND

stand darauf.

»Was sie mir damit wohl sagen wollte?«, sinnierte ich.

»Weißt du, je mehr sie mir einen Freund aufzwingen will, desto lieber bleibe ich Single.«

Unsere Cocktails kamen.

Ich prostete ihr zu. »Darauf trinke ich.«

34

Es ist eigenartig: Wenn du dich dem Leben endlich wieder öffnest, dann kommt es zu dir. Im letzten Jahr hatte ich mich abgeschottet, ich war geflüchtet, hatte die Jalousien heruntergezogen und mich verkrochen. Ich hatte meine Tage damit verbracht, Säume zu nähen und mir vorzustellen, Trevvs Penis an die Wand zu tackern. Ich hatte auf dem Sofa gesessen und Eiscreme in mich hineingelöffelt, während ich die beiden auf Facebook stalkte, und war vor Angst, Unsicherheit und Verlegenheit wie gelähmt gewesen.

Doch in der Sekunde, in der ich mich öffnete – als ich beschloss, mein Leben zu ändern und wieder aufzubauen –, ergab sich eine Kette zufälliger Ereignisse. Zuerst waren sie klein, ja unbedeutend, doch dann nahmen sie Fahrt auf.

Das erste Ereignis widerfuhr mir wenige Stunden, nachdem ich Mauritius verlassen hatte, in der Duty-Free-Zone des O. R. Tambo International Airports in Südafrika. Während des ganzen Flugs war mir übel gewesen, da ich mir bewusst war, wie sehr sich mit jeder weiteren Minute die Kluft zwischen Chris und mir verbreiterte. Als ich Mauritius verließ, war ich untröstlich gewesen: Mir war zumute, als hätte ich das letzte Band zu Chris zerschnitten.

Nachdem wir endlich in Johannesburg angekommen waren, kaufte ich als Erstes zollfreie Schokolade, um mich ein wenig über den Verlust hinwegzutrösten. Während ich noch mampfte, spazierte ich an einer Boutique vorbei. Das Glitzerzeug im Schaufenster zog mich magisch an. Ich schlenderte in das Geschäft und starrte neidisch auf ein Paar toller Ohrringe, die ich mir nur schwerlich leisten konnte, als mir jemand auf die Schulter tippte.

»Schöne Tasche.«

Ich drehte mich um und fand mich einer stylischen Frau mit einem großen Retro-Afro gegenüber.

»Wo haben Sie die her?«, fragte sie.

»Ach, das Ding hier?«, sagte ich mit einer Handbewegung zu meiner verrückten bunten, mit allerlei Strasssteinen betackerten Tasche. »Ist bloß so ein Teil, das ich selber gemacht habe.« Ich versuchte mit aller Macht, zu schlucken, aber in der Schokolade war Erdnussbutter enthalten und sie klebte mir hartnäckig am Gaumen.

»Ach, tatsächlich?« Die Frau musterte mein Werk eingehend. »Ich denke, die Touristen würden sie lieben, sie hat etwas so einzigartig Afrikanisches. Indien trifft Zulu trifft Cape Malays …«

Ich nickte. Ich würde es natürlich nie laut sagen, aber so etwas hatte nun wirklich nicht in meiner Absicht gelegen. Die Tasche sah aus, wie sie nun einmal aussah, weil ich sie mit sämtlichen Stoffresten und ausrangierten Zierartikeln bestückt hatte, die ich bei den Patels hatte auftreiben können.

»Wissen Sie, sie ist so eine tolle Mischung der Kulturen und fängt unsere einzigartige Vielfalt als Südafrikaner ein.« Sie stemmte eine Hand in die Hüfte, wobei ihre riesigen Holzarmreifen dramatisch klapperten.

Ich beschloss mitzuspielen. *Warum auch nicht?* »Mhm, so was in der Art hatte ich auch beabsichtigt. Ich wollte tatsächlich eine Impression von *Regenbogennation* erwecken.« *Blödsinn!!!*

Doch die Dame nickte begeistert. Sie schluckte es. Sie grinste mit ihren vollen glänzenden Lippen und fragte, ob sie die Tasche genauer in Augenschein nehmen dürfe. Dann untersuchte sie das Ding, als käme es aus fernen, exotischen Ländern. »Wissen Sie, ich kann es förmlich sehen. Die kulturelle Dualität ist in die Anordnung der Materialien eingearbeitet.«

»Mhm, über die Anordnung habe ich mir besonders viele Gedanken gemacht. Ein Stück musste das nächste hervorheben.« *Völliger Blödsinn!*

»Wissen Sie«, sie sagte reichlich oft *wissen Sie,* »ich würde wirklich gern versuchen, einige Ihrer Taschen zu verkaufen. Ich kann Ihnen keinen außergewöhnlichen Erfolg versprechen, aber wir könnten mit fünf Stück anfangen. Dann sehen wir ja, wie es läuft.«

»Ernsthaft?« Ich war total geschockt. Ich konnte es nicht fassen, so ein Lob aus dem Mund eines anderen Menschen zu hören. Wenn dieser Mensch zudem so fabelhaft modisch war wie diese Dame. Ich musste es noch einmal hören, dann würde ich wissen, ob es ernst gemeint war, und dass ich nicht an einer Psychose litt, die ich mir durch Chris-Entzug eingehandelt hatte. »Ernsthaft?«

»Aber ja! Ich würde es gerne versuchen.« Sie streckte die Hand aus.

Ich schüttelte sie.

»Ich bin übrigens Zolani.«

»Annie.«

Als ich heimwärts wandelte, fühlte ich mich ein klein wenig besser. Ich hüpfte sogar ein bisschen. Spürte in mir den winzigen Schimmer einer frohen Hoffnung, aber dann …

Betrat ich mein Häuschen. Und blieb stocksteif stehen. Starrte ungläubig.

Es war widerlich. Die Umzugskisten standen seit über einem Jahr unausgepackt herum. Ich hatte mir nicht die Mühe gemacht, Regale anzubringen, und daher stapelten sich Bücher und DVDs in den Zimmerecken und zogen Spinnweben und tote Insekten an. Die Dusche hatte ich nie benutzt, zurzeit diente sie als Abstellraum. Und alles sah so furchtbar deprimierend aus.

Als ich noch mit Trevv zusammenlebte, hatte ich großen Wert auf meine Umgebung gelegt: alles war sauber und aufgeräumt und hübsch dekoriert. Es war höchste Zeit, meine kleinen Kostbarkeiten aus ihren staubigen Kartons zu holen und anzufangen, diese Wohnung in etwas halbwegs Anständiges zu verwandeln. Gegen den halb nackten Mann im Garten konnte ich natürlich nichts unternehmen, aber zumindest konnte ich seinen grässlichen Anblick mit etwas Nettem drinnen ausgleichen.

Doch schon der Anfang war mir beinahe zu viel. Mit Blick auf ein ganzes Jahr voller Unordnung und Auflösung wusste ich zunächst nicht, wo ich beginnen sollte. Also nahm ich mir erst mal die DVDs vor, die auf dem Boden verstreut lagen.

Doch dann sah ich ihn … Bradley Coopers Gesicht schaute mich von einem der Cover an. Und als ich diese verträumten blauen Augen sah, fing ich an zu weinen. Ich heulte wie ein Schlosshund und warf mich auf die Couch, meinen Heul-Ort, die DVD an die Brust gepresst.

»Verdammt. Nein, Annie!« Das war wohl ein bisschen zu laut gewesen, denn der Nachbarshund bellte sogleich zur Antwort. Ich nahm die DVD aus der Hülle und versuchte, sie entzweizubrechen … *Habt ihr gewusst, dass diese Dinger verdammt unzerbrechlich sind?* Ich warf mich wieder auf die Couch – und sprang sofort auf.

Nein! Nein, ich hatte ein ganzes Jahr heulend auf besagter Couch verbracht und würde jetzt gewiss nicht wieder damit anfangen. Also versuchte ich, mich zusammenzunehmen, und fuhr – immer noch heulend – fort, Kartons auszupacken. Ich weinte die ganze Zeit, es war schon fast komisch. Ich heulte, während ich altes Zeug fortwarf, das ich nicht mehr brauchte. Ich schluchzte, als ich ein paar alte Fotos hervorkramte, die ich an die Wände hängen wollte, und ich stöhnte schmerzlich, als ich mich daranmachte, ein Regal aufzustellen.

Doch zumindest tat ich etwas Konstruktives und suhlte mich nicht auf der Couch. Ich wirbelte herum und starrte das Möbel böse an. Es war ein beiger Dreisitzer. Groß, gemütlich und perfekt für stundenlanges Daraufliegen und Rumflennen.

Zornig ging ich auf das Ding los: Ich würde es unverzüglich rausschmeißen! Es verkaufen und mir dafür einen Stuhl holen, auf dem ich nicht liegen konnte. Ich würde in Zukunft aufrecht sitzen, komme, was da wolle!

Doch es schien fast unmöglich, die Couch aus meinem Wohnzimmer zu schieben. Sie wog ungefähr eine Tonne, und als ich es endlich geschafft hatte, sie in meinen kleinen Patio zu verfrachten, war ich völlig erschöpft. Schweißgebadet und außer Atem.

Ich stolperte ins Schlafzimmer, schälte mich aus meinen Kleidern und stieg ins Bett. Erst dann fiel mir der Ring wieder ein. Ich betrachtete ihn eine Sekunde lang und gestattete mir die Erinnerung an den Moment, als Chris ihn mir angesteckt hatte. Wie echt sich alles angefühlt hatte! Wie toll er im Sonnenuntergang ausgesehen hatte! Unsere Fake-Hochzeit war wunderbar gewesen, einer der schönsten Tage meines Lebens.

Langsam zog ich den Ring vom Finger und schaute ihn ein letztes Mal an, bevor ich ihn in die Schublade legte.

Vielleicht würde ich ihn sicher verwahren. Nur für den Fall.

35

Am nächsten Morgen hatte mein Enthusiasmus vom Vorabend einen leichten Dämpfer erhalten.

Es ist anzunehmen, dass diese Gefühle in Wellen kommen und gehen. Es war ja gar nicht möglich, dass es mir über Nacht plötzlich besser gehen konnte: Die Genesung ist ein langwieriger Prozess, und meine fing gerade erst an. Tatsächlich kam ich kaum aus dem Bett und musste mich zur Arbeit schleppen. Meine Beine fühlten sich zehnmal schwerer an als sonst.

Ich vermisste Chris auf eine Weise, wie ich Trevv nie vermisst hatte. Es war ein regelrechter körperlicher Schmerz. Dennoch erhob ich mich heldenhaft und stellte mich unter die Dusche – wo ich ein paar Tränchen zerdrückte, es war unglaublich dramatisch –, dann machte ich mir Frühstück. Auch während des Essens weinte ich, was übrigens auch sehr dramatisch war, denn beinahe hätte ich mich an einer Getreideflocke verschluckt.

Ich machte mich zur Arbeit fertig, *ja genau*, und heulte schon wieder. Ich musste sogar meine Wimperntusche ein zweites Mal auftragen. Beim ersten Mal wurde sie von meinen Tränen fortgespült, bevor sie trocknen konnte; beim zweiten Auftrag biss ich mir auf die Lippen, um die Tränen zurückzuhalten, während ich wie rasend mit einer Zeitschrift wedelte, damit die Tusche schneller trocknete. Ich versuchte mich aufzumuntern, indem ich an die fünf Taschen dachte, die ich anfertigen sollte, und beschloss, noch heute mit den Patels darüber zu reden.

Sie freuten sich sehr, mich wiederzusehen, und wollten alles über meine Reise erfahren. Also erzählte ich, wie es sich angefühlt hatte, mit tropischen Fischen in einem Korallenriff zu schwimmen (aber nicht, dass Chris ein Foto von meinem Hintern geschossen hatte, das er als Versehen ausgab), ich berichtete, dass ich Delfine gesehen hätte (aber nicht von dem Delfin-Quiek-Konzert, das Chris und ich veranstaltet hatten), und schwärmte davon, wie wunderschön die Strände bei Nacht aussähen (wobei ich unseren Spaziergang am ersten Abend sowie meinen Flirtversuch ausließ). Von den Taschen erzählte ich auch. Und die Patels freuten sich mit mir.

Tatsächlich erlaubten sie mir, dass ich – in angemessenem Rahmen – Stoffreste und andere Materialien dazu benutzen durfte. Aber der erste Tag auf der Arbeit war hart: Die Stunden schienen sich endlos hinzuziehen; sie hinter mich zu bringen, fühlte sich an, als wollte man einem toten Faultier die Zähne ziehen. Ich seufzte häufig. Mehr konnte ich nicht tun, um den Kloß in meiner Brust hinunterzuschieben, der sich anscheinend immer dann bildete, wenn meine Gedanken zu Chris abschweiften.

Eigentlich verbrauchte ich meine ganze Energie, um *nicht* an ihn zu denken. Diese Anstrengung erschöpfte mich körperlich. Endlich war es fünf Uhr, und ich verließ die Nähstube mit einer kleinen Tasche voller Stoffreste, Knöpfe, Bänder und anderer Kleinigkeiten, die ich hatte requirieren dürfen. Und obwohl ich herzlich wenig Geld hatte, beschloss ich, dass ich etwas Gehaltvolleres und Gesünderes zu mir nehmen musste als die nährstoffarmen Instantnudeln, die ich während des letzten Jahres in mich hineingestopft hatte. Sie hatten ungefähr so geschmeckt, als habe man Pappe in Glutamat und Staub geschwenkt.

Obwohl ich mich furchtbar schwach fühlte, schleppte ich mich zum Lebensmittelgeschäft und kam mit einer Tüte Gemüse und Vollkornbrot wieder heraus. Ich wollte mir einen großen Topf Gemüsesuppe kochen – mehr konnte ich mir nicht leisten – und in den nächsten Tagen davon leben. Auf diesem Wege würde ich zumindest ein paar Vitamine und Mineralien zu mir nehmen. Und wer weiß, vielleicht trugen sie ja zu meinem Wohlbefinden bei und halfen mir, die Extrapfunde zu verlieren, auf die Tess mich freundlicherweise hingewiesen hatte.

Nachdem ich meine selbst gekochte Veggie-Suppe gegessen hatte – die sogar recht gut schmeckte –, und bevor ich mich an meine Taschen begab, holte ich den blöden Stepper hervor, der mir aufgeschwatzt worden war. Der Mann in der Late Night TV-Show, der offenkundig ein Haarteil trug und dessen Gesicht von Selbstbräuner schon fast orange war, hatte einfach zu überzeugend geklungen. Er hatte mir einen Verlust von zwanzig Pfund und einer Million Zentimetern an den Hüften versprochen (Es gelten die allgemeinen Geschäftsbedingungen.).

Also staubte ich den kleinen Scheißer ab und steppte ungefähr fünf Minuten, wobei ich mir schwor, so viel zu trainieren, dass es zumindest vage als körperliche Aktivität durchgehen konnte.

Dann setzte ich mich an meine Nähmaschine und ging in mich. Die anderen Taschen, die ich in der Hitze des Hasses auf Sonja (miese fiese Chefin aus der Hölle) genäht hatte, waren absichtlich so übertrieben wie möglich gestaltet, sie waren eine rebellische Verkündung passiv-aggressiven Trotzes gewesen. Nun aber würde ich besonnener zu Werke gehen. Ich wusste, dass ich mit ein wenig Bedacht, Umsicht und Planung bessere Taschen herstellen konnte. Sie würden immer noch schreiend bunt daherkommen, aber ich konnte sie ein wenig ansprechender gestalten. Also begann ich.

Ich schnitt die bunten Stoffreste in alle möglichen Formen und legte sie wie ein vielfarbiges Puzzle zurecht. Das Ganze sah aus wie ein verrückter Patchwork-Quilt, aber gar nicht mal so schlecht. Dann stach mir etwas ins Auge: In einer Zimmerecke lag eine alte Einkaufstasche aus Leinen von der Art, die man wegwarf oder in der man Lumpen aufhob, diesen Zweck erfüllte sie auch bei mir. Ich holte den Beutel an die Nähmaschine und legte probeweise meine Stoffschnipsel darauf. Und dann breitete sich ein seliges Lächeln auf meinem Gesicht aus. Ein Gegenstand, der abgetan und vergessen worden war, der als hässlich galt, erwachte zu neuem Leben!

Ich nähte und nähte und schlief schließlich hinter der Nähmaschine ein. Das merkte ich erst, als mein Handy piepste, um mir eine Nachricht anzuzeigen.

Ungläubig starrte ich auf das Display: sechs Uhr an einem Mittwochmorgen. Wer zum Teufel sollte mir denn um diese Zeit eine Nachricht schicken? Die Nummer war anonym, und ich brauchte einige Sekunden, um die Bedeutung der Nachricht zu enträtseln.

Hey, Annie-Anne! Ein neuer Tag steht vor der Tür, also mach dich hübsch und ab dafür!

»Hä?« Ich las die Nachricht noch einmal. Der Ton kam mir vage bekannt vor. War das vielleicht eine automatische Nachricht von so einem blöden Telemarketing-Provider oder ein Angebot von einem Reisebüro, das mir den Gewinn einer Kreuzfahrt mitteilen wollte? Aber irgendwie glaubte ich das nicht so recht.

Und dann fiel es mir wie Schuppen von den Augen! Die Erkenntnis trieb meinen Blutdruck in die Höhe und brachte mein Herz zum Klopfen. Die Zeilen ähnelten jenen aus dem Dr.-Seuss-Buch *Wie schön! So viel wirst du sehn!* Chris' Lieblingsbuch. Wieder und wieder las ich seine Worte. Und mit jedem

Lesen wurde mein Lächeln breiter. Ein kleiner Hoffnungsfunke drohte in meinem Herzen entfacht zu werden.

Moment mal ... Mittwoch war mein Hass-Tag. Und Chris hatte sich daran erinnert. Sosehr es mir auch gefiel, dass er an mich dachte, musste ich mich doch umso mehr vor diesem kleinen Funken hüten. Er durfte nicht angefacht werden. Es ging nicht. Und deshalb legte ich traurig lächelnd das Handy beiseite und antwortete nicht auf die Nachricht.

Ich brauchte genau sieben Tage, um die Taschen fertigzustellen. Eine bastelte ich aus einem weiteren ausrangierten Leinenbeutel, und für eine andere verwendete ich sogar einen alten Kaffeesack. Und meine Taschen wurden schöner, als ich mir hätte träumen lassen. An dem Morgen, als ich sie aufgeregt einpackte, um sie bei Zolani abzuliefern, piepste mein Handy erneut. Wieder war es eine Nachricht von jener mysteriösen Nummer, und wieder zur genau gleichen Zeit. Ich klickte sie an, und mein Herzschlag beschleunigte sich.

Du hast Talent und Verstand und steckst voller Sex! Das weiß sogar deine Exchefin, die alte Hex'.

Die ermutigenden Worte, die Chris mir vom anderen Ende der Welt schickte, entlockten mir stumme Freudenschreie ebenso wie den Wunsch, in Tränen auszubrechen. Sie waren eine merkwürdige, bittersüße Melange. Solange ich mich noch auf dem Weg zu meinem wiedererstarkenden Ich befand, konnte ich noch nicht mit Chris zusammen sein. Jetzt nicht ... und vielleicht nie.

***

Voller Aufregung und Zuversicht lieferte ich die Taschen in Zolanis Geschäft am Flughafen ab, ermahnte mich jedoch gleichzeitig, nicht abzuheben. Fünf Taschen waren beileibe kein Modeimperium. Ich war noch lange keine Donatella. Und es würde vermutlich seine Zeit dauern, bis die Taschen sich verkauften. Aber immerhin war es ein Anfang. Ein Schritt in die richtige Richtung. Einer Richtung, die ich selbst gewählt hatte.

In jenen ersten Wochen nach meiner Rückkehr beschloss ich auch, in den sauren Apfel zu beißen und mir einen Therapeuten zu suchen, was sich als großartige Entscheidung erwies. Nach jeder Sitzung fühlte ich mich leichter und selbstsicherer als im gesamten letzten Jahr.

Ich hatte mir Therapeuten immer als uralte, langweilige, grauhaarige Männer vorgestellt, die irgendwie Einstein ähneln und einen dazu bringen, sich auf alte Ledersofas zu legen.

Paula jedoch (wir redeten uns mit Vornamen an) war eine geistreiche, blonde junge Frau, mit der zu reden mir leichtfiel. Sie kleidete sich modisch und bot mir bei jeder Sitzung einen bequemen roséfarbenen Sessel an. Und was mir am meisten an ihr gefiel: Sie hatte keine Angst davor, meinen Scheiß beim Namen zu nennen. Rasch erkannte sie meine autodestruktiven Verhaltensweisen und half mir, etwas gegen diese zu unternehmen.

Mithilfe der Therapie erkannte ich auch, dass ich im vergangenen Jahr tatsächlich depressiv gewesen war. Nicht traurig oder ein wenig griesgrämig oder niedergeschlagen, sondern so deprimiert, dass sogar Antidepressiva angezeigt gewesen wären. Paula hatte recht: Es war eine klassische klinische Depression gewesen. Nur hatte ich sie nicht als solche erkannt.

Paula half mir, Ziele zu setzen, sowohl persönlicher als auch beruflicher Natur. Und ab dem Zeitpunkt begannen die Dinge, ein wenig hoffnungsvoller auszusehen.

Ich freute mich jeden Mittwoch auf meine Nachrichten, und obwohl wir nie miteinander sprachen, hatte ich doch das Gefühl, dass Chris mir nahe war, gleich neben mir stand und mir seine frohen Botschaften ins Ohr flüsterte.

Du bist stark und großartig, und du weißt so viel. Und DU, Annie-Anne, bist der Star in deinem Spiel.

Und er hatte recht. Endlich fasste ich Entschlüsse, was ich mit meinem Leben anfangen wollte.

36

Vier Wochen später, als ich mit Stormy-Rain im Park spazierenging (eine neue regelmäßige Freitagabendgewohnheit), bestellte Zolani per SMS zehn neue Taschen. Ich sprang vor Freude in die Luft, weil mir klar wurde, dass den Leuten meine komischen kleinen Kreationen tatsächlich gefielen.

Stormy war ebenfalls ganz aus dem Häuschen. Wir waren in letzter Zeit oft zusammen unterwegs gewesen; sie hatte mir merkwürdige kleine Secondhand-Läden gezeigt, wo ich tolle Sachen für meine Taschen gefunden hatte: altmodische Knöpfe, Gürtelschnallen und sogar eine echte Chanel-Tasche. Aus irgendeinem Grund hatte die Edelmarke ihre Anziehungskraft für mich verloren, und am Ende zerlegte ich das Ding und arbeitete es in eine riesige Umhängetasche ein. Ein furchtbares Sakrileg, ich weiß.

Vier Wochen später trudelte eine weitere Bestellung ein. Und dann noch eine und noch eine, bis ich nicht mehr mit den Aufträgen nachkam, solange ich noch in Vollzeit arbeitete.

Ich konnte es kaum fassen – es war wie ein merkwürdiger kunterbunter Traum. Doch der Traum wurde zur Realität an dem Tag, als ich auf der Straße eine Frau mit einer meiner Taschen sah. Am liebsten wäre ich zu ihr hingerannt und hätte gezeigt und gerufen: Die hab ich gemacht!

»Also, *wissen Sie*, Sie brauchen einen Namen für Ihr Label, Schätzchen. Die Dinger verkaufen sich wie warme Semmeln und ständig werde ich nach der Designerin gefragt«, hatte Zolani eines Tages gemahnt.

»Ähm … Mist, mir fällt einfach nichts ein.«

»Na ja, üblicherweise ist es der eigene Name, wissen Sie. Christian Dior, Louis Vuitton … et cetera.«

»Ich weiß, aber Annie Anderson klingt so prosaisch.«

»Also, Sie sollten sich lieber rasch einen Namen ausdenken und ein Logo kreieren und den Markennamen in die Taschen einnähen, denn ich habe das Gefühl, sie werden der absolute Renner.«

»Ich könnte mein Label vielleicht Annie-Anne nennen«, sagte ich, ohne richtig nachgedacht zu haben. Der Name war einfach so herausgeplatzt –, und es hatte wehgetan, ihn laut auszusprechen.

Zolani stutzte und erwog meinen Vorschlag eine Sekunde lang. »Verspielt, keck, kokett und nicht ernst. Ja. Annie-Anne klingt perfekt.« Sie streckte ihren holzreifbeladenen Arm aus und sprach mit vornehmem Akzent: »Taschen von Annie-Anne …« Und dann hatte sie sich auf mich gestürzt und mich zum ersten Mal umarmt, was in der Folge noch oft passieren sollte. »Du und ich, Mädel! Das bringt's. Wir kommen noch ganz groß raus!«

Daraufhin quietschten wir vergnügt wie zwei kleine Mädchen an Weihnachten, bis alle Leute ringsum uns anstarrten.

Ich fuhr dermaßen aufgepulvert heim, dass ich beschloss, den Anlass gebührend zu feiern, indem ich mir ein leckeres Mahl zubereitete und ein Glas richtigen Rotwein gönnte (nicht das Zeug aus dem Karton). Mitten in meinem Dinner läutete das Telefon.

Ich schaute hin und erkannte die anonyme Nummer, die inzwischen zu meiner Mittwochsbegleiterin geworden war. Ich sprang auf. Er rief an. *Er rief an!* Ich versuchte, mich zu beruhigen, damit ich nicht wie eine verdammte Idiotin rüberkam, die vor Nervosität und Aufregung und … ja, auch Bedenken nicht wusste, wohin mit sich. Sollte ich überhaupt mit ihm reden? Ich zögerte noch ein wenig, doch dann beschloss ich: »Scheiß drauf!«

Ich nahm ab und versuchte, möglichst lässig zu klingen. »Hallo, hier ist Annie.«

»Hallo.«

Das köstliche Näseln seines amerikanischen Akzents drang aus meinem Hörer, und mein Herz flatterte – nein, *hämmerte wie verrückt.*

»Hallo.« Nett und neutral, während ich innerlich tausend Tode starb.

Pause. Eine lange, ernsthaft lange Pause.

»Also hey, hey?«, brach Chris das Schweigen.

»Hey!« (*Weniger neutral und noch sehr viel mehr Tode sterbend.*)

Bislang war dies nicht gerade das erfolgreichste Telefonat meines Lebens. Doch wenn sein Herz so raste wie meines, wenn sein Mund so trocken war wie meiner, wenn seine Hand, die den Hörer hielt, ebenso zitterte wie meine, dann konnte ich ihm seine Einsilbigkeit kaum zum Vorwurf machen.

»Wie geht's dir?«, fragte er schließlich.

»Gut. Und dir?«

»Cool«, erwiderte er, hörte sich aber alles andere als cool an.

»Cool«, sagte ich.

Pause. Nicht so lang wie die erste, aber ebenso quälend.

Wieder tat Chris als Erster den Mund auf. »Wie sieht's im alten Joburg aus?«

»Wie immer. Heißer. Und in L. A.?«

»Grässlich«, sagte er dumpf.

»Warum?«

»Weil du nicht hier bist.«

Pause.

War es ihm erlaubt, mir so etwas zu sagen?

»Hätte ich das nicht sagen sollen, Annie?«

»Ich bin mir nicht sicher.«

»Also«, meinte Chris, »es gibt doch kein Gesetz, das uns verbietet, Freunde zu sein. Oder? Außerdem, jetzt ist doch genug Zeit vergangen, oder etwa nicht?«

»Wer sagt das?«

»Ich hab's in der *Cosmopolitan* gelesen. Da stand ausdrücklich, dass vier Monate, eine Woche, zwei Tage und …« Wieder eine Pause. »Und zwölf Stunden eine ausreichend lange Zeit sei, um Freundschaft mit deinem Ex zu schließen. Nicht dass ich die Sekunden gezählt hätte …«

»Natürlich nicht«, erwiderte ich. Ich erwähnte auch nicht, dass ich ebenfalls ganz genau wusste, wie viel Zeit vergangen war.

»Also, wie geht es dir, Annie? Sitzt du im Sattel mit Wonne und bist bereit für alles Neue unter der Sonne?«

»Ich liebe deine Verse!«, sprudelte ich hervor und ließ sämtliche Coolness fahren. »Ich liebe sie, und ich danke dir dafür. Die versüßen mir meine Mittwochmorgen.«

Ich hörte ein leises Kichern. »Gern geschehen.«

Wieder eine Pause. Die Art Pause, die laut kreischt und so dermaßen mit Bedeutung aufgeladen ist.

»Also, können wir Freunde sein?«, brach Chris ein weiteres Mal das Schweigen.

Ich dachte einen Moment darüber nach. Nichts wäre mir lieber gewesen. Ich hatte ihn vermisst. Mir hatte sein blöder Humor gefehlt und sein Lächeln – Gott, wie ich dieses Lächeln vermisste! Besonders fehlte mir seine Fähigkeit, mir stets Mut zu machen. Aber würde es meine Leiden nicht verlängern, wenn wir Freunde blieben? Würde ich mir damit nicht jede Chance verbauen, über ihn hinwegzukommen?

»Ich weiß nicht genau. Ich bin gerade erst dabei …« Ich stoppte mitten im Satz und musste schlucken. *Warum fiel es nur so schwer, es auszusprechen*? »Über dich hinwegzukommen.«

»Was! Du … du bist über mich hinweg?« Es klang, als hätte ich ihm ein Messer ins Herz gejagt.

Ich biss mir auf die Lippen. Ich wollte versuchen, stark zu sein. Ich wollte nicht in diese Art Gespräch verwickelt werden, nicht jetzt. Mein Verstand riet mir, das Telefonat sofort zu beenden, doch mein Herz drängte mich fortzufahren, obwohl ich wusste, dass dies ein gefährlicher Weg am Abgrund war.

»Nun, wie sieht es denn bei dir aus?«, fragte ich.

»Nein«, sagte er so rasch, als müsste er gar nicht erst darüber nachdenken. »Ich bin nicht über dich hinweg, Annie. Ich kann nicht mit den Fingern schnippen und über die tollste Frau meines Lebens hinweg sein. Über die einzige Frau, in die ich mich je verliebt habe.«

Ich konnte den vielstimmigen Chor hören, der in meinem Herzen jubelte. Doch nun schaltete sich mein Verstand ein. »Aber das heißt dann doch, dass wir keine Freunde sein können, wenn du immer noch … und ich auch immer noch.«

»Du doch immer noch?« Jetzt hörte es sich an, als würde er lächeln. Und damit hatten wir die Linie überschritten und schritten gemeinsam den gefährlichen Pfad hinunter, trotz aller Warnblinker, die ich sah.

»Ja. Und das ist vermutlich der Grund, warum wir nicht Freunde sein können, Chris«, sagte ich, obwohl dies allen Botschaften widersprach, die mir mein Herz in diesem Moment zuraunte.

»Also brauchen wir beide noch etwas mehr Zeit, um übereinander hinwegzukommen?«

»Ich schätze schon.« Mein Magen zog sich zusammen. Wieder einmal spürte ich Chris' Verlust und die Trauer darüber am ganzen Körper.

»Okay. Leb wohl, Annie.« Und Chris legte ohne Weiteres auf.

Ein Teil von mir mochte es nicht glauben. Ich wollte mich gerade vom Telefon entfernen, als es erneut klingelte. Dieselbe Nummer.

»Chris?«

»Erledigt. Ich hab mir noch ein bisschen mehr Zeit genommen und bin jetzt komplett über dich hinweg.«

»Du bist in ein paar Sekunden über mich hinweggekommen?«

»Ja, ich glaube, diese wenigen Extrasekunden haben wirklich den Ausschlag gegeben.«

Ich musste lachen.

»Also, können wir dann jetzt Freunde sein?«

Das war die schlechteste Idee der Welt. Das war die schlechteste Idee der Welt. Das war die aller… »Okay, wir können's ja versuchen. Aber wir können nicht jeden Tag miteinander telefonieren.«

»Jeden zweiten Tag?«

»Nein!«

»Einmal in der Woche?«

»Vielleicht. Vielleicht einmal in zwei Wochen. Wir müssen erst mal schauen, wie dieses Gespräch läuft …«

»Einverstanden, Annie. Das wird das allerbeste Telefongespräch deines Lebens. Es wird so toll, dass du gar nicht mehr auflegen willst. Du wirst dir den Hörer ans Ohr transplantieren lassen, damit du immer weiter mit mir reden kannst.«

Ich lachte. Wie immer brachte er mich zum Lachen. »Schickst du mir dann trotzdem noch die Mittwochsgrüße?«, fragte ich.

»Ich schicke dir, was du nur willst, Annie. Du musst mich nur danach fragen.« Das sagte er absichtlich mit jener Stimme, von der er wusste, dass sie eine Wirkung auf mich hatte.

»Na schönchen, dann …«, sagte ich und ignorierte die Tatsache, dass meine Haut in Flammen stand. »Tschüss.«

Und so fing es mit Chris und mir wieder an. Das gelegentliche Telefonat. Manchmal einmal pro Woche, manchmal seltener, manchmal öfter. Wir sprachen überhaupt nie über das, was mit uns passiert war oder über T zum Quadrat oder unsere Hochzeit oder den *un-glaub-lich-en* Sex. Wir sprachen auch nie über unser alltägliches Leben. Ehrlich gesagt wollte ich gar nicht wissen, dass er eine Superzeit in L. A. hatte und wieder angefangen hatte, zu daten und sämtliche Prominenten zu vögeln. Und Chris erkundigte sich auch nie nach meinem Leben, wahrscheinlich aus demselben Grund. Eigentlich lernten wir einander bloß kennen. Und schon bald wurde ersichtlich, dass wir absolut *nichts* voneinander wussten, abgesehen von dem wenigen, was wir in unserer Zeit auf Mauritius übereinander erfahren hatten.

Ich erfuhr, dass Chris einen Mops besaß, den er zu Ehren der chinesischen Küche Chopstick genannt hatte. Dass seine Mutter Opernsängerin war, sein Vater Dichter, sein Bruder Philosophie an einer Eliteuni lehrte und seine Schwester eine gemeinnützige Stiftung für die Frauenrechte leitete und ein Buch über die Rolle des Feminismus in den 2000ern herausgebracht hatte.

»Sehr noble, kultivierte Erziehung und Familie. Eigentlich bin ich mir sicher, dass ich adoptiert bin. Schäbiger Drehbuchschreiberling in ebenso schäbiger Junggesellenbude ohne irgendein bedeutendes Kunstwerk an den Wänden. Ich bin das schwarze Schaf der Familie.«

Ich erfuhr, dass er tatsächlich Sport trieb und Trevv damals angeschwindelt hatte. Ich erfuhr, dass er ursprünglich gar nicht romantische Komödien hatte verfassen wollen, sondern eher zufällig in das Metier hineingestolpert war.

Chris erzählte mir, dass er Journalismus studiert hatte, dann jedoch, da er absolut kein Interesse an Weltpolitik oder Nachrichten hegte, zu der Erkenntnis gelangt war, dies sei nicht der richtige Job für ihn. Und so wuchs unser Wissen übereinander.

An irgendeinem Punkt fand ich mich sozusagen damit ab, dass ich, selbst wenn wir nicht wieder zusammenkamen – *es war ohnehin physisch unmöglich, lebten wir doch auf der jeweils anderen Seite der Erdkugel!* –, doch glaubte, in Chris einen echten Freund gefunden zu haben.

Vielleicht war uns alles nicht ohne Grund widerfahren. Damit wir Freunde werden konnten, vielleicht? Vielleicht würden wir eines Tages als beste Freunde und Kumpel zur Heirat des anderen eingeladen werden. Womöglich würde Chris bei meiner Hochzeit eine Rede halten und die verrückte Geschichte erzählen, wie wir nach unserer Fake-Trauung beste Freunde geworden waren. Vielleicht würde er der Pate meines zukünftigen Kindes sein. Vielleicht würden wir uns auf den Rücken klopfen und »Was geht, Alter?« sagen.

Vielleicht machte ich mir aber auch nur etwas vor.

Denn ich war mir ziemlich sicher, dass, sobald einer von uns eine Beziehung einginge, diese netten Telefonate unwiderruflich aufhören würden.

Und das wäre das Ende von allem.

Kein Chris mehr. Es war nur eine Frage der Zeit.

37

Ich saß in der Küche, trank meinen Morgenkaffee und wartete auf Chris' Nachricht, als Jane anrief. Seine Botschaften hatten auch dazu beigetragen, dass ich mich in Anne die Frühaufsteherin verwandelt hatte.

Das Telefon läutete, und ich nahm ab, weil ich glaubte, es wäre Chris.

»Hast du schon die neueste Ausgabe von *Glamorous Girl* gesehen? Liegt gerade druckfrisch bei uns in der Praxis auf dem Schreibtisch«, sagte Jane.

»Was machst du denn so früh in der Arbeit?«

»Ich meide meine Mutter. Sie hat sich auf Yoga am frühen Morgen verlegt und gedroht, heute Morgen vorbeizuschauen und mich mitzunehmen.«

»Um dich mit ihrem Yogalehrer zu verkuppeln?«

»Offenbar ist er spirituell wahnsinnig erleuchtet, und offenbar macht Yoga einen Mann äußerst viril«, gab sie spöttisch von sich. »Und meine Mutter hat außerdem gesagt, dass seine Hosen so eng sind, dass sie seine Religion verraten, dass er also auch in dieser Abteilung richtig gesegnet ist.«

»Iiihhh.« Ich trank einen Schluck Kaffee, während ich versuchte, das Bild sich wölbender Genitalien eines Yogalehrers aus meinem Kopf zu verbannen.

»Mach dich auf was gefasst, Annie.« Jane räusperte sich und las mit überkultivierter Stimme: »Wintertrends: Besiegen Sie den Wintertrübsinn, indem Sie sich den neuesten Farbklecks besorgen. Taschen von Annie-Anne. Sie sind witzig, kokett und bunt und Sonja S. preist sie in dieser Saison als Must-have für den Arm jeder Fashionista.«

Ich hätte vor Überraschung fast meinen Kaffee ausgespuckt. »WAS? Du machst Witze!«

»Nein. Das steht hier schwarz auf weiß, und da ist auch noch ein Foto von einer Tasche.«

»Von welcher?«

»Äh, ich weiß nicht, da hängen irgendwie pinke Dinger daran. Außerdem hat sie Knöpfe und sieht irgendwie nach Patchwork aus.«

»Macht nichts. Ich hol mir selbst eine Ausgabe.«

Jane hatte wirklich kein Auge für Mode.

»Warte!«, rief sie, gerade als ich auflegen wollte. »Gut gemacht, Schatz. Das ist toll!«

»Oh mein Gott! Danke, dass du angerufen hast. Ich werde mir sofort *Glamorous Girl* besorgen. Ich glaub's einfach nicht!«

Wir quiekten noch einmal vor Freude, dann bedankte ich mich noch einmal und legte auf.

Rasch schlüpfte ich in einen Hoodie und ein Paar Schlappen und sprang ins Auto. Sobald ich den Motor anließ, sah ich im Handydisplay Chris' Nachricht aufleuchten. Fast hätte ich sie nicht gelesen, weil ich so aufgeregt war, aber etwas drängte mich dazu. Und während ich sie las, traten mir Tränen in die Augen.

Annie-Anne, du wirst berühmt, du wirst berühmt wie nie.
Berühmter als die Kardashians im blöden Reality-TV.

Ich saß einen Augenblick lang ganz still da und kam zur Ruhe. Meine Träume waren buchstäblich wahr geworden. Ich hatte es geschafft, mein ganzes Leben im Laufe weniger Monate komplett umzukrempeln. Ich versuchte, mir die Annie von vor einem Jahr vorzustellen, und erkannte sie nicht wieder. Wer war diese Frau?

Ich wischte eine kleine Glückstränе fort, die mir über die Wange lief, dann brauste ich aus der Einfahrt. Minuten später war ich an der Tankstelle und stürzte in den Shop. Ich schnappte mir die Zeitschrift, und da stand es. Ich musste den Artikel mindestens zehnmal lesen, bevor ich endlich begriff. Ich hätte am liebsten geweint. Ich wollte schreien und toben und … umarmte aus Überschwang den Typen hinter der Theke, bei dem ich immer meine Schokolade kaufte. Ich war so stolz auf meinen Erfolg, dass es fast nicht auszuhalten war. Wieder bimmelte mein Handy.

»Hast du es schon gesehen?«, quiekte mir Zolani ins Ohr.

»Ich stehe in Pantoffeln im Shop von der Tanke!«

»Oh mein Gott!«

»Ich weiß!«

»Und was deine fiese Exchefin Sonja angeht … Die wird jetzt wohl endlich begreifen, dass sie den Fehler ihres Lebens gemacht hat, als sie dich feuerte. Sollte sie jetzt angekrochen kommen und betteln, dann kannst du ihr einen teuren Schuh an den Kopf werfen – denn du kannst ihn dir leisten –, weil wir unser eigenes Modeimperium haben werden!«

»Warte mal, Zee. Schalt mal einen Gang zurück, das ist ja wohl kaum ein Modeimperium.«

»Aber es könnte eins sein«, entgegnete Zolani.

»Ich kann es mir nicht leisten, meinen Job bei den Patels zu schmeißen und nur noch Taschen zu nähen. Wovon soll ich denn leben?«

»Du brauchst einen Investor, Annie.«

»Und wer soll in mich investieren?«

»Ich«, erwiderte sie prompt und voller Zuversicht.

»Nein. Ich kann doch kein Geld von dir annehmen!«

»Hör auf damit. Hör zu, ich hab ein gutes Gefühl dabei, Annie. Wir machen es zusammen, wir werden Geschäftspartner.«

»Warte, ich muss erst noch darüber nachdenken«, wandte ich ein.

»Aber möchtest du deine Taschen nicht auf den Catwalks und in Hochglanzmagazinen sehen?« Sie malte ein wirklich verlockendes Bild.

»Ich glaube kaum, dass sie auf Catwalks zu sehen sein werden«, murmelte ich.

»Warum nicht? Wir werden es erst wissen, wenn wir es versuchen.«

»Stimmt«, sagte ich, immer noch ein wenig erschlagen von ihrem Angebot.

»Super! Wir werden die Produktion erhöhen müssen und die Lager auffüllen. Wir müssen die Taschen an weitere Boutiquen liefern, vielleicht können wir eines Tages auch eine eigene kleine Filiale eröffnen. Ferner könnten wir eine Website brauchen, damit sie auch online zu haben sind. Eine Facebook-Seite wäre ebenfalls nicht verkehrt …«

»Halt, halt, das geht alles ein bisschen zu schnell!«

»Annie, Süße, wir müssen schnell sein, denn wir wissen doch beide, dass deine Taschen in der nächsten Saison nicht mehr der Renner sein werden.«

Sie hatte recht. Dies war meine einmalige Chance. Ich musste sie nutzen.

Ich saß am Frühstückstisch und ließ die Ereignisse Revue passieren: Zu denken, dass diese Taschen aus Hass auf Sonja entstanden waren, und nun lobte sie meine Kreationen über den grünen Klee. Oh, wie mysteriös ist diese Welt!

Ich dachte auch an die Patels. Sie waren so gut zu mir gewesen. Ich wollte die Arbeit bei ihnen nicht aufgeben. Wenn ich aber ein Studio im Hinterzimmer des Geschäfts einrichtete und mein Material von ihnen bezog, konnte es uns zu beiderseitigem Vorteil gereichen.

Und natürlich waren sie von meiner Idee begeistert. Sie sperrten sogar über Mittag zu, und wir gingen feiern. Von nun an ging es in rasenden Schritten voran. Nach der Arbeit räumten wir das Hinterzimmer aus. Wir stellten einen Tisch und eine Werkbank hinein und machten den Raum wohnlich.

Mit Hilfe von Zolanis Finanzspritze erstand ich eine zweite Nähmaschine, besorgte mir eine Angestellte und kaufte von den Patels Stoff zum Superdiscountpreis. Zolani wirkte ihre Wunder, und bald schon wurden meine Taschen in mehreren Boutiquen angeboten. Sie besaß schier unerschöpfliche Energie, und es war toll, mit ihr zusammenzuarbeiten; sie war die kesseste Frau, die ich kannte, und wir wurden schnell gute Freundinnen. Und Stormy-Rain liebte Zolani, mehr als mich, wie es schien. Sie bestand sogar darauf, in einem früheren Leben mit ihr verwandt gewesen zu sein.

Und mit einem Mal war mein Leben so viel reicher und besser geworden.

Doch das Beste von allem – die Kirsche der Kirschen auf meinem Eisbecher sozusagen – war, dass die fiese Sonja in der nächsten Ausgabe von *Glamorous Girl* ein Designerprofil von mir bringen wollte. Oh, süße Rache! Bislang kannte sie das Label nur als Annie-Anne; sie wusste ja nicht, dass ich dahintersteckte.

An dem großen Tag lud Zolani mich zu sich ein und steckte mich in ihre besten Kleider. Sie bestellte sogar eine Kosmetikerin und Friseurin, die mich herrichten sollte – ihr Geschenk an mich. Später am Tag wanderte ich dann mit hocherhobenem Kopf in die schnieken Büroräume von *Glamorous Girl*.

Sogleich hörte ich das Getuschel um mich herum und spürte die argwöhnischen Blicke. Als ich das letzte Mal hier gesehen worden war, hatte ich einen sehr teuren Schuh und ein sehr teures Fotoshooting ruiniert und war wegen »versuchten Mordes« verhaftet worden.

Sonjas Büro roch noch immer nach Jasmin und Lavendel. Ich fragte mich, welche bedauernswerte Seele sich nun für sie abrackern musste.

»Anne«, begrüßte sie mich mit beißendem Ton. »Daaarling, was für eine Überraschung.«

»Ich freue mich, dich zu sehen, Sonja.« Und das meinte ich ehrlich. Ich freute mich wirklich, sie zu sehen. Aus Gründen, von denen sie nichts ahnte.

»Meine Liebe, du siehst himmlisch aus, aber wenn du hergekommen bist, um wieder eine Stelle bei uns zu bekommen, dann tut es mir leid. Deine alte Position ist längst vergeben. Und jetzt entschuldige mich, ich habe einen wichtigen Termin, den ich nicht …«

Ich unterbrach sie. »Ich weiß. Mit mir.«

Der Schock.

Das Entsetzen.

Ich konnte förmlich sehen, wie ihr Gehirn Überstunden machte. »Daaarling, natürlich mit dir, ich hab doch bloß Spaß gemacht. Wir sind unglaublich stolz auf dich. Nicht wahr?« Sie wandte sich an eine Frau, die wie eine Kopie ihrer selbst aussah.

Der Klon nickte eifrig. »Ja, wir sprechen schon den ganzen Tag von nichts anderem: Anne dies und Anne das.«

Verlogenes Miststück.

Aber das war mir egal. Ich würde die Gelegenheit beim Schopf ergreifen und das Beste daraus machen.

»Also. Anne. Erzähl mir deine fantastische Geschichte. Woher hattest du die Inspiration für diese Taschen?«, fragte sie mit klebrig-süßer, widerlicher Stimme.

Ich musste mich wirklich ungeheuer beherrschen, um Sonja nicht die Wahrheit an den Kopf zu werfen. Was für ein Spaß wäre es gewesen, meiner miesen fiesen Exchefin haarklein zu berichten, dass jeder kleine Strassstein, den ich angetackert hatte, für mich kathartische Wirkung besaß. Als triebe ich eine Voodoonadel durch ihren verdammten Kopf. Doch ich blieb bei der netten Story, die Zolani und ich vorher abgesprochen hatten.

Nach dem *Verlassen* der Redaktion, so erzählte ich, hätte ich angefangen, diese Taschen anzufertigen, als eine Art rebellisches Statement gegen die Diktatur der Mode. Ich berichtete, wie ich in einer kleinen Nähwerkstatt im Herzen Johannesburgs gelandet war. Ich erzählte von den Patels, deren bunte Stoffe und schräge und wunderbare Kunden für mich eine Quelle der Inspiration geschaffen hatten.

Sonja nickte und nickte und lächelte dazu, als sei sie ganz meiner Meinung, doch im Abgrund ihrer Seele wünschte sie sich vermutlich, mir nie begegnet zu sein, nie ein Wort über meine Taschen verloren zu haben. Am liebsten hätte sie mich wohl mit ihrem neuen glänzenden Jaguar überfahren.

Am Ende schieden wir jedoch in aller Höflichkeit voneinander. Meiner zukünftigen Laufbahn hätte es nur geschadet, wenn ich es mir mit der Queen verdorben hätte.

Zur Feier des Tages beschloss Zolani, eine Party zu geben. Sie lud alle ein, die mir etwas bedeuteten, Lilly zum Beispiel und Damien. Stormy erschien mit ihrem neuen *Freund* – Anführungszeichen sind hier angebracht, weil sie einen Mann stets genau sechs Wochen lang datet und ihm dann den Laufpass gibt. Jane hatte ihn sofort erkannt und mich gewarnt, ich sollte ihm unter keinen Umständen die Hand schütteln … *niemals*.

Später fand ich heraus, dass er ein ziemlich berüchtigter Künstler war, der vor einem KFC eine Skulptur aus Hühnerkarkassen errichtet hatte, um gegen Hühnerfarmen zu protestieren. Ja, ich finde auch nicht, dass das viel Sinn ergibt.

Val war mit Mark gekommen, dem Freund, in den sie schon seit Jahren heimlich verliebt war. Dass er es immer noch nicht wusste, war uns allen ein Rätsel. Sie hing förmlich an seinen Lippen und lachte über jedes Wort, das er von sich gab.

Zolani hatte sogar die Patels eingeladen, den ganzen Clan. Wir quetschten uns in ihre kleine, aber stylische Wohnung, tranken Champagner und feierten die ganze Nacht. Was für ein bunt zusammengewürfelter Haufen wir doch waren. Eine Horde Menschen, die wenig gemeinsam hatten, aber durch meine Taschen zusammengekommen waren. Was Zolani ganz am Anfang über Südafrika gesagt hatte, traf hier voll und ganz zu: Meine Freunde und Kollegen stellten eine typische Mischung der bunten südafrikanischen Kulturen dar. Gott, was war ich wieder tiefsinnig!

Nur einer fehlte hier, und das war Chris.

»Nun weißt du, dass wir reich und berühmt werden«, sagte Zolani, während sie mich von hinten umarmte. »Alle werden nur noch über Annie-Annes fantastische Taschen reden.«

»Oh bitte!«, verwahrte ich mich.

»Merk dir meine Worte«, sagte sie und reichte mir einen frisch eingeschenkten Champagner. »Ein Toast.« Sie hob ihr Glas, und ich folgte ihrem Beispiel. »Auf uns. Von unglaublich erfolgreichen Geschäftspartnerinnen«, Zolani mangelte es durchaus nicht an Selbstbewusstsein, »zu besten Freundinnen.«

»Ah. Das ist so ...« Gott, was war ich plötzlich gerührt. »Mir geht es genauso.«

»Oh bitte, heul mich jetzt bloß nicht voll, das verdirbt dir bloß das tolle Make-up.« Sie umarmte mich noch einmal, dann ging sie weiter.

Ich sah ihr nach und war so froh, dass ich diese Frau kennengelernt hatte.

***

Als Chris in der folgenden Woche anrief, brannte ich darauf, ihm von meinem Erfolg zu berichten, obwohl wir es uns zur stillschweigenden Regel gemacht hatten, nie über alltägliche Ereignisse zu reden. Ich konnte mich jedoch nicht bremsen.

»Ähm, erinnerst du dich noch an die Tasche, die ich auf Mauritius dabeihatte?«

»Ich weiß es schon.«

»Was?«

»Dass du eine berühmte Designerin bist.«

»Hast du mich etwa gestalkt?«

»Nein. Neulich ist eine Schauspielerin mit so einer Tasche zum Set gekommen. Sie schwärmte davon, dass sie sie in Südafrika gekauft habe. Ich hab deinen Stil sofort wiedererkannt.«

Ich schluckte hart. Diese Prominente mit meiner Tasche war natürlich völlig bedeutungslos … »Du drehst gerade einen Film?«

»Ja.«

Pause.

»Keine Sorge, es ist nicht das Drehbuch, das du gelesen hast.«

»Worum geht's dann?«

Ich konnte ihn fast grinsen hören. »Wart's nur ab, Annie-Anne, wart's nur ab.«

38

Einige Monate später steckte ein großer brauner Umschlag im Briefschlitz meiner Tür. Dazu möchte ich bemerken, dass besagte Tür inzwischen zu einer bescheidenen, kleinen Wohnung ohne halb nackte Nachbarn gehörte. Ich hatte mich um einige Stufen verbessert. Zolani und ich waren eifrig dabei, ein bescheidenes Mode-Imperium aufzuziehen. Ich hatte angefangen, Röcke und Kleider zu entwerfen, und sie verschickte meine Mode an Boutiquen im ganzen Land. Und die Leute kauften! Es war noch lange kein Millionen-Dollar-Geschäft, aber ich konnte tatsächlich von meinem Hobby leben – ein Glück, das den meisten Menschen nicht beschieden ist.

Ich zerrte den Umschlag aus dem Briefschlitz und ging ins Haus. Ich war fest davon überzeugt, die freundliche Zahlungserinnerung einer Bank oder eines Händlers darin vorzufinden. Also legte ich die Sendung erst einmal beiseite und vergaß sie völlig, bis ich später am Abend buchstäblich über sie stolperte. Und da erst las ich den Absender auf der Rückseite: Los Angeles, Kalifornien, USA.

Mit bebenden Händen riss ich den Umschlag auf. Ich wusste, wer mir das geschickt hatte. Wen kannte ich sonst in Amerika? Und in dem Umschlag lagen …

Ein Flugticket nach L. A. und die Einladung zur Premiere eines Independent-Kurzfilms, geschrieben und gedreht von Mr. Chris Christophersen mit dem Titel *Der dämlichste Mann der Welt*.

Ich blinzelte mehrere Male und las den Titel wieder und wieder.

Er hatte doch nicht etwa …

Echt jetzt? Chris hatte eine Geschichte über sich selbst geschrieben? Ich drehte die Einladung um und las den kurzen Text auf der Rückseite:

> Der dämlichste Mann der Welt *ist eine Tragikomödie über einen zynischen Einsiedler, der sich in eine unkonventionelle Frau verliebt, die er jedoch bald wieder verliert. Eine ironische Fabel über einen Mann, der zum ersten Mal in seinem Leben verliebt ist und alles daransetzen muss, um die Frau zurückzugewinnen.*

Ähm …

Ich las den Text noch einmal, nur um sicherzugehen. »*Der dämlichste Mann* … zynischer Einsiedler … bald wieder verliert … die Frau zurückgewinnen.«

Ich wusste wirklich nicht, was ich davon halten sollte. War es ein Witz, oder meinte er es ernst? Entweder war es das netteste, romantischste, allerdings auch bizarrste Geschenk, das ich in meinem Leben erhalten hatte, oder das Verrückteste, das mir jemals untergekommen war. Hatte Chris tatsächlich einen Film geschrieben und gedreht, nur um mich wiederzugewinnen? Die Antwort sprang mir ins Auge, als eine kleine handgeschriebene Karte aus dem Umschlag fiel.

> *Liebe Annie,*
> *du machst 'ne krasse Reise, dein Flieger wartet schon. L. A. wirst du erreichen, im Kino steht dein Thron!*
> *In Liebe*
> *Chris*

PS: Bring doch bitte den Gegenstand mit, den du hüten solltest wie deinen Augapfel.
PPS: Zieh einen Fummel an, in dem du wie eine scharfe Braut aussiehst.

Was hatte ich denn hüten sollen wie meinen Aug... Ach, natürlich! In der Sekunde, in der der Groschen fiel, wollte ich es kaum glauben. Ich stürzte ins Schlafzimmer und zog die Schublade auf. Und da lag er. Seit Monaten hatte ich ihn nicht mehr angesehen.

Ich öffnete die Schatulle, und mein Herz explodierte vor Glück. Der Ring sah noch größer und schöner aus als in meiner Erinnerung. War das jetzt der großartige Antrag? Meinte Chris es ernst? War das sein großer Wiedersehensplan? (Vielleicht wollte er den Ring aber auch nur zurückhaben, um ihn zu verkaufen; das Ding hatte wahrscheinlich mehr gekostet als mein Apartment.)

Ich wollte unbedingt zu Chris, aber eine leise Stimme in meinem Kopf verbot es mir. Nun war ich verwirrt.

Denn die Wahrheit war, auch wenn ich mit aller Macht versucht hatte, sie zu leugnen, dass Chris und ich beileibe nicht nur Freunde waren.

Allein die vielen Stunden, die wir kichernd am Telefon verplaudert hatten, sprachen gegen diese Illusion. Die ewig hinausgezögerten Abschiede, weil keiner von uns auflegen wollte, die langen Pausen, in denen wir behaglich zusammen geschwiegen hatten. Nie würden wir Gast auf der Hochzeit des anderen sein, nie würden wir wie zwei gute Kumpels Bier trinken und Fußball gucken, nie würden wir uns herzhaft auf den Rücken klopfen oder abklatschen oder was immer gute Freunde so miteinander machen.

Denn, um die Wahrheit zu sagen, war ich immer noch in

Chris verliebt – und er auch in mich, das wusste ich jetzt. Allerdings bestand nun auch endlich die Basis für eine Beziehung, denn im Laufe des vergangenen Jahres hatten wir einander von Grund auf neu kennengelernt. *So* sollte das funktionieren: Du begegnest einem Menschen, du lernst ihn kennen, du verliebst dich, und am Ende heiratest du ihn. Auf Mauritius hatten wir den Teil mit dem Kennenlernen komplett übersprungen und waren sofort zum Ehegelübde übergegangen. Doch jetzt war alles anders geworden. Das löste meine Verwirrung jedoch keineswegs.

Also tat ich das Einzige, was mir einfallen wollte: Ich berief unsere Cheflogikerin zu einer Krisensitzung ein. Und stand dank Jane eine Woche später auf dem LAX. Jane war mir eine entscheidende Hilfe gewesen. Ihr Beharren darauf, dass es die blödsinnigste Idee der Welt sei, und dass ich eindeutig *nicht* fliegen sollte, machte mir klar, dass ich nach L. A. fahren *musste*.

Als Südafrikaner kriegst du eine Menge über den LAX mit. Eine Carrie Bradshaw fährt stets in größter Eile zum LAX, während die echte Sarah Jessica Parker gesehen wird, wie sie mit ihrer glamourösen, übergroßen Sonnenbrille dem Privatjet entsteigt. Leibhaftig auf diesem Flughafen zu stehen, fühlte sich also total surreal an, und dann obendrein auf dem Weg zu einer Filmpremiere zu sein, war absolut fantastisch.

Ich kam aus dem Ankunftsterminal und war vollkommen überwältigt. Dieser Flughafen war mindestens zehn Mal so groß wie jeder Flughafen in Südafrika und versetzte mich sogleich in Panik. Doch dann erblickte ich einen Mann im schwarzen Anzug, der ein weißes Schild hochhielt, auf dem ANNIE-ANNE stand. Ich war ein wenig enttäuscht, dass Chris nicht selber gekommen war, aber er hatte wahrscheinlich genug mit der Premiere zu tun.

Meine Enttäuschung milderte sich, als ich die schnittige schwarze Stretchlimousine erblickte. Noch nie zuvor war ich Limo gefahren.

Innen war sie sogar noch schnittiger als außen. Irre große, bequeme schwarze Ledersitze luden zum Platznehmen ein. Diese Wohnlandschaft stand auf einem dunkelgrauen, samtigen, unglaublich weichen Teppichboden, flankiert von glänzenden Beistelltischen aus Holz. Jetzt fehlte nur noch der Champagner.

»Ein Drink, Ma'am?«, fragte der Fahrer prompt, nachdem er meine Koffer in den Kofferraum gestellt hatte.

»Ähm, gerne.«

Er öffnete eine Schiebetür, hinter der sich ein gut bestückter Barschrank verbarg. Gläser, Drinks, Snacks – alles, was das Herz begehrte. Plötzlich war ich J. Lo und Rihanna in einer Person und auf dem Weg zu meinem Auftritt in einem Hip-Hop-Video.

L. A. wirkte seltsam vertraut, wahrscheinlich, weil ich es schon Millionen Mal im Fernsehen gesehen hatte. Wir fuhren eine ganze Weile, dann kam ein Schild mit der Aufschrift *Beverly Hills* in Sicht. Obwohl ich bereits wusste, dass dies der Ort ist, wo einige der reichsten Leute der Welt leben, war ich doch nicht darauf vorbereitet gewesen, Häuser wie diese aus der Nähe zu sehen. Es waren die reinsten Paläste.

Und dann hielten wir vor dem *Four Seasons Hotel*. Es war klar, dass Chris keine Ausgaben in dem großartigen Versuch gescheut hatte, mich zurückzugewinnen – und ich fühlte mich mehr als geschmeichelt.

Mein Hotelzimmer war atemberaubend hell und luftig. Die Einrichtung, eine Mischung aus glänzendem Weiß und Creme, mit Spritzern aus leuchtendem Pink, ließ an Frühling denken. Doch das Schönste an dem Zimmer war ein kleiner Balkon, unter dem sich die Stadt ausbreitete.

Ich stellte meine Uhr auf Ortszeit um und merkte, dass mir bis zum Beginn der Premiere nur noch drei Stunden blieben. Der Fahrer hatte gesagt, er werde mich wieder abholen, und ich musste mich noch umziehen.

Eine Stunde später schlüpfte ich in ein Kleid meiner neuen Produktreihe, ein elegantes, afrikanisch inspiriertes Teil mit sehr tiefem Ausschnitt. Ich zog schwarze High Heels an, schnappte mir eine meiner Taschen und betrachtete mich im Spiegel.

Nun kam es darauf an. Ob ich bereit war oder nicht.

Während der Fahrt war ich so nervös, dass ich fast körperliche Schmerzen litt. Als wir endlich ankamen, hatte ich mir mindestens zwei Nägel abgebissen. Noch nie war ich so aufgeregt und nervös gewesen!

Sobald ich angekommen war, suchte ich in der wimmelnden Menschenmenge nach Chris. Aber es waren einfach zu viele Leute da, und mir war in dieser fremden Umgebung allmählich zumute wie einem Fisch auf dem Trockenen. Ich versuchte, ihn anzurufen, und erreichte lediglich seine Voicemail. Nicht einmal die Security am Eingang konnte mir sagen, wo ich Chris finden würde.

Und gerade als ich von einer Panik nahezu epischen Ausmaßes befallen wurde, als mir so unbehaglich zumute war, dass ich am liebsten aus der Haut gefahren wäre … sah ich ihn.

39

Chris stand am anderen Ende des großen Saals, dem Foyer eines alten Retro-Kinos, dessen Wände mit rotem Samt bespannt waren.

Ich konnte zuerst nur seinen Hinterkopf sehen, erkannte ihn aber sofort. Salz-und-Pfeffer-Haare, strähnig, ein wenig zu lang, dringend eines Haarschnitts bedürftig. Dann drehte er sich um, und es war, als risse mich ein unsichtbarer Windstoß von den Füßen.

Chris war glatt rasiert, kein Härchen spross auf Wangen oder Kinn! Es war das erste Mal, dass ich ihn so sah. Zudem trug er – *sei still, du mein wild klopfendes Herz* – einen schwarzen doppelreihigen Smoking mit schwarzem Satinrevers. Dennoch hatte er es geschafft, sein lässiges Chris-Element zu bewahren, denn an seinem dunkelgrauen Hemd standen einige Knöpfe offen. Und er hatte auf die Fliege verzichtet. Ein Hauch Ungepflegtheit, vermischt mit Raffinesse. Perfekt.

Den Gegensatz zu seinem Gesicht, das meiner Meinung nach jetzt sehr viel besser aussah, bildete die ihn umgebende Traube junger Männer mit Hipster-Bärten, Karohemden und sehr angespannten Mienen. Sie nickten fast dauernd, beinahe andächtig, während Chris sprach. Seine Miene war wie immer lebhaft und freundlich. Ich stand wie gebannt da und schaute zu, fasziniert von der Zuversicht, die Chris ausstrahlte. Wie seine Augen vor Leben sprühten! Hin und wieder brachen seine ernst aussehenden Zuhörer in Lachen aus. Ich wünschte nur, ich hätte hören können, was er sagte, um die Heiterkeit zu teilen.

Ein Summton zeigte an, dass der Film in Kürze beginnen würde. Plötzlich hatte ich das Gefühl, von der Menge abgedrängt zu werden, fort von Chris. Ich hob eine Hand und rief nach ihm. Aber er konnte mich nicht hören.

»Chris!« Noch lauter rief ich, und da schaute er endlich auf und sah mich. Die Empfindung, als unsere Blicke sich trafen, zum ersten Mal nach beinahe einem Jahr, war schwer zu beschreiben. Ich versuch's mal …

Seid ihr jemals mitten im tiefsten Winter in einen Pool gehüpft? Das Wasser ist so eisig, dass es beißt, der Schock so überwältigend, dass man meint, es bliebe einem das Herz stehen. Es ist nicht nur ein physischer Schock, denn jeder Körperteil tut dir weh, sondern auch ein geistiger. Plötzlich bist du hell-hell-*hell*wach. Dein Herz hämmert, dein Kopf arbeitet, und alle deine Sinne sind lebendig. Genau so fühlte sich unser Wiedersehen an.

Chris grinste mich an, und ich grinste zurück. Ich grinste so breit, dass sich meine Mundwinkel anfühlten, als würden sie in die Höhe gezerrt.

Ich versuchte, zu ihm zu gelangen, wurde jedoch, wie es schien, genau in die entgegengesetzte Richtung abgedrängt. Ich wollte schon über das Samtseil klettern, das uns trennte, aber da kam ein Mann und hinderte mich daran. Ich sah Chris winken. Sein Mund formte stumm ein paar Worte, und er zeigte in Richtung des Vorführsaals. Ich brauchte keinen Gebärdendolmetscher, um die Bedeutung seiner Zeichen zu erkennen.

Also setzte ich mich zusammen mit der Menge in Bewegung und hoffte, drinnen auf Chris zu stoßen. Als ich aber in den Saal trat, war es bereits stockdunkel, und ein irritierend hilfsbereiter Platzanweiser hatte sich meiner angenommen. Ich schätze, es ist halt ihr Job, Plätze anzuweisen, und normalerweise wäre ich dafür ja auch sehr dankbar gewesen, aber jetzt war definitiv *nicht* der rechte Zeitpunkt, besonders, da er mich immer weiter von Chris wegdrängte.

Endlich gelangte ich zu meinem Platz. Als meine Augen sich an das spärliche Licht gewöhnt hatten, ließ ich den Blick auf der Suche nach ihm durch den Saal schweifen. Ich geriet schwer in Versuchung, die Taschenlampe an meinem Handy einzuschalten, ließ es dann aber doch bleiben.

Gerade überlegte ich fieberhaft, ob ich es noch einmal mit Rufen oder Winken probieren sollte, als ich spürte, dass mich etwas am Hinterkopf traf. Ich drehte mich um, und da saß er – ungefähr sechs Reihen hinter mir und warf gerade wieder ein Papierkügelchen!

Die Blicke und Empfindungen, die in diesem Moment zwischen uns hin und her gingen, werde ich mein Lebtag nicht vergessen. Es war die pure Freude. Und Erleichterung. Wieder einmal – *wieder einmal* – hatte ich das Gefühl von Heimkehr. Alle Kränkungen der Vergangenheit schmolzen einfach so dahin. Und mir war, als lernte ich ihn ganz neu kennen. Der Film lief an, und Chris drohte mir scherzhaft mit dem Finger; er bedeutete mir, mich wieder umzudrehen, was ich dann auch tat.

Doch es fiel mir schwer, mich auf die Leinwand zu konzentrieren, weil ich seine Anwesenheit hinter mir spürte. Ich konnte nicht anders: Von Zeit zu Zeit musste ich mich umdrehen, und jedes Mal ertappte ich ihn dabei, wie er mich leise schmunzelnd anschaute.

Der Film war so ziemlich das Witzigste und Schrägste, was ich je gesehen hatte. Er handelte von einem Kerl mit gewaltigem Bart, der mit seinen zehn Katzen zusammenlebte. Er war zwar seit mehr als fünf Jahren nicht mehr vor der Tür gewesen, arbeitete aber als Reiseschriftsteller. Für seine Artikel ging er einfach online und recherchierte die diversen Örtlichkeiten (das kam mir vage bekannt vor).

Er lernte übers Netz eine Frau kennen und verabredete sich mit ihr. Bei der Sexszene lachte sich das Publikum schief; plötzlich war alles in Schwarz-Weiß, und die beiden Hauptdarsteller unterhielten sich auf Französisch mit Untertiteln. Nach dem Sex rauchten sie erst mal eine. Aber der Mann – dessen Ähnlichkeit mit einer lebenden Person natürlich rein zufällig war – war ein problemgeplagter Mensch und konnte die Frau nicht halten. Schließlich startete er einen aufwendigen, übertriebenen Feldzug, um sie zurückzuerobern. Dieser fing ganz harmlos an – Blumen, Pralinen und ein paar Minnesänger –, steigerte sich dann aber, bis er am Ende aus einem Flugzeug in ihren Garten sprang, in der Hand ein Schild, auf dem stand: WILLST DU MICH HEIRATEN? Und damit endete der Film. Dann erschienen folgende Worte:

WIRD SIE IHN ZURÜCKNEHMEN?

Ich – wenn auch sonst kein Mensch im Kino – wusste, an wen diese Worte gerichtet waren. Ich drehte mich zu Chris um, doch die Zuschauer standen bereits auf, um ihm Standing Ovations zu spenden. Ich hörte rings um mich Kommentare, in denen mit Begriffen wie *Genie, postmodern, minimalistisch, avantgardistisch, noir* und *Coen-Brüder-artig* um sich geworfen wurde. Daher nahm ich an, dass der Film dem Publikum gefallen hatte.

Ich aber wollte nur zu Chris.

Doch das stellte sich als überflüssig heraus, denn plötzlich schritt er die Stufen zur Bühne hinab, wo ein Mikrofon auf ihn wartete. Das Publikum applaudierte wieder, und ich spürte, wie mir vor Stolz die Brust schwoll: *Das ist mein Mann.*

Nun ja, *falls* ich endlich Gelegenheit erhielt, mit ihm zu sprechen.

Chris betrat die Bühne und sprach über die tollen Schauspieler und den tollen Kameramann, über seinen tollen Produzenten, der von Anfang an an das Projekt geglaubt hatte, obwohl es so schräg war. Die Zuschauer schienen ihm aus der Hand zu fressen, während sie einander beredte Blicke zuwarfen.

Chris sprach von der Freiheit, einen Independent-Kurzfilm mit knappem Budget zu machen, über die Freude daran, Kurzfilme zu drehen und seine Kreativität voll auszuschöpfen. Er dankte allen für ihr Kommen und hoffte, sie würden sich an Drinks und Horsd'œuvres gütlich tun. Er könne leider nicht bleiben, da er eine wichtige persönliche Angelegenheit erledigen müsse. Hie und da hörte man enttäuschte Seufzer, aber gewiss nicht von mir.

Und dann schritt er die Stufen wieder hinauf, wobei er sehr zuversichtlich aussah, und blieb an meiner Sitzreihe stehen. Er sagte kein Wort, streckte lediglich den Arm aus und bedeutete mir, zu ihm zu kommen.

Ich erhob mich – alle Augen waren auf uns gerichtet, aber das war mir gleich. Ich hakte mich bei Chris unter, und wir verließen den Saal. Er führte mich aus dem Kino und über die Straße, wo bereits eine Limousine wartete. Wir stiegen ein.

Er schloss die Tür. Der Wagen fuhr an.

Wir waren allein.

Wir konnten tatsächlich nichts anderes tun, als uns dümmlich grinsend anzusehen. Chris nahm meine Hände, und unsere Finger verschränkten sich ineinander. Wir starrten noch eine Weile, und schließlich tat er den Mund auf: Es sah ganz danach aus, als wollte er sogleich etwas Witziges von sich geben, um den spannungsgeladenen Moment zu entschärfen.

»Oh, halt den Mund«, sagte ich und küsste ihn. Ich habe

immer schon gewusst, dass ein Kuss alles ausdrückt. Ein Kuss ist wie ein gut koordinierter Tanz. Wenn jemand aus dem Takt kommt, einen zu schnellen oder einen zu langsamen Schritt tut, sieht alles blöd aus und klappt nicht mehr. Mit einem Kuss ist es ebenso: Entweder ihr findet euren gemeinsamen Rhythmus – oder eben nicht.

Wir hatten ihn.

Der Kuss war intensiv. Gemächlich. Bewusst. Ich hatte angefangen, ihn zu küssen, aber schon bald übernahm Chris die Führung. Er nestelte an meinem Hinterkopf herum und zerrte an dem Knoten, bis meine Haare herabfielen und er die Finger darin vergraben konnte. Mit der anderen Hand umfasste er mein Gesicht. Sein Mund schmeckte nach Pfefferminz und ließ meine Lippen kribbeln. Warm streifte sein Atem mein Gesicht, nur seine Hände waren ein wenig kühl. Er gab mir das Gefühl, als wären wir die einzigen Menschen auf der ganzen weiten Welt. Sein Kuss machte mich schwindelig und benommen, und ich könnte schwören, dass ich für eine oder zwei Sekunden sogar meinen Namen vergessen hatte.

»Und …«, flüsterte er.

»Und was?«

»Wie lautet die Antwort?«

»Worauf?« Das Denken fiel mir äußerst schwer, weil er mich beim Sprechen küsste und mir sanft die Lippen leckte.

»Auf meine Frage?«

Ich schmunzelte, während ich ihn spielerisch in die Unterlippe biss. »Ja. *Ja, sie wird ihn zurücknehmen*.«

»Oh, Gott sei Dank!« Plötzlich war eine Veränderung vorgegangen. Wir küssten uns nicht mehr.

»Gott sei Dank wofür?«

»Tja, Annie, hast du eine Ahnung, wie peinlich das jetzt für mich geworden wäre, wenn du Nein gesagt hättest?«

»Was wäre peinlich geworden?« Mir sank das Herz. Was war das hier – vielleicht eine besonders perfide Version der *Versteckten Kamera*? Warum hatte der Wagen plötzlich angehalten? Würde ich aussteigen und feststellen müssen, dass Chris unsere Wiedervereinigung bloß inszeniert hatte? Dass ich nur eine Figur in seinem Drehbuch war? Wieder wurde ich von Panik überfallen.

»Das hier …« Chris nahm meine Hand und zog mich aus dem Wagen an den Strand.

Ich brauchte einen Moment, um zu begreifen, was ich vor mir sah.

Dieses Mal war der Weg nicht von Kerzen erleuchtet. Keine rosa Blüten im Sand, keine Chinalaternen, die ein geheimnisvolles Licht warfen. Aber es war vollkommen. Und besser als früher, weil es *echt* war.

»Der da ist übrigens kein Schauspieler«, sagte Chris und zeigte auf den Mann am Wasser. Und dann schaute er mich lächelnd an. »Okay, es geht los. Ich werde jetzt etwas sehr, sehr Kitschiges tun, etwas, das ich eine Million Mal geschrieben habe, begleitet von meinem sehr zynischen und lauten Lachen …«

Mein Herz begann zu hämmern, als Chris vor mir das Knie beugte.

»Also, Annie-Anne, du scharfe Braut, willst du mich dieses Mal nicht zu deinem Fake-Ehemann nehmen?« Seine Stimme zitterte leicht, und ich hörte, wie nervös er war.

»Nur mit diesem hier«, erwiderte ich und zog den Ring aus meiner Handtasche.

Chris nahm ihn und schaute mit ernster Miene zu mir auf, ernster, als ich ihn je erlebt hatte. Chris der Spaßvogel war plötzlich verschwunden – jetzt war er nur noch Chris.

»Annie. Willst du meine Frau werden?«

Schlusseinstellung auf ANNIE und CHRIS, wie sie Hand in Hand den Strand entlang auf den echten PRIESTER zuschreiten.

***

Ein Jahr später

Jetzt wollt ihr bestimmt wissen, wie meine Geschichte ausgegangen ist? Trevv und Tess? Meine spontane (echte) Hochzeit? Mein wachsendes Modeimperium? Chris und ich?

Ich kann's gar nicht erwarten, es euch zu erzählen, denn es war das beste Jahr meines Lebens.

Über den Zustand von T zum Quadrat kann ich euch leider keine Einzelheiten mitteilen; ich weiß lediglich, dass sie an dem Morgen, nachdem wir ihre Traumhochzeit ruiniert hatten, spurlos verschwunden waren.

Ich hatte mich bei der Rezeption erkundigt und erfahren, dass sie anscheinend schon vor Sonnenaufgang ausgecheckt hatten. Und da wir keine gemeinsamen Freunde mehr haben, kann ich beim besten Willen nicht sagen, was aus ihnen geworden ist. Ob sie geheiratet haben und nach London gezogen sind und glücklich und zufrieden bis ans Ende ihrer Tage in ihrer tollen, ach so tollen Anwaltskanzlei leben, weiß ich einfach nicht. Im Rückblick, ein Jahr später, habe ich deswegen sogar leichte Gewissensbisse. Denn jeder Mensch verdient Liebe. Sogar ein Mensch wie Trevv.

Lilly und Damien sind gerade mit den Vorbereitungen für ihre Hochzeit beschäftigt, die irgendwo in Europa stattfinden soll. Val ist immer noch in ihren Nachbarn verliebt und schmachtet heimlich nach ihm. Stormy ist immer noch Stormy und datet einen Typen, der mit Feuer jongliert und Schwerter schluckt, und Jane, *nun*, Jane scheint im Moment eine Phase durchzumachen, die keiner von uns so recht versteht. Wir machen uns ein bisschen Sorgen um sie – sie ist so angespannt, dass sie kurz davor steht auszurasten.

Ich bin natürlich nach L. A. gezogen, um mit *meinem Mann* zusammen zu sein. Ich kann es gar nicht oft genug sagen: *mein Mann*. Tatsächlich versuche ich, dieses Wort so oft wie möglich in die alltäglichsten Dialoge einzuflechten.

Beim Gemüsehändler: »Ja, *mein Mann* liebt dieses Müsli.«

Im Postamt: »Ich möchte ein Paket für *meinen Mann* abholen.«

Zu einem völlig Fremden auf dem Parkplatz: »Schöner Tag, nicht wahr? *Mein Mann* hat eben die Wettervoraussage gecheckt, und es sieht so aus, als ob wir die ganze nächste Woche mit Sonne rechnen können.«

Und lasst mich gar nicht erst davon anfangen, wie gern ich mit meinem neuen Namen unterschreibe. Annie Christopherson.

Und was aus Chris' Film geworden ist? Das Kritikerlob war überwältigend, und er schreibt und dreht jetzt nur noch interessante, obskure Filme, die seiner Kreativität größeren Spielraum lassen. Er findet das erfüllender, denn so kann er sich mit seinem skurrilen Humor wichtig tun – dieser speziellen Eigenart, die ihn zu Chris macht.

Das Leben in L. A. hat einiges an Anpassung erfordert; am Anfang war es ein regelrechter Kulturschock. Seit ich hier wohne, habe ich schon zwei Kardashians gesehen, und neulich bin ich zufällig auf der Straße an Bradley Cooper vorbeigelaufen. Chris (*mein Mann*) sieht übrigens viel besser aus als Brad C. Zolani kümmert sich um unser Geschäft in Südafrika, wir haben sogar einige Schneiderinnen angestellt, die meine Entwürfe nähen, und ich bin auf dem besten Wege, auch hier eine Filiale einzurichten. Die Amerikaner lieben den afrikanischen Touch.

Aber was das Beste an diesem Jahr war?

Dass die Familie Christopherson, wie es scheint, bald Zuwachs erhalten wird. Und wie es für Chris typisch ist, teilte er es der Welt gleich per Gruppenmail mit:

> Hey, ihr alle, wollte euch bloß sagen, ich hab das Weibsstück geschwängert.
> PENG.

Also sind diese ganzen Happy Ends à la Hollywood vielleicht doch nicht so weit hergeholt.

Prinzessin in glänzender Rüstung

Katie MacAlister
JEDER KUSS EIN VOLLTREFFER
Übersetzt von Theda Krohm-Linke
320 Seiten
ISBN 978-3-7363-0366-9

Pleite und völlig planlos bleibt Mercy Sterling nichts anderes übrig, als sich einer mittelalterlichen Schwertschaukampftruppe anzuschließen. Nach kurzer Zeit findet sie heraus, dass es doch Schlimmeres gibt, als Rüstungen zu tragen oder mit Schwertern zu hantieren. Das Beste an ihrem Sommerjob ist jedoch der neue Besitzer des Anwesens Bestwood Hall – Alden Ainslie. Dieser ist von den Festspielen rund um seinen Sommersitz zunächst gar nicht begeistert … von der holden Mercy allerdings umso mehr!

„Ernst zu bleiben ist bei Katie MacAlisters Humor einfach unmöglich." LOVELETTER

LYX

Zum Glück braucht man nur Liebe und Törtchen

Julia Simon
TRAUMTÖRTCHEN
320 Seiten
ISBN 978-3-7363-0340-9

Nina kündigt ihren Job als Unternehmensberaterin und erfüllt sich ihren großen Traum vom eigenen Törtchenladen. Kaum scheint es für sie beruflich wieder bergauf zu gehen, stellt ihr neuer Nachbar, der Kinderarzt Matthias, ihr Liebesleben auf den Kopf. Je öfter sie sich begegnen, desto interessanter findet sie ihn. Dabei hat Nina einen Freund, mit dem sie den Rest ihres Lebens verbringen will. Dachte sie zumindest …

Zum Teufel mit der Liebe

Benne Schröder
IN DER LIEBE IST
DIE HÖLLE LOS
400 Seiten
ISBN 978-3-7363-0449-9

Catalea Morgenstern will eigentlich nur eins: so wenig wie möglich mit ihrer Familie zu tun haben. Denn ihr Vater ist der Teufel und die Hölle seine Firma. Doch als ihr Freund wegen ihrer ständigen Geheimniskrämerei Schluss macht, muss Catalea einsehen, dass sie sich ihrer Bestimmung nicht entziehen kann. Widerwillig steigt sie in das Familienunternehmen ein, doch schon ihr erster Auftrag geht gewaltig schief – und sofort ist die halbe Hölle hinter ihr her. Mithilfe des teuflisch gutaussehenden Totenanwalts Timur gelingt ihr die Flucht, und plötzlich ist nicht nur Cataleas Leben, sondern auch ihr Herz in Gefahr …

Er küsste mich, als wäre ich für ihn wie die Luft zum Atmen

Brittainy C. Cherry
WIE DIE LUFT
ZUM ATMEN
Aus dem Englischen
von Katja Bendels
368 Seiten
ISBN 978-3-7363-0318-8

Alle hatten mich vor Tristan Cole gewarnt. »Er ist ein Monster, er ist verrückt, und er ist tief verletzt, Liz«, hatten sie gesagt. Doch was sie alle ignorierten, war die Tatsache, dass auch ich ein bisschen verrückt und tief verletzt war. Und keiner von ihnen bemerkte, dass ich an Tristans Seite endlich wieder atmen konnte. Denn nicht zu vergessen, wie man atmete, das war das Schwierigste, wenn man ohne die Menschen leben musste, die man von ganzem Herzen liebte.

„Ein absolutes Meisterwerk!" THREE GIRLS AND A BOOK OBSESSION

LYX